수속성의 마법사

제1부
중앙 연방편

IV

쿠보 타다시 —글

메바루 —일러스트

제도
Imperial Capi

중앙 연방

CENTRAL COUNTRIES

트와일라이트 랜드
Twilightland

아크레
Acret

룬
Lung

위트나쉬
Whitnash

데브히 제국
Debuhi Empire

한다르 연합
Federated States of Hundaru

레드포스트
Redpost

잉베리 공국
Principality of Inverey

왕도
Royal Capital

나이트레이 왕국
Knightley Kingdom

카이라디
Khayradi

HELL's MOUNTAINS

마의 산

◆ 데브히 제국 ◆

[오스카]

화속성 마법사.
『폭염의 마법사』라는 별칭으로
유명하다. 미카엘이 이르길 료의 앞길을
가로막는다고 하는데……?
외전 《화속성 마법사》의 주인공.

[피오나 루빈 보르미네사]

데브히 제국 제11 황녀. 황실 마법사단 단장.
막내딸로서 현 황제의 사랑을 독차지하고 있다.
오스카와는 심상치 않은 인연이 있는
듯한데……?

소속불명

[레오놀]

악마. 말도 안 되게 강하다. 전투광이며
료와의 전투가 마음에 든 모양.

[듀라한]

물의 요정왕. 료의 검술 스승. 료를
마음에 들어 하며 그에게 검과 로브를
선물했다.

[미카엘]

지구 기준으로 천사와 비슷한 존재.
료가 전생할 때 설명자 역.

모험자 길드

[휴 맥글러스]

룬의 모험자 길드의 마스터. 신장
195cm에 험악한 인상.

[니나]

룬의 모험자 길드의 접수 직원.
룬의 모험자들에게는 아이돌 같은 존재.

풍

[세라]

엘프 B급 모험자.
파티 『풍』의 유일한 멤버로
바람 마법사이자 초절기교 검사.
연령은 비밀.

◆ 데브히 제국 ◆

[로먼]

한 시대에 한 명만 나타난다고 알려진 용사.
19살. 솔직하고 성실하며 미소가 멋지다.
성격 좋은 호인.

Characters/등장인물 소개

붉은 검

[아벨]

B급 모험자. 검사. 파티『붉은 검』리더.
26살. 뭔가 비밀이 있는 듯한데……?

[린]

B급 모험자. 풍속성 마법사.
『붉은 검』멤버. 키가 아담하다.

[리햐]

B급 모험자. 신관.『붉은 검』멤버.
구슬이 굴러가는 듯한 미성의 소유자.

[워렌]

B급 모험자. 방패기사.『붉은 검』멤버.
과묵하고 2m가 넘는 거한.

스위치백

[라]

C급 모험자. 검사.
파티『스위치백』리더.

[미하라 료]

주인공. D급 모험자. 수속성 마법사.
전생 시 수속성 마법 재능과 불로
능력을 부여받았다. 영원한 19살.
좋아하는 것은 개그와 커피.

10호실

[닐스]

E급 모험자. 검사. 길드 숙소 10호실
멤버. 20살. 성정이 거칠지만 동료를
아낀다.

[에토]

E급 모험자. 신관. 10호실 멤버. 19살.
체력이 없는 게 약점.

[아몬]

F급 모험자. 검사. 10호실 멤버. 16살.
10호실의 상식인.

제1부 중앙 연방편 Ⅳ

외전 화속성 마법사 Ⅳ

본문, 컬러 일러스트_메바루

제1부 중앙 연방편 Ⅳ

프롤로그

왕국 제2 가도.

왕도 크리스털 팰리스에서 동부 최대 도시 윙스톤을 빠져나가 동부 국경의 거리 레드포스트까지 이어지는 가도. 동부 국경의 거리 레드포스트는 잉베리 공국 및 한다르 연합과 경계를 맞대고 있다.

료와 윌리 전하, 로드리고 공, 그리고 호위 4명과 콘이 이끄는 모험자 6명, 합계 13명은 그 왕국 제2 가도 서쪽에서 왕도를 향해 나아가고 있었다. 윌리 전하와 일행이 탈 마차는 비교적 크고 튼튼하게 잘 만들어진 것을 윙스톤에서 새로 구입했다.

일행은 암살 교단에게 습격을 당했고, 이때 신용장 종류를 모두 잃어 료가 돈을 대신 내주고 있었다. 왕국에 들어온 이상 료는 부자였다.

그런 료는 현재 윌리 전하를 이끄는 포지션이었다.

"어젯밤에 먹은 거, 그라탕이라고 했나요? 그 요리도 정말 맛있었어요. 큰 거리는 아니라고 해도 그래도 저만한 음식을 제공하는 숙소가 있다니…… 역시 나이트레이 왕국은 대국이라는 인식을 다시 한번 되새겼어요."

"그렇죠, 그렇죠?"

이동 중 휴식 시간, 윌리 전하가 어젯밤 먹었던 숙소 음식을 칭찬했다. 그 말을 옆에서 들은 료가 고개를 끄덕이며 자신의 일처럼 기뻐했다.

그런 두 사람의 대화를 지켜보는 로드리고 공이나 네 명의 호위, 콘이 이끄는 여섯 명의 모험자들, 어른들은 미소를 지으며 지켜보는 포지션이다.

"오늘 밤도 마법 연습을 열심히 할 수 있을 것 같아요!"

"전하, 부디 무리하진 마시고……."

윌리 전하가 선언하고 료가 황급히 말을 건넨다. 이끄는 포지션인 이상 말리는 것도 역할이다. 그 이유는…….

"확실히 어젯밤에는 너무 과해서 마력이 소진됐지만 오늘 밤은 괜찮아요. 그런 느낌이 들어요."

"아뇨, 어쩐지 또 마력이 소진될 때까지 과하게 하실 것 같은 느낌이 들어요……."

윌리 전하는 어지간히도 수속성 마법 연습이 즐거운 듯했다. 료가 보기에도 놀라울 정도로 열심히 했다. 그 결과 너무 열심히 한 나머지 마력이 소진되고 만다.

암살 교단의 문제도 해결된 이상 습격당할 염려가 없어졌다는 것은 윌리 전하는 물론 료를 포함한 주위 사람들도 알고는 있었다. 그렇기 때문에 윌리 전하가 직전까지…… 아니, 마력이 완전히 소진되어 잠들 때까지 마법 연습을 하는 것을 따뜻하게 지켜보는 상황이었다.

윌리 전하가 태어날 때부터 줄곧 시중을 들어 온 로드리고 공은 그런 전하의 모습을 뿌듯한 얼굴로 지켜보았다.

주 왕국의 왕궁에서는 팔남이라는 점도 있어 여러모로 제약이 많았던 윌리 전하는 본래 가진 상냥한 성정 때문인지 남에게 폐를 끼치고 싶지 않아 더 조용히 지내는 경우가 많았다. 그것은 주위에 나약하고 덧없다는 인상마저 주고 말았다. 사실 이번 유학으로 왕궁을 나오기 전까지 왕궁 내에서의 평가가 딱 그랬다.

하지만 어렸을 때는 달랐다. 아주 다정한 소년이긴 했지만 동시에 심지가 굳센 소년이기도 했다. 그리고 무슨 일이든 올곧게 매진하며 열심히 임하는 노력가.

이 유학행을 통해 예전 모습으로 돌아간 윌리 전하를 보며 로드리고 공은 흡족해했다. 그리고 그 방아쇠가 되어준 것이 윌리 전하의 그림자 무사, 즉 대리자로서 호위 의뢰에 응해 준 수속성 마법사 료라는 것도 알고 있었다. 그래서 료에게는 마음속으로 진심을 담아 감사하고 있었다.

그날 밤…….

"조금만 더, 조금만 더, 진짜로 조금만 더."

"전하, 그렇게 말하시다가 또…….'"

"괜찮아요…… 아…….'"

"봐요, 말하자마자…….'"

오늘 밤도 마력 소진으로 잠들게 된 윌리 전하와 예상대로 찾아온 상황에 한숨을 내쉬는 료. 이젠 새롭지도 않은 광경이었기에 일행 중 누구도 아무 말도 하지 않았다.

그래도 료는 아주 조금 신경이 쓰였다.

이상적인 그림은 마력이 떨어지기 직전에 마법 연습을 멈추고 자는 것이었으니까. 그리고 료는 어렴풋이 마력이 떨어지기 직전이라는 것을 알 수 있었기에 말리려고도 해 보았지만, 윌리 전하는 거기서 더 나아가고 만다. 그리고 마력이 소진되어 쓰러진다.

과하게 열심히 하는 주인을 섬기게 되면 시중드는 사람은 힘든 법이다.

어쨌든 일행과 관련된 많은 문제가 해결되어 모두가 왕도로 향하게 된 것이었다.

◆

나이트레이 왕국의 왕도 크리스털 팰리스에서 2킬로미터 정도 떨어진 마을. 저녁에 그 마을 교회로 네 명의 모험자가 방문했다.

문을 연 신관은 아주 조금 놀란 표정을 지었지만, 아무 말 없이 네 사람을 맞이했다. 그리고 그중 한 명을 데리고 안쪽 서재로 들어갔다.

신관이 서재 맨 안쪽 서가 옆면에 손을 얹고 무어라 중얼거렸다. 그러자 서가가 움직이면서 뒤쪽에 있던 벽이 드러났다. 그 벽에는 사람 한 사람이 겨우 지나갈 수 있는 크기의 구멍이 나 있었다.

남자가 그 구멍 속으로 들어가자 신관은 다시 서가에 손을 얹더니 제자리로 서가를 되돌려 놓고는 서재를 나갔다.

구멍 안으로 들어간 남자는 바로 옆에 있는 돌에 손을 얹고 무어라 중얼거렸다. 그러자 구멍 안쪽까지 불이 켜졌다. 그 앞은 아주 긴 통로로 되어 있을 뿐, 어디까지 이어져 있는지는 알 수 없었다.

사내는 작게 한숨을 내쉬고는 통로 안쪽을 향해 걷기 시작했다.

30분쯤 걸었을까. 그동안 외길이었던 통로가 세 갈래로 나뉜 갈림길이 나왔다. 남자는 망설이지 않고 오른쪽 통로로 들어섰다.

잠시 걸어가자 나선형 계단이 나왔고, 남자는 그대로 위로 올라갔다. 다다른 곳에는 돌문이 있었다. 남자는 그 돌문에 손을 얹고 또 무어라 중얼거렸다. 스르륵 열린 돌문 사이로 남자가 들어갔다. 그리고 50미터쯤 걸어가자 다시 돌문이 나왔다.

남자는 검을 반 정도 칼집에서 빼내더니 손잡이로 세 번 문을 두드렸다. 잠시 후 문 너머에서 세 번 두드리는 소리가 들려왔다. 그걸 확인한 남자가 이번에는 일곱 번 두드렸다.

그제서야 문 너머에서 열쇠와 빗장 같은 것을 푸는 소리가 들리고 문이 열렸다.

"어서 와, 알버트."

"실례합니다. 왕태자 전하."

방 안에서 남자를 맞이한 것은 왕태자라고 불린, 얼굴빛이 좋지 않은 서른 살 전후의 사내. 그리고 방에 들어간 남자는 알버트라고 불린, 룬의 B급 모험자 아벨이었다.

"여기선 둘밖에 없으니까 오랜만에 형님이라고 불러줘."

왕태자로 불린 인물이 쓴웃음을 지으며 천천히 침대에 앉았다.

"알겠습니다. 형님."

아벨은 약간 쑥스러워하며 답했다. 그 말을 듣고 왕태자는 기쁜 얼굴로 고개를 끄덕였다.

"일부러 아무도 모르게 와 달라고 한 이유는 아주 중요한데다 복잡하기까지 한 문제가 발생했기 때문이야."

왕태자는 체력적으로 상당히 무리를 한 것인지 어깨로 약간 숨을 몰아쉬며 말했다.

"폐하께서 영웅관의 열쇠를 포기하셨다."

"그게 무슨……."

왕태자의 말에 아벨은 말을 잇지 못했다.

『영웅관』.

왕성 보물고 깊숙한 곳에 있는, 진정한 보물고라 부를 수 있는 곳. 모든 속성의 마법을 다루며 연금술에서도 최고의 경지에 이르렀다는 나이트레이 왕국 부흥의 조상, 리처드 왕에 의해 만들어졌으며 이후 수백 년 동안 존재해 왔다.

그런 리처드 왕 시절부터 세계의 균형을 무너뜨릴 정도라 일컬어지는 보물이 여럿 담겨 있었다. 리처드 왕은 또한 이 영웅관에 있는 것을 하사해서는 안 된다는 유언을 남기기도 했다.

그만큼 세상에 나오지 말아야 할 것들이 담겨 있다고 알려진 영웅관. 이 영웅관을 열 수 있는 것은 영웅관에 등록된 두 사람뿐이다.

"열쇠는 대대로 국왕 폐하와 그의 왕태자가 갖는다……."

아벨은 과거 왕성에 있을 때 배운 말을 떠올렸다.

"아아, 맞아. 그 열쇠를, 즉 영웅관을 열 권리를 폐하께서는 포기하신 거야."

거기까지 말한 왕태자는 몸을 일으켜 책상에 놓여 있는 주전자에서 컵에 물을 담아 한 모금 마셨다.

"열쇠를 가진 두 사람은 한쪽이 열쇠를 포기하거나 사망할 경우 다른 한쪽에서 그것을 알 수 있게 되어 있지. 이번에도 그래서 알게 된 거지만…… 왜 폐하께서 그런 일을 하셨는지는 모르겠어. 다만 짚이는 대목은 있어."

"무슨 뜻이죠?"

왕태자의 말에 아벨이 되물었다.

"폐하께서는 최근 2년 정도 패기가 없다고 할까, 생기가 없다고 할까…… 그런 상태로 계시는 경우가 많아. 멍하니 계신다고 해야 하나……. 그런가 하면 또 가끔 명랑해지시기도 하지. 요컨대 불안정하다는 뜻이야."

"그런…… 그건 병인가요?"

왕태자의 설명을 들은 아벨이 가장 먼저 떠올린 가능성은 그것이었다.

"그럴 가능성은 있다. 하지만 다른 가능성도 있어."

"다른 가능성?"

"그래. 독이나 마법에 의한 정신 지배."

왕태자의 한마디에 아벨이 눈을 크게 떴다.

"말도 안 돼요! 우리도 그렇지만 폐하께서도 평정의 목걸이를 몸에 지니고 계시잖습니까. 그건 모든 독과 정신에 간섭하는 마법을 없애주는 목걸이입니다. 그걸 쓰고 있는데도 독이나 마법의 영향을 받는다니……."

"진짜 평정 목걸이라면 말이지."

아벨의 흥분된 언행과 완벽하게 대비되는 모습으로 왕태자는 냉정하게 말을 이었다.

"몸에서 떼지 않는다고 해도, 우리는 어쨌든 폐하께서는 국왕의 의식을 거행하신다. 그중에는 일체의 의복을 입지 않고 행하는 것도 있지."

"아아……."

왕태자의 냉정한 지적에 아벨도 그 광경을 상상했다.

확실히 그 의식들을 진행하는 와중엔 목걸이는 풀고 있어야 한다. 그사이에 바꿔치기한다면…….

"설마, 그런 일이……."

"어디까지나 가능성 이야기다. 단순히 정말 병일 가능성도 있으니까. 몇 번인가 중앙 신전의 대신을 불러다가 〈큐어〉를 받으시기는 했어."

상처를 고치는 것이 〈힐〉, 독이나 병을 고치는 것이 〈큐어〉다.

"대신관님은 폐하의 오랜 지인……."

"응. 그래서 바쁜 와중에도 시간을 내어 와주시고 있지. 확실히 〈큐어〉를 걸면 한동안은 상태가 좋아지시는데, 며칠만 지나면 또 같은 상태가 반복된다. 〈힐〉에 비하면 〈큐어〉는 결코 만능이 아니다 보니 독인지 병인지 판단하기도 어렵다고 하고……."

얼굴을 찡그리며 왕태자는 그렇게 말했다.

'만약 독이라면 폐하 측근에 독을 넣은 무리가 있다는 건가……?'

아벨은 그렇게 생각하고 왕태자를 쳐다보았다.

왕태자가 작게 고개를 끄덕였다. 아벨이 생각하는 것은 당연히 이미 왕태자도 생각하고 손을 써둔 상태였다.

"뭐 어쨌든, 의식이 또렷하실 때 열쇠를 포기하신 것 같아."

왕태자는 물을 한 모금 더 마셨다.

"그래서 알버트, 널 부른 거다. 현재 열쇠를 가진 사람은 나 혼자야. 그래서 두 번째 인물로는 알버트를 등록할 생각이야."

"저를……?"

"그래. 폐하께서는 본인의 뜻에 따라 열쇠를 포기하셨지. 이 경우 등록이나 포기는 명확한 의식이 없는 상태일 때는 불가능해. 구조는 잘 모르겠지만 리처드 왕의 연금술이라나 봐. 그러니 포기는 명확한 의사 아래 이루어졌다고 봐야겠지. 그리고 한 번 포기하면 다시 등록할 수 없어. 그렇다면 내 다음 왕위 계승권을 가진 알버트가 등록하는 게 맞아. 그것도 한시라도 빨리."

그렇게 말한 왕태자는 어깨를 으쓱하며 농담처럼 말을 이었다.

"난 몸 상태가 이 모양이니까, 언제 무슨 일이 일어날지 모르잖아."

"형님, 농담이라도 그런 말씀 하지 마세요!"

왕태자의 농담에 얼굴을 찌푸린 아벨이 화를 내며 말했다.

"미안해."

왕태자는 아벨의 분노를 가볍게 받아넘겼다.

그리고 다시 진지한 얼굴로 돌아와 말을 잇는다.

"그리고 지금 당장은 아니지만…… 예정보다 일찍 집에 돌아와야 할지도 몰라."

"……그렇습니까."

왕태자의 말에 아벨이 작게 고개를 끄덕였다. 그것은 이곳에 불려왔을 때부터 가능성을 염두에 두고 있었던 이야기였다.

"처음 목적이었던 유명한 모험자도 됐잖아. 룬의 B급 모험자 아벨 하면 왕국 안의 모험자 중엔 모르는 사람이 없겠지?"

왕태자는 그렇게 말하고 작게 웃었다. 그 말을 들은 아벨이 얼굴을 약간 붉혔다.

"그 리처드 왕 이래 왕국은 모험자의 나라. 왕국 방어에 있어도 모험자는 막강한 전력이다. 그렇다면 언젠가 왕국군을 이끌어갈 자신은 모험자의 마음도 사로잡아야 한다. 그러니 모험자를 경험해 보고 왕가로 돌아가겠다. 그렇게 되면 왕국의 모험자들은 지금보다 더 왕국과 그 백성들을 위해 강력한 힘이 되어줄 것이다. 한때 알버트가 그렇게 말했을 때 난 확신했지. 내 동생은 천재라고."

"형님, 놀리지 마세요……."

젊은 시절 제2 왕자였던 아벨이 한 말을 왕태자는 미소를 지으며 말했다. 그 말을 들은 아벨의 얼굴은 완전히 홍당무가 되었다.

"놀린 적 없어. 진심으로 그렇게 생각했다."

왕태자는 상냥한 눈으로 아벨을 바라보며 말했다.

"내가 정사를 다스리고 알버트가 왕국군을 이끈다……. 그게 이상이었으니까."

"네……."

잠시 누구도 말을 꺼내지 않은 채로 시간이 흘렀다. 저마다 과거의 시간을 떠올리고 있는 것일까.

　먼저 입을 연 것은 왕태자였다.

　"음, 어쨌든 지금부터 같이 영웅관에 가서 열쇠 등록을 해줘."

　"저로 괜찮나요? 전 현재 왕족의 입장에서 벗어나 있습니다. 저보다는 해롤드가 나을 것 같은데요."

　해롤드는 왕태자의 아들이다.

　"해롤드는 아직 12살이잖아. 너무 어려. 알버트는 집에 돌아오면 왕위 계승권 2위가 되지? 내가 1위, 알버트가 2위, 그리고 아직 성인이 되지 않은 해롤드는 3위다. 순서대로 생각해도 알버트가 등록하는 게 나아."

　"……알겠습니다."

　아벨은 맡기로 했다.

　그런데 궁금한 것이 있었다.

　"형님, 등록하는 건 상관없지만 형님의 몸 상태가……."

　"오늘은 꽤 괜찮은 편이야. 알버트가 어깨를 빌려준다면 몰래 영웅관에 갔다가 돌아오는 정도는 괜찮아."

　그렇게 말한 왕태자는 두 개의 로브를 들고 하나를 아벨에게 건넸다.

　"통칭 『은자의 로브』다. 왕립 연금 공방에서 만든 건데 어지간한 소리를 내도 눈치채지 못한다는군. 하지만 악용되면 큰일이지."

　그리하여 형제는 은밀하게 방을 빠져나갔다.

◆

일이 끝나자 아벨은 왔을 때와 똑같이 숨겨진 문을 통해 지하도로 들어가, 지하 2킬로미터 길을 걸어 왕도 크리스털 팰리스를 나와 마을 교회로 돌아왔다.

아벨이 교회 식당에 들어서자 『붉은 검』의 세 사람은 저녁을 먹고 있었다.

"아벨, 어서 와~."

풍속성 마법사 린이 말했다.

"응, 다녀왔어."

"아벨 몫의 저녁도 주문해 뒀어요."

그렇게 말한 신관 리햐가 아벨의 자리를 안내했다. 아벨은 자리에 앉아 묵묵히 먹기 시작했다. 그동안 다른 세 사람도 아무 말 없이 저녁을 먹었다.

다 먹고 나서 아벨이 말했다.

"내일 왕도에 갈 거야. 좀 알아보고 싶은 게 생겼어."

"그래요, 길드에는 얼굴을 비출 건가요?"

"아니, 당분간은 안 보인 채로 움직이고 싶어."

리햐의 확인에 아벨은 고개를 저으며 대답했다.

"하지만 왕도는 어디에 머물든 숙소 확인은 엄격하잖아. 어쩌려고?"

린이 물었다.

왕도는 숙소에 숙박할 시 점검이 무척 까다롭기로 유명했다. 신분을 증명할 물건을 제시해야 숙박이 가능하며 위병에 의한 투숙자 명단 확인도 빈번했다.

아벨 일행의 경우 길드 카드를 제시하게 되는데, 길드 카드를 제시하고 숙박하면 그날 중 숙소에서 길드로 신원 조회가 이뤄진다. 즉 B급 파티『붉은 검』이 왕도에 있다는 것이 길드에 알려질 가능성이 컸다.

"그건 괜찮아. 생각해둔 게 있어."

그렇게 말한 아벨은 히죽 웃었다.

그 웃음을 본 린은 어쩐지 불길한 예감이 들었다…….

◆

별 탈 없이 왕도에 들어간 『붉은 검』의 네 사람은 원하는 곳에 와 있었다.

"역시……."

그리고 원하는 장소에 도착하자 린이 털썩 무릎을 꿇고 주저앉았다.

그곳은 『왕국 마법 연구소』.

별칭『일라리온 저택』.

나이트레이 왕국 최대 궁정 마법사인 일라리온 바라하가 수장을 맡고 있는 연구소로, 내부에 수많은 숙박 시설을 갖추고 있어 숙박도 가능한 연구 시설이다.

애초에 연구자라는 인종 자체가 연구에 푹 빠진 자들이기 때문에 그들은 집에 돌아가는 시간조차 아깝게 생각한다……. 그런 자가 아니고서야 일류는커녕 이류조차 될 수 없는 것이다. 그런 사람들에게 있어 연구소와 잠자는 곳이 같은 곳에 있다는 것은 그야말로 천국이나 다름없었다.

다만 과거 이곳에서 일라리온의 연구를 도우며 자신의 연구를 진행하던 『붉은 검』의 풍속성 마법사에게는 힘들었던 과거를 떠올리게 하는, 마음이 무거워지는 장소 중 하나이기도 했지만.

연구소는 연구동, 실험동 외에 야외에서의 실험 설비, 실내에서의 실험 설비 등도 완비되어 있으며 왕도 내에 광대한 부지를 차지하고 있었다.

그런 곳에서 네 사람이 향한 곳은 연구동 꼭대기 층…… 별칭의 유래가 되기도 한 일라리온 바라하의 연구실이었다.

연구실 앞에 도착한 아벨은 노크 같은 것도 하지 않은 채 확 문을 열고 들어갔다.

"할아범, 있어?"

말을 걸 수만 있으면 그것으로 충분하다……. 그것이 아벨과 일라리온의 관계.

"그 목소리는 아벨인가? 거기 아무 의자에나 앉아 있어라."

집무 책상 건너편…… 에는 아무도 없는데, 어째서인지 그곳에서 목소리가 들려왔다.

의자에 앉아 있으라는 말을 무시한 아벨은 목소리가 들려 온 책상 너머를 들여다보았다. 그곳에는 집무에 사용하는 의자가 있고…… 의자 위에는 사람 머리 크기의, 모서리가 약간 둥근 나무 상자가 놓여 있었다.

목소리는 그 상자 안에서 들려온 듯했다. 아벨이 그 상자에 손을 뻗어 집으려는 순간, 옆방으로 이어진 문이 열리며 한 노인이 나타났다.

"의자에 앉아 있으라고 했지 않느냐."

아벨은 그 말을 들은 순간 움찔하며 뻗은 손을 움츠렸다. 물론 나머지 세 사람은 처음부터 시키는 대로 얌전히 의자에 앉아 있었다.

"쯧…… 어째 옛날부터 조금도 성장하질 못했누…….."

들어온 노인, 일라리온 바라하는 고개를 흔들며 응접용 자리에 걸터앉았다.

"아니, 일단 이래 봬도 성장했는데…….."

"그렇게 말해봐야 아무도 안 믿을 게다."

일라리온은 그렇게 말하더니 탁상의 벨을 두 번 울렸다. 그러자 정확히 10초 뒤 문을 노크하는 소리와 함께 젊은 여성이 들어왔다.

"부르셨습니까, 소장님?"

"음, 손님이 왔다. 미안하지만 5인분의 차…… 아니, 커피를 내다오."

"알겠습니다."

여자는 한 번 고개를 숙이고는 나갔다.

말을 정정한 일라리온을 아벨이 흥미롭다는 얼굴로 바라보았다.

"드디어 연구소에서도 커피가 나오게 된 건가…….."

"지금 왔다 간 술라는 원래 남쪽 출신이라는구나. 맛있는 커피를 내오지."

일라리온은 고개를 끄덕이며 아벨의 물음에 답했다.

다시 들어온 술라가 다섯 사람 몫의 커피를 나란히 놓고 나가자 일라리온은 응접용 책상 위에 손바닥만한 상자를 놓더니 스위치 같은 것을 눌렀다.

"도청 방지 연금함이야. 요즘엔 드디어 여기에도 지급이 됐지."

"연금술의 발달은 눈이 부시네……. 내 친구도 연금술에 빠져 있는데…… 나중엔 이런 걸 만들 수 있으려나?"

아벨이 감탄한 모습으로 도청 방지 연금함을 바라보며 말했다.

"그 알버트에게 친구라니…… 확실히 성장을 하긴 했나 보구나. 그리고 보니…… 아서도 말했던 그 수속성 마법사를 말하는 건가."

아서라는 것은 궁정 마법단 고문 아서 베라시스를 지칭하는 것이었다. 대해소의 조사를 위해 룬의 거리를 방문했고, 아벨 일행까지 포함해 던전 내에서 구사일생으로 살아난 적이 있었다.

"뭐야, 할아범도 알아? 내 목숨의 은인이기도 해."

"흠…… 린, 네 눈으로 보기에 그 수속성 마법사…… 료라는 이름이었나? 어때? 마법사로서 우수한가?"

"왜 내가 아니라 린에게 묻는 건데…….."

아벨은 일라리온이 자신이 아닌 린에게 확인하는 것에 불만을 토로했다.

"너한테 물어본들 네가 마법사에 대해 알면 얼마나 안다고. 린 쪽이 훨씬 잘 알고 있겠지."

일라리온의 단언에 아벨은 불만스러운 얼굴로 뺨을 부풀렸다. 그것을 옆에서 보고 있는 리하는 미소를 짓고 있었다.

"스승님, 료는 마법에 관해서는 괴물이에요."

일라리온의 하문에 린은 단언했다.

그 대답에 일라리온이 살짝 눈썹을 꿈틀했다.

"린의 입에서 괴물이라는 말이 나올 줄이야…… 그래서, 어떻게 괴물이지?"

"료는 다양한 오리지널 마법을 다룰 수 있어요. 어떻게 그게 가능한지는 모르겠지만요."

린의 보고를 옆에서 듣고 있던 아벨은 몇 번이나 고개를 끄덕였다. 어쩐지 자신의 일인 양…… 잘난 체하듯 팔짱을 낀 채로.

"음…… 아서에게서 듣긴 했지만 실로 흥미롭군. 꼭 만나서 얘기해보고 싶으이."

일라리온의 그 말에 아벨은 깜짝 놀라 일라리온을 바라보았다.

"할아범, 만나서 얘기하는 건 좋지만, 이것만은 꼭 알아둬. 절대로 료를 화나게 하면 안 돼."

"화나게 하면 어떻게 되는데?"

"거리나 마을 하나쯤은 간단히 얼려버릴 거야……."

본 것은 아니지만, 아벨은 자신이 생각했던 것을 그대로 입 밖으로 꺼냈다……. 그것이 왕국 동부에서 현실로 일어난 줄도 모르고.

"거리 하나를 얼리는 수속성 마법이라…… 그거 꼭 보고 싶군."

"거짓말이라고 생각하는 거지?"

일라리온이 커피를 마시며 말했다. 아벨은 허탈한 표정으로 그런 일라리온을 바라보며 말했다.

"아니다, 세상에는 폭염의 마법사 같은 것도 있지 않느냐. 그 일화에도 있었지? 거리를 불태웠다는 일화가."

"나 아마 그 마법 본 것 같아. 〈천지붕락〉인가 뭐라고 했었지."

그런 아벨의 한마디에 일라리온이 눈을 부릅떴다. 이 모임이 시작된 후 처음으로 일라리온이 크게 놀랐다.

"알버트, 아니 아벨, 어떻게 마법 이름을 아는 거지?"

당장이라도 덤벼들 기세로 일라리온이 아벨에게 물었다. 그 기백이랄까, 압력은 심상치 않았다.

마법 연구자로서, 마법에 관해 자신이 아직 본 적 없는 것이 있다……. 그 말을 들은 것만으로도 흥분되는데, 심지어 그 일에 관해 눈앞의 아벨이 정보를 가지고 있는 것이다!

마법의 탐구에 그 삶의 전부를 바쳤다고 해도 과언이 아닌 일라리온. 아벨을 해체해서라도 그 정보를 끄집어낼 기세였다…… 적어도 아벨은 그렇게 느꼈다.

"아, 음, 위트나쉬에서 일이 좀 있어서. 이성을 잃은 폭염의 마법사가 그 마법을 써서 하늘에서 무수한 폭염을 퍼부었어. 그때는 표적이 좁았지만 본래는 광범위 파괴 마법일 테니까. 확실히 그거라면 거리 하나쯤은 재로 만들 수 있겠다 싶었지……."

아벨은 위트나쉬 때의 사건을 떠올리며 말했다.

"그 습격 사건 말인가. 제국의 황자와 황녀가 있었다는 것은 알고 있었지만, 폭염의 마법사도 와 있었을 줄이야. 그나저나……아벨, 넌 그런 걸 가까이서 목격하고 어찌 무사했느냐."

"아아. 그 〈천지붕락〉을 모두 요격해버린 게 료거든."

"무슨……."

아벨이 조용히 단언했고, 일라리온은 경악하며 입을 떡 벌렸다. 그리고…….

"좋아, 난 지금부터 룬의 거리에 다녀오마. 잘 지내고 있어라."

일라리온은 몸을 일으켜 방을 나가려고 했다. 당황한 것은 아벨 일행이었다.

"잠깐 멈춰봐. 할아범. 애초에 지금 료는 룬의 거리에 없어."

"뭐라고?"

"우리가 오기 전에 동부 레드포스트에서 헤어졌는데, 료는 거기서 의뢰를 받아서 잉베리 공국으로 향하고 있었으니까…… 순조롭게 의뢰가 진행되었다고 해도 아직 절대 룬의 거리에는 도착하지 못했을 거야."

"그럴 수가……."

그렇게 말한 일라리온은 두 무릎과 두 손을 땅에 턱 짚더니 절망의 포즈를 취했다.

"역시, 연구자란 인종은 이해할 수 없어……."

아벨의 중얼거림은 일라리온의 귀에 들어오지 않았다.

잠시 시간이 흐른 뒤 일라리온은 겨우 몸을 추슬렀다. 그리고 아무 일도 없었다는 듯 응접용 의자에 앉아 말했다.

"그나저나, 아벨 너희가 여기 온 이유를 못 물어봤구나."

"마치 아무 일도 없었다는 듯이…… 게다가 이제 와서 이유를 묻는 거야?"

충격에서 부활한 일라리온은 아벨에게 방문 이유를 물었고, 아벨은 어이없어하면서도 답해주었다.

"뭐, 왕궁에서 사정이 좀 있어서. 비밀리에 몇 가지 조사하고 싶은 게 있거든. 그러니까 그동안 숙소로 여길 쓰게 해줘."

"흠…… 숙소로 사용하는 건 전혀 상관없어. 어차피 방은 몇 개든 비어 있으니까. 왕궁에서 생긴 사정이라 하면 폐하께서 요 근래에 크게 바뀌셨다, 라는 것과 관련된 이야기인가?"

"아아…… 역시 할아범도 눈치챘구나."

일라리온이 지적했고 아벨도 놀라지 않고 긍정했다.

"뭐, 일단 최대 궁정 마법사니까 왕궁에 가는 일도 있지. 허나 전처럼 폐하와 일대일로 이야기할 기회는 없어졌다."

그렇게 말한 일라리온은 조금 쓸쓸한 표정을 지어 보였다.

아벨과 달리 현 국왕 스태퍼드 4세는 스스로 마법을 다룰 줄 알았다. 마법에 대한 조예도 깊은 왕이라서 옛날부터 일라리온과는 자주 마법에 대해 이야기를 나눴다.

지위가 높아진 이후 밤을 새워 대화할 일은 없어졌다고는 하지만, 그래도 다과를 들며 담소를 나누는 일은 적잖이 있었던 것이다.

하지만 최근 2년간 그마저도 없어졌다.

"할아범. 왕도에서 최근 3년 정도 사이에 가장 힘을 갖게 된 놈이 누구지?"

이익을 얻은 자를 의심하라. 기본이다.

"흠…… 힘을 갖게 된 자라고 하면…… 기사단장 바카라, 시종장 소렐, 재무경 푸카 정도는 금방 떠올릴 수 있지."

"그렇군……."

이름이 나온 세 사람은 아벨도 안다. 아벨이 아직 왕궁에 있던 8년 전에도 이미 출사한 자들이었기 때문이다. 하지만 당시의 지위는 지금에 비하면 상당히 낮았다…….

"일단 정보 고마워."

"너무 무모한 짓은 말아라."

그렇게 말한 일라리온은 남은 커피를 전부 들이켰다.

◆

나이트레이 왕국의 왕도 크리스털 팰리스. 원래는 왕성의 이름이 크리스털 팰리스였으나 어느샌가 그것이 왕도의 이름이 되었고, 왕성은 오직 '왕성' 혹은 '팰리스'라는 명칭으로만 불리게 되었다.

왕국에서는 각지에 있는 영주관 창문에 판유리가 끼워져 있다. 하지만 왕성은 그 이름에 걸맞게 창문에 유리가 아닌 옅은 수정을 박아 넣어 눈이 부실 정도였다.

그런 나이트레이 왕국의 왕성은 강대국의 왕성인 만큼 수정도 아낌없이 사용되었고, 성내 역시 항시 연금 도구에 의해 밝게 유지되어 다른 나라에서 온 사절 혹은 주재하는 대사들 중에도 팬이 있을 정도였다.

왕국 기사단 본부는 그런 왕성 내 일각에 자리하고 있었다.

현재 왕국 기사단에 소속된 기사는 모두 500명이지만 본부에 근무하는 사람은 200명 정도이며, 나머지는 왕도 내에 있는 기사단 초소나 연습장에서 근무했다.

중앙 연방에서 기사란 이른바 직업이었고 기사작 같은 작위는 없었다. 공작, 후작, 백작, 자작, 그리고 남작. 이 오작이 귀족이다. 남작 밑에 준남작이 있는 나라도 있지만 이는 일대에 국한된 것이지 엄밀히 따지면 귀족이 아니다.

그렇지만 왕국 기사단 소속 기사들은 대부분 귀족 가문의 당주, 후계자, 차남 이하 등 귀족의 피가 흐르는 자들인 것도 사실. 다만 당주, 후계자, 차남 이하 각각의 입장에도 차이가 있어 그런 것들이 뚜렷한 차별로 나타나기도 했다.

같은 귀족이라고 해도 복잡한 사정이 있는 법이다.

그런 왕국 기사단의 우두머리인 기사단장은 웨어 백작 바카라토. 현 웨어 백작가의 당주다. 늠름한 체구를 가졌으며 그 체격으로 쉽게 상상할 수 있는 호쾌한 검을 휘두른다고 한다.

원래는 웨어 백작 가문의 차남이었으나 10년 전『대전』에 출정한 아버지인 당주와 후계자인 형이 전사하면서 백작 자리가 고스란히 굴러들어왔다. 그 후로 물려받은 재산을 사용하여 여러 사람에게 뇌물을 먹이고…… 많은 우여곡절과 행운 끝에 기사단장

자리를 거머쥐는 데 성공했다.

물론 대량의 뇌물로 기사단장 자리를 얻었다 하더라도 본래 기사로서의 검 실력은 왕국에서도 상위권이었다. 기사단장이 되고 난 이후 많이 쇠약해졌다는 말도 들었지만, 오늘은 기사단 본부 일각에서 검 훈련을 하고 있었다.

"단장님, 페르겐트 백작님이 방문하셨습니다."

"응? 약속을 했었나?"

그런 바카라 단장에게 부관이 달려와 손님의 내방을 알렸다.

"아니요, 예정에는 없습니다."

"그렇군, 바로 돌아간다. 술이나 꺼내놔."

그렇게 말한 바카라는 땀을 닦은 뒤 방으로 향하는 것이었다.

◆

"페르겐트 백작님, 오래 기다리셨소."

바카라는 응접실로 들어서자마자 곧바로 말을 걸었다.

"아닙니다, 단장님. 갑자기 제가 먼저 들이닥친 거니 신경 쓰지 마시지요."

페르겐트 백작이라고 하면 궁정에서도 악평이 자자한 인물이었다. 하지만 동시에 돈만 손에 쥐어주면 대개의 일을 해결해주는 인물로도 알려져 있었다. 그러한 인간은 어느 시대, 어느 사회에서든 일부 사람들에게 귀중한 존재였다.

물론 다른 일부에서는 극도로 미움을 받기도 하지만.

바카라가 이 자리에 오를 때도 큰 도움을 받았었다.

"오늘은 무슨 일이오?"

부관이 바카라의 차를 내놓고 방에서 나가자 말을 꺼냈다.

"음, 실은 단장님께 부탁이 있어서 말입니다."

그렇게 말한 페르겐트 백작은 책상 가장자리에 무언가가 담긴 자루를 절그럭대며 내려놓고는 말을 꺼냈다. 대부분의 인간은 그것이 돈이 든 주머니라는 것을 금세 알아차릴 것이다.

"사실 와셔 남작의 삼남이 일자리를 찾고 있거든요. 왕국 기사단에 소속될 수 없겠냐고 상담을 해 오셨습니다."

"흠."

"어떻습니까. 단장님의 힘으로 어떻게든 해 주실 수 없을까요?"

"단원 자리는 이미 꽉 차 있어서 말이오."

바카라 단장이 그렇게 말하자 페르겐트 백작은 조금 전과 같은 자루를 하나 더 꺼내 책상 가장자리에 놓았다.

"아주 잘 알고 있지요. 그러니 그 부분을 좀……."

"그렇게 말씀하셔도……."

바카라 단장이 그렇게 말했을 때, 페르겐트 백작은 조금 전과 같은 자루를 하나 더 꺼내 책상 가장자리에 놓았다.

이것으로 자루가 세 개 놓였다.

바카라 단장은 세 개가 놓인 자루를 힐끔 쳐다보았다.

"페르겐트 백작이 하는 부탁이니 내 어쩔 수 없지."

바카라 단장은 고개를 흔들며 그렇게 말했다.

"오오, 역시 단장님. 감사합니다."

거기까지 말하고는 오래 있을 필요가 없다는 듯 페르겐트 백작은 몸을 일으켜 바카라와 악수를 한 뒤 방을 나갔다.

그러는 동안 책상 위에 놓인 자루에 관해서는 바카라도 페르겐트 백작도 일절 언급하지 않았다.

바카라는 페르겐트 백작이 나간 것을 확인하자 세 개의 자루를 들고 옆방 구석에 놓인, 사람 한 명이 들어갈 수 있을 정도로 큰 상자에 아무렇게나 던져넣었다.

그 상자에는 이미 70퍼센트 정도 비슷한 자루가 담겨 있다.

그것들은 말할 것도 없이 바카라가 지금까지 받아온 뇌물들이다.

기사단장에 오른 이후 바카라는 뇌물을 주는 쪽에서 받는 쪽으로 훌륭하게 탈바꿈했다.

뇌물을 주는 쪽이냐, 받는 쪽이냐. 그것이 현재 나이트레이 왕국의 위상을 나타내는 지표일지도 모른다.

과거 왕국 기사단이라고 하면 왕국 남성 인기 직종 1위였다. 사실 선대 기사단장 시절 나이트레이 왕국의 왕국 기사단이라고 하면 그 용맹함을 두려워했을 정도였다.

하지만 당시 기사단장 알렉시스 하인라인이 은퇴한 지 겨우 10년 정도 지났을 뿐인데도 기사단의 중추는 이미 썩어가고 있었다……

◆

왕국 기사단 본부에서 직선거리로 약 100미터, 그곳이 왕성 펠리스의 중심이며 국왕 스태퍼드 4세의 집무실이 놓인 곳이기도 했다.

그 집무실에서 두 칸 옆, 그곳에 시종장 소렐이 근무하는 방이 있었다.

시종장 소렐은 올해 55세로, 몸이 약간 굽어지고 머리도 희끗해지고 있지만 국왕 폐하에게 받는 신뢰가 두텁다고 알려져 있다.

국왕 폐하의 공무를 관장하는 것이 시종장의 일.

국왕이 제대로 서면 시종장의 권력이 강해지는 일 따위 당연히 있을 수 없다. 하지만 지구 역사에서도 언제나 최고 권력자 바로 옆이라는 그 위치 때문에 잘못된 권력을 쥐게 되는 경우가 종종 있다.

그리고 현재의 나이트레이 왕국은 잘못된 방향으로 가고 있었다.

오늘도 시종장 소렐 곁에는 뇌물 더미가 한가득 쌓여 있다.

소렐의 미움을 사면 국왕의 알현부터 서류 결재 등 온갖 일에 지장이 생겨버린다. 소렐이 서류를 빼돌리거나 서명을 전달하지 않는 등의 방법으로 괴롭히기 때문이다. 그것이 사소한 뇌물만으로 차질 없이 결재될 수 있다고 한다면 당연히 그쪽을 택하는 사람도 결코 적지 않을 것이다.

"시종장이 수작을 부려서 결재가 되지 않았습니다."

그런 변명은 아무도 들어주지 않을 테니까.

하지만 그런 시종장 소렐조차 고개를 들지 못하는 인물이 있었다.

그것이 재무성을 관장하는 재무경 푸카다.

왕국에서 재무성을 관장한다는 것은 징세권을 쥐고 있다는 것과 같은 뜻이었다. 수입에 붙는 것이 세금이었지만, 소렐은 당연하게도 탈세를 하고 있었다. 뇌물로 얻은 돈을 신고할 수 있을 리가 없기 때문이었다.

그리고 재무경 푸카는 그것을 간파하고 있었다. 간파했지만 눈감아주고 있었다.

소렐의 입장에서 간파당한 것도 모자라 그것을 눈감아주는 상황은 굴욕적이었다.

굴욕적이기는 하지만 굳이 그에 대해서는 생각하지 않기로 했다. 생각하면 짜증 나는 일이라도 생각하지 않으면 자신과 관계 없는 다른 세계의 일이라며 잘라낼 수 있으니까. 모든 것을 마음대로 할 수 없는 이상 원치 않는 것은 잘라내는 것이 좋다. 시종장 소렐은 지금까지 인생을 살아오며 그것의 필요성을 질릴 정도로 경험했다.

시종장 소렐의 눈앞에 자신이 고개를 들 수 없는 인물인 재무경 푸카가 있었다. 뒤에는 내무경 해리슨 로렌스 백작을 대동하고 있다.

"시종장님. 폐하께 가급적 신속하게 전해드려야 할 일이 생겼습니다. 지금부터 만나뵐 수 있겠습니까?"

이는 질문이었지만 물론 강제로 만나게 해달라는 명령이기도 했다. 소렐에게 선택권은 없다.

"재무경 각하, 내무경 각하, 물론입니다. 어서 이리 오시지요."

소렐이 먼저 나서서 국왕 집무실의 문을 두드렸다.

"폐하. 재무경 푸카 백작, 내무경 로렌스 백작이 화급히 재가를 청하고 싶은 안건이 있다고 합니다."

"그래. 들여보내라."

그 말에 소렐은 두 사람을 집무실로 안내한다.

소렐의 일은 여기까지다. 속히 퇴장해야 한다. 특히 재무경 푸카는 그런 부분에 관해 매우 엄격했다.

그래도 뒤에서 목소리는 들려왔다.

"폐하, 붕괴된 로우 대교의 수리 비용이 예상보다 많이 들어갔습니다. 그래서 그 비용을 마련하기 위해『베이드라』의 개발비를 일시적으로 대교 수선 쪽으로 돌리고 싶은데……."

소렐의 귀에 들려온 것은 거기까지였다.

'『베이드라』? 뭐야, 그건. 들어본 적이 없군…….'

시종장으로서 국왕의 집무를 관장하는 자신이 들어본 적도 없는 일이 이 왕성 내에 존재한다는 사실이 무척 신경 쓰이긴 했다.

하지만 소렐은 애써 그 마음을 봉인했다.

세상에는 몰라도 되는 일들도 많다. 귀족 세계에서는 특히 많다. 그것이 왕성이 되면 더욱 그러하고, 알게 되면 목숨이 위태로워지는 일도 허다했다.

그래, 분명 모르는 게 좋은 것이다.『베이드라』같은 것은.

◆

"내무경 덕분에 겨우 가닥이 잡혔네. 감사를 전하지."

"아니요, 이것도 왕국을 위해서지요. 무슨 일이든 국내 유통이 우선입니다. 한시라도 빠른 로우 대교 복구는 최우선 사항. 그 비용을 마련하느라 분주하신 각하께 탄복했습니다."

국왕 집무실을 나온 재무경 푸카와 내무경 해리슨 로렌스는 왕성 내를 걷고 있었다.

"역시 로렌스 백작, 뛰어난 혜안이구려. 쯧, 다른 대신들은 그런 것에 대해 전혀 관심이 없는데 말이지."

푸카는 확보한 예산이 줄어드는 것을 꺼리는 장관들과의 절충에 넌더리가 난 상태였다.

"한시라도 빠른『베이드라』의 개발이 국방에 있어 무척 중요한 일이라는 것은 확실하네. 하지만 백성의 생활을 포함하여 왕국의 평온한 통치를 위해서는 정상적인 유통이 부활하는 것이 우선이지. 나로서는『베이드라』개발을 소관하는 내무성 책임자인 내무경께서 그것을 가장 잘 이해해줬다는 사실에 정말로 탄복했네."

간신히 로우 대교 복구 비용에 대한 증가분을 회수할 수 있다는 가능성이 열린 덕분일까, 재무경 푸카는 무척이나 기분이 좋은 상태였다.

"황송합니다."

해리슨 로렌스는 가볍게 고개를 숙였다.

이미 50세가 넘은 재무경 푸카에 비해 내무경 해리슨 로렌스는 아직 35세. 부모 자식만큼은 아니지만 나름대로 나이 차이가 났다. 또한 각 관청의 예산권과 국내의 징세권을 쥔 재무성이라는, 역할로서의 격 차이도 있었다.

그것이 재무경과 내무경의 입장차로 나타나는 것이다.

물론 국내 치안과 방위를 담당하는 내무성도 결코 작은 관청은 아니다. 오히려 소속 직원 수로 따지면 위병과 국방 무기 개발도 책임지기 때문에 내무성은 가장 큰 부처 중 하나라고 할 수 있었다.

30대 중반의 나이에 내무성을 관리하고 있다는 점으로 미루어 보아 해리슨 로렌스가 매우 유능하다는 것은 모두가 인정하는 사실이었다.

"아, 재무경 각하, 찾고 있었습니다. 동쪽 건에 관해 실은 문제가 생겨서요."

"또냐!"

재무경 푸카를 찾고 있던 듯한 부하의 한마디에, 조금 전까지의 좋은 기분을 망친 푸카가 얼굴을 찌푸렸다.

"로렌스 백작, 미안하지만 먼저 가보겠네. 그럼, 다음에 또."

그렇게 말한 푸카는 보고를 들으며 종종걸음으로 자신의 집무실로 떠났다.

그것을 곁눈질로 바라본 해리슨 로렌스는 아주 살짝 입꼬리를 올렸다. 그리고 자신의 집무실로 걸어가는 것이었다.

◆

아벨은 며칠에 걸쳐 한 가지 정보를 모았다.

"새까매……."

그리고는 나직이 중얼거렸다.

옆에서 얘기하던 리햐와 린은 말을 멈추고 아벨 쪽을 돌아보았다.

"기사단장 바카라와 시종장 소렐은 그야말로 부패투성이야. 새까매. 재무경 푸카는 직접적으론 불분명하지만 바카라와 소렐 양쪽의 비리를 묵인하고 있다는 정황이 있고."

아벨은 두 사람에게 그렇게 말하고 모은 정보를 앞에 두고 생각했다.

'부패투성이이긴 하지만 국왕 폐하에게 손을 대는…… 대역죄까지 짓고 있는가 하면, 거기까지는 또 아닌 것 같단 말이지.'

아벨은 그렇게 느끼고 있었다.

"그 이후로 아직 5일밖에 안 지났지? 이런 정보를 용케도 모았네."

린이 책상 위의 종이를 보며 감탄했다.

"옛날 친구들에게서 얻은 정보야."

"기사단, 폐하의 시종……. 확실히 아벨의 오랜 친구들이 들어갈 만한 곳이네요. 그래서 재무성에는 아무도 없는 건가……."

아벨이 정보의 출처를 밝히자 리햐가 농담 섞인 어조로 말한다.

"재무경이 기사단장과 시종장 양쪽 모두와 연결되어 있을 가능성은 포착했어."

"하지만 그건 기사단장이나 시종장 측에서만 얻은 정보잖아요?"

아벨의 저항을 리햐가 단번에 무산시켰다.

"끙…… 어쩔 수 없잖아. 재무성 같은 데 들어갈 정도로 숫자에 강한 놈은…… 아아, 아무리 생각해봐도 없어……."

"왠지 모르지만 아벨과 그 주변인들의 어릴 적 모습이 상상된 다……."

린은 두 손을 모아 가슴 앞에서 깍지를 끼고는 고개를 끄덕이 며 말하는 것이었다.

◆

아벨이 보고서를 읽은 지 며칠 후.

"이게 어떻게 된 건가!"

왕도 동문과 가까운 위치에 있는 왕립 연금 공방 설계실에서 언 성이 높아졌다.

"주임님……."

주임이라 불린 남자의 고성에 부하들도 분한 표정이었다. 물론 부하 직원을 질책하는 것은 아니라는 것을 알고 있다. 불합리한 통지에 대한 분노다.

"『베이드라』 개발비 지급 일시 동결……."

"네……."

쥐어짜듯 읽어 내려가는 주임의 말에 부하들도 더욱 분통한 표 정으로 고개를 끄덕인다.

"그들은 모른단 말인가! 이 『베이드라』야말로 압도적으로 열세인 제국전에 대항할 수 있는 비장의 카드라는 것을!"

"주임님……."

참지 못하고 다시 소리를 내지르는 주임과 어쩔 수 없다는 듯한 얼굴로 대답하는 부하.

"심지어 이 개발은 국왕 폐하의 직할 사업인데!"

"하지만 작년에 내무경 직할로 이관되어서……."

부하의 냉정한 지적에 끄응 신음하는 주임.

"알고 있다……. 알고는 있지만……."

주임이라 불린 남자가 얼굴을 와락 구기며 중얼거렸다.

그리고는 벌떡 일어나 말했다.

"내무성에 갔다 오마!"

그렇게 말하고는 주임 연구원 케네스 헤이워드는 설계실을 뛰쳐나갔다.

◆

"각하, 왕립 연금 공방 주임 연구원 케네스 헤이워드 남작이 시급히 알현을 청하고 있습니다만."

"들어오라 해."

내무경 해리슨 로렌스가 시종에게 그렇게 대답했다.

집무실로 들어온 케네스는 곧바로 입을 열었다.

"각하, 주임 연구원 케네스 헤이워드입니다. 오늘 『베이드라』 개발비를 일시 동결한다는 통보를 듣고 찾아뵈었습니다."

"헤이워드 남작, 물론 이쪽에서 따로 설명을 드리려던 참이었습니다. 뭐, 일단 그쪽 소파에 앉으시지요."

그렇게 말한 해리슨은 직접 응접실 쪽으로 이동해 케네스의 맞은편에 앉았다.

"각하, 『베이드라』 개발은 우리나라 방위의 중대한 문제를 해결할 수 있는 최선의 수단입니다. 솔직히 말해서 『베이드라』 없이는 그 제국을 당해낼 수 없습니다."

"남작, 저도 그렇다고는 생각하지만…… 그건 그렇게 큰 소리로 말하지 않는 편이 좋습니다. 특히 이 왕성에서는요."

"아……."

기사단이나 마법단의 존재를 정면으로 부정하는 말이라는 것을 그제서야 케네스도 깨달았다.

"남작의 말씀은 잘 이해합니다. 그리고 저도 그게 맞다고 생각하고요. 하지만 정권 중추에도 그 주변 사정을 이해하지 못하는 분들이 계십니다. 이번 동결은 개발비를 로우 대교 복구 비용으로 돌리기 위한 겁니다."

"로우 대교……."

케네스도 로우 대교가 붕괴되면서 남부와 동부 간 교통과 유통에 차질이 빚어지고 있다는 것은 알고 있었다. 또한 그 거대함으로 인해 대교 복구에 많은 비용이 소요된다는 것도 이해하고 있었다.

하지만 그래도…….

"그렇죠. 하지만 그럼에도 국방은 중요합니다. 『베이드라』 개발이 시급한 것은 그 때문이기도 하지요. 하지만 죄송합니다, 제가 힘이 역부족하여 이번에는 눈물을 머금고 그리 한 것입니다."

그렇게 말한 해리슨은 고개를 숙였다.

내무경이자 백작위를 가진 해리슨 로렌스가 고개를 숙인 이상, 아무리 이제 갓 귀족이 된 케네스라 해도 그 의미의 중대성을 알 수밖에 없었다.

"아니요, 각하, 고개를 들어주십시오. 저도 흥분했습니다. 죄송합니다."

"아아, 남작, 이해해 주신 겁니까?"

케네스도 고개를 숙이자 해리슨이 웃는 얼굴로 그 두 손을 맞잡았다.

"각하, 확인할 것이 있습니다만, 그 마석의 두 번째 구입까지는 예산이 통과된 것이겠지요?"

"네, 그 와이번의 마석 말이죠. 두 번째 구매에 성공했습니다. 그리고 그것이 마지막이라고 합니다. 한 달 안에 룬의 거리에서 보내질 예정입니다."

해리슨의 대답을 들은 케네스는 고개를 끄덕였다.

두 번째를 확보한 것만으로도 다행이라고 생각하자. 그동안 아무리 해도 해결하지 못했던 출력 부분에 대한 해결책이 이것으로 조금이나마 생긴 셈이니까.

"알겠습니다. 오늘은 감사했습니다. 이만 실례하겠습니다."

그렇게 말하고 케네스는 내무경 집무실을 떠나는 것이었다.

그 뒷모습을 배웅하는 해리슨 로렌스의 눈빛에는 말로 형언할 수 없는 빛이 담겨 있었다.

◆

"오 케네스잖아, 오랜만이야!"

내무성을 나서는데 케네스의 뒤에서 누군가가 말을 걸어왔다.

"이봐, 잭. 케네스 헤이워드 남작이라고. 남.작! 우리 같은 차남에 귀족위도 잇지 못하는 애들하고는 다르단 말야. 제대로 예의를 갖춰야지."

"아차, 그랬지, 참. 이거 케네스 헤이워드 남작 각하, 오랜만입니다."

잭이라고 불린 남자가 그렇게 말하더니 매우 연극적인 움직임으로 정중하게 인사했다.

"잭…… 너무 작위적이야. 게다가 그 소재는 벌써 요 1년간 몇 번을 써먹는 건가……. 애초에 남작이라는 말은 됐어. 어쩌다 만든 걸 인정받아서 작위를 받은, 벼락출세에 지나지 않으니까."

케네스는 고개를 흔들며 두 사람에게 다가갔다.

두 사람은 잭 클러와 스코티 코북. 두 사람 다 귀족 차남이자 왕국 기사단에 소속된 기사였다. 케네스와는 수년째 술자리를 같이해 온 동료였으며, 비공식 술자리 모임인 『차남 연합』의 멤버이기도 하다.

"우리도 벼락출세하고 싶다~."

"기사단에서 월급 받는 것만으로도 고맙긴 하지만 말야."

기사 잭의 투덜거림에 기사 스코티가 끼어들었다.

"그건 그렇고 케네스가 내무성에 와 있다니 별일이네."

"그러고 보니 지금 연금 공방은 내무성 소관이었나?"

잭이 감상을 말했고 스코티가 이유를 추측했다.

"맞아, 예산 때문에 할 말이 좀 있어서……."

연금술사 케네스가 한숨을 쉬며 말했다.

"주임 연구원이라는 것도 고생이 많네."

잭이 케네스의 어깨에 손을 얹고 몇 번이고 고개를 끄덕였다.

그러다가 문득 떠오른 듯 말했다.

"그러고 보니 케네스, 지금 왕도에 아벨이 와 있어. 알고 있었나?"

"아벨?"

"그래, 우리『차남 연합』의 회장이다.".

그렇게 말한 잭이 크게 웃었다.

"그러고 보니 나도『차남 연합』에 들어가 있긴 한데, 회장을 본 적은 없었던 것 같군……."

케네스가 고개를 갸웃거리며 기억을 더듬었다.

"그도 그럴 게 아벨은 남부 변경에 있는 룬의 거리에서 활동하고 있으니까. 이번처럼 우연히 의뢰 같은 걸 받아서 왕도에 오지 않는 한 만날 일은 없을걸."

스코티가 케네스의 의문에 답했다.

하지만 케네스의 반응은 두 사람에게도 예상 밖이었다.

"룬?!"

부릅뜬 눈으로 연금술사 케네스가 약간 상기된 목소리를 냈다.

"그러고 보니 케네스는 룬 출신이었지."

스코티가 일전 케네스에게 들었던 이야기를 떠올리며 말했다.

"좋아! 그럼 오늘 밤은 넷이서 마시자! 이 셋에 더해 아벨까지 초대해서. 룬과 관련해서 아벨이랑 케네스랑 대화할 만한 소재도 있을 거고. 게다가 명색이 『차남 연합』 회장인데 한 번쯤은 만나 두는 편이 좋지 않겠어?"

잭이 멋대로 술자리 일정을 잡았다.

"어……?"

"이봐, 잭. 아벨은 그렇게 한가하지 않을 텐데."

"안되면 우리 셋이서 마시는 거지, 뭐!"

즉흥적으로 정해진 술자리에 연금술사 케네스는 말문이 막혔고, 기사 스코티는 우려를 표했고, 기사 잭은 플랜 B를 제시했다.

"실컷 마시고 케네스 너도 스트레스 좀 날려버려."

그렇게 말하고는 잭이 다시 크게 웃었다.

◆

연금술사 케네스 헤이워드 남작은 약속 시간인 오후 7시 정각에 『차남 연합』이 늘 이용하는 술집에 도착했다.

『물에 빠진 자 술에 빠져라』.

상당히 특이한 이름의 가게이지만 개인실도 제대로 갖춰져 있고 술도 맛있는 데다 음식까지 맛있다. 그래서 일부 사람들에게 은근한 인기를 자랑하는 가게였다. 고귀한 신분의 사람들이 술을 마시거나, 혹은 바른 품행을 유지해야 하는 기사와 같은 직업을 가진 사람들이 편히 즐기려면 개인실은 필수였다.

늘 보던 낯익은 하녀가 손가락 네 개를 세워 4번 개인실에 와 있다고 일러주는 것을 본 케네스는 한 손을 들어 감사를 표하고는 4번 개인실 문을 열었다.

"오오, 왔다, 왔어."

먼저 알아차린 것은 잭 클러. 또 다른 한 명인 스코티 코북은 메뉴표를 집중해서 바라보느라 반응이 조금 늦었다.

"둘 다 빨리 왔네."

"아니, 우리도 방금 막 왔어."

스코티가 메뉴판에서 고개를 들며 대답했다.

케네스가 자리에 앉자 그와 거의 동시에 개인실 문을 노크하는 소리가 들렸다.

"일행분이 오셨습니다."

여주인이 그렇게 말하자 문이 열리고 남자가 들어왔다.

"여기 사흘 전에도 왔었지? 잭, 스코티, 삼일 만이구나."

들어온 것은 룬의 거리 B급 모험자 아벨이었다.

◆

"오늘은 차남 연합의 회장인 아벨과는 처음 만나는 연합 회원이자, 남작위를 자신의 손으로 거머쥐고 왕도에서 천재 연금술사로 명성이 자자한 케네스 헤이워드 남작을 소개한다.”

“연금술로 남작위라. 그거 굉장한데!”

“잭, 쓸데없는 부연설명이 너무 많잖아…….”

잭의 수상한 서두, 아벨의 솔직한 감상, 그리고 케네스의 수줍은 반박.

“무슨 소리인가, 케네스. 우리 연합 회원 최초이자, 그리고 현재 유일한 귀족위라고. 쑥스러워할 일이 아니야.”

어째서인지 잭이 가슴을 펴고 대답했다.

“즉, 다른…… 14명은 아직 아무도 귀족 자리를 잡지 못했다는 말이군.”

“음, 맞아. 아벨을 포함해서 말이지.”

아벨이 확인하고 그것을 잭이 긍정한다. 그리고 두 사람은 박장대소.

“뭐, 일단 마시자고. 처음엔 맥주가 좋겠지.”

“에일 아닌가?”

잭의 말에 고개를 갸우뚱한 아벨이 말했다.

“홋홋홋, 아벨. 지금 왕도의 유행은 ‘처음엔 맥주’다. 그 후 와인이나 에일, 그 외 다양한 곳으로 흘러가지.”

잭이 오른손 검지 하나를 척 세우면서 선생님 투로 설명했다.

“몰랐어…….”

아벨은 시간의 흐름을 깨달은 것이다.

“세 사람은 사흘 전에도 여기서 만난 거죠?”

“맞아, 맞아. 아벨이 엄청난 기밀 정보를 넘기라고 협박해서 여기서 몰래 넘겨줬었지. 그런 어두운 모임이었으니 말야, '처음엔 맥주'라고 하는 시작조차 생략되어 버린 거야……. 슬픈 이야기지."

연금술사 케네스의 물음에 기사 잭이 연극적인 말투로 과장스럽게 답했다.

"뭐야, 그 '원흉은 전부 아벨이다' 같은 전개는……."

아벨이 어이없다는 눈빛으로 잭을 바라보았다.

"케네스도 조심하는 게 좋아. 아벨은 마음에 안 드는 녀석에게서 모든 걸 착취해가는 그런 놈이니까."

잭이 소곤소곤대는 시늉을 하면서, 실제로는 평범한 목소리 톤으로 케네스에게 말했다.

"좋아, 알았다. 잭, 나랑 한번 제대로 싸워보자 이거지? 스코티, 미안하지만 잭은 원래부터 없었다고 생각해줘. 오늘을 마지막으로 녀석의 모습은 사라질 테니까."

"아쉽습니다. 잭, 좋은 사람을 잃었군요……."

"아니, 너희들이 말하면 농담으로 안 들리니까 그만해."

아벨이 위협하고 스코티가 긍정했고 잭이 사과했다.

그걸 보던 케네스가 크게 웃었다.

"그러고 보니 아벨은 룬의 거리의 모험자라고 들었는데."

"아아, 맞아."

"이런 모습이지만 굉장한 실력을 가진 B급 모험자란 말이지."

케네스가 묻고, 아벨이 대답하고, 어째서인지 잭이 으스대며 말했다.

"사실 저희 가족도 룬의 거리에 살았거든요."

"오! 이런 곳에서 그런 인연이 이어질 줄이야……. 내가 룬에 거점을 둔 게…… 벌써 7년 전이네."

"아, 그럼 엇갈렸네요. 제가 룬을 떠나 왕도에 온 지 딱 그 정도 됐거든요."

마침 서로가 엇갈렸다는 것을 확인한 아벨과 케네스.

"부모님을 모신 게 일 년 전쯤입니다."

"케네스의 남작위에 딸려온 장원 쪽에 부모님을 모셨지."

"네, 원래는 농가였는데 아버지가 다리가 안 좋아지셔서 넓은 농지 작업이 어려워졌습니다. 그래서 저 대신 장원 영주 대리 같은 걸 맡아주시면 안 되겠냐고 했더니 와주셨거든요. 지금은 영지민들과 즐겁게 지내고 계십니다."

스코티의 물음에 케네스는 기쁜 얼굴로 답했다.

나이트레이 왕국의 장원은 간단히 말해서 귀족들에게 하사된 마을을 뜻했다.

왕실 직할지이거나, 거둬들인 귀족 가문의 영지 일부이거나, 그 내력은 다양하지만 대체로 크지는 않았다. 다만 장원에서 징수되는 세금은 그 귀족인 장원 영주에게 귀속되기 때문에 너무 호사스러운 생활만 하지 않는다면 장원에서 나오는 세금만으로도 충분히 생활을 영위할 수 있었다.

케네스 헤이워드 남작의 경우에는 장원 이외에도 왕립 연금 공방 주임 연구원으로서의 수입도 있기 때문에 갓 태어난 남작치고는 수입이 많은 편이었다.

"대단하군."

아벨은 닭고기 산적구이를 먹으며 효성 깊은 케네스의 모습에 감탄했다.

"룬에 두고 온 집도 최근에야 팔려서 완전히 걱정거리가 사라졌지 뭡니까."

케네스의 말에 아벨은 여러 번 고개를 끄덕이며 먹는 손을 멈추지 않았다.

"아, 그 집이구나. 주방에 거대한 돌이 쓰인 거기."

"네, 어머니가 요리를 좋아하시는데, 넓은 조리대를 갖고 싶다고 하셔서 아버지가 아는 석공에게 특별 주문해서 만들어주신 겁니다."

그 말을 듣고 지금까지 계속 움직이던 아벨이 멈췄다.

"왜 그래, 아벨?"

"잠깐만. 케네스, 그 주방은 설마 '화강암'이라고 하는 검은색의 크고 훌륭한 돌로 되어 있나? 그리고 집에는 문이 세 군데 있고……?"

어정쩡하게 멈춘 아벨을 의아해하는 잭을 무시하고 케네스에게 묻는 아벨.

"그 '화강암'이라는 말은 잘 모르겠지만 검고 크고 훌륭한 돌은 맞습니다. 집 문도 분명히 세 군데 있고요. 그걸 어떻게 아십니까?"

"아, 음……. 그, 뭐냐, 케네스의 집을 산 사람, 아마 내 친구인 것 같아……."

어째서인지 머뭇거리며 말을 꺼내는 아벨.

그 말을 들은 케네스가 눈을 크게 뜨고 놀랐다.

"그렇습니까! 이거 참, 사주신 분께 꼭 감사하다고 전해주세요. 반년 넘게 안 팔려서 가격을 낮춰야 하나 부모님과 상의하고 있던 참이었거든요. 그걸 사 주신 데다가…… 게다가 전액 일시불이라니."

"아아, 뭐, 돈은 많은 놈이니까……."

"뭔가 아벨 모습이 이상해……."

땀을 흘리고 있는 아벨을 보며 스코티가 지적했다.

"그…… 케네스의 집을 산 놈 말인데…… 집을 좀 개조했거든……. 아니, 겉모습은 바뀌지 않았어!"

"어?"

"그 왜, 케네스 집엔 욕조가 없었지?"

"네, 집 바로 옆에 강이 흐르고 있어서 다들 그쪽에서 몸을 씻었습니다. 겨울에는 정원에 통을 두고 거기에 뜨거운 물을 넣고 들어갔는데……."

아벨의 질문에 케네스가 과거를 떠올리며 답했다.

"그 집을 산 녀석은 욕조가 없으면 안 되는 놈이거든. 그래서 집의 일부를 큰 욕실로 만들었어. 그래서…… 케네스는 그 집에 추억도 많을 텐데, 그걸 개조해 버린 셈이니까……."

"아, 그렇군요. 저는 신경 안 씁니다. 사용하기 편리하도록 바꿔나가는 건 나쁜 일이라고 생각하지도 않고요."

"그렇구나."

케네스의 말에 아벨은 노골적으로 안심했다.

"룬의 거리에 있는 아벨의 친구라……."

스코티가 중얼거리듯 말했다.

"아아, 내 목숨의 은인이기도 해. 게다가 두 번이나 도움을 받았어."

아벨은 다시 먹는 것을 재개했다. 끊임없이 손과 입을 움직이면서 심지어 수다까지 떨고 있다. 실로 재주가 좋다.

"모험자?"

"맞아. 정말 특이하게도 수속성 마법사이자 모험자야."

"그거 정말 특이하네!"

잭이 놀라며 말했다.

"그렇게 드물어?"

그와 관련된 일에는 어두운 연금술사 케네스가 메뉴판을 보며 잭에게 물었다.

"아아, 극히 드물지. 수속성 마법이라는 건 애초에 전투에 적합하지 않다는 것 같아. 왕립 마법단에도 거의 없었을걸. 모험자라면 왕도에서도 제로가 아닐까? 애초에 위험한 전장이나 모험을 떠나지 않더라도 수속성 마법은 생활에서 가장 수요가 많은 마법이니까. 특히 상회에서는 더없이 편리하고."

잭이 천장을 보고 이것저것 떠올리며 답했다.

"그런데 생명의 은인이라면…… 아아, 전투에서 돕는 것만이 생명의 은인이라고는 할 수 없지. 살아가는데 물은 필요하니까."

스코티가 전투 이외에서 도움을 받았을 것이라고 추측했다.

"뭐, 그렇지만…… 그 녀석은 순전히 전투에서 구해줬어. 그러고 보니 그놈이 빠져 있는 게 연금술이었지, 참."

아벨의 말을 듣고 메뉴에서 쑥 고개를 드는 케네스.

"집을 사주신 분이시죠? 연금술에 빠져 계신 건가요? 아, 제가 도움이 될 만한 일이 있다면 얼마든지 도와드릴 수 있을 텐데요."

씩씩하게 말하는 케네스를 보며 쓴웃음을 짓는 아벨.

"만약 그런 기회가 있다면 꼭 도와줘. 그 녀석 이름은 료다. 룬의 거리의 모험자인 수속성 마법사 료."

◆

아벨은 술집 『물에 빠진 자 숲에 빠져라』를 나와 세 사람과 헤어진 시점에서 미행을 당하고 있음을 깨달았다.

'날 미행하는 건 상관없지만…… 그 세 사람은 괜찮을까.'

헤어진 세 사람이 걱정되었다. 연금 공방으로 돌아가는 케네스를 두 사람이 바래다주겠다고 하긴 했는데…….

'아무리 그래도 남작에게 해를 끼치는 일은 없겠지만.'

연금술사 케네스 헤이워드는 남작위를 가진 어엿한 귀족이다. 귀족을 노린 습격이 되면 그 형벌이 놀라울 정도로 무거워진다. 그렇게 생각하면 습격당할 가능성은 낮았다.

나머지 두 사람은…… 어떻게든 하겠지. 아벨은 별로 심각하게 생각하지 않았다.

아벨이 행적을 더듬고 있던 세 사람, 기사단장 바카라, 시종장 소렐, 재무경 푸카. 어느 쪽의 수하일까.

미행해 오는 사람은 셋.

'처음에는 다섯 명이 있었는데, 녀석들 쪽으로는 두 명이 갔나 보네. 이쪽에 셋이 붙었다는 건 역시 목적은 나라는 거겠지.'

아벨은 큰길을 벗어나 뒷골목으로 들어갔다. 이곳은 젊었을 때부터 자주 놀러 다닌 지역이었다. 10년 가까이 지나도 몸이 길을 기억하고 있었다.

몇 분 뒤.

골목길 그늘, 길 중간에 뜬금없이 놓여 있는 부서져 가는 문 등을 이용하여 신출귀몰한 게릴라전을 벌인 끝에 아벨은 조금의 상처 없이 자신을 쫓던 세 사람의 의식을 빼앗는 데 성공했다.

참고로 남성 2명, 여성 1명으로 구성되어 있다.

"자, 그럼……."

아벨은 그렇게 중얼거리고는 휘파람을 불며 잠시 기다렸다.

1분쯤 지나자 커다란 그림자가 찾아왔다.

"미안해, 워렌. 이놈들 좀 같이 옮겨줘."

워렌은 고개를 끄덕이더니 남자 두 명을 좌우 어깨 위에 얹었다. 아벨이 남은 여자를 들어 올렸다.

골목을 두 번 돌아 나가자 왕국 마법 연구소 앞에 당도했다.

"지하 실험장. 거기 데려가서 심문하자."

아벨은 그렇게 말하고는 히죽 웃었다.

◆

남자는 눈을 떴다.

그곳은 넓은 공간으로, 남자는 중앙 의자에 앉아 있었다. 손도 발도 의자에 묶여 전혀 움직일 수 없었다.

"빌어먹을."

미행을 하고 있었다. 하지만 깨달았더니 대상이 뒤에서 나타나 일격에 의식을 빼앗기고 말았다.

"저런 실력자라는 말은 못 들었다고……."

하지만 이제 와서 말해도 늦었다.

셋이서 한 사람을 덮쳐서 잡는다고 해서 솔직히 여유로울 줄 알았다. 문제라고 해봐야 잡은 남자를 옮기는 수단 정도라고 생각했는데…….

그러나 현실은 달랐다.

"어떻게 하지……."

"다 토해내면 편해질 게다."

남자의 중얼거림에 예상 밖의 반응이 돌아왔다. 그 목소리를 듣고 남자는 깜짝 놀랐다. 주변에 인기척이 없었기 때문이다.

그리고 들려온 목소리는 습격을 감행했던 젊은 남자의 목소리가 아니라…… 늙은 남자의 목소리였다. 목소리의 주인으로 보이는 노인이 다가와 남자가 인식할 수 있는 거리까지 이동했다.

"설마…… 일라리온……."

사내가 중얼거리는 순간 노인은 단숨에 거리를 좁혀 들고 있던 지팡이로 사내의 머리를 퍽 내리쳤다.

"아야!"

"님을 붙여라, 님을. 일라리온 님이다. 하여간에 요즘 젊은 것들은 예의가 없어."

씩씩대는 효과음이 어울릴 것 같은 모습으로 화를 내는 일라리온.

그걸 보고 다시 멍해진 남자. 그리고 중얼거렸다.

"어째서 이런 거물이……."

일라리온 바라하. 나이트레이 왕국 최대의 궁정 마법사.

왕국의 강력한 마법사라고 하면 가장 먼저 거론되는 인물이 이 일라리온 바라하일 것이다. 자타가 공인하는 왕국 최강 마법사의 일각.

"흠. 내가 거물이라는 건 알고 있는 건가? 자네가 습격하려고 했던 자는 그 거물과 밀접한 연관이 있는 인물이었다는 말이다. 나쁜 소린 하지 않으마. 아는 걸 다 실토하는 게 좋을 게다."

일라리온이 보란 듯이 지팡이로 손바닥을 툭툭 두드렸다.

"큭…… 의뢰인을 배신할 수는 없다!"

남자는 그렇게 말하더니 고개를 돌리고 입을 다물었다.

"흐음……. 자네, 내가 일라리온이라는 걸 알고도 그 태도라니…… 아무래도 마법을 만만하게 보고 있는 것 같군."

"무, 무슨 소리지?"

"나는 이래 봬도 왕국 제일의 마법사라고 불린다. 왕국 제일의 마법사가 휘두르는 마법…… 그걸 자네는 의자에 묶인 상태에서, 그 몸에 겪게 되겠지. 여기서 사지 멀쩡하게 나갈 수 있을 거라 생각하나?"

일라리온이 위협하자 남자가 이를 딱딱거리며 안색이 창백해진다.

"비, 비겁하다! 이 밧줄을 풀어!"

"그럼 밧줄을 풀면, 난 마음껏 마법을 써도 되는 건가? 자네 몸은 그걸로 괜찮은 건가?"

일라리온은 여유로운 표정이다. 자신의 고명함을 마음껏 사용하여 위협했다. 어떤 종류의 연륜인 걸까.

"자, 우선 자네의 이름부터 말해보는 게 어떤가?"

◆

일라리온이 심문을 마치고 자신의 집무실로 돌아오자 그곳에서는 뜬금없이 여자들의 모임이 열리고 있었다.

"아, 스승님, 어서 오세요."

일라리온을 가장 먼저 알아차린 것은 린이다.

"으, 음…… 너희 셋이서…… 뭘 하고 있는 게지?"

그랬다. 그곳에는 여자 셋이 있었다. 린, 리햐 그리고 모르는 아이.

이유는 모르지만 린과 리햐가 심문을 맡은 습격자 중 한 명인 듯했다. 일라리온은 그렇게 생각했다.

"다과회예요. 아, 이쪽은 왕도의 C급 모험자인 오리아나 씨예요. 아까 습격은 재무경 부하에게서 받은 의뢰였다고 하더라고요."

리햐가 그렇게 말하자 소개받은 오리아나가 일어섰다.

"오, 오리아나입니다. 고명하신 일라리온 님을 뵙게 되어 영광입니다."

그렇게 말하고는 고개를 푹 숙인다.

"으, 음…… 뭐, 천천히 있다 가시게."

일라리온은 그렇게 말하는 것이 고작이었다.

일라리온이 그토록 힘들게 얻어낸 정보를 이 아이들은 쉽게 손에 넣어버린 것이다. 게다가 습격자를 한 명씩 떨어뜨리기 위해 일부러 기절시킨 다음 데려온 것인데…… 왠지 여기서는 과자에 의해 습격자 중 한 명이 정보 제공자가 되어 있었다. 의지력의 힘으로 어떻게든 무릎 꿇고 주저앉는 것만큼은 참았지만, 일라리온의 몸을 덮친 것은 이루 말할 수 없는 패배감이었다.

그리고 불과 30초 후.

다른 남자의 심문을 마치고 돌아온 아벨은 조금 전의 일라리온과 같은 보고를 듣고 그대로 무릎을 꿇고 좌절한 것이었다.

◆

"저기, 저희는 왕도의 모험자 길드에 소속된 C급 파티 『새벽의 명성』입니다. 이번 일은 애초에 길드를 통한 정식 의뢰로 맡은 것이고요. 의뢰 내용은 어떤 분의 호위와 수상한 인물의 배제였습니다."

아벨의 재촉에 오리아나가 설명했다.

"그리고 오늘 밤, 수상한 사람의 거처가 밝혀졌으니 납치해 오라고 해서……."

"그래서 내 뒤를 쫓은 건가?"

"네……."

이 말엔 고개를 숙이며 대답하는 오리아나.

"나랑 헤어진 세 사람에게도 미행을 붙였잖아."

"네. 그쪽은 어디의 누구인지 확인하기 위해 미행한 것뿐입니다."

케네스를 포함한 세 사람에게 위해는 없을 것이라는 소식에 아벨은 안심했다.

"정말 죄송합니다. 재무경님 직속 보좌관의 의뢰와 지시였기 때문에 아무런 문제가 없을 거라고 단정했습니다."

그렇게 말한 오리아나는 다시금 고개를 푹 숙였다.

국가 중추의 의뢰라면 의심하라는 편이 무리일 것이다.

그것이 얼마나 어려운 일인지, 그와 비슷한 의뢰를 지금까지 몇 번이나 해 온 B급 파티 『붉은 검』의 세 사람은 모두 이해하고 있었다. 그 때문일까, 오리아나 일행을 탓하는 사람은 아무도 없었다.

아벨을 습격한 배후는 알았지만 납치를 하는 자세한 정황까지는 오리아나 일행에게 알려지지 않은 모양이었다.

하지만 아벨 안에서 재무경 푸카를 향한 인상이 단번에 새까매졌다는 것은 명백한 사실이었다.

"이건…… 내가 붙잡힌 척하고 잠입할 수밖에 없나."

아벨이 중얼거렸다.

거기에 반응한 것은 역시 린과 리햐였다.

"저요오~. 그건 반대입니다~. 아벨의 몸이 너무 위험합니다
아~."

어째서인지 어미를 늘리면서 반대를 주장하는 린.

"저도 반대예요. 아벨, 저번에 잠입한 결과 어떻게 됐는지 기억
안 나요?"

"어?"

"지난번 밀수선에 잠입했을 때…… 그대로 떠내려갔잖아요. 만
약 료가 없었다면 아벨은 죽었을 거예요!"

그랬다. 아벨은 당시 밀수 적발 의뢰를 맡아 밀수선에 잠입했
는데, 예정보다 빨리 배가 출항했다. 게다가 그 밀수선이 폭풍우
를 만났고, 심지어 크라켄의 습격을 받아 론도 해안까지 떠내려
간 것이다. 운 좋게도 아벨 혼자 살아남았지만, 료가 곧바로 거둬
주지 않았다면 다른 시체들과 마찬가지로 다시 바닷속으로 끌려
들어 갔을 것이 분명했다.

지난번 잠입이 그런 식으로 끝났으니 리햐가 감정적으로 반대
하는 것도 아벨은 이해할 수 있었다.

그렇지만 다른 효과적인 방법도 떠오르지 않았다.

이번에는 육상이잖아…… 라는 설명은 아무런 위로가 되지 않
을 테니 말해 봐야 소용없을 테고…… 아벨은 무심코 일라리온
쪽을 바라보았다.

"뭐냐, 이 할아범의 지혜를 빌리고 싶은 게냐?"

일라리온이 묘하게 자신 있다는 투로 답했다. 저 말투는 짜증 났지만 아벨은 다른 수단이 떠오르지 않았다.

"할아범, 무슨 좋은 방법 있어?"

"요컨대 아벨이 행방불명되지 않고, 신변의 위험까지 피할 수 있으면 된다는 거지?"

그렇게 말한 일라리온은 몸을 일으켜 찬장으로 향했다. 거기서 가져온 것은 엄지손가락만 한 크기의 공과 손바닥 2개 크기에 두께 5센티미터 정도 되는 철제 상자였다. 상자 겉면에는 단침만 있는 시계 같은 것이 박혀 있다.

"한 연금술사가 만든 추적 장치다. 이 공을 가진 자를 이쪽 상자에서 탐색할 수 있다고 하더군."

그렇게 말한 일라리온이 아주 살짝 공에 마력을 불어 넣었다. 그러자 공이 한순간 반짝이더니 이내 빛을 잃었다.

그러자 그와 동시에 철제 상자의 시계 부분이 빛을 발하며 단침이 공 쪽을 향했다. 그리고 시계 부분의 빛이 상당한 속도로 깜빡이기 시작했다.

료가 여기 있었다면 "발신기냐!"라고 외쳤을 것이다.

"이 단침은 방향을, 점멸 속도는 거리를 나타낸다고 하더군. 풍 마법인 〈탐사〉를 사용한 게지. 던전을 조사했을 때도 사용했었지? 잔류 마력 검지기. 거기에 사용되는 구조라던데. 다만 그 상자 쪽, 그러니까 받는 쪽을 작게 하는데 꽤나 애를 먹었다더군."

그렇게 말한 일라리온이 공을 손가락으로 쳤다. 그러자 그 소리가 상자 쪽에서 들렸다.

"더 놀라운 건 이 공이 받아들인 소리를 상자 쪽으로 보내준다는 거야. 이걸로 무슨 일이 일어나고 있는지 상자를 가진 사람도 알 수 있겠지?"

료가 이것을 봤다면 "도청기냐!"라고 말했을 것이 틀림없었다.

일라리온은 상자를 책상에 두고 공을 아벨에게 건넸다.

"대단하군. 연금술이 이런 것까지 만들 수 있게 된 건가……."

아벨이 중얼거리듯 말한다.

"허허허. 그걸 만든 놈이 천재인 것뿐이다. 왕도가 아무리 넓다 해도 해도 연금술사 천재는 두 사람밖에 없지. 아니, 이제 한 명 남았나?"

아벨의 중얼거림에 일라리온이 답했다.

"혹시 그거, 케네스라는 이름이야?"

"호오. 알고 있나? 그래, 맞아. 케네스 헤이워드 남작이지."

아벨의 물음에 크게 고개를 끄덕이며 답하는 일라리온.

"이…… 왕도의 모험자들 일부가 쫓아간 상대가 그 남작이야."

아벨은 의자에 앉은 채 점점 작아지고 있는 왕도의 C급 모험자 오리아나를 바라보았다.

"맙소사…… 국왕 폐하께서 손수 서임하신 남작을 쫓아간 게로군……. 만일 위에 알려지면 곤란하지 않을까."

일라리온은 들으라는 듯이 말했고, 그 말을 들은 오리아나는 창백하게 질려 있었다.

아무리 재무경 부하의 명령이라지만 국왕 폐하가 서임을 내린 귀족…… 그런 자에게 손을 대면 반드시 국왕 폐하가 알게 된다.

그 누가 국왕 폐하의 미움을 받은 일개 모험자 따위를 지켜줄까. 파티째로 사라질 것이 불 보듯 뻔했다.

그런 오리아나 쪽을 일라리온이 바라보았다.

"이보게, 자네들이 협조해 준다면 내가 중재에 나서주겠네."

"저, 정말인가요!"

일라리온의 제안에 오리아나가 달려들었다.

"물론이지. 이 일라리온의 이름을 걸고 맹세하마. 어때, 협력해 주겠나?"

"네, 물론이죠!"

그렇게 말한 오리아나는 몇 번이고 고개를 끄덕였다.

그런 두 사람의 대화를 지켜보는 아벨.

이 할아범, 역시 방심할 수 없어……. 아벨의 눈은 그렇게 말하고 있었다.

일라리온과 아벨은 지하 심문실(임시)로 이동했다. 그곳에는 일라리온이 기절시킨 『새벽의 명성』의 멤버가…… 있긴 했지만 이미 일어나 있었다.

"뭐냐, 벌써 일어났나? 빠르구먼."

"네놈, 갑자기 기절시키는 게 어딨어! 이 구속을 풀어라!"

"풀라는 말에 선뜻 풀어줄 리가 없잖나."

그런 말다툼을 아벨은 남의 일처럼 보고 있었다.

그 후 리햐와 린이 오리아나를 데리고 들어왔다.

"오리아나! 괜찮아? 심한 짓은 안 당했어?"

구속된 남자는 그동안 일라리온과 입씨름을 벌이던 모습과는 달리 오리아나를 살폈다.

"헥터, 난 괜찮아."

그리고 붙잡힌 『새벽의 명성』 중 마지막 한 사람이 워렌에게 들려왔다.

"아이제이야……."

헥터라 불린, 일라리온에게 기절 당했던 남자가 할 수 있는 것은 간신히 이름을 부르는 것뿐이었다.

워렌의 등에 매달려 들어온 아이제이야는 머리 부분을 제외하고 온몸이 끈으로 칭칭 감겨 있는, 좋게 봐도 도롱이 벌레로밖에 보이지 않는 모습이었기 때문이다.

처음부터 워렌에게 둘러메진 채 옮겨질 것을 전제로 한 구속이었다.

"자, 왕도의 C급 파티 『새벽의 명성』의 제군. 리더 헥터, 오리아나, 아이제이야 이렇게 셋이로군. 자네들이 재무경의 부하에게 고용되어 있었다는 것은 이미 알고 있다. 이런, 자기소개를 먼저 해둘까. 뭐, 말할 필요도 없겠지만 나이트레이 왕국 최대 궁정 마법사인 일라리온 바라하일세."

그리고 아벨 쪽을 가리키며 말을 이었다.

"자네들이 잡으려 했던 이 자는 룬의 거리 B급 파티 『붉은 검』의 아벨이고 말이지."

일라리온은 아벨의 정체를 밝혔다.

"B급……."

"어쩐지……."

"으읍……."

딱 한 명, 온몸이 끈으로 도롱이 벌레처럼 묶여있을 뿐만 아니라 입 주위에도 재갈이 물려 있는 듯했다.

"그리고 자네들이 직면한 문제는……."

여기서 일부러 숨을 들이마시고 말을 끊는다.

"문제는, 대역죄 혐의가 있는 재무경에 가담했다는 사실이네."

그 말은 강렬했다.

세 사람 모두 머리를 무언가에 맞은 것처럼 크게 움찔했다.

대역죄란 왕실에 대한 반역죄를 의미한다. 왕국에 있어서는 왕국을 향한 반역죄인 국가 반역죄보다 죄가 더 무거울 정도였다.

거의 사형이거나 무기징역뿐이다. 거기에 가담했다면 이들에게 부과될 형량도 사형이나 무기징역.

"말도 안 돼……."

간신히 쥐어짜듯 목소리를 낸 것은 리더인 헥터였다.

"그렇지만 아무것도 모른 채로 협력에 가담하고, 일회용 말로 쓰고 버려지는 걸 보는 것도 마음이 아프지. 만일 우리에게 협력한다면 국왕 폐하께 잘 말씀드려볼 수 있네만, 어떤가?"

"그, 그게 사실인가?"

헥터가 대답했다. 파티의 리더이기도 한 그가 가장 책임감도 있어 보였다.

"물론이지. 이 일라리온 바라하의 이름으로 맹세하마."

일라리온이 크게 고개를 끄덕이며 답했다.

헥터는 오리아나, 아이제이야 쪽을 확인했다. 두 사람 다 조그맣게 고개를 끄덕였다.

"알았다. 일라리온…… 님의 은혜를 감사히 받도록 하지."

그 말을 듣고 일라리온은 만족스러운 미소를 지어 보였다.

"그렇지. 하나 더 자네들에게 전할 게 있다. 자네들의 다른 일행, 그러니까 두 명은 다른 자들을 쫓아갔지?"

"그래, 쫓아갔다."

일라리온의 질문에 헥터가 답했다.

"그중 한 명은 국왕 폐하께 직접 서임을 받은 케네스 헤이워드 남작일세. 어엿한 귀족인데다 폐하께서 직접 나선 서임인 이상 무슨 일이라도 생기면 큰일이지."

"그, 그 두 사람에게 시킨 건 신원 확인뿐이다! 결코 폐하의 귀족에게 해를 가하려는 의도는 없어!"

헥터가 필사적으로 외쳤다.

"음, 그게 사실이길 바랄 뿐이야. 자, 자네들이 협조해 줬으면 하는 것은 이 아벨이 잠입하는 것을 도와달라는 것이네."

"잠입?"

일라리온의 설명에 헥터가 고개를 갸웃했다.

"아까 말했듯이 재무경의 대역죄 증거를 잡기 위해서다. 나라의 중진일세. 게다가 대역죄가 되면 확실한 증거가 필요한 법. 자네들은 계획대로 아벨을 붙잡아 재무경의 부하에게 데려간다. 기본적으로는 그뿐일세."

"그것뿐인가?"

헥터가 맥빠진 얼굴로 답했다.

이만큼이나 위협을 받았다. 상당히 무리한 일을 도우라고 강요 당하진 않을까 걱정했는데, 제시받은 내용은 당초 예정대로 잡아 서 데려가는 것뿐.

"음. 협조해 줄 수 있겠지?"

"아아, 알았어. 두말은 안 해."

헥터는 고개를 끄덕이며 답했다.

"녀석들의 몸수색은 꽤 엄격해. 무기를 몸에 지니고 가는 건 불 가능할걸."

전원의 준비가 끝나고 최종 점검을 마친 단계에서, 아벨이 몸 에 숨긴 단검을 본 헥터가 그렇게 말했다.

"그 공도…… 더 찾기 어려운 곳에 넣는 게 좋지 않을까?"

이른바 '발신기'인 공을 말했다. 엄지손가락 크기의 공. 아벨은 주머니에 넣어두면 돌 같은 거라 생각하겠지 하고 적당히 넘겼는 데, 헥터에게 지적을 받았다.

"그런가……. 그럼 어디에 숨기지?"

아벨이 중얼거리듯 말했다.

"옷에 꿰매놓으면……."

"입 안에 계속 넣어두는 게 좋을 것 같아요."

"차라리 그냥 삼켜서 배 속에 넣어두는 게 낫지!"

헥터가 상식적인 제안을 했고, 리햐가 가혹한 제안을 했고, 린 이 과격한 의견을 제시했다.

그리고 말한 직후, 린은 곧바로 워렌의 뒤로 숨었다.

"난 이 녀석들에게 목숨을 맡겨도 정말 괜찮은 걸까……."

아벨은 천장을 올려다보며 탄식했다.

◆

왕도 내 『새벽의 명성』 은신처.

헥터, 오리아나, 아이제이야 세 사람은 끈으로 묶은 아벨을 자루에 넣어 밖에서 보이지 않게 한 뒤 안아 들었다.

"헥터, 꽤 늦었네."

먼저 와 있던 두 사람, 켄지와 타로가 헥터 일행을 맞이했다.

"아아, 사정이 좀 있어서."

헥터는 그렇게 말하자마자 깊은 한숨을 푹 내쉬었다.

"우리가 미행한 세 명 말인데, 한 명은 왕립 연금 공방, 나머지 두 명은 왕국 기사단 숙소로 들어갔어. 어디로 돌아가는지만 확인하라고 해서 그 길로 돌아왔는데, 정말 그걸로 괜찮은 거야?"

켄지가 헥터에게 확인했다.

"아아, 그거면 충분해. 우선 그 세 사람에 관해서는 앞으로 일절 언급하지 마."

"어?"

헥터의 지시에 켄지가 고개를 갸우뚱했다.

"귀족, 그것도 국왕 폐하가 서임을 내린 귀족이 섞여 있다는 걸 알았다. 그러니 일절 건드리지 않을 거야. 위에 하는 보고도 그 세 사람에 관해서는 없는 거다. 우리는 아무것도 못 봤어. 알겠지?"

"어, 어어."

과할 정도로 재차 못을 박는 헥터의 말에 켄지는 저도 모르게 고개를 끄덕였다.

"위쪽에서 요구한 건 이 붙잡은 남자의 신병뿐이다. 이 남자를 무사히 인도하면 다른 말은 듣지 않을 거야. 이 남자는 혼자 술을 마시고 있었다. 그리고 거기서 돌아오는 길에 포획했다. 알겠지? 그렇게 알고 있어."

"아, 알았어."

켄지가 대답하고 타로도 이해했다는 듯 고개를 끄덕였다.

헥터가 이런 말을 할 때면 뭔가 성가신 상황이 벌어졌다는 뜻이라는 것을 이 둘도 오랜 친분을 통해 알고 있었다. 그리고 그런 경우 헥터가 해결하는 것을 기다리는 것이 가장 성공률이 높다는 것도 경험으로 알고 있다. 그래서 헥터가 시키는 대로 하는 데 아무 문제가 없었다.

아벨이 자루에서 나온 것은 그로부터 약 30분 후였다. 왼쪽 문 너머로는 술에 취한 자들의 웃음소리가 들려왔다.

"고용된 모험자들의 처소다."

아벨을 자루에서 꺼내면서 헥터가 나직이 속삭였다.

그 타이밍에 오른쪽 문이 열리고 안에서 남자가 나왔다.

"그놈이지?"

"아아, 맞아."

남자의 물음에 헥터가 답했다.

"내가 데리고 갈게. 너희들은 그쪽에서 쉬어. 고생했다."

그렇게 말한 남자는 문 안쪽에서 한 명을 더 불러와 아벨 앞뒤로 섰다. 그리고 이어진 몸수색. 확실히 헥터가 말한 대로 꽤 꼼꼼한 확인이 이루어졌다.

"좋아. 걸어."

드디어 몸수색이 끝나고 아벨은 걷기 시작했다.

헥터는 그것을 걱정스럽게 한 번 쳐다본 뒤, 동료들과 함께 왼쪽 문을 열고 모험자들의 처소로 들어가는 것이었다.

두 명의 남자 사이에 낀 아벨은 얼마간 복도를 걷다가 곧 텅 빈 방으로 들어갔다. 넓이는 학교의 교실 두 개분 정도 될까. 중앙에는 의자가 놓여 있고, 그것을 둘러싸듯 세 남자들이 서 있었다.

"앉아라."

그리고 아벨은 그 의자에 앉게 되었다. 팔은 끈으로 묶여있지만 그뿐이다. 남자들이 어지간히 실력에 자신이 있는 것일까. 아니면 단순히 방심한 것뿐일까…….

정면에 선 리더로 보이는 남자가 입을 열려는 순간, 아벨 일행이 들어온 것과는 다른 쪽의 문이 열리며 두 남자가 통을 운반해왔다.

그것을 보고 방에 있던 다섯 사람 모두 크게 당황하며 소리쳤다.

"바보! 그건 이 방이 아니잖아!"

"맨 안쪽 방이다. 얼른 가져가!"

통을 운반한 남자들은 죄송하다는 듯 고개를 숙이며 방을 나 갔다.

'저 당황한 모습은…… 대체 뭐가 들어 있기에?'

아벨은 조사해야 할 물건을 찾은 느낌이 들었다.

"자, 그럼……."

아벨 정면에 선 리더로 보이는 남자가 입을 열었다.

"우리가 너한테 물어보고 싶은 건 두 가지다. 누구의 수하인가. 그리고 어디까지 알아냈는가다."

'내가 너희에게 묻고 싶은 건 누구의 수하인가, 그리고 무엇을 하려고 하는가, 이지.'

아벨은 마음속으로 말했다.

아까부터 남자들이 입고 있는 물건에서 신분이나 소속으로 이 어질 만한 것이 없는지 관찰했지만, 역시 밖에서 보일 만한 곳에 그런 종류의 물건을 착용하고 있지는 않았다.

"험한 꼴 당하기 전에 말하는 게 좋을 거다."

리더가 그렇게 말하자 옆에 있는 남자가 보란 듯이 칼을 꺼냈다.

그것을 보고 아벨은 입을 열었다.

"알았어, 얘기할게."

"호오. 대화가 빠르군."

"나도 아픈 건 싫거든. 내 고용주는 기사단장이다."

당연히 적당히 지어낸 말이었다.

눈앞의 남자들이 재무경과 연결되어 있다는 것은 알고 있다.

그리고 재무경이 기사단장 바카라와 시종장 소렐의 비리를 묵인하고 있는 첩보도 잡아냈다. 당연히 묵인하는 데는 이유가 있을 것이다. 혹은 뭔가 편의를 봐주고 있을 가능성이 있다. 어느 쪽이든 이 세 사람을 비교했을 때, 언제든 다른 두 사람을 비리로 내몰 수 있는 재무경이 가장 강하고 기사단장과 시종장은 재무경에게 고개를 들지 못할 가능성이 높았다.

그렇다면 기사단장과 시종장은 어떤 행동을 취할 것인가?

생각할 수 있는 행동은 두 가지.

하나는 아무것도 하지 않고 현상에 만족한다. 다른 하나는 재무경 측의 약점을 찾아 급히 증거를 입수해 비리로 쉽게 잡히지 않을 만한 입지를 확보해 둔다.

그렇기에 여기서 '고용주는 기사단장'이라고 한 아벨의 말에 진실성이 더해진다. 물론 아벨로서는 아무런 물증도 없었기에 모든 것은 추론에 추론을 조합한 것뿐이다.

하지만 아벨의 말을 들은 리더의 반응은 격렬했다.

"그럴 수가……."

그렇게 말한 뒤 입을 다물었던 것이다.

그 반응은 추종자들을 놀라게 했고 아벨도 속으로 놀라고 있었다.

'어? 뭐야, 그 반응. 재무경측도 기사단장측이 뭔가를 알아내기 위해 움직이는 걸 경계하고 있었다고 말하는 거나 다름없잖아……. 아까 그 통도 그렇고 행운이 계속되는데! 역시 잠입해 보는 게 제일이야.'

아벨은 자신의 결단이 틀리지 않았다고 생각하며 속으로 몇 번이나 고개를 끄덕였다.

잠시 후 리더는 생각이 정리된 것인지 아벨을 보고 다시 질문을 이어갔다.

"기사단장이 고용주인가. 그렇다면 네가 들쑤시고 다닌 건 뭘 위해서지?"

"만일의 경우를 대비해 재무경의 비리 증거를 잡기 위해."

부정의 증거가 있다면 누구라도 알아두고 싶을 것이다······ 꼭 기사단장이 아니더라도.

실제로 기사단장만 해도, 적이라면 물론이고 현재의 아군이라도 영원히 아군이라고는 할 수 없다. 앞으로를 대비하기 위해 뒤를 캐는 등의 움직임을 취한다 해도 결코 이상하지는 않았다.

"그렇군. 그래서 증거는 찾았나?"

"몇 개는 찾았다."

리더의 질문에 아벨은 솔직함을 가장해 답했다.

"어디 있지?"

"믿을 수 있는 동료에게 전달했다. 내가 정기적으로 연락이 없으면 내무 조사관에게 넘어가도록 준비해 놨지."

그 말을 듣고 리더는 표정을 바꾸지 않았지만, 추종자들은 놀란 표정을 지었다.

내무 조사관은 내무부 소속으로, 정부 관계자의 비리를 조사하는 자들이다. 경우에 따라서는 국왕의 칙명에 따라 귀족들을 단속할 권한까지 부여받기도 한다.

"꽤 흥미롭군. 왜 기사단장이 아니라 내무 조사관에게 넘어가도록 해놓은 거지?"

"그야 물론 내 몸을 보호하기 위해서지."

리더의 질문에 아벨은 당연한 질문을 하냐는 듯한 분위기를 풍기며 답했다. 오랫동안 모험자를 해왔기 때문에 매우 그럴싸해 보였다.

하지만 아벨은 겉모습과는 달리 속으로는 살벌한 생각을 하고 있었다.

'역시 이 리더만은 다른 녀석들과는 결이 달라…… . 절대로 이런 거친 일에는 적합하지 않다. 본질적으로는 좋은 놈일지도 모르지만, 뭐 어쩔 수 없지. 쓰러뜨리고 납치한다면 이 남자다. 나머지는 이 포위를 어떻게 할 것인가, 인데.'

현실적으로 다섯 남자에게 둘러싸인 상태에서 무기도 없고 손도 끈으로 묶여 있는 상황은 그리 좋다고 말할 수 없었다. 좀 더 인원수를 줄여야 했다.

"흠. 어때, 그 증거를 이쪽에 팔아주지 않겠나? 물론 강제로 얻어낼 방법도 있지만 말야…… ."

그렇게 말한 리더는 보란 듯이 옆에서 칼을 들고 있는 동료를 바라보았다.

"아니, 나도 아픈 건 싫다고 했잖아. 조금의 돈과 국외로 도망치게만 해 준다면…… ."

"좋다. 거래 성사로군. 그럼 증거의 내용에 대해 이야기해 볼까."

거기서 아벨은 당황했다. 애초부터 증거가 없으니 당연하다.

"아아, 그거다. 그러니까…… 콜록, 콜록콜록!"

갑자기 기침을 하기 시작하는 아벨. 그리고 괴로운 표정을 짓는다.

"뭐야? 이봐, 누가 물 좀 가져와."

리더가 지시를 내리자 두목 중 한 명이 방을 나갔다.

아벨은 그대로 기침을 계속하다가 마침내 의자에서 떨어져 바닥을 굴렀다.

"뭐야, 대체. 어이, 신관을 데려와."

또 한 사람이 방을 나갔다.

'이 정도면 되겠지.'

아벨은 상황을 지켜보기 위해 다가온 부하 중 한 명의 다리를, 누운 상태에서 손으로 잡아 넘어뜨렸다. 넘어뜨림과 동시에 바닥에서 빙글 회전하여 쓰러진 남자의 목에 오른발을 내려쳐 기절시켰다. 그리고 남자가 허리에 차고 있던 칼을 빼냈다.

그것을 보고 마지막 남은 부하 한 명이 달려들었다.

아벨은 끈으로 묶인 상태의 양손으로 칼을 들었다.

부하가 덤벼드는 것을 팔 바깥쪽을 이용해 피하고 칼을 옆으로 눕힌 채 겨드랑이 아래를 찔렀다.

"끄헉."

한심한 소리를 내면서 찔린 남자는 바닥을 굴렀다. 겨드랑이 주변은 신경이 집중되어 있어 이곳을 찌르면 사람에 따라서는 기절하기도 한다……. 검사인 아벨은 경험을 통해 그것을 알고 있었다.

그제야 아벨은 리더와 일대일 대치 상황이 되었다.

"돈과 국외 도피가 아니었던 건가……."

리더는 조금씩 뒷걸음질 치고 있었다. 뒷문으로 도망칠 생각을 하고 있는 것이다.

"미안하게 됐어."

거기까지만 말하고 아벨은 남자를 향해 돌진했다.

"쿨럭……."

남자는 아벨의 돌진을 피하지 못하고 명치에 팔꿈치를 맞고 고통에 몸부림쳤다. 그런 리더의 머리를 아벨은 걷어차 기절시켰다.

거기까지 간 뒤에야 아벨은 칼로 양손을 묶고 있는 끈을 자를 수 있었다.

바로 그 타이밍에 아벨이 들어왔던 문이 열리고 사람이 뛰어들었다. 『붉은 검』의 세 사람과 일라리온이었다.

아벨의 옷 안에 꿰매둔 공을 통해 마침내 아벨이 행동에 나섰다는 것을 알고 서둘러 건물로 들어온 것이다.

"어서 와, 입구 근처에 모험자들이 모여 있는 방 없었어? 녀석들이 눈치채진 않았고?"

아벨이 평이한 어조로 물었다.

"내 마법으로 기척을 지워놨으니 괜찮다."

"정말! 아벨, 걱정시키지 마요!"

일라리온이 가슴을 펴고 답했고 리하가 아벨에게 매달렸다.

"어, 어어. 미안."

솔직하게 사과하는 아벨.

"그래서, 뭔가 증거는 찾았나? 소리로만 들었을 땐 아무것도 없는 것 같던데."

"아아, 일단 이 남자."

일라리온의 질문에 아벨은 기절시킨 리더를 턱으로 가리켰다.

"이 녀석은 여러모로 많이 알 것 같으니까 데리고 가야겠어. 워렌, 미안하지만 근처에서 이 녀석이 들어갈 만한 자루를 찾아서 들고가 줘. 그리고 아까 실수로 이 방에 통이 운반되어 왔는데 이놈들이 그걸 보고 상당히 당황하더군. 그것도 좀 신경이 쓰이니까 조사해두고 싶어."

"흠. 제일 안쪽 방으로 가져가라고 한 것 말이군. 아벨이랑 나랑…… 리햐 셋이서 가지. 워렌과 린은 이 남자들을 부탁하마."

그리하여 아벨, 일라리온, 리햐 세 사람은 안쪽 문으로 들어갔다.

문을 나서자 넓은 복도가 나왔다. 아벨이 심문을 받던 방은 이쪽 복도의 끝이었기에 일단 그대로 복도를 나아가 보기로 했다.

도중에 물을 가지고 돌아온 남자와 신관을 데리고 온 남자, 나아가 신관까지도 기절시키고 세 사람은 복도 안쪽으로 나아갔다.

"여기인가?"

양쪽으로 여는 문 앞에 닿았다. 문에 귀를 대고 내부를 살폈지만 소리는 나지 않았다.

"으음. 생명의 고동과 존재를 내 곁으로 이끌어다오 〈탐사〉."

일라리온이 주창한 것은 풍속성 마법의 〈탐사〉였다……. 〈탐사〉인데, 무서울 정도로 빠른 속도라 영창 전체를 말하는데 1초 정도밖에 걸리지 않았다.

　"언제 들어도 믿을 수가 없네. 분명 대충 말하는 거지, 할아범."

　아벨이 그 재빠른 영창에 어이없다는 듯이 말했다.

　"무슨 소리냐, 바보 같은 놈. 오랜 수행과 연마의 성과다. 문 안에는 아무도 없어."

　일라리온의 그 말에 아벨이 문을 열고 들어간다.

　문 안에는 아까 아벨이 심문받던 방의 두 배 정도의 넓이였다. 안쪽에 아까 그 통이 50개 정도 놓여 있었다.

　"흠."

　일라리온이 통을 가볍게 두드려 소리를 확인했다.

　"와인이 아닌 건 확실하군."

　"당연하지."

　일라리온의 가벼운 말에 아벨이 어이없다는 듯 답했다.

　몇 개의 통을 살펴보자 뚜껑 위로 내용물이 쏟아진 것인지 검은 모래 같은 것이 묻어 있는 것을 발견했다.

　"검은 모래?"

　"설마……."

　아벨이 고개를 갸우뚱하며 말하자 일라리온이 그 검은 모래를 만지더니 냄새를 맡아보고는 경악했다.

　"아벨……. 바로 여기를 벗어나자."

　"아, 알았어."

쉽게 당황하는 일이 없는 일라리온이 이마에 땀을 흘리고 표정을 굳히며 후퇴할 것을 권했다. 상당히 위험한 물건이라는 것을 아벨도 알 수 있었다.

일행은 급히 심문을 받은 방으로 발길을 돌렸고 자루에 넣은 리더 사내를 짊어진 워렌, 린과 합류해 건물을 나가는 문 앞까지 당도했다.

"잠깐만. 저 녀석들한테도 알려주는 게 좋겠다."

일라리온은 그렇게 말하고는 모험자들이 웅성거리고 있는 방문을 아주 조금만 열고 외쳤다.

"바람이여 속삭여라 소리를 전하라 〈위스퍼〉 『헥터, 일라리온일세. 가능한 한 빨리 파티원들을 데리고 이 건물에서 나가게. 그리고 가능한 한 멀리 떨어지도록 해』."

그 말만을 마치고 다섯 사람은 서둘러 건물을 나섰다.

『붉은 검』과 일라리온이 왕국 마법 연구소로 돌아온 것은 15분 뒤였다. 현장과 연구소는 1킬로미터 정도밖에 떨어져 있지 않았던 것이다.

자루에 담긴 리더를 들고 온 탓에 아벨, 워렌, 일라리온은 그대로 지하로 직행했다. 『새벽의 명성』의 헥터를 심문하던 방이다.

아직 기절한 채인 리더를 바닥에 내려두고 아벨은 일라리온에게 물었다.

"할아범, 결국 그 통의 내용물은 뭐였어?"

일라리온 정도의 남자가 당황할 정도의 물건이 들어 있었던 것이다. 흥미가 없다고 하면 거짓말이다.

"그건 '검은 가루'라고 불리는 물건이다."

"'검은 가루'?"

확실히 검다……. 가루 혹은 모래처럼 보이던 것을 아벨은 떠올렸다.

"애초에 그런 곳에 있을 리 없는 물건이지. 이 남자에게는 반드시 이것저것 캐내 봐야겠군……."

거기까지 말하고 일라리온의 말이 멈췄다.

지금 처음으로, 리더인 남자의 얼굴을 똑바로 마주했다……. 그가 아는 얼굴이었다.

"이 녀석은 재무경 푸카의 이복동생이 아닌가……."

"동생?"

일라리온이 진심으로 놀란 듯 말했고, 아벨이 의아하게 물었다. 음모에 동생을 끌어들이다니…… 일이 드러났을 때 바로 관여했다는 의심을 받지 않을까? 아벨은 상식적으로 그렇게 생각했다.

"녀석의 동생이긴 한데, 아마 15명 정도 됐을 거다. 아버지가 정력적인 놈이라 말이지. 이 녀석은 그중에서도 막냇동생…… 나이도 맏형 푸카와는 30살 이상 떨어져 있어."

"그건 그렇고 잘 알고 있네."

아벨은 일라리온의 지식량에 순순히 감탄했다.

"이놈 바로 위에 있는 형이 우리 쪽에서, 그러니까 여기서 일하고 있으니까."

"……뭐?"

"여기 연구원이다. 그래서 옛날에 아직 저택에서 출퇴근했을 때는 이 녀석도 가끔 따라왔었지. 이름이…… 시카였나? 참고로 형은 사카다."

지식량이 대단한 것이 아니라, 부하의 남동생이었다.

'장남이 푸카, 14남이 사카, 15남이 시카…… 인가? 된 건가, 이 걸로? 맞는 건가?'

아벨은 정보를 정리했다. 주로 형제의 이름뿐이었지만…….

리더인 남자, 일라리온이 시카라고 했던 사내가 눈을 떴다.

"큭…… 여기는?"

"잠에서 깼나."

"이, 일라리온 님……."

남자의 독백에 일라리온이 답했다. 그리고 남자는 이내 눈앞의 노인이 일라리온이라는 사실을 깨달았다.

"오랜만이구나, 시카."

"왜 당신이……."

"봐라, 이 녀석을 보면 알겠지?"

일라리온은 그렇게 말하고는 아벨을 불러 옆에 세웠다.

"넌 아까 그……."

그것을 보고 리더인 시카가 입을 다물었다.

"뭐, 그런 거다. 그리고 시카, 너도 알다시피 형 사카는 내 밑에서 일하고 있다. 아, 더 정확히 말하자면 이 건물에서 일하고 있지."

"그럼 여기는…… 일라리온 저택."

"음. 네가 나라를 배신했다는 것을 사카에게 알리는 것은 나 역시 괴롭구나."

그렇게 말한 일라리온이 고개를 저었다.

"자, 잠깐만요! 저는 나라를 배신한 적 따위⋯⋯."

"아까 그 장소에 숨겨뒀던 것은 뭐냐! 그건 '검은 가루' 아니냐!"

"그건⋯⋯."

시카는 말을 잇지 못했다.

"알고 있겠지, 그게 어떤 건지. 그런 장소에 둬도 될 물건이 아니라는 것도."

일라리온의 말에 시카는 고개를 떨구고 나직이 중얼거렸다.

"그건 유출을 막으려 했던 겁니다⋯⋯."

"유출을 막아? 무슨 뜻이지?"

일라리온의 그 물음에 시카는 선뜻 대답하지 못하고 침묵을 고수했다.

그 침묵을 아벨은 견디지 못하고⋯⋯ 아니, 그보단 조금 전의 장소에서 통을 보고 난 뒤로 계속 품고 있던 의문을 해소하기 위해 입을 열었다.

"저기, 할아범. 시카가 침묵하고 있는 동안 알려줘. 통 안에 들었던 '검은 가루'는 뭐야?"

"흐음⋯⋯ 양산된 건 아벨이 모험자가 된 이후부터인가. 그러면 모를 만도 하지. 그건⋯⋯ 불을 가까이 대면 폭발하는 가루다."

아벨의 물음에 일라리온은 무겁게 답했다.

"폭발⋯⋯ 화속성 마법의 〈폭염〉 같은 일이 일어난다는 뜻이지?"

"그래, 중앙 연방에서는 왕국 동부에서만 양산하고 있지. 뭐, 양산이라고는 해도 그다지 대량은 아니야. 하지만 사용법에 따라서는 전쟁의 형국을 뒤바꿀 수도 있는 것이다. 그래서 수출은 물론이고 존재 자체가 왕국 내에서도 극비지. 보관 장소도 재무부 관할의 특수 보관고인 동부의 슬란제위와 이곳 왕도뿐이다. 나와 연금술사 케네스 헤이워드 남작이 왕도의 보관고를 만들었으니 잘 알고 있지만…… 보관에는 세심한 주의가 필요해. 저 통, 물론 연금 처리가 되어 있다고는 하지만 그래도 꽤 불안정하거든."

일라리온이 설명하는 동안 시카는 몇 번인가 고개를 저었다. 마음속으로 갈등하고 있는 듯했다.

그것을 보고 일라리온이 부드럽게 타일렀다.

"시카. 네가 그렇게 고민한다는 건 형제 중 누군가가 관련되어 있기 때문이겠지?"

그 한마디가 시카에게 닿았고…… 곧바로 휙 고개를 들어 일라리온을 바라보았다.

그 눈은 휘둥그레져 있었다.

"알고 있다. 넌 형들 모두에게 귀여움을 받고 있었지. 맨 위의, 서른 살 가까이 차이가 나는 푸카에게조차도 말이야."

굳이 여기서 일라리온은 공백을 두었다. 일라리온은 이들이 처한 상황에 관해 짐작이 가는 듯했다.

"아벨. 내가 보증할 테니 네 신분을 밝혀도 되겠느냐?"

"뭐?"

일라리온의 갑작스러운 제안에 역시 아벨도 놀랐다.

이 타이밍에? 아벨이 일라리온을 바라보는 시선은 그렇게 말하고 있었다. 하지만 망설인 것은 불과 몇 초.

"뭐, 괜찮겠지."

아벨은 어깨를 으쓱하고 허락했다.

"고맙다. 시카, 이 모험자 아벨의 본명은 알버트 베스퍼드 나이트레이, 스태퍼드 4세 폐하의 제2왕자다."

그 말을 들은 시카는 조금 전보다 더 크게 눈을 뜨더니 이번에는 푹 고개를 떨궜다.

"이제 알았겠지? 지금 여기서 모든 걸 얘기하는 게 제일 좋다. 늦기 전에 말해라. 네가 한 증언은 일라리온 바라하와 알버트 왕자가 증인이 되어줄 수 있다. 정상 참작을 원한다면 이 이상의 원군은 없을걸?"

'그렇군. 그러기 위해서 내 신분이 필요했던 건가. 형제 중 누군가의 정상 참작을 바라기 때문에…… 혹은 그것이 불가능하더라도 가문째 파괴되는 것을 막을 수는 있겠지……. 시카는 협조적인 자세를 보였다, 라는 이유를 대면.'

아벨은 그렇게 생각했다.

"알겠습니다……."

일라리온의 설득 이후 20초 정도가 지났을까. 그제서야 시카가 무거운 입을 열었다.

"일라리온 님은 이미 눈치채신 것 같지만, 형제를 돕기 위해서입니다."

시카는 거기까지 말하고 입술을 깨물었다.

"재무경인 맏형 푸카도 얽혀 있는 게로군?"

"네……. 푸카 형은 동생 전원의 보호자입니다……."

푸카나 시카의 부모는 이미 이 세상에 없다. 그것도 이유 중 하나였을 것이다. 푸카는 14명의 남동생을 돌보고 있었다. 아마 이번에는 그것을 역으로 이용하여…….

"형제 중 누군가가 협박이라도 당했단 말인가?"

일라리온이 나직이 물었고, 시카는 고개를 끄덕였다.

"루카 형이…… 유괴됐고, 그걸 빌미로 푸카 형은 '검은 가루'의 유출을 강요받았습니다……."

"그렇군. 루카는…… 4남이었나. 하지만 푸카는 왕국 재무경. 장관 중에서도 가장 힘 있는 사내 중 한 명이다. 그 재무경이 가장 아끼는 형제를 유괴했다면…… 왕국 사람은 아니겠지. 외세인가?"

"루카 형이 있던 곳은 왕국이 아니었습니다. 그건 조사가 이미 끝났습니다. 다만 그 중심에 있는 것은……."

거기서 시카는 입을 다물었다. 여기까지 말해놓고, 이제 와서 말을 꺼내기 어려운 것이 또 있는 듯했다.

"시카, 전부 알아야 네 편이 될 수 있다."

일라리온은 말했다. 내용은 엄격하지만 어조는 부드럽다. 사이 좋은 형제가 납치돼 외국에 잡혀 있다면 그 심정이 어떠할까. 일라리온도 상상하긴 어렵지 않았다.

"네. 애초에 그 '검은 가루'들이 운반될 예정이었던 곳은…… 북부 칼라일이었습니다."

"무슨……."

쥐어짜듯 내뱉는 시카의 말에 일라리온은 말문이 막혔다. 옆에서 듣던 아벨도 할 말을 잃고 말았다. 그 이유는 거리 이름인 칼라일 때문이었다.

왕국 북부의 거리 칼라일. 그곳은 플리트웍 공작령의 수도이자, 규모면에서 북부 2위를 자랑하는 곳이다. 규모도 그렇지만 문제는 칼라일을 영지로 삼고 있는 플리트웍 공작이다.

현재 플리트웍 공작은 국왕 스태퍼드 4세의 동생 레이먼드.

즉, 시카의 증언은 왕제(王弟)의 반역을 보여주는 것이나 다름없었다.

"이건……."

일의 중대성에 일라리온 역시 말을 잇지 못했다.

잠시 침묵이 이어졌다. 가장 먼저 입을 연 것은 아벨이었다.

"상황을 정리하면…… 재무성 관할 왕도 특수 보관고에서 '검은 가루'가 불법으로 유출됐다. 수송지는 북부 칼라일. 그것은 재무경 푸카의 동생 루카를 유괴하고 재무경을 협박함으로써 이루어졌다. 루카는 국외에 잡혀 있다. 여기까지는 맞나?"

"네."

아벨의 물음에 시카는 나약하지만 확실하게 고개를 끄덕였다. 모든 것을 두 사람에게 털어놓을 수밖에 없다는 것을 이성뿐만 아니라 감정으로도 이해하기 시작한 듯했다.

"그렇게 되면 이해가 안 되는 점이 몇 가지 있어. 우선 왜 빼돌렸을 '검은 가루'가 아직 왕도에 있는 거지?"

"유출을 강요받았지만 저것이 아주 위험한, 특히 반역을 바라는 자의 손에 넘어가면 매우 강력한 무기가 된다는 것은 푸카 형도 이해하고 있었습니다. 그래서 실제로 칼라일에게 보낸 것은 대부분 겉보기에만 똑같은 가짜입니다. 몇몇은 상대방을 속이기 위해 진짜도 섞긴 했지만요. 특수 보관고의 정보도 다 누설된 마당에 유출로 줄어들어야 할 분량을 어딘가에 따로 보관할 수도 없어서, 거기에……."

아벨의 물음에 시카는 답했다.

"그렇군. 또 하나 질문하고 싶은 건 칼라일이…… 즉, 플리트윅 공작이 반역을 한다고 치고, 루카의 신변이 국외에 있다는 건 플리트윅 공작은 국외 세력과 결탁하고 있다, 라는 뜻이겠지?"

"네……."

"어느 나라야?"

아벨이 낮은 목소리로 물었다.

이는 매우 중요한 질문이다.

어느 나라가 플리트윅 공작, 즉 왕제 레이먼드와 결탁하여 왕국 중추에 손을 뻗고 있는가. 경우에 따라서는 그 나라와의 전쟁이 될 가능성도 있는 질문이었다.

"루카 형은 현재 한다르 연합에 잡혀 있습니다."

한다르 연합.

나이트레이 왕국, 데브히 제국과 함께 중앙 3대 강국 중 하나. 그 영토는 왕국 동부 지역, 제국 남동부 지역과 경계를 접하고 있다.

10년 전 나이트레이 왕국과 대규모 전쟁을 벌였다가 참패. 그 결과 잉베리 공국 등 속국 취급을 하던 주변국들이 완전히 독립. 또한 국가 연합의 일부 영토도 왕국에 할양되어 국가로서 상당한 타격을 입었다.

그런 배경도 있어 당연히 국가 간의 관계는 좋지 않다. 하지만 평화 조약도 맺어졌고 국교도 회복됐고 사람들의 왕래도 있다. 양국은 결코 전쟁 상태가 아니었다.

"음? 연합과 플리트윅 공작? 설마…… 그 소문."

"네, 그 소문은 사실입니다."

"무슨 소문?"

일라리온이 중얼거리고, 시카가 그것을 긍정하고, 아벨이 질문한다.

"플리트윅 공작, 즉 왕제 전하가 한다르 연합의 오브리 경과 비밀 협정을 맺었다는 소문입니다."

시카가 소문을 설명했다.

"비밀 협정? 오브리 경이라고 하면 대전 후 집정이 된, 현 국가 연합의 실질적인 지도자 아닌가?"

"음, 방심할 수 없는 사내지."

대전 당시, 아벨은 아직 왕궁에 있었기 때문에 다른 나라의 정세에 관해 상당히 많은 정보를 접할 수 있는 입장이었다. 허약하지만 뛰어난 두뇌를 지녀 이미 수완가로서 평판이 자자했던 형만큼은 아니었지만, 그래도 왕자 중 한 명으로서 여러 나라의 정세를 비교적 잘 파악하고 있던 것이다.

"비밀 협정…… 플리트윅 공작이 원하는 것은 옥좌이고, 오브리 경이 원하는 것은…… 대전에서 잃은 영토라도 되는 건가?"

아벨이 그럴싸한 시나리오를 읊었다.

"뭐, 그렇다고 알려져 있지. 고발한 외교관이 첫 청취 이후 보호받던 저택에서 자살해버린 탓에 여러모로 수수께끼로 남아 있다."

"입막음인가."

자살로 위장한 입막음. 어떤 세계에도 있는 일이다.

"허나…… 그 정도로 대규모에 그런 거물이 나올 법한 이야기라면…… 유출한 '검은 가루'가 가짜라는 것은 머지않아 드러날 거다."

"네, 그건 각오하고 있습니다. 정확히 지금쯤 별동대가 루카 형을 구출하고 있을 겁니다. 푸카 형이 직속 정예에게 명령해서 그쪽으로 향했거든요. 어디까지나 '검은 가루'의 거래는 이 구출 작전의 시간을 벌기 위해서였으니까요……. 저희가 빼돌린 검은 가루는 증거도 될 수 있지만 많은 사람들이 실제 수량을 파악하지 못한, 겉으로 드러나지 않는 물건이기도 합니다. 그래서 아무도 대놓고 나서서 추궁할 수 없는 상태인 거죠."

일라리온의 우려를 전적으로 긍정하는 시카.

재무경 푸카는 동생을 되찾은 뒤 옮겨놓은 진짜 '검은 가루'를 증거품으로 삼아 플리트윅 공작과 대적할 생각인지도 모른다.

물론 왕국을 위한다는 명분도 있겠지만, 동시에 소중한 형제에게 손을 대면 왕제라 하더라도 무사히 넘어갈 수 없다…… 그런 의사표시일 것이다.

'그건 그렇고…… 레이먼드 숙부…….'

현 국왕 스태퍼드 4세의 제2 왕자인 아벨이 봤을 때 왕제 레이먼드는 숙부였다.

본래 스태퍼드 4세와 동생 레이먼드의 사이는 결코 좋지 않았다.

각각 선왕의 제1왕비와 제2왕비 아들이라는, 이복형제라는 점도 그 이유 중 하나였다. 또한 스태퍼드 4세가 마법, 검술 모두 높은 수준을 가진 데다 나아가 정치적 수완까지 좋다면 비교되는 자리에 놓인 동생으로서는 괴로운 부분도 있었으리라.

레이먼드도 결코 무능하지는 않았지만 호방하고 비범하게 사람들을 사로잡은 형 스태퍼드에 비하면 다소 내성적이기도 했던 그는 매력 혹은 카리스마 면에서는 부족할 수밖에 없었다.

그러나 왕가 입장에서는 그것으로 충분했다. 동생은 어디까지나 동생. 형의 스페어. 쉽사리 형을 넘어서는 동생이라면 집안에 소동이 벌어질 테고, 자칫 잘못하면 내전…… 거기에 제국이나 연합까지 개입해 버리면 국가 존망의 위기에 빠지게 된다.

하지만 왕가로서는 충분하다 해도 동생 레이먼드도 한 명의 인간이다. 감정도 있고 자존심도 있다. 일반적인 가정에서도 복잡한 형제간의 감정은 자주 생겨난다.

하물며 왕가의 일원이라면 더더욱 그러했다.

'장남 푸카, 4남 루카, 14남 사카, 그리고 눈앞의 남자가 15남

시카…… 이름 정보를 갱신해 둬야지…….'

아벨은 마음속으로 중얼거렸다. 그리고 속으로 고개를 저었다.

실로 무거운 분위기로 생각에 잠겨 있는 것처럼 보이고, 실제로도 왕제 레이먼드의 일에 대해 생각하고 있지만…… 동시에 태연하게 이름 정보를 갱신하고 있는 것으로 보아 아벨 역시 그가 아는 수속성의 마법사의 사고방식에 물든 것인지도 모른다.

먹을 가까이하면 자신도 검어진다. 지당한 말이다.

마침 대략적인 정보 확인이 끝났을 때, 대지가 흔들렸다.

"지진인가? 왕도에서는 드문 일인데."

"아니, 지금 그건 지진의 흔들림이 아니야……."

일라리온은 서둘러 방 밖으로 뛰어나갔다.

"시카와 워렌은 방에 남아 있어. 시카의 모습을 다른 녀석들에게 보이면 곤란해."

아벨도 그것만 지시하고는 방 밖으로 뛰쳐나와 1층으로 올라가는 계단으로 달려갔다.

그리고 건물 밖으로 나온 것은 두 사람이 거의 동시였다.

두 사람 다 주위를 둘러보았다. 동쪽에서 연기가 피어오르는 것이 보였다.

"저긴가."

그렇게 말한 일라리온이 영창했다.

"바람이여 나를 그 손에 실어 이끌어라 〈플로트〉."

초속의 영창 뒤, 일라리온의 몸이 그 자리에서 떠올랐다.

10미터, 20미터……. 그 높이는 연구소를 넘어섰다.

"할아범, 어때?"

아래쪽에서 아벨이 외쳤다.

그것을 계기로 일라리온이 천천히 지상으로 내려왔다.

"그 건물이다. 아마 이 폭발은 '검은 가루'겠지. 저 건물 일대에 피해가 미친 것 같군."

"젠장. 앞서서 증거를 지운 건가?"

누가 움직였는지는 알 수 없다. 어쩌면 단순한 사고일지도 모른다. 하지만 그런 것치고는 타이밍이 너무 완벽했다. 어떤 인위적인 행동에 의한 폭발, 그렇게 생각하는 것이 자연스러웠다.

"나중에 현장을 보고 와야겠군. 아벨, 넌 특히나 시카의 안전 확보를 부탁한다."

"시카도 없애버릴 가능성이 있다는 거지?"

일라리온의 말에 아벨은 고개를 끄덕이며 답했다.

"음. 그리고 보니……『새벽의 명성』녀석들은 제대로 도망쳤을지……."

그 건물에서 탈출하면서 일라리온은 새벽의 명성의 리더인 헥터에게 바로 탈출하라는 말을 전했었다.

"괜찮겠지. 그래 봬도 C급 모험자야. 그 일라리온이 직접 서둘러 탈출하라는 말까지 했으니까…… 낌새는 맡았을 거야."

무엇보다 C급까지 올라간 모험자라면 위기 회피 능력이 높을 것이다.

아벨은 자신이 모험자이기 때문에 더더욱 같은 모험자들을 높이 평가하고 있었다.

◆

사고 현장에서 위병이 하는 일은 구경꾼을 현장에 접근시키지 않는 것이다. 이번처럼 왕도에서 일어난 화려한 사고의 경우 구경꾼의 수도 심심치 않게 몰린다.

그 결과 원래대로라면 휴가였을 위병들도 현장으로 투입되고 있었다. 그럼에도 구경꾼 수에 비하면 미미했다.

그래서 현장 주위에는 연금 도구의 일종인 빨간색 출입 금지 밧줄이 처져 있었다. 이 로프에 닿으면 찌릿, 하는 전기 자극이 간다. 더 이상 안으로 들어갈 수 없다는 것을 구경꾼들에게 알리기 위한 밧줄인 셈이다.

하지만 그 노인은 출입 금지 밧줄을 손으로 잡고 빠져나가며 현장으로 들어왔다. 위병들 눈앞에서.

"이봐, 할아범, 여기 들어오면 안 돼. 그런데 왜 줄을 잡아도 아무렇지도 않지?"

위병 중 한 명이 그 노인을 내쫓으려 했다.

"흠. 이건 내가 만드는 데 협력한 도구니까. 원리는 누구보다도 잘 알고 있지."

"뭐?"

"나는 왕국 최대 궁정 마법사 일라리온 바라하다. 당장 이곳의 책임자를 불러 오도록."

일라리온이 그렇게 말하자 한동안 아무도 움직이지 못했지만, 그가 말한 내용을 겨우 이해한 한 명이 황급히 달려나갔다.

남겨진 위병들은 서로를 힐끔힐끔 쳐다보며 모두 말이 없었다. 갑작스레 나타난 왕국 중진에 대해 누구도 적절히 대처할 자신이 없었던 것이다.

애초에 처음 반응한 위병은 "이봐, 할아범"이라고 말을 걸었다……. 그 위병의 안색은 밤이었음에도 확실히 알 수 있을 정도로 흙빛이 되어 있었다.

1분 뒤 위병 책임자로 보이는 인물이 황급히 달려왔다.

"오래 기다리셨습니다, 일라리온 님. 제가 왕도 위병대 부대장으로 이 현장을 통솔하고 있는 렉스입니다."

렉스 부대장은 경례를 하고 자기소개를 했다.

"음, 렉스 부대장, 바쁜 와중에 미안하네만 현 상황을 설명해 줄 수 있겠나? 조금 전 폭발에 우리 연구소도 흔들렸다네. 연구원들도 연기가 보였다느니 뭐니 하면서 떠들어대서 도무지 일을 할 상황이 아니야. 나도 책임자로서 설명을 해야 하니 아는 범위에서 말해보시게, 어떤가."

"그렇군요. 현재 사고 조사관도 들어가 있습니다만, 이쪽에 올라온 정보는 솔직히 그렇게 많지는……."

"제가 설명하겠습니다."

렉스 부대장이 설명하려는 것을 옆에서 가로막는 자가 있었다.

"해리슨 로렌스 백작? 내무경 공은 이미 도착한 건가. 꽤 빠르군."

"무시할 수 없을 정도의 폭발이니까요. 왕성 쪽도 어수선해서…… 서둘러 오게 되었습니다."

일라리온의 감상에 이미 와 있던 이유를 설명하는 해리슨 로렌스 내무경.

'그렇다 쳐도 빠르군. 아니, 너무 빠른데…….'

일라리온의 머리 한구석에 아주 작은 의심이 피어오른 순간이었다.

"사고 조사관이 말하길 화속성 마법의 폭주일 거라고 하더군요."

"화속성 마법에 저 정도의 폭발을 일으키는 마법이 있었던가……. 내 미처 몰랐군."

해리슨 로렌스의 설명에 일라리온은 납득이 가지 않는다는 것을 숨기지도 않은 채 논평했다.

"이거 난감하군요. 일라리온 님이 모르는 마법 같은 건 없지 않습니까. 이번 마법도 연금술과의 융합 마법에 실패한 것이거나, 여러 사람에 의한 동시 발동 폭주가 아닐까 추측하고 있습니다."

"흠. 연금술과의 융합 마법이라……."

그 말을 듣고 일라리온은 생각에 잠겼다.

물론 실제로는 '검은 가루'에 의한 폭발로 발생한 충격임을 알고 있었지만, 최근 발표된 '연금술과의 융합 마법' 자체는 일라리온도 관심을 갖고 있는 연구 대상이었다. 그래서 보통 마법사들과 비교해도 상당히 심도 있게 연구하고 있다. 거기서 얻은 식견 덕분에 현재의 '연금술과의 융합 마법'으로는 그 정도의 파괴력을 만들어낼 수 없다는 사실도 일라리온은 알고 있었다.

그렇지만 여기서 그것을 추궁해도 소용없다. 그것보다도 지금은 확인해 두고 싶은 것이 있었다.

"대강은 알았네. 그나저나 말려든 사람은 없는 건가? 건물의 꼴이 처참해. 주변 건물에도 피해가 미친 것 같은데."

"네, 심하죠. 이 중심 건물의 1층에서 시신 10구가 발견되었습니다. 주위에 흩어져 있던 물건들을 보니 아무래도 모험자인 것 같습니다. 그것도 융합 마법이라는 근거 중 하나입니다."

'융합 마법을 사용할 수 있는 모험자가 있을 리가 있나! 말이 되는 소릴 해!'

일라리온은 속으로만 욕을 퍼부었다.

"모험자 열 명이라. 그 녀석들의 신원은 알아냈나?"

"아니요, 아직입니다. 궁금하십니까?"

해리슨 로렌스가 그 질문을 하는 순간, 한순간 분위기가 바뀌었다……. 적어도 일라리온은 그렇게 느꼈다. 너무 깊이 파고드는 것은 위험하다.

"으음. 융합 마법을 쓸 정도의 모험자라면 은퇴 후에 우리 연구소에 데려가고 싶으니 말일세. 만일 지금까지 점찍어놓은 자들이라고 하면…… 그자들이 죽었을 경우 시급히 대체할 만한 인재를 찾아 두어야 하지 않겠나."

일라리온이 느긋한 분위기로 답했다.

"그렇군요, 그건 말씀하신 대로군요. 지금 모험자 길드 직원을 불러서 신원 확인을 하고 있는 중입니다. 슬슬 확인이 끝나고 보고가……."

그렇게 말하고 있는데 남자가 한 명 찾아왔다. 마침 일라리온도 알고 있는 왕도 모험자 길드 서브 마스터 조자이아 온사거였다.

"내무경, 확인되었습니다……. 그쪽은 일라리온 님? 오랜만입니다."

"음, 서브 마스터 조자이아인가. 오랜만이군."

"그래서 조자이아 공, 모험자는요?"

해리슨 로렌스의 물음에 조자이아는 얼굴을 찌푸렸다.

"확실히 왕도의 모험자입니다. C급 파티『용의 발톱』여섯 명과 D급 파티『검은 그림자』넷입니다."

조자이아는 동료들의 죽음에 마음이 아픈 듯했다.

일라리온은『새벽의 명성』이 말려들지 않았다는 사실에 안도했다.

'여섯 명은 모험자 처소 같은 데에 있던 놈들이군. 네 명은 나중에 돌아온 건가…… 운이 없었어…….'

일라리온은 연루된 희생자들을 애도했다.

"그렇습니까, 안타깝군요. 확인 감사합니다. 여기서 검사와 절차가 마무리되면 시신은 길드 쪽에 반환하도록 하겠습니다. 잠시만 기다려주세요."

"알겠습니다. 잘 부탁드립니다."

해리슨 로렌스와 조자이아의 대화는 끝났고 조자이아는 길드 쪽으로 걸어갔다.

"자, 그럼 나도 돌아가 볼까. 백작, 수고를 끼쳤네."

"뭘 이 정도로요."

일라리온이 구경꾼 앞으로 나아가자 구경꾼이 자연스럽게 좌우로 갈라졌다. 그리고 그는 연구소 쪽으로 돌아갔다.

그것을 본 해리슨 로렌스의 눈빛에 잠시 말로 형언할 수 없는 빛이 감돌았지만, 곧 그는 시선을 거두고 다시 현장 쪽으로 돌아갔다.

◆

왕도에서 폭발 소동이 있고 다음 날. 왕국 제2 가도.

윌리 전하와 로드리고 공, 료를 포함해 두 사람을 호위하는 자들 일행은 왕도를 향해 나아가고 있었다.

제2 가도는 가도변에 자리한 거리도 많고 숙박 시설도 잘 갖춰져 있어 기본적으로 밤에는 거리에 머물렀다. 야영을 하면서 불침번을 설 필요가 없다는 것은 누구에게나 고마운 일이었다.

그 대신 낮에는 제대로 이동거리를 확보했다.

동부 최대의 거리 윙스톤 이후, 기본적으로 콘이 마부 노릇을 하고 있었다. 이런 눈치 빠른 사내는 모험자로서도 우수하지만 마부를 시켜도 잘 해낸다. 어릴 때부터 그런 지식도 제대로 훈련받아 왔을 것이라고 료는 멋대로 추측했다.

그러한 인재는 귀중하다.

잘난 척 속으로 논평하고 있지만 입장상으로는 료가 콘의 부하였다.

그런 눈치 빠른 사내라 그런지 콘은 바람을 타고 들려오는 칼부림 소리와 말의 울음소리를 빠르게 알아차렸다.

"이봐, 북쪽 숲에서 무슨 일이 난 것 같은데."

콘이 마부석의 칸막이를 열고 안에 있는 세 사람에게 알렸다. 호위와 모험자들도 마차를 중심으로 경계를 강화했다.

"확실히 소리가 들리네요. 성가신 사건의 냄새가 납니다. 전하, 어떻게 할까요?"

윌리 전하가 할 말은 어쩐지 예상이 가긴 했지만, 료는 일단 물어보았다.

"만약 누군가 습격을 당하고 있다면 도와주고 싶긴 한데……."

자신들이 습격당했을 땐 아무도 도우러 오지 않았다.

당연하긴 하다. 누구라도 귀찮은 일에는 말려들고 싶지 않은 법이다. 혹은 그때는 정말 아무도 가도를 지나지 않은 것뿐일지도 모르지만…….

그래도 만약 며칠 전의 자신들처럼 습격을 당하고 있는 사람들이 있다면, 어떻게든 손을 내밀어주고 싶다……. 윌리 전하는 그렇게 생각했다.

그 결과 누군가 말려들어 상처를 입거나 목숨을 잃을 가능성도 있었지만, 거기까지는 아직 생각이 미치지 못했을 것이다. 그럼에도 주위 어른들은 그런 왕자의 성품을 훌륭하다 여기고 있었다.

왕자라는 신분이면서도 섬기는 것을 당연히, 제공받는 것을 당연히, 그렇게 여기는 인물로 자라지 않았으면 하는 마음인 것이다.

"알겠습니다. 그럼 저희 모험자 여섯 명이서 보고 올게요. 료와 호위는 전하 곁에."

콘이 지시를 내렸다. 거기에는 이미 료에 대한 절대적인 믿음이 깔려 있었다.

현재 가장 중요한 것은 윌리 전하의 안전. 그리고 그것을 확실히 확보할 수 있는 것은 료였다. 그래서 료를 왕자 곁에 두고 다른 이들끼리 보러 간다.

"알겠습니다. 전하는 반드시 지키겠습니다."

료는 콘에게 약속했다.

료가 〈수동 소나〉로 탐색하자 10명 정도의 인간이 움직이고 있는 것을 알 수 있었다.

거리는 400미터. 숲 같은 나무들이 많은 곳이라면 〈수동 소나〉의 한계에 아슬아슬하게 걸리는 거리라고 할 수 있었다. 게다가 마차 안에 있었기에 귀가 좋은 콘이 먼저 알아차린 것일지도 모른다.

콘의 청력, 무시무시하다!

거리와 수를 알려주자 고개를 한번 끄덕이고 모험자들은 달려나갔다.

일단 마차는 가도변 나무 그늘에 세워두었다. 료는 마차 지붕 위, 윌리 전하와 로드리고 공은 마차 안에서 대기했다.

료가 수동 소나로 보고 있는데, 한동안 상황을 지켜보고 있던 콘과 일행이 집단을 향해 돌진했다.

하지만 료가 신경 쓴 부분은 거기가 아니었다.

'미묘한 위치로 이동해 온 이 다섯 명은…… 뭐지?'

다투고 있는 현장에서 200미터가량 떨어진 곳으로 5명이 이동한 것이다.

하지만 그 5명은 거기서 더는 움직이지 않았다. 상황을 지켜보고 있는지도 모른다.

'상관없는 사람들이 보러왔나? 상황을 지켜보고 있어? 그럴 가능성도 있겠네. 귀찮은 일에는 끼어들고 싶지 않지만 상황이 궁금한 사람들도 있을 테니까.'

그러는 사이에 결말이 난 것 같았다. 모험자 6명은 모두 무사했다. 그 외엔 둘이 살아 있는 듯했다.

"전하, 모두가 돌아옵니다. 그 외에 두 명 정도 생존자를 데려올 것 같아요."

"그렇군요! 다들 무사해서 다행이에요. 게다가 구할 수 있어서……."

그렇게 말하는 윌리 전하의 목소리가 점점 작아졌다.

"전하?"

"료 씨. 제 판단이 틀린 걸까요?"

사람을 구하기 위해서라지만 부하들의 목숨을 위태롭게 했다. 그 부분이 마음에 걸리는 것이다.

"전하, 이런 문제에 정답은 없습니다. 어떨 때는 그게 맞을 수도 있고, 또 어떨 때는 비난받게 될 수도 있겠죠. 다만 스스로 결정을 내렸다면 그 책임을 끝까지 떠안을 각오만큼은 반드시 갖고 있어야 합니다. 그리고 만일의 일이 일어났을 경우의 행동도요."

"만일의 일?"

"네. 이번 일로 말해보자면, 만약 콘 씨 일행이 죽었을 경우 어떻게 할 것인가? 나라에 남아 있는 유족 등에 대한 문제도 그렇고 할 일들이 많겠죠? 혹은 크게 다친 경우라면? 그들을 두고 왕도로 가야할 수도 있고, 부상의 상태에 따라 남겨둘 수밖에 없는 상황도 있을 겁니다. 혹은…… 도와준 자들이 자신을 쫓고 있는 자들이었을 경우…… 이전 전하의 경우처럼요."

그 말을 듣자 아주 약간 윌리 전하의 몸이 굳었다.

윌리 전하가 왜 노려진 것인지에 대해서는 그 후 료가 설명해 주었다. 암살 교단의 수령이 그 피를 탐낸 것이라고.

그 말을 듣고 윌리 전하는 두려워하진 않았지만, 그래도 분명 자신의 몸을 노렸다는 충격은 쉽게 가시지 않았으리라.

료는 그것을 충분히 알고 있었기에 이런 비유를 들고 있는 것이었다.

이것은 윌리 전하가 극복할 수밖에 없는 일이니까. 그리고 극복할 수 있다고 료는 판단했으니까.

"쫓기는 자라면 어떻게 할 것인가. 이 자리에서 쫓아오는 자들을 쓰러뜨릴 수 있다면 좋겠지만, 앞으로도 계속 노려올 경우엔 또 어떻게 할 것인가. 여러모로 생각해야 할 것은 많습니다. 앞으로는 그걸 생각한 뒤에 판단할 수 있게 되면 더 좋겠죠."

"힘들겠네요……."

"그렇죠, 힘들어요. 애초에 금방 할 수 있게 되는 것도 아니니까 조금씩 의식해 나가는 걸로도 충분하지 않을까요?"

일어날지도 모르는 케이스를 예측한 후 판단을 내린다.

어떤 세계, 어떤 상황, 혹은 어떤 직위의 사람이든 반드시 경험하는 일이다.

윌리 전하는 아직 열여섯 살로 젊지만, 젊었을 때부터 그런 경험을 해두는 것은 나쁘지 않았다. 료는 그렇게 생각했다.

콘이 이끄는 여섯 명의 모험자, 그리고 두 사람이 료 일행의 눈앞에 나타나기 직전, 그때까지 멈춰 서서 관망하던 다섯 사람이 움직이기 시작했다.

콘과 일행 여덟 명을 뒤쫓듯이 움직인다.

료는 마차 위에서 일어나 8명을 시야에 포착했다. 구해낸 두 사람은 상처를 입고 있어 빨리 달릴 수 없어 보였다.

"〈아이스 월 8〉."

쫓아오는 다섯 명에게 공격을 받더라도 죽지 않게 하기 위한 얼음벽이다. 숲속에서는 화살이든 마법이든 원거리 공격을 하기가 상당히 어렵다. 하지만 결코 불가능한 것은 아니었다.

유비무환. 먼저 수를 써둬서 나쁠 것은 없다.

그리고 아니나 다를까 5명이 있던 장소에서 화살 두 개가 발사되었다. 화살은 탄도를 그리며 구출된 두 사람의 목을 향해…….

챙강. 챙강.

박히기 전에 얼음벽에 의해 튕겨나갔다.

놀란 것은 표적이었던 두 사람. 바로 뒤에서 뭔가 단단한 물건이 부딪히는 날카로운 소리가 들렸기 때문이었다. 황급히 돌아서더니 땅에 떨어진 화살을 보았다.

"이쪽이에요!"

그때 마차 위에 선 료가 소리쳤다.

두 사람은 조금의 지체 없이 마차 쪽으로 향했다. 거의 동시에 콘 일행도 마차 앞에 도착했다.

"료?"

"전멸시킨 상대와는 다른 자들이 5명, 아직 숨어 있습니다."

콘의 물음에 료가 답했다.

그 료의 대답에는 콘과 모험자, 쫓기던 두 사람, 그리고 마차 안에 있는 윌리 전하와 로드리고 공도 놀랐다.

"조금 전 발사된 화살은 거리 200미터에서 정확히 두 명의 목덜미를 겨냥하고 있었습니다. 무서울 정도의 솜씨네요."

"200미터에서 목을 조준했다니…… 믿기 힘들군. 나라에서 손에 꼽을 정도의 실력을 가진 궁사라는 건데……."

콘이 고개를 흔들며 말했다. 그 정도로 어려운 사격이다.

일행이 이야기하는 동안 적이 움직였다.

"둘씩 좌우로 나뉘어서 전개. 다가오네요. 한 사람만 아까 지점에서 움직이지 않습니다. 얼음벽으로 요격할게요. 모두 마차 주위로 오세요."

료가 그렇게 말하자 8명 모두 마차에 등을 기대고 섰다. 마차 창문으로는 윌리 전하가 얼굴만 내밀고 있었다.

"콘 씨, 지원하겠습니다. 나머지는 수비로. 〈아이스 월 10층 패키지〉."

마차 주위, 콘 이외의 전방위를 얼음벽으로 에워쌌다.

"너희, 그 둘을 지켜라."

콘이 나머지 모험자들에게 지시를 날렸다. 쫓아오는 자들은 자신이 홀로 대처할 생각이었다.

수비는 만전.

나머지는…….

"오른쪽에서 오는 두 명은 제가 발을 묶을 테니 왼쪽에서 오는 두 명을 콘 씨가 부탁드립니다."

"오, 알았어."

료의 지시에 콘이 답했다.

'잘 모르는 두 사람도 있으니 너무 화려하지 않은 마법이 좋겠지. 그렇다면 역시 그것뿐이겠네! 우선은 발을 묶기 위한 〈아이스 월〉.'

"뭐야? 웬 투명한 벽이……."

오른 방면 쪽에서 당황한 듯한 목소리가 들려왔다. 〈아이스 월〉에 둘러싸서 이동 불능으로 만든 것에 성공한 것 같았다.

우선은 왼쪽 두 명.

"옵니다!"

료의 신호에 콘이 검을 겨눴다.

추격자 두 명은 우렁찬 함성을 지르며 돌진해 왔다.

"으아아아아…… 으억."

하지만 얼마 후 콘의 앞에 도달하기 직전…… 미끄러졌다.

'〈아이스번〉.'

"으랴아아아…… 커흑."

돌진해 온 다른 한 명도 미끄러져 넘어졌다.

콘은 순간 무슨 일이 일어났는지 이해하지 못했지만, 남자들이 넘어지는 것을 보고 거의 반사적으로 움직였다. 넘어진 남자에게 다가가 머리를 걷어차 기절시켰다. 일어나려던 다른 한 명도 고개를 차서 의식을 날려버렸다.

"다음으로 오른쪽에서 두 명 옵니다!"

숨돌릴 틈 없이 료의 지시가 날아왔다.

"그래, 맡겨줘!"

콘은 마차 오른쪽으로 이동해 다시 검을 겨눴다.

'〈아이스 월 해제〉.'

동시에 파고드는 추격자 두 명.

"으쌰아아아…… 으헉."

똑같이 콘 앞에서 미끄러져 넘어진다.

그러자 이번에는 기다렸다는 듯이 콘의 발차기가 작렬했다.

"하아아아아…… 앗!"

최후의 한 사람도 미끄러져 넘어지며 발차기를 맞고…… 전투는 종료되었다.

'그러고 보니 남아 있던 한 명은…… 어느새 없어졌네.'

료의〈수동 소나〉의 범위 내에선 이미 사라졌다.

"돌진해 온 네 명은 모두 근접전 장비…… 궁사는 남은 한 명이라는 건데, 혼자서 고속 연사에 전부 다 정밀 사격을 했다는 건가요……."

"오, 오오…… 그렇다면 터무니없는 실력을 가진 거군, 그 궁사는."

료가 네 명의 장비를 보며 말하자 콘이 작게 고개를 흔들며 답했다.

마차에 비치되어 있던 끈으로 네 사람을 묶었다. 그러는 사이 료는 거리에서 구입해 둔 포션을 쫓기고 있던 두 사람에게 건넸다.

"고맙군."

"고마워."

두 명이 감사를 전했다.

그러는 사이 윌리 전하와 로드리고 공도 마차에서 내려왔다.

먼저 로드리고 공이 윌리 전하를 가리키며 입을 열었다.

"이쪽은 주 왕국의 왕자 윌리 전하이시다."

그 말을 듣고 도움을 받은 두 사람은 크게 눈을 뜨고 놀랐다. 고급스러운 옷차림을 보고 귀족의 자제일 거라고는 생각했지만 설마 왕자였다니…… 딱 그런 표정이었다.

"저, 저는 매튜, 이쪽은 루카입니다."

두 사람 중 한 사람이 자기소개를 했고, 두 사람은 윌리 전하에게 고개를 숙여 보였다.

이에 로드리고 공이 료를 포함한 호위와 모험자들을 소개했다.

일단 각자의 자기소개는 끝났다.

그렇게 되면 당연히 "왜 싸우고 있었는가"로 이어진다.

그 말을 들은 매튜는 루카 쪽을 쳐다보았다. 그 시선을 받은 루카는 고개를 한 번 끄덕였다. 그것을 확인하고 매튜는 입을 열었다.

"사실 저희는 한다르 연합에 붙잡혀 있던 이 루카를 구출하기 위한 부대였습니다."

'붙잡혀 있었다' '구출'. 놀라울 정도로 성가신 일에 휘말렸다……. 료는 남몰래 한숨을 내쉬었다. 로드리고 공과 콘들도 그렇게 느꼈겠지만 표정에는 조금도 드러내지 않을 정도로는 단련되어 있었다.

"왕도로 향하고 있었는데 추격자가 붙어서 결국 저 혼자 남았고……."

'왕도…… 그렇다는 건 왕국 기준으로 봤을 때 범죄자는 아니라는 거겠지.'

료는 마음속으로 그렇게 생각하고 조금 안도했다. 한다르 연합 기준으로는 범죄자…… 일지도 모르지만, 나이트레이 왕국에 있어선 적어도 왕도에 들어갈 수 있는 인간이라는 뜻이었다.

"잠깐, 로드리고 공."

그렇게 말한 콘이 로드리고 공을 데리고 조금 떨어진 곳에서 이야기를 나누기 시작했다.

이 두 사람을 어떻게 할 것인가에 대한 이야기일 것이다. 호위라고 생각하면 많은 것보다 더 좋은 것은 없다. 암살 교단의 습격은 사라졌지만 습격자는 교단만이 아니기 때문이다.

다만 외국에서 추격을 당하고 있는 자들인 것도 사실. 끌고 가면 골치 아픈 일이 될 가능성은 있었다.

여기서 왕도를 향해 두 시간 정도 걸으면 다음 거리인 스톤레이크가 있다. 그곳에서 왕도 크리스털 팰리스까지는 이틀간의 여정.

'어느 쪽이 되든 윌리 전하의 마음을 생각해서 두 사람을 데리고 간다…… 그렇게 되는 걸까.'

료는 그렇게 생각했다.

그리고 로드리고 공과 콘이 두 사람에게 제안한 것도 왕도까지 동행하지 않겠느냐는 것이었다.

"그야 물론 저희로서는 고맙지만……."

"저희는 쫓기고 있습니다. 또 추격을 당할 가능성도……."

매튜와 루카는 제안을 고맙게 생각하면서도 우려하는 말을 꺼냈다.

"그렇게 되면 그렇게 됐을 때 생각하도록 하죠."

로드리고 공은 그렇게 제안했고 윌리 전하는 기쁘게 고개를 끄덕이는 것이었다.

◆

일단 행동 방향은 결정됐다. 남은 것은 붙잡은 네 사람을 어떻게 할 것인가.

"모험자 같지는 않죠?"

료가 아무 생각 없이 중얼거렸다.

"네? 그런가요?"

윌리 전하가 고개를 갸웃거리며 말했다.

하긴 장비 같은 건 근접전을 주체로 하는 모험자들이 쓰는 장비로 보이긴 하지만…….

"뭐랄까…… 모험자가 몸에 두르고 있는 날것의 느낌이 이 사람들에게서는 느껴지지 않아요."

그렇게 말한 료가 힐끔 콘을 바라보았다.

"이봐, 료. 거기서 왜 나를 봐?"

콘이 료의 시선을 물고 늘어졌다.

"아뇨, 딱히……."

료가 시선을 휙 돌린다.

"과연……."

그리고 로드리고 공이 네 사람과 콘을 비교하며 중얼거렸다.

"로드리고 공, 거기서 그 말이 왜 나옵니까?"

콘은 세상의 비정함을 한탄했다.

"다른 것은 수염입니다."

로드리고 공은 네 사람을 바라보며 말했다.

"아아…… 그렇군요. 콘 씨도 그렇지만 모험자는 대체로 수염을 밀지 않은 사람이 많은 것 같아요. 그것에 비하면 이 네 사람은 확실히 깔끔하게 면도를 했군요. 마치 기사단처럼……."

룬의 기사단원들은 모두 몸가짐을 단정히 하고 있었다. 세라와의 모의전을 위해 자주 기사단 연습장에 얼굴을 비추는 료는 자신이 본 기사들의 얼굴을 떠올리며 답했다.

"기사단 같은데 굳이 모험자 행세를 하는 집단이라니…… 수상하기 짝이 없군."

콘이 솔직한 소감을 말했다.

료 일행은 가도 옆에 마차를 세워두었다. 당연히 가도를 오가는 사람들은 밧줄로 묶인 네 사람을 곁눈질하면서도 아무 말 없이 이동했다. 귀찮은 일에 스스로 고개를 들이미는 사람은 결코 많지 않았다.

그러던 중 붙잡은 네 명 중 한 명이 깨어났다.

"오, 안녕."

콘이 잠에서 깬 남자에게 말을 걸었다.

"큭."

남자는 자신의 손발이 묶여있고 다른 세 사람도 비슷한 상태인 것을 확인하자 입술을 깨물었다.

"상황은 이해했나 보네. 그래서? 너희들은 누구지?"

"……."

콘의 질문에 당연히 아무 대답도 하지 않는다.

"뭐랄까, 난 이런 거 잘 못하는데…… 어이, 료, 너 이런 심문 잘하지 않아?"

너 술 잘하지? 라고 묻는 듯한 어조로 료에게 이야기를 돌리는 료.

"왜 저한테 물어보시는 건지 의미를 모르겠네요……. 사실 저도 이런 건 잘 못해요, 고문사 역할이라고 하나요? 얼마 전엔 붙잡은 사람을 얼음 톱으로 고문하는 역할을 맡았는데, 좀처럼 잘안 돼서……."

료는 잉베리 공국에 가기 전, 연합 볼트리노 대공국에 잠입했을 때 아벨과 함께 잡은 수비대원들의 입을 열게 했던 순간을 떠올리며 말했다.

료는 실패담을 말했지만, 어째서인지 남자는 떨고 있다. 콘도 인상을 찌푸리고 있다.

아마도 두 사람은 고문에 실패했다고 해석했을 것이다. 고문에 실패했다는 것은 어떤 것인가. 일반적으로 생각하면 그것은 정보를 끌어내지 못한 채 대상을 죽게 만들었다는 의미가 된다.

말은 신중하게 써야 한다.

"이번에는 지난번의 실패를 교훈 삼아 눈에 가는 얼음 바늘을 찌른다든가, 얼린 심장을 꺼내 보인다든가…… 그런 방법이 좋을까요?"

물론 료가 물어본 것은 어디까지나 연출에 대한 확인이었다. 실제로 그런 고문을 하자는 것이 아니라, 어떤 연출을 해야 하는지에 대한 상담이었다. 대상이 될 남자에게도 다 들리는 목소리로 말해버렸지만…… 그것은 단순한 부주의에 지나지 않는다.

"아니, 료, 그건 너무 가혹하잖아……."

콘은 오해해서 료가 그런 고문을 하려는 것이라고 해석한 듯했다.

료와 콘의 대화를 듣던 남자의 안색은 이미 창백하게 질려 있었다.

"심장은 역시 좀 그렇지만 눈을 찌르는 정도라면 그나마 괜찮지 않을까요? 눈 자체는 찔러도 안 아프다고 알고 있어요. 톡 하고 찔리는 거니까. 찔린 쪽은 평생 트라우마로 남아 잊을 수 없는 기억이 될 수도 있겠지만……."

거기까지 들은 남자의 치아가 딱딱거렸다. 표정도 얼어붙어 버렸다. 료가 수속성 마법으로 얼린 것은 아니다. 그런 비인도적인 일을 할 리가 없잖아요?

"이봐, 당신. 나도 험한 꼴 보는 건 별로 안 좋아해. 어때. 너희들이 누구고 누구 명령으로 움직이는지, 그것만이라도 말해주지 않을래? 그것만 말해주면 저놈이 말하는 그런…… 그러니까, 눈을 찌르는 것 정도는 막아줄 수 있을 것 같은데 말야."

땅에 앉아 있는 남자와 같은 높이로 시선을 맞추며 콘이 부드럽게 물었다.

"마, 말 못 해……."

그때까지 한마디도 하지 않던 남자가 쥐어짜듯 대답했다.

료는 손가락 끝에서 가는 얼음 바늘을 생성하고, 소거하고, 생성하고, 소거하기를 반복했다. 그것을 남자는 시선 끝으로 쫓고 있는 것인지, 조금 전보다 치아가 딱딱거리는 소리가 더욱 커졌다.

"그렇군, 아쉽네. 료!"

"자, 잠깐만."

콘이 료를 불렀고, 료가 남자에게 한 걸음 다가가자 남자가 소리쳤다.

"응? 왜 그러지? 녀석이 가까이 가기 전까지 시간이 얼마 없는데."

"마, 말하고 싶지만 말할 수 없어……. 대자, 리더가 일어날 때까지 기다려줘."

'대장이라고 말하려다 말았어……. 역시 기사단인 건가…….'

료는 무사의 정을 발휘해 입을 다물어주기로 했다.

"너 모험자 아니라 기사단이구나."

콘은 무사가 아니었다…….

"!"

남자가 경악으로 입을 떡 벌렸다. 그리고 그와 동시에 대장…… 아니, 리더로 보이는 두 번째 남자가 눈을 떴다.

바로 그때, 가도 서쪽에서 기마 무리가 오는 것을 발견한 것은 윌리 전하였다. 그리고 소리 높여 주의를 촉구했다.

"저쪽에서 기마 집단이 와요!"

멀리서 보기에도 거리의 위병임을 알 수 있었다.

료 쪽 사람들의 상황을 목격한 누군가가 거리에 도착해 신고한 걸까.

'혹은 놓쳐버린 궁사가 불렀나……? 그렇다면 적측의 위병…… 슬란제위 때처럼 매수되었을 가능성도 있지 않을까…….'

게코 대상의 호위 의뢰 때 머물렀던 거리 슬란제위. 그곳에서 습격을 당했었지만 기사단 부단장이 암살 교단에 이미 매수되어 붙잡은 교단원을 빼앗겼던 쓰라린 추억이 있었다.

"우리는 스톤레이크의 위병대다. 가도에서 다툼이 일어나고 있다는 신고가 들어와 온 것이다."

기마의 위병 8명이 료 일행에게 말을 걸었다.

"무례하다! 이쪽은 주 왕국의 왕자 윌리 전하이시다. 감히 말

위에서 물어보다니 무슨 경우인가! 그것이 나이트레이 왕국의 예의인가!"

일갈이란 그야말로 이런 것을 말한다.

말 위에서 묻는 위병들을 향해 로드리고 공의 목소리가 채찍이 되어 후려쳤다.

"무슨……."

"실례했습니다!"

저마다 그렇게 말하고는 8명의 위병이 말에서 내렸다.

"대단히 실례했습니다. 주 왕국의 왕자인 줄 몰라뵈었습니다. 죄송하지만 왕자의 신분을 증명할 수 있는 물건을 볼 수 있을까요?"

대장으로 보이는 인물이 조금 전과는 달리 정중하게 물었다.

"이것을."

그렇게 말한 윌리 전하는 목에 걸고 있던 목걸이를 대장에게 건네주었다. 받아든 대장은 그것을 뒤집더니 품에서 꺼낸 명함 크기의, 연금 도구로 보이는 플레이트를 목걸이에 갖다대었다.

잠시 무언가를 확인한 후…….

"확인했습니다. 아까는 대단히 실례했습니다."

그러고는 목걸이를 반납했다.

"아뇨, 알아주셨다면 그걸로 됐습니다."

윌리 전하가 여유롭게 답했다.

역시 왕자로 자라면 이런 상황에서도 당당하구나. 료는 감탄했다.

"다시 말해 이 자들이 왕족에게 손을 댔다는 말씀이시군요."

대장은 땅에 앉은 채 붙잡힌 네 사람을 내려다보며 말했다.

"무슨…… 잠깐만 기다려. 우리는 그러려던 게…….''

조금 전에 막 잠에서 깬 리더로 보이는 남자가 당황하여 소리쳤다.

당연했다.

소국이라지만 왕족의 몸을 해치려 했다면 극형을 면하지 못한다. 경우에 따라서는 가족에게도 형벌이 미치게 된다.

"그럴 생각은 없었더라도 습격한 것은 사실이지 않나."

콘이 못을 박았다.

의식이 있는 두 사람의 낯빛이 하얗게 변했다.

"기, 기다려. 이걸, 이 칼집의 문장을 좀 봐줘."

리더는 위병대장에게 필사적으로 호소했다.

대장이 턱짓을 하자 부하가 그 칼집을 뽑아 대장에게 가져왔다.

그걸 보는 순간 대장의 표정이 달라졌다.

"이 문장은 공작가의…….''

거기까지 말한 대장은 뒤늦게 헉하며 입을 닫았다.

'공작? 어디 공작의 기사단인가?'

료는 마음속으로 생각했다. 물론 어느 공작인지는 모른다. 이름을 들어도 전혀 모를 자신마저 있다.

"그, 그래. 우리는 수상한 자가 아니다. 이것도 뭔가 오해가 있는 거라고. 너도 스톤레이크의 위병이라면 그 문장의 의미는 알겠지?"

붙잡힌 남자는 꽤 말솜씨가 좋은 듯했다. 위병대장의 표정은 확실하게 공작의 문장 쪽을 크게 신경 쓰고 있었다.

이 또한 당연했다.

윌리 전하는 분명 왕자이긴 하지만 주 왕국은 소국인 데다 나이트레이 왕국과는 국경도 닿아 있지 않다. 그런 먼 나라의 왕자와 아마도 자국 공작의 문장을 가진 자들을 저울질해야 한다면 이는 어쩔 수 없는 상황일지도 모른다.

"대장님. 그 칼집 좀 보여주시겠어요?"

머뭇거리는 위병대장을 향해 윌리 전하가 정중하게 말을 걸었다.

"어…… 아, 네, 여기요."

위병대장이 사로잡은 남자의 칼집을 윌리 전하에게 건넸다.

윌리 전하는 그것을 잠시 보고는 즉시 위병대장에게 돌려주었다.

"대장님이 신경 쓰시는 이유도 이해가 되네요. 그자들이 플리트윅 공작가의 사람들이라면 어쩔 수 없는 일이겠죠."

"여, 역시…… 전하는 이 문장을 알고 계셨습니까?"

위병대장이 굵은 땀방울을 흘리며 물었다.

먼 나라, 게다가 그곳의 왕자가 나이트레이 왕국의 공작가라고는 해도 가문의 문장을 알고 있다는 것은 예상 밖이었는지도 모른다.

"네, 레이먼드 공, 즉 왕제 전하의 문장이죠."

그 말은 이곳에 있는 많은 이들에게 충격을 주었다.

그중에서도 가장 심하게 동요한 것은 루카였다. 그 표정은 공포 같은 것이 아니라 분노에 가까운, 아니 분노 그 자체로 보일 정도였다.

"그 왕자님은 몰라도 그쪽에 있는 두 사람은 죄인이다. 공도 칼라일에 가야 한다고."

붙잡힌 습격자 중 리더가 위병대장을 향해 말했다. 그쪽의 두 사람이라는 것은 물론 매튜와 루카를 말하는 것이었다.

그 말에 대한 윌리 전하의 반응은 빠르고 강렬했다.

"그건 인정할 수 없습니다. 이 두 사람은 이미 저의 수행원입니다. 주 왕국 왕자로서 그 요청을 정식으로 거절합니다."

윌리 전하가 크게 분노했다. 료도 콘도 처음 보는 표정.

하지만 어쩌면 당연한 것인지도 모른다. 콘 일행의 목숨을 위험에 빠뜨리면서까지 구해낸 두 사람을 여기서 저버리면 무엇을 위해 행동했는지 알 수 없어지는 셈이다.

윌리 전하 입장에서 그런 것을 인정할 수는 없을 것이다.

"왕자님, 무슨 말씀이신지는 알지만……."

위병대장은 붙잡힌 남자, 즉 공작가들 편으로 옮겨가고 있었다.

'이런 인간은 권력이나 폭력에 휘둘리기 쉽지. 뭐, 어느 쪽이든 힘인가……. 나한테도 어디 유력자 중에 아는 사람이 있어서 힘을 실어준다면 좋겠지만…… 애초에 스톤레이크나 왕도에 아는 사람이 없지.'

료는 자신의 인맥 없음을 한탄했다.

하지만 곧바로 떠올랐다.

'아니, 왕도라면 있나?'

료는 위병대장에게 다가가 작은 소리로 속삭였다.

"위병대장님, 여기선 좀 더 직책 있으신 분을 불러서 그분께 판단을 해달라고 하는 편이 낫지 않을까요?"

자신이 판단하기 어려운 문제라면, 그리고 거기서 오는 책임에서 벗어날 수 있다면 많은 사람들이 달려드는 법.

"왕자나 공작이 얽힌 문제입니다. 가볍게 판단하셨다가 나중에 곤란한 일이 생길 가능성도 있지 않을까요?"

"과연. 듣고 보니 그것도 그렇겠군."

료의 속삭임에 위병대장이 거의 넘어왔다.

"잠깐, 기다려. 그런 건 허락 못⋯⋯."

"습격자는 입 다물고 계세요. 〈빙관 4〉."

붙잡힌 사내가 말참견을 할 것 같아 료는 붙잡고 있는 네 사람 모두를 얼음에 담가버렸다.

"이게 대체⋯⋯."

"습격자가 도망치면 안 되니까요. 괜찮아요, 살아 있습니다."

"그, 그렇군⋯⋯."

위병대장은 완전히 료의 폭력에 삼켜졌다.

'이제 남은 건 권력⋯⋯.'

"그래서 판단을 내릴 직책 있는 자리 말인데, 역시 왕국의 중진급이 아니면 어렵지 않을까요?"

"아, 아아⋯⋯ 하지만 다들 바쁘신 분들 뿐이라⋯⋯."

"외람되지만 왕도에 계신 궁정 마법단 고문 아서 베라시스 님이라면 국가 중진으로서 문제없는 수준이라고 생각됩니다. 제가 부탁을 드리면 아서 님께서 바로 왕도에서 오실 텐데 어떠세요?"

"너, 너! 아니, 당신, 베라시스 고문과 아는 사이입니까?"

룬의 던전 40층에서 함께 귀환한 사이다.

"네. 룬의 모험자, 료의 요청이라고 전해주시면 바로 와 주실 거예요."

"그렇습니까! ……그런데 만약 왕도에 계시지 않으면 어쩌죠?"

'더는 아는 사람은 없지만…… 어쩔 수 없지, 여기선 아벨의 인 맥을 이용해서…….'

"그럴 경우엔 일라리온 님을 불러주세요. 아벨의 친구, 료의 부탁이라고 전해주시면 될 거예요."

"세상에! 일라리온 님과도 아는 사이셨군요! 당장이라도 보내 겠습니다. 이봐, 서둘러 왕도의 베라시스 고문과 일라리온 님께 파발마를."

'아벨에게 자주 편지를 보내던 일라리온…… 꽤나 거물인가?'

"자, 여러분, 일단 스톤레이크로 이동해 주십시오. 그 뒤 베라 시스 고문이나 일라리온 님의 도착을 기다리겠습니다. 그리고 이 얼음이 된 자들은…….."

"그쪽은 맡겨주세요."

료는 그렇게 말하고 나서 〈수레〉를 네 대 준비하는 것이었다.

◆

마차 마부석에 콘과 매튜, 마차 안에 윌리 전하, 로드리고 공, 루카 그리고 료. 마차 뒤로 얼음 관이 탄 네 대의 〈수레〉가 따라왔다.

그들의 앞과 뒤로 윌리 전하의 호위와 모험자, 기마 위병이 지키는 형태로 일행은 스톤레이크로 향하고 있었다.

"료 씨, 감사합니다. 무심코 제 수행원이라고 말해버렸는데……."

"전하, 걱정하지 마세요. 위험을 무릅쓰고 구해낸 두 사람입니다. 그냥 넘겨주기엔 콘 씨나 다른 모험자들에게 미안하셨던 거죠?"

윌리 전하는 깊이 생각하지 않고 한 발언을 사과했고, 료는 그 심정을 헤아렸다.

"여러분께 폐를 끼쳐서 정말 죄송합니다."

하지만 대신 고개를 숙인 것은 루카였다.

"그나저나 루카 공은 한다르 연합에선 쫓겨나고, 게다가 왕제 전하가 목숨을 노리고 있다니…… 꽤나 중요한 분이신가 보군요."

로드리고 공이 말했다.

이제 슬슬 신분과 사정을 밝히는 게 어떻겠냐고 말한 것이다.

루카는 몇 번 작게 고개를 끄덕이더니 말문을 열었다.

"저는 나이트레이 왕국 재무경 푸카의 남동생입니다."

'재무경 푸카! 아까워라…….'

료가 머릿속에 떠올린 것은 알렉상드르 뒤마의 달타냥 이야기에 나오는 인물의 이름이었다.

바로 재무경 푸케. 프랑스의 지배를 꿈꾼 델브레 경…… 과거 삼총사 아라미스, 그의 수하가 되어 버리는 비극의 재무경. 당연히 푸케는 실존 인물이다.

료가 마음속으로 결례되는 생각을 하는 동안에도 루카의 설명은 이어졌다.

"왕제 레이먼드 전하는 한다르 연합의 집정 오브리 경과 밀약을 맺었습니다. 전 우연히 그것을 알게 되었고……. 나아가 제 형인 재무경을 자신의 진영으로 끌어들이기 위해 한다르 연합에서 포로 신세가 되어 있었던 겁니다."

'재무경 푸카가 있다면 혹시 재무감독관인 콜베르와 닮은 사람도 있지 않을까……. 콜베르하면 고등학교 세계사 교과서에도 중상주의 정책과 세트로 묶어서 굵은 글씨로 나오는 유명인인데…….'

료는 속으로는 망상을 부풀리고 있었지만 입은 다문 채였다.

다른 두 사람도 조용히 루카의 말에 귀를 기울였다.

"매튜랑 다른 사람들, 형 직속 부하들 덕분에 저는 구출될 수 있었습니다."

"제가 들은 이야기에 의하면 국왕 스태퍼드 4세 폐하와 왕제 전하의 사이는 그다지 좋지 않다고 알고 있습니다. 형님이신 재무경을 통해 왕성에 호소하면 어떻게든 되지 않을까 싶은데요?"

윌리 전하가 루카에게 제안했다.

"확실히 국왕 폐하와 왕제 전하는 사이가 좋다고는 할 수 없습니다. 다만…… 왕성은 왕성대로 여러모로 복잡한 사정이 얽혀있는 듯하여……."

루카는 고개를 흔들며 답했다.

"음~……."

윌리 전하도 생각에 잠겼다.

윌리 전하가 문득 정면을 보자, 료가 몇 번 작게 고개를 끄덕이며 생각을 하고 있는 것이 보였다.

"료 씨, 무슨 좋은 생각이 있으신가요?"

"네?"

료는 이야기 속의 재무경 푸케는 달타냥한테 체포됐지, 같은 생각 따위를 하고 있었지만…… 결코 그런 것을 표정에 내비치진 않았다.

어떻게든 머리를 굴려 대안을 짜냈다.

"아, 아서 베라시스 공께 그와 관련된 것도 상의해 보는 게 어떨까요?"

"왕도에서 오신다는 나라의 중진분이시죠? 좋을 것 같아요."

윌리 전하가 크게 고개를 끄덕이며 말했다.

'어떻게든 속여 넘겼다.'

료는 안심했다.

"료 공은 정말 베라시스 고문과 아는 사이십니까? 그 자리를 모면하기 위한 거짓말 같은 게 아니라?"

루카가 날카로운 질문을 했다.

"확실히 알고 있습니다. 좀 더 과장을 섞어 말하자면 전우 같은 거죠."

"오오."

료의 말에 반응한 것은 윌리 전하였다.

"료 씨는 아직 젊어 보이는데도 여러 경험을 해왔군요!"

어째서인지 윌리 전하가 더 흥분했다.

"저도 더 단련하면 더 다양한 경험을 쌓을 수 있을까요…….."

"글쎄요, 아마도……."

"오늘부터 숙소는 위병분들이 지켜주시는 거죠? 그 베라시스님 오실 때까지요. 그렇다는 건 습격받을 걱정이 없다는 뜻이니 쓰러지기 직전까지는 마법 연습을 해도 괜찮겠네요!"

"그, 글쎄요, 아마도……."

어제까지만 해도 마력이 소진될 때까지 마법 연습을 했었는데…… 윌리 전하에게는 어제까지와는 조금 달라진 듯했다.

어제까진 마력이 다 소진될 때까지 했지만, 오늘부터는 직전까지만 하겠다고 한다.

하지만 료는 알고 있었다. 반드시 또 마력이 소진될 때까지 할 것이라는 사실을. 수속성 마법사의 제자는 연습에 과할 정도로 매진하고 있었다…….

일행이 스톤레이크에 도착한 지 이틀 뒤, 윌리 전하의 방으로 위병대장과 궁정 마법단의 고문 아서 베라시스가 찾아왔다.

먼저 윌리 전하에게 인사를 드리고 고문 아서는 료와의 재회를 축하했다.

흰 수염을 길게 기르고, 마법사 특유의 회색 로브를 걸치고 커다란 지팡이를 든, 그야말로 마법사다운 모습의 마법사.

"료, 오랜만이구나. 그대의 협조 요청이라니 희한한 일도 다 있군. 만사 제쳐놓고 달려왔다."

"베라시스 님, 감사합니다."

고문 아서가 호쾌하게 말했고, 료도 웃는 얼굴로 감사의 말을 전했다.

"그때도 말했잖나, 아서로 불러도 된다지 않았어."

그리고 문득 고문 아서가 주위를 둘러보았다.

"그러고 보니 난 공작의 집안사람들이 어쩌고 하는 말을 듣고 왔는데…… 그자들은 어찌 안 보이는 것 같은……."

"네, 사실 여기는 들어오기 힘들어서 정원 쪽에……."

"들어오기 힘들어?"

위병대장의 설명에 아서가 고개를 갸우뚱했다.

그리고 안뜰에 닿은 창문으로 다가가 그곳에서 안뜰을 내려다보았다.

"오…… 실로 훌륭한 얼음 관이군. 저건 누가 봐도 료의 짓이겠지."

아서가 히죽 웃으며 료 쪽을 보았다.

"습격자라서 도망가지 않게 하려고……."

"손과 다리를 끈으로 묶은 다음 얼음 속에…… 게다가 산 채로…… 난 절대 저 안에는 들어가고 싶지 않으이."

후반에는 아주 작은 중얼거림이 되어 있었다.

일어난 사건에 대한 설명과 각자의 희망 사항이 아서 앞에서 서술되었다.

얼음에 갇힌 자도 딱 한 명만 해동되어 방으로 끌려 들어왔다. 이름은 바더라고 했다.

"흠, 대강 이해했다."

아서는 이야기를 다 듣고 난 뒤 나온 홍차를 한 잔 더 요청했다.

한 잔 더 부을 때까지 그는 말이 없었다. 부어진 차를 한 모금 마신 뒤에야 아서는 입을 열었다.

"먼저 매튜와 루카, 두 사람은 윌리 왕자의 수행원으로 왕도까지 갈 것. 이를 저해하면 외교 문제가 될 수밖에 없네. 습격자…… 아니, 바더라고 했나. 돌아가서 책임자에게 확실히 전해라. 다만 자네들은 죗값을 먼저 치러야겠지. 음, 습격은 미수라고 할지, 엎어져 버린 셈이니까 20일 금고형 정도면 적당하겠어. 스톤레이크 쪽에 받아달라고 할까. 이건 내가 대신에게 전해 두겠네."

윌리 왕자 측의 희망 사항이 거의 다 받아들여진 판결이었다. 뭐, 그것을 위해 료가 아는 고문 아서를 부른 것이기도 했다.

조작된 승부, 만세.

"그들의 해동은 내일 출발할 때 할게요."

료는 위병대장과 고문 아서에게 약속했다. 참고로 바더는 다시 얼음 관에 넣어진 채 안뜰에 놓았다…….

"그렇지, 난 한 발 먼저 왔지만, 우리 마법단 녀석들이 오늘 중으로 스톤레이크에 도착할 게다. 윌리 왕자와 료를 왕도까지 호위하고 싶은 모양이던데."

"엥?"

고문 아서의 갑작스런 말에 료가 이상한 소리를 내고 말았다.

"룬에서 도움을 많이 받은 것에 대해 감사를 표하고 싶은가 보더구나. 전하, 그렇게 됐으니 궁정 마법단의 호위를 허락해 주실 수 있겠습니까?"

"네! 물론이죠. 잘 부탁드립니다!"

'뭐, 외국 왕자의 왕도 입성…… 마차 한 대니까 조금이라도 동행이 많은 편이 보기는 좋으려나…….'

그렇게 생각한 료는 스스로를 납득시키는 것이었다.

다음 날 아침, 약속대로 네 사람을 해동시킨 료는 숙소 앞에 세워둔 마차 쪽으로 향했다.

거기에는 죽 늘어서 있는 마법단 일행이 있었다.

"꽤, 꽤 많지 않나요?"

료는 바로 옆에 와 있던 고문 아서에게 작은 소리로 물었다.

"50명이라는군……."

고문 아서도 예상밖의 인원이었는지 목소리가 조금 높아졌다.

"5, 6명 정도일 거라고 생각했는데요……."

마차를 호위하며 걷는 50명의 마법사. 그건 그거대로 상당한 장관이다.

"료, 상당한 사람들을 구해줬구나…….'

변함없이 마부석에 앉은 콘이 작은 소리로 료에게 속삭였다.

"아, 네…… 그런 것 같네요…….'

이틀 뒤 왕도 크리스털 팰리스에 도착한 일행이 왕도민의 이목을 사로잡았다는 사실은 말할 필요도 없었다.

◆

그날 일라리온은 용무로 인해 전날부터 연구소를 비운 상태였다. 돌아온 것은 저녁 3시. 당연히 집무실에서는 간식거리를 두고 여자들이 수다를 떨고 있었다.

"굳이 여기서 먹을 필요는 없을 것 같은데……."

"이 소파의 편안함이 뭐라 말로 형용할 수 없네요."

리햐가 기쁘게 말했다.

그 웃는 얼굴을 보면 천하의 일라리온도 아무 말도 할 수 없었다.

"스승님, 스톤레이크에서 온 파발마가 어제 도착해서 전언을 남기고 갔어요. 전언 내용은 스승님 집무실 책상 위에 뒀고요."

린이 파발마가 도착했음을 전했다.

"그래."

그 말만 하고 일라리온은 집무 책상 위의 전언을 보았다.

"……료라고?"

작은 중얼거림이었지만 린의 귀에는 또렷하게 들렸다.

"료?"

린이 무심코 내뱉은 이름에 화들짝 놀라는 일라리온.

"자, 잠깐 볼일이 생각났다. 나갔다 오마. 오늘 밤은 돌아오지 않을 예정이니 아벨에게도 그렇게 전해다오."

"아, 네. 다녀오세요."

린은 약간 의아한 표정을 지으면서도 일라리온을 배웅했다.

일라리온은 연구소의 마차를 밤낮으로 몰았다. 목적지는 스톤레이크.

"아벨이 말했던 수속성 마법사 료! 스톤레이크에서 내 힘을 빌리고 싶다고? 아주 잘됐어. 이걸로 료와의 접점이 생기겠지! 어떻게 해서든 그 오리지널 마법을 내 눈으로 보고야 말겠다. 후후후, 그야말로 행운이군. 이 기회를 놓칠 줄 알고!"

일라리온의 불행은 마차 창문을 완전히 닫고 밖에서 벌어지는 일에 전혀 눈을 돌리지 않았다는 점이었다. 그 때문에 가도 도중 마법단의 호위를 받은 마차와 엇갈렸다는 것도 몰랐다.

당연히 스톤레이크에 도착한 일라리온 앞에 이미 료는 없었다…….

◆

료가 윌리 왕자 일행과 함께 왕도 크리스털 팰리스에 도착한 날에서 며칠 전으로 거슬러 올라간다.

변경 최대의 거리 룬의 영주관 앞에 두 명의 모험자가 있었다.

C급 파티 『스위치백』의 검사 라와 척후 수였다. 두 사람은 위병에게 연결을 부탁한 뒤 목적한 인물이 오기를 기다리고 있었다.

기다린 지 얼마 후.

"라, 수, 기다리게 해서 미안해."

나온 것은 B급 모험자이자 룬의 기사단 검술 지도역인 세라.

"아니요, 갑자기 불러내서 죄송해요. 세라 씨."

척후 수가 고개를 숙였다. 참고로 검사 라는 딱딱하게 굳어 있다.

『풍의 세라』라 일컬어지는 세라는 모험자 길드에 있어 이미 전설적인 인물이다. 그 압도적인 실력과 그에 비견될 만한 미모. 엘프 특유의 강력한 바람 마법을 구사하는 마법사이면서 동시에 초월적인 수준의 검사이기도 하다.

그런 살아있는 전설을 앞에 두고 있으니 검사 라의 반응이 지극히 평범한 것이었다.

아무런 거리낌 없이 태연하게 대화하는 척후 수 쪽이…… 아니, 애초에 여성 모험자 쪽이 더 편하게 말할 수 있을 것 같긴 하지만.

"저, 실은 저희들, 의뢰를 받아서 료랑 같이 잉베리 공국에 갔었거든요. 근데 료는 사정이 생겨서 돌아오는 게 조금 늦어질 거예요. 그래서 세라 씨에게 편지를 전해달라는 부탁을 받고…… 받아왔습니다."

척후 수는 그렇게 말하고 료가 맡긴 편지를 세라에게 건넸다.

"그, 그렇구나. 아직 안 돌아왔구나……. 응, 수, 편지 고마워. 얼른 방에 돌아가서 읽어볼게."

"아닙니다, 그럼 실례하겠습니다."

수는 그렇게 인사를 하고는 여전히 굳어 있는 라를 데리고 돌아갔다. 무엇 때문에 라를 데려온 것일까. 검문을 위해 서 있는 위병은 전혀 이해하지 못하고 고개를 갸우뚱했다.

두 사람이 떠나자 세라는 그 자리에서 편지를 열었다. 방으로

돌아가 읽어보겠다는 등의 말을 하기는 했지만 내용이 너무 궁금했기 때문이다.

한번 읽고…… 다시 한번 정독하고는…… 무릎을 꿇고 털썩 주저앉았다.

"세, 세라 님?!"

위병이 놀라 말을 걸었다.

"아니, 괜찮아. 문제없다."

세라는 오른손을 위병 쪽으로 내밀어 제지하고는 천천히 일어섰다.

그리고 비틀비틀 관 쪽으로 걷기 시작했다.

"왕도…… 왕도…… 왕도……."

그런 말을 중얼거리며.

잠시 걷던 세라는 관 앞에 도착하자 결연한 얼굴로 고개를 들고 힘차게 걷기 시작했다.

향하는 곳은 기사단장 집무실.

기사단장 집무실 앞에는 여느 때처럼 두 명의 기사단원이 서 있었다.

"네빌 공을 만나고 싶다."

세라의 표정은 무언가를 굳게 결심한 듯했다. 기사단원도 처음 보는 표정이었다.

"네, 네! 기다려주세요."

그렇게 말하고는 문을 두드린다.

"세라 님이 오셨습니다."

"들여보내."

안에서 건조한 남자의 목소리가 들려왔다. 세라는 집무실 안으로 들어갔다.

"그래, 세라 공, 어쩐 일이지?"

그렇게 말을 거는 기사단장 네빌 블랙. 세라는 아무 말 없이 그 집무 책상 앞까지 걸어가 양손을 책상에 탕 내려치고는 네빌 쪽으로 몸을 내밀었다.

"네빌 공! 조만간 기사단이 왕도에 오를 계획은 없을까? 있지? 있을 거야! 그렇지?"

"가, 갑자기 무슨 일이야, 세라 공, 진정해."

진정하라는 네빌도 전혀 진정하지 못했다. 세라의 분위기랄까, 그 귀기 어린 모습에 압도당한 것이다.

"와, 왕도에 올라갈 예정은…… 아, 있다, 있어. 왕가에서 추가로 구입한 마석, 그 이송을 기사단이 부탁받았어. 8명이고 내일 출발이다. 인원도 이미 다 선출됐고……."

"그래? 거기에 나도 넣어줬으면 좋겠어. 증가하는 만큼의 여비는 후일 지불하도록 할게. 그래, 난 검술 지도역이니까 기사단원들이 잘하는지 어떤지 이송 감독을 해야 하지 않겠나."

"그런 거 지금까지 한 번도 안했잖아……."

"네빌 공! 내가 들어가도 문제없겠지?"

"아, 네, 문제없습니다."

네빌은 바로 꺾였다.

"음, 그럼 잘 부탁해. 영주님께는 내가 전해드리지."

그렇게 말한 세라는 아름다운 미소를 지으며 기사단장 집무실을 빠져나가는 것이었다.

"그야 문제는 없지만…… 대체 무슨 일이 있었길래……."

높은 평가를 받으며 수완가라 소문난 기사단장 네빌 블랙조차 그 이유를 조금도 짐작할 수 없었다.

왕도 집합

"여러분, 정말 감사했습니다."

윌리 전하는 그렇게 말하고 고개를 숙였다. 그 뒤편에서 로드리고 공도 고개를 숙이고 있다.

"아니, 아니, 무사히 도착해서 다행이야."

"의뢰를 수행한 것뿐이니까요. 전하, 고개를 들어 주세요."

콘은 쑥스러워하면서, 료는 조금 당황하면서 대답했다.

장소는 나이트레이 왕국 왕성 앞.

호위를 자청해 주던 궁정 마법단 유지들은 이미 해산하여 왕궁 안으로 떠나 있었다.

그리고 매튜와 루카도 네 사람에게 감사를 표하고는 어디선가 나타난 실력 있어 보이는 호위와 함께 재무성으로 떠났다.

마지막으로 윌리 전하와 로드리고 공의 작별 인사를 료를 포함한 호위 모험자들이 받고 있는 상황이었다.

"료 씨, 마지막으로 부탁이 있어요!"

"전하, 갑자기 뭔가요?"

윌리 전하가 결심을 굳히고 료에게 부탁을 하려고 했고, 료는 가벼운 마음으로 그것이 무엇인지 물었다.

"앞으로 료 씨를 스승님이라고 불러도 될까요?"

"죄송합니다, 그건 좀 참아주셨으면 좋겠는데……."

"그렇군요……. 그럼 선생님으로 해두겠습니다."

"어⋯⋯."

무척 안타깝다는 듯한 모습으로 윌리 전하는 선생님으로 타협했다. 그래, 타협한 것이다⋯⋯. 료로서는 전혀 타협이라는 느낌이 들지 않았지만.

그리고 두 사람은 도착을 보고하기 위해 왕성으로 들어갔다.

"그나저나 우린 이제 모험자 길드에 갈 건데 료는 어쩔 거야?"

남겨진 료와 콘이 이끄는 모험자들.

콘 일행은 모험자 길드로 간다고 했다. 거기서 이 임시 파티는 해산될 예정이다. 왕도가 처음인 료로서도 특별히 시급하게 가야 할 곳은 없었다. 기껏해야 나중에 얼굴을 비쳐달라고 한 고문 아서에게 가는 정도다.

그래서 콘 일행을 따라가려고 했는데⋯⋯ 왕성 쪽에서 걸어오는 무리에게서 익숙한 목소리가 들려왔다.

"료?"

료가 돌아서자 음속으로 달려든 세라가 껴안아 왔다.

"으헉⋯⋯ 세, 세라? 왜 여기에? 게다가 룬의 기사단까지 모두?"

잠시 세라는 료를 껴안은 채 묵묵부답이었다. 기사단의 이든 소대장이 대신 대답했다.

"그게, 저희는 룬에서 왕실까지 물건 이송을 분부받았습니다. 지금 막 전해드린 참입니다."

"어⋯⋯ 세라도?"

"네, 세라 님도⋯⋯ 당초에는 예정에 없었습니다만, 갑자기⋯⋯."

"어쩔 수 없었단 말이다……."

이든의 말을 가로막고 고개를 든 세라가 그제서야 목소리를 냈다.

"『스위치백』의 수를 통해서 편지를 전해줬지? 열어보니 왕도에 들른다는 말이 적혀 있잖아……. 료는 나 같은 엘프에게는 정말이지 귀중한…… 뭐라고 해야 할까, 그래, 영양 보충원이다. 없으면 상당히 곤란해. 좀 더 그런 자각을 가졌으면 좋겠어!"

"음…… 뭔가 죄송합니다……."

'영양 보충원이라는 게 뭐지……. 그런 말은 처음 들어봤는데.'

"음, 알아줬다면 그걸로 됐어."

세라는 활짝 웃는 얼굴로 대답했다.

그 미소의 파괴력은 모든 것을 초월했다. 그 미소를 위해서라면, 료는 세계를 적으로 돌려도 싸울 수 있을 것 같았다…….

그래도 의문은 해결해두자.

"참고로 영양 보충원이라는 건……."

"응? 저 어딘가의 수호수님도 그런 말씀을 하시지 않았나? 료 주위에 있으면 수명이 늘어난다고."

"네, 말했었죠……."

"그거야, 그거. 예전에 말했듯이 엘프는 반요정 같은 거지. 그리고 분명 그 수호수님도 요정 계통의 수호수님일 거고. 우리는 요정의 인자라고 부르는데, 그걸 가지고 있는 자에게 있어 료는 매우 귀중한 영양 공급원이다. 그리고 사악한 기운을 쫓아낸다…… 라는 느낌일까? 재충전 효과도 있어. 기억해 두도록 해."

옆에서 듣고 있던 기사단원들은 호오~ 하며 고개를 끄덕였다.

"음…… 그건 인간에게는 뭔가 효과가……?"

"아니, 내가 알기로는 전혀 없어."

료의 의문에 조금의 막힘없이 대답하는 세라.

"음…… 그렇다면 제 자신에게는 뭔가 효과가……?"

"아니, 내가 알기로는 아마 없을 거야."

또 다른 료의 의문에 역시 조금의 막힘없이 대답하는 세라.

그리고 왠지 알 수 없는 패배감을 느끼는 료.

그런 대화를 하는 도중 "우, 우리는 가볼게"라고 말하고 콘 일행이 멀어졌다는 것을 료는 깨닫지 못했다.

◆

"즉, 루카는 재무성으로 도망쳐 들어갔고, 시카는 행방불명이고, 족쇄에서 풀린 재무경은 이쪽으로 돌아서긴커녕 적대할 가능성이 높다고? 연합정보부는 우수한 인재들이 모인 걸로 알고 있었는데, 사람 하나도 제대로 못 잡아두는 건가……. 이 결과만 보면 평판이 썩 맞는 것 같진 않은데?"

"면목 없습니다."

"게다가 재무경 뒤에는 일라리온의 그림자가 있다……?"

그곳은 왕도에 있는 플리트윅 공작저.

집무실에서 두 남녀가 대화를 나누고 있다.

한 사람은 마른 몸에 외알 안경을 끼고 보고서를 읽으면서 말한다.

다른 한 사람은 갈색의 머리를 어깨선까지 깔끔하게 다듬고, 회색 눈동자에 지적인 빛을 띠고 있는 여성. 겉보기에는 귀여운 모습이지만, 남자와의 대화를 듣고 있노라면 그것이 계산된 것임을 알 수 있다.

이야기의 내용으로 보면 연합정보부에서 파견되어 온 인물로 보였다. 사과하고 있지만 표면상일 뿐…….

"그리고 그것들을 잇는 남자가 이 아벨이라는 녀석인가?"

"네. 그 '검은 가루' 주변도 꾸준히 뒤쫓고 있는 것 같습니다."

아벨은 시카 일행뿐만 아니라 공작 부하의 눈에도 이미 들어와 버린 상태였다. 애초에 첩보 활동이 아니라 모험 활동이 본업인 아벨이었기에 여러 의미로 어쩔 수 없는 일일지도 모른다.

게다가 보고서의 내용에도 몇 가지 오해나 오정보가 포함되어 있다…… 물론 본인들은 모르고 있지만.

"지금 일라리온은 어디에 있지?"

"어제 왕도를 나와 제2 가도 동쪽으로 향했다는 보고가 있었습니다."

"이 아벨을 처치한다면 지금이 기회라는 건가."

외알 안경을 쓴 남자가 잠시 생각에 잠겼다.

처리한다고 해도 꽤 솜씨가 뛰어난 것 같다는 정보도 있다. 어설픈 자를 쓰면 보복을 당할지도 모른다.

"확실히 처리한다면…… 놈들을 써야겠지."

"네, 이미 교섭은 끝났습니다."

"호오…… 그래서, 어떻게 할 거지?"

"쓰는 건 고든, 벨록, 로먼 이렇게 셋. 고든 한 명으로도 문제는 없겠지만 다른 두 사람은 보험입니다."

"좋군. 일라리온이 돌아오기 전까지 처리해 두도록."

"알겠습니다."

그렇게 말하고 갈색 머리 여성은 집무실을 나갔다.

방에 남은 외눈 안경을 쓴 남자는 엷게 웃으며 중얼거렸다.

"용사의 습격인가……."

◆

고든은 들떠 있었다. 23년간 살면서 처음으로 이성의 눈에 띄었기 때문이다.

용사 파티, 화속성 마법사 고든은 결코 겉모습은 나쁘지 않았다. 오히려 평균 이상의 외모라고 할 수 있다.

하지만 조금 억척스럽고, 조금 자신감이 넘치고, 조금 남을 깔보는 경향이 있다.

모두 여성들이 꺼리는 요인. 하나면 그나마 봐줄 만한 여자도 세 개가 다 모이면…… 무리인 것이다.

하지만 이곳 왕도에서 그런 고든에게 빠진 여인이 마침내 나타난 것이다. 바로 오스니엘 플레처 자작의 비서 낸시.

오스니엘 플레처 자작은 외눈 안경을 쓴 차분한 분위기의 인물이다. 왕도에서 플리트윅 공작가의 권익을 관할하고 있는, 이른바 집안의 장로급 지위를 부여받은 상태였다. 그 비서 낸시는 20대의 동그랗고 맑은 눈매를 가진 귀여운 여성이었고 고든도 완전히 푹 빠져 있었다.

그런 고든에게 간신히 찾아온 봄에…….

용사 로먼은 대놓고 기뻐했다.

토속성 마법사 벨록도 여러 차례 건배를 하며 축복했다.

성직자 그레이엄은 별다르게 표정을 바꾸지 않고 고개를 끄덕였다.

풍속성 마법사 알리시아와 척후 모리스, 그리고 인챈터 애쉬칸은 눈살을 찌푸렸다.

"괜찮아? 속은 거 아냐?"

"고든에게 반했다니, 분명 눈이 나쁜 거야."

"……."

말은 각양각색이었지만 어쨌든 걱정이 담겨 있었다.

용사 파티는 왕도에 도착한 뒤 국왕 스태퍼드 4세에게 알현을 요청해둔 상태였다. 하지만 스태퍼드 왕의 몸 상태가 좋지 않다는 이유로 플리트웍 공작저에 틀어박혀 지내는 신세가 된 것이다. 그렇지만 아무런 불편함 없이 지내고 있었고, 고든에겐 봄이 오고 있었기에 특별히 문제될 것은 없었다.

성직자 그레이엄은 중앙 연방에 있는 빛의 신관과 각각의 신, 그리고 신의 가르침에 대해 열심히 대화를 나누며 매우 충실한 나날을 보내고 있었다. 알리시아, 모리스, 애쉬칸 등 여성 3인조도 공작저 시녀들과 다과회를 가지며 개인적인 유대관계를 맺고 있었다.

그러던 중 고든은 낸시와 외출을 하게 됐다. 낸시가 왕도에 막 생긴 가게로 고든을 부른 것이다.

이건 데이트구나!

고든의 텐션은 최대치까지 올라갔지만…… 나갈 때 함께 가는 멤버들이 있어 단숨에 텐션이 떨어졌다.

"로먼…… 벨록…… 왜 두 사람이 있는 거야?"

"음, 낸시가 사주겠다고 했네."

"우리가 방해하면 안 될 것 같긴 한데……."

고든의 무서운 얼굴 질문에 벨록은 머리를 긁적이며 대답했고, 로먼은 뺨을 긁적이며 대답했다.

그때 낸시가 왔다. 그리고 고든에게 속삭였다.

"미안해요, 고든 씨. 자작님이 두 분도 함께 데려가서 대접해 드리라고 하셔서……."

낸시가 미안하다는 듯이 말했다.

"아, 아! 아니, 그런 건 전혀 신경 안 써! 응, 자작님 말을 거역하면 안 되지. 응, 전혀 문제없어!"

"정말인가요? 고든 씨, 역시 상냥하세요!"

그렇게 말한 낸시가 고든의 팔을 껴안았다. 고든의 얼굴은 새빨개지고 표정은 헤실헤실…….

고든에게 있어서 첫 데이트는 순조로움 그 자체였다. 뒤에서 따라오는 남자 둘은 완전히 잊혀졌고, 그의 시야와 사고는 낸시로 가득 차 있었다.

둘이서 걸었던 코스를 보면 왕국 마법 연구소라는 건물 바로 근처를 빙글빙글 돌고 있었는데, 맛집과 세련된 옷가게도 있어 전혀 깨닫지 못했다. 애초 왕도의 지리를 잘 모르는 고든은 어디를 돌고 있는지 이해하지 못했다…….

뒤에서 따라오는 남자 두 사람도 앞에 가는 커플을 신경 쓰지 않고 자유롭게 가게에 들어가 맛있어 보이는 음식을 사 먹거나 무기점에서 파는 물건을 구경하는 등 즐거운 시간을 보내고 있었던 것이다.

하지만 비극은 갑자기 찾아왔다.

남자 두 사람이 어디론가 사라졌고, 고든과 낸시는 고급스러운 가게에서 점심을 먹었다. 그리고 "여긴 내가 낼게"라며 고든이 계산을 하는 동안 낸시는 한발 앞서 가게 밖으로 나와 있었다.

고든이 돈을 주고 밖으로 나오자…… 어째서인지 입에서 피를 토한 낸시가 쓰러져 있었던 것이다.

"낸시!"

황급히 낸시를 도우려 일으키는 고든.

"고든 씨…….

힘겹게 고든의 이름을 부르는 낸시.

"대체 이게 무슨…….

항상 가지고 다니는 포션을 서둘러 낸시에게 마시게 하는 고든.

다 마시자 낸시는 길 건너를 가리키며 말했다.

"저, 검사에게…….

낸시가 가리킨 끝에는 한 남자가 이쪽에 등을 돌리고 서 있었다.

"저놈이구나!"

고든은 아무것도 눈에 들어오지 않았다. 피를 토하고 쓰러진 낸시와 낸시를 공격했다고 생각되는 남자. 그뿐이다.

낸시를 살짝 도로에 눕히고 일어난 고든은 분노로 이글거리는 눈빛으로 지팡이를 겨눴다.

그리고 외쳤다.

"〈블레이드 랭 트라이던트〉."

고든이 외치자 지팡이 끝에서 세 개의 불꽃이 소용돌이치며 남자를 향해 날아갔다. 고든이 가진 개인용 최강 마법.

"아벨!"

어디선가 비명과도 비슷한 여성의 목소리가 들려왔다.

"〈생추어리〉."

외친 여인이 세 가닥 불꽃의 소용돌이 앞에 몸을 밀어 넣으며 외쳤다.

긴급 전개 방어 마법…… 영창 없이 순식간에 방어진을 전개하는 신관의 비기.

〈생추어리〉는 정확히 발동하여 〈블레이드 랭 트라이던트〉를 없앴다. 하지만 그 운동 에너지가 그대로 보존된 탓에 여성은 등 뒤의 벽으로 튕겨 나갔다.

"리햐!"

표적이 된 남자, 아벨이 튕겨 나간 리햐 쪽을 보았다. 마침 그곳으로 모퉁이를 돌아 나온 린과 워렌.

"린, 워렌, 리햐를 부탁해."

아벨은 그렇게 말하고 도로 반대편을 향해 달리기 시작했다.

최강의 공격 마법을 막아낸 고든은 황급히 외쳤다.

"〈파이어볼〉."

속도 중시 공격.

하지만 아벨은 검집째 마검을 휘둘러 〈파이어볼〉을 날려버렸다.

"말도 안 돼!"

그 한마디를 남긴 고든은 아벨의 왼쪽 주먹을 명치에 맞고 의식을 잃었다.

그러나 그것으로 문제는 끝나지 않았다.

그 광경을 지켜보던 인물이 두 명 있었던 것이다. 고든 일행이 나온 가게 옆에서 막 나온 용사 로먼과 토속성 마법사 벨록. 가게를 나서는 순간 아벨의 펀치로 인해 고든이 땅에 쓰러지는 광경을 본 두 사람은 순간 뭐가 뭔지 이해할 수 없었다.

고든이 배를 맞고 쓰러졌고, 그 너머에는 피를 토한 것 같은 낸시가 있다. 그래서 로먼은 이해했다. 고든을 쓰러뜨린 남자는 적이고, 그 녀석이 나쁜 것이라고.

고든과 아벨을 향해 달리며 성검 아스타르트를 뽑았다.

그것을 아벨은 시야 끝으로 포착하고 있었다. 그래서 로먼의 혼신의 찌르기를 피할 수 있었다.

그리하여 몇 가지 우연과 몇 가지 오해와 몇 가지 악의로 인해, 용사 로먼 대 천재 검사 아벨의 싸움이 왕도의 길거리에서 시작되었다.

용사 로먼이 아벨을 들이받은 동시에 토속성 마법사 벨록도 외쳤다.

〈스톤 재블린〉."

하지만 쏜 돌창은 도로 건너편에서 쏘아진 〈에어 슬래시〉에 의해 무산되었다. 그곳에서는 지팡이를 든 소녀로 보이는 마법사가 이쪽을 노려보고 있었다.

"저 검사의 동료인가?"

검사들 간의 싸움은 격렬함을 더해갔고, 마법사들은 손을 대지 못한 채 서로를 견제하는 그런 상황에 빠졌다.

주위에는 구경꾼들이…… 아무도 다가오지 않았다. 인근 가게들은 일제히 바깥 덮개를 닫았고 문도 안에서부터 굳게 닫은 듯하다.

길가에서 싸움이 시작되었을 때, 구경꾼들이 몰려드는 경우와 아무도 접근하지 않고 건물에 숨는 경우라는 두 가지 현상이 발생한다.

그 차이는 왜 생기는 것일까. 순전히 그 싸움의 '위험함'이다.

상상해보면 알 수 있다.

소총을 마구 쏘아대며 싸우는 자들 주위로 구경꾼들이 몰려들까? 휘말리면 곤란한 것이다. 자신의 생명에 직결되는 것이다……. 당연히 가까이 오지 않겠지?

로먼과 아벨의 검 싸움은 왕도 주민들에겐 그렇게 보였다.

보통이라면 누군가의 신고로 위병 등이 달려왔겠지만. 전화처럼 떨어진 곳에서 가능한 통신 수단이 없는 현재 왕국에서는 신고하기도 쉽지 않았다.

'이 녀석, 무섭도록 빠르고 검도 무거워.'

아벨은 로먼의 검을 쳐내며 혀를 내둘렀다. 과거 던전 40층에서 싸웠던 마왕자 데빌만큼은 아니더라도 인간 중에 이 정도의 검속과 무게는 비정상이다. 현재 상황에서는 그것을 기술과 경험으로 대처하고 있었지만, 꽤 힘든 싸움이 될 것이라는 점은 확실했다.

'아까 쓰러뜨린 화속성 마법사 일행 같은데…… 이번 일련의 소동으로 고용된 놈인가? 아니, 그럴 리가 없어. 이 힘은 그야말로 한 나라에 버금갈 정도…… 그 정도의 검 실력이다.'

'설마 이 정도 실력을 가진 검사라니…… 이런 검사가 어딜 가나 몰려 있는 걸까, 왕국에는. 순전히 검 실력으로만 보면 그동안 싸워왔던 사람들 중에서도 확실히 톱클래스다……. 어떤 공격을 해도 간단히 받아치고 있어. 레오놀과는 또 다른 의미로 높은 벽이 느껴져…….'

용사 로먼은 조금 즐거운 상태였다.

처음 휘두를 때는 고든이 쓰러지고 낸시가 피를 토하던 광경을 보고 적을 쓰러뜨리겠다는 생각뿐이었지만, 현재는 그 감정들을 초월한 것이 로먼 안에 피어나고 있었다.

찌르고, 그대로 옆으로 베었지만 절묘한 각도에 검을 밀어 넣어 흘려보낸다.

이어서 다소 무리하게 대각선 방향으로 내리친다. 거기에 또다시 절묘한 타이밍에 검을 밀어 넣어, 힘이 최대치에 달하기 직전에 받아치며 버텨낸다.

지금까지 경험하지 못한 기술과 경험을 통한 버티기.

그것은 로먼 자신에게 귀중한 경험을 쌓게 해주었다.

이 무렵엔 네 사람과는 별도로 거리에 놀러 나갔던 풍속성 마법사 알리시아, 척후 모리스, 인챈터 애쉬칸도 합류한 상태였다. 하지만 벨록과 마찬가지로 도로 건너편의 견제에 의해 대놓고 손을 대지는 못하고 있다.

물론 용사 파티에게 그것은 문제가 되지 않았다. 왜냐하면 싸우는 사람은 용사 로먼이니까.

게다가 상대는 레오놀도 아니고 폭염의 마법사도 아니다. 일대일이라면 만에 하나라도 로먼이 질 가능성은 없었다.

"그런데 황녀님 같은 사람도 있잖아?"

척후 모리스의 중얼거림은 굳이 아무도 듣지 못한 척하기로 했다. 그 황녀도 예외였던 것이다.

◆

료와 세라는 크레이프를 먹으며 왕도를 걷고 있었다.

무려 위트나쉬나 룬의 거리에서 본 그 '크레이푸' 노점이 왕도에도 있었던 것이다. 팔고 있던 사람은 70이 훌쩍 넘은 노인이었다.

그것을 료의 강력한 주장에 의해 구입한 것인데…….

"응! 확실히 이건 맛있어!"

"그렇죠?"

한입 먹고 극찬하는 세라에게 우쭐한 얼굴로 가슴을 내미는 료. 세라가 자신과 미각이 비슷하다는 것을 알고 있었기에 크레이프도 반드시 마음에 들 것이라는 확신이 있었다.

"얼마 전에 룬의 거리 동문 근처에도 노점이 나와 있어서 맛있게 먹었거든요. 체인점인 걸까요……. 이 생크림과 배너나의 배합은 최고예요!"

"그래, 료가 강력하게 추천한 이유를 알 것 같아. 이런 걸 경험해보지 않는다는 건 인생의 손해지!"

맛있는 것은 사람을 행복하게 한다.

맛있는 것은 인생을 풍요롭게 한다.

어떤 세계, 어느 시대든 변함없는 진실이다.

그런 행복에 휩싸여 걷고 있는 두 사람의 귀에 검을 맞부딪치는 소리가 들려왔다.

"이런 왕도의 길거리에서 검으로 싸운다?"

"소리로 보니 일 대 일이네. 게다가 싸우고 있는 건 그 둘뿐……."

료도 세라도 남들보다 훨씬 높은 청각을 갖고 있었기에 싸우고 있는 사람 수 정도는 쉽게 알 수 있었다.

어차피 두 사람이 가는 방향에서 들리고 있으니 그대로 가면 무슨 일이 일어나고 있는지 알 수 있겠지……. 둘 다 그런 가벼운 마음으로 크레이프를 먹으며 걸어갔다.

거기서 본 것은…….

"굉장한 검 싸움이다……."

"둘 다 꽤 하네."

료가 무심코 중얼거렸고 세라도 감탄했다.

"하지만 싸우고 있는 한쪽은…… 아벨처럼 보이는데요."

"그래, 싸우고 있는 한쪽은…… 아벨이네. 길 건너편에 린 일행이 있으니까 맞는 것 같아."

료는 생각한 것을 말했고 세라는 그것을 긍정했다.

"엄청난 싸움이 됐네. 아무도 가까이 못 가잖아."

척후 모리스가 누구에게랄 것 없이 말했다.

"응. 저 상대, 로먼과 막상막하로 싸우고 있어요. 대체 누굴까요?"

풍속성 마법사 알리시아의 목소리도 속삭이듯 작다.

"그래…… 맞아! 어째서 성검 아스타르트와 검 싸움이 성립되는 거야? 일반적인 검이라면 한 번 맞부딪치기만 해도 부서진다고!"

"즉 상대방의 검도 보통이 아닌 거예요. 잘 좀 봐요. 붉은빛을 띠고 있잖아요. 저건 마검이에요."

척후 모리스의 의문에 알리시아가 답했다.

"마검사라니…… 정말로, 저 상대는 누구길래……."

척후 모리스가 경악했다.

마검 같은 것은 평범한 모험자가 사용할 만한 것이 아니다. 그런 것을 가지고 있는 인물이 우연히 길거리에 있다……. 보통이라면 있을 수 없는 확률.

모리스는 머리를 흔들고 주위를 둘러보았다.

"역시 저 정도의 검 싸움이 벌어지니 구경꾼들도 안 모여드네."

"네, 누구든 자신의 목숨은 아까운 법이니까요. 길거리에 있는 것도 저희랑 상대 동료를 제외하면 둘 뿐. 아니, 잠깐. 저 둘은 안 도망치는 건가?"

모리스의 말에 알리시아도 주위를 둘러보며 답했다.

뭔가 먹고 있는 마법사 같은 남자 한 명과 망토를 걸친 엄청난 미녀가 한 명…….

"잠깐, 저 구경꾼 중 한쪽에 있는 여자, 엘프예요……."

"정말이네! 역시 왕도까지 오면 마검사나 엘프처럼 다른 곳에서는 보기 힘든 존재들도 많은가 보구나."

"그, 그럴지도요……."

모리스가 흥분한 듯 말했고, 알리시아는 약간 이해하기 어렵다는 얼굴을 하면서도 맞장구를 쳐주었다.

그 사이에도 로먼과 아벨의 검 싸움은 계속되고 있었다.

계속되고 있지만, 아벨은 깨닫고 있었다.

'이대로라면 진다.'

그 차이는 거의 없다. 오히려 기술에서 앞선 아벨이 가끔 로먼에게 얇은 상처를 주고 있을 정도여서 그때마다 용사 파티의 면

면을 조마조마하게 만들고 있다.

하지만 정신적 체력이 소모되는 정도가 로먼과 아벨은 전혀 달랐다.

그야말로 '전력'이라는 말을 체현한 듯 다가오는 로먼의 검, 그것을 기술로 대응하며 반격하는 아벨의 검.

아벨은 휘두르기를 한 번이라도 실패하면 치명적인 대미지를 입는다. 애초부터 로먼이 속도와 무게에서 앞서고 있다. 한 번의 실패는 곧 치명상…… 그 사실이 주는 압박감은 대치한 자만이 알 수 있을 것이다.

그 부담감으로 처음부터 계속 정신적으로 한계에 몰리고 있는 아벨.

그 속에서 무너짐 없이 기술로 버티고 있는 아벨은 틀림없이 검의 천재였다. 하지만 그런 천재 아벨이었기 때문에 앞으로 일어날 피할 수 없는 패배의 기색을 느끼고 있었다.

"저 아벨을 검으로 이렇게까지 몰아붙이다니 굉장하네……."

료가 감상을 말했다.

하지만 조금 전까지 맞장구를 치거나, 거기, 오른쪽, 그건 페인트! 라면서 작은 소리로 끼어들고 있던 세라가 침묵하고 있는 것이 료는 신경 쓰였다.

"세라?"

"어? 아아. 미안. 저 아벨의 상대가 든 검 말인데…… 아마 성검 아스타르트인 것 같아."

"오오, 성검! 그리고 보니 아벨의 검도 붉게 빛나거나 하니까 마검 같은 종류인 거겠죠."

세라가 말했고, 료는 성검이라는 말에 강하게 반응했다.

판타지라고 하면 마검이나 성검! 단어만으로도 듣는 사람을 설레게 하는…… 그런 근사한 말.

"그래, 아벨이 든 건 마검이야. 상대쪽 성검 아스타르트는 서방 국가에서 태어난 용사가 대대로 물려받는 검이라는 말을 들은 적이 있어."

"용사!"

'역시 이 세계에도 용사가 있구나!'

료는 용사의 존재를 지금 처음 들었다.

"그리고 그자 주위에는 놀라울 정도로 정령들이 많이 모여 있어. 정령이 그러는데 저자는 '용사 로먼'이라고 한다는군."

"세상에……. 그보다 세라, 정령과 이야기할 수 있군요……. 그게 더 놀라워요."

"엘프는 태어날 때부터 정령과 깊게 관련되어 있으니까."

조금 자랑스러운 얼굴로 말하는 세라.

료가 그것을 보고 귀엽다고 생각한 것은 비밀이다.

"용사가 있다는 건 마왕도…… 어? 그리고 보니 마왕자가 있긴 했었나……."

"마왕자가 있었어?! 료, 어디에 있지? 그건 엄청난 사건이야! 그런 녀석은 내버려 두면 안 돼."

"아, 괜찮아요. 던전 40층에 있었는데 무사히 쓰러뜨렸으니까

이제 없어요."

"그, 그래? 아, 그 강제 전이 사건 말이지? 그나저나 마왕자가 있었다니……."

"그것보다 세라. 용사가 만약 여기서 아벨에게 죽임을 당하거나 하면 큰일 나지 않을까요?"

료가 갑자기 핵심을 찔러왔다.

그 말을 들은 세라가 눈을 살짝 크게 뜨고 답했다.

"확실히…… 만약 그렇게 되면 마왕을 쓰러뜨릴 자가 사라져……. 왕국과 서방 국가 사이의 외교 문제가 될지도 몰라."

"그렇군요……. 저 검 싸움, 곧 결말이 나겠죠?"

"음. 아벨 쪽이 흐름이 안 좋아."

료의 발견과 세라의 진단은 일치했다.

"하지만 아벨이니까 마지막이 가까워졌을 때 마지막 승부수를 노린 역전의 패를 던질 거라 생각해요."

"만약 그게 성공하면 용사는 죽을지도 모른다는 건가. 확실히 그건 곤란한데."

"응, 그러니 슬슬 이 검 싸움을 말려볼까요. 위트나쉬 때는 아벨이 중재해 줬으니까 말이죠. 이번에는 제가 나설게요. 세라는 미안하지만 아까 그 크레이프 두 개만 사다 줄래요?"

"으음…… 잘은 모르겠지만 사 올게. 이쪽은 부탁해."

그렇게 말하고 세라는 크레이프 가게로 달려갔다.

"자, 그럼……."

료는 중얼거리고는 검사 쪽으로 걷기 시작했다.

척후 모리스가 그 마법사를 알아챈 것은 자신을 추월해 간 이후였다.

"어? 잠깐, 당신. 그쪽은 위험해."

눈치채지 못한 것도 신기했지만, 아무렇지도 않게 로먼과 아벨이 싸우는 장소로 움직이는 마법사에게 다가갈 수는 없었다.

그리고 정신을 차리고 보니 마법사는 검 싸움이 벌어지는 바로 지척에 서 있었다.

"양쪽 모두 뒤로!"

료의 목소리에 아벨과 로먼이 각각 뒤로 물러섰다.

'〈아이스 월 10층〉.'

그 순간 두 사람 사이에 보이지 않는 얼음벽을 쳐서 강제로 갈라놓았다.

"료, 끼어들지 마. 설사 상대가 너일지라도 무슨일이 생길 지 몰라."

"아벨한테 저는 안 죽어요."

확실하게 단언하는 료.

아벨은 패전이라는 것을 알면서도 중도에 멈출 생각은 추호도 없었다. 리햐가 다쳤다. 심지어 자신을 보호하느라. 그 싸움을 강제로 종료시킨다는 것은 도저히 받아들일 수 없었다.

설사 그것이 료라고 해도 말이다.

그러나 그런 아벨의 심정 따위는 무시하고 료는 말을 이었다.

"아벨은 잠시 조용히 있어 주세요. 그리고 그쪽, 용사 로먼이 확실하죠?"

"어…… 네."

"뭐라고?"

료가 확인하고, 로먼이 긍정하고, 아벨은 동요했다.

"맞아요, 이쪽은 용사 로먼입니다. 적어도 마왕을 쓰러뜨리기 전에 죽으면 곤란해요."

"끄응……."

아벨이 신음했다.

"아무튼 그쪽의 용사이신 로먼 공. 지금 싸우고 있던 상대는 왕국의 B급 모험자 아벨입니다. 수상한 인물이 아니에요. 룬의 거리에서는 길드 마스터를 대리해서 움직이기도 하는 훌륭한 인물이죠."

"왕국의 B급 모험자……."

로먼의 중얼거림은 료의 귀에도 들렸다.

"왕국의 모험자한테 뭔가 궁금한 점이라도 있나요?"

"아니요……. 저희는 사실 데브히 제국의 오스카 루스카 공, 즉 폭염의 마법사 밑에서 수행을 한 뒤 이곳에 왔습니다. 왕국의 모험자 중에 오스카 공조차 라이벌로 삼을 정도의 수속성 마법사가 있다는 말을 들었기 때문입니다. 혹시 그것에 대한 정보를 가지고 계시다면 꼭 들려주셨으면 해서……."

로먼은 이미 검을 거두고 정중하게 질문하고 있었다.

"뭐? 그 수속성 마법사라는 건……."

"과연, 로먼 공은 수속성 마법사를 찾고 계시는군요. 왕국에서

수속성 마법의 대가라고 하면 슈바르츠코프 가문입니다. 그 정보가 뭔가 도움이 될지도 모르겠네요."

"그렇군요, 슈바르츠코프 가문 말이죠. 알겠습니다! 감사합니다."

료는 아벨의 헛소리를 차단하고 전혀 다른 정보를 제공했다. 옆에서 듣고 있던 아벨은 순순히 감사를 말하는 용사 로먼을 안쓰러운 눈빛으로 바라보았다.

왜냐하면 아까 그 질문의 답을 아벨은 알고 있기 때문이었다.

그랬다. 그것은 물론 여기서 나몰라라하는 얼굴로 중재를 하고 있는 수속성 마법사를 말하는 것이었다.

"그럼 두 분께 화해의 표시를. 세라."

료가 그렇게 말하자 순식간에 료 옆에 나타난 세라가 료에게 크레이프 두 개를 건넨다.

'〈아이스 월 해제〉.'

아무도 모르게 쳐져 있던 얼음벽을 푼 료는 크레이프를 용사 로먼과 아벨에게 건넸다.

"사람은 맛있는 걸 먹으면 행복해지죠. 이거라도 먹고 물에 흘려보내도록 해요."

료는 두 사람에게 크레이프를 건네고는 만족한 얼굴로 고개를 끄덕였다.

"만약 아직 불만이 남았다면 저와 세라가 상대할게요. 아벨, 세라가 언제든지 검으로 상대해 준대요."

"음, 언제든지 상대하지. 나도 료와의 모의전으로 조금은 강해졌으니까."

료가 아벨을 도발했고 세라도 순순히 응했다.

"아니, 예전에도 이미 강했잖아……. 그것보다 더 강해졌다니 말도 안 돼……."

아벨의 중얼거림은 확실히 세라의 귀에 들렸지만, 세라는 아주 살짝 미소를 지었을 뿐이었다.

"화해했다면 우린 이만 실례하지. 료, 가자. 저쪽 거리에 오래된 유명한 카페가 있다. 거기 파는 케이크 세트가 아주 맛있어."

"오~ 그거 기대되는데요."

그런 대화를 나누면서 세라와 료는 떠났다.

세계에 평화를 가져다주고.

"그런데 왜 저 두 사람이 왕도에 있지?"

아벨의 말은 아무에게도 닿지 않았다.

료와 세라가 전통 카페 드 쇼콜라 왕도점에서 케이크 세트를 주문하고 있는데, 한 남성 검사가 가게로 들어와 료 근처에 자리를 잡았다.

"아벨도 이 가게가 마음에 들었나?"

"그런 곳에 앉아도 안 사줄 건데요?"

"후배한테 얻어먹을 생각은 없어!"

세라가 말을 걸었고, 료가 말하기도 전에 거절했고, 아벨이 속삭이는 듯한 목소리로 화를 냈다…… 참으로 기묘한 대화다.

"과연…… 세라한테 내게 하려는 속셈이군요."

"아벨도 꽤 벌고 있다고 생각했는데…… 어쩔 수 없지."

료는 어이없어했고, 세라는 고개를 흔들며 사주려고 했다.

"아니, 그러니까 얻어먹을 생각 없다고! 여기 온 건 아까 그 일에 대한 사례를 하러 온 거야. 말려줘서 고맙다."

아벨은 고개를 숙이며 말했다.

"아벨이 순순히 감사를 하다니…… 아, 세라가 있어서 솔직하게 감사한 거군요. 평소에도 그 정도로만 솔직하면 좋을 텐데요."

"뭐야, 아벨은 평소엔 이렇게 순순히 감사하지 않는 건가?"

아벨을 괴롭히는 료, 고개를 갸우뚱하며 묻는 세라.

"네, 전혀요. 정말 곤란하다니까요. 좀 더 솔직하게…… 그렇지. 아벨, 감사의 뜻을 단적으로 표현하는 아주 좋은 방법이 있어요. 바로 저한테 돈을 주는 겁니다. 자, 언제라도 얼마라도 상관없어요. 받을 준비는 되어 있으니까요!"

료의 과도한 장난에 아벨이 발끈했다.

"응, 감사한 마음의 보답으로 료한테 멋진 연금술사를 소개해주려고 했는데 그만둬야겠다!"

"아벨, 미안해요. 아벨은 정말 훌륭한 사람이에요!"

"후후후. 두 사람을 보고 있으면 질리지가 않네."

발끈한 아벨의 모습에 손바닥 뒤집듯 태도를 바꾸는 료. 그 모습을 보고 웃는 세라.

"하아…… 뭐, 됐어. 그 연금술사는 케네스 헤이워드 남작이야. 아직 어리지만 왕국을 대표하는 천재 연금술사다."

아벨은 크게 한숨을 내쉬더니 결국 소개해주었다.

"남작……. 아벨, 전 귀족 같은 사람과 별로 얘기해본 적이 없는데……."

"뭘 새삼스럽게. 괜찮아. 케네스는 원래 평민으로 그 유례없는 연금술 솜씨와 성과 덕에 귀족이 된 남자니까. 게다가 룬의 거리 출신이지. 거기까지 들으니까 뭐 떠오르는 거 없어? 네가 산 그 집……."

"집? 전 주인 아드님이 기술자였고, 왕도에서 귀족이 되어 부모님을 불러들였다는…… 설마!"

"그래, 그 설마. 그 집의 예전 집주인 일가다. 얼마 전에 같이 술을 마셨을 때 료에 대한 이야기는 이미 전해뒀어. 전액 일시불로 사준 것에 감사하다고 했으니 연금술에 대해서도 조금은 상담해 줄 거야. 하지만 바쁜 녀석인데다 연금술에 관해서는 이 나라의 중심이니까 너무 귀찮게 하진 말고."

아벨은 먼저 주의할 내용을 전달했다.

"괜찮아요. 몇 가지 물어보고 싶은 것과 지금의 제게 딱 어울리는 입문서만 알려주시면…… 본격적인 공부는 룬의 거리로 돌아가서 할 거니까요."

료는 암살 교단의 수령 하산에게서 물려받은 연금술 노트를 가지고 있었지만 내용물은 아직 이해하지 못했다. 그렇다고 그 노트를 다른 사람에게 보여줄 생각은 없었다. 그 노트는 하산이 **료가** 계승하기를 바란 것이었기 때문이었다.

그러니 료가 연금술 기술을 연마하여 노트의 내용을 이해할 수 있어야 했다. 그렇게 결심했다.

"그럼 됐어. 직장은 왕립 연금 공방이야. 장소는…… 설명하기 어렵네. 오늘 중으로 연락해 두고 내일 아침에 데려다줄게."

"알겠습니다. 그런데 아벨은 어디에 묵고 있나요?"

"난 왕국 마법 연구소에 있어. 여기에서 바로 두 블록 옆이야."

그 후 아벨은 연구소 위치에 대한 설명을 시작했다. 료와 세라는 케이크를 먹으면서 그 이야기를 듣고 있었다.

그 와중에 던져지는 결정적인 한마디.

"아벨, 주문은 했나?"

"아뇨, 아무것도 주문하지 않은 채로 자리를 계속 차지하고 있네요……."

"아……."

세라가 냉정하게 지적하고, 료도 문제점을 지적하자 아벨이 동요했다.

그 후 아벨이 제대로 케이크 세트를 주문했음은 말할 필요도 없다.

케이크 세트를 다 먹고 잠시 대화를 나누다 세 사람이 함께 가게를 나선 시점에, 멀리서 목소리가 들려왔다.

"세라 님~."

룬에서 세라와 함께 온 기사단 중 한 명이었다.

"다들, 찾았다!"

그 외침에 여기저기 흩어져 있던 기사단원들이 모여들었다.

"아무래도 세라를 찾고 있었던 모양이에요."

"그런 것 같네."

료가 옆의 세라에게 말했고 세라도 고개를 끄덕이며 답했다.

"이런 곳에 계셨군요, 세라 님."

"무슨 일이 있었나? 이든."

이든은 이번 이송대 대장이다.

그런 이든이 손에 든 편지를 세라에게 건네며 말했다.

"그 후 변경백저에 돌아가 보니 세라 님 앞으로 이 편지가 와 있었습니다. '자치청'에서 온 편지인 것 같은데, 가능한 한 빨리 전해달라고 하더군요."

세라는 편지를 받아들자마자 그 자리에서 열어 읽기 시작했다.

"자치청?"

료는 작은 소리로 옆에 서 있는 아벨에게 물었다.

"왕국에 사는 엘프족은 왕국의 서쪽에 있는 통칭『서쪽 숲』에 살아. 그리고 왕국으로부터 자치를 인정받았지. 그 서쪽 숲이 연락을 취하기 위해 왕도에 두고 있는 곳이 자치청이다. 내가 왕도에 있던 8년 전쯤엔 자치청에 엘프족이 두 명 정도밖에 상주하지 않았는데⋯⋯."

아벨이 자세히 설명해주었다.

편지를 다 읽은 세라가 아벨의 설명을 보충했다.

"지난 5년 정도 사이에 자치청은 확장돼서 왕도에 머무는 엘프족이 늘어났다. 그중 십여 명은 기사단이나 마법단에 들어가 단련하고 있다는 말도 있더군. 이번 일도 그와 관련된 거야."

세라는 그렇게 말하고 조금 생각한 뒤 입을 열었다.

"간단히 말해 내가 왕도에 왔다는 말을 듣고 자치청에 있는 엘프족에게 연습을 시켜달라는 부탁이 들어왔어. 게다가 이 타이밍에 하필 대장로도 왕도에 와 있다고……. 상황이 너무 잘 맞아떨어지는군."

세라는 거기까지 말한 뒤 잠시 고민하다가 료와 아벨을 힐끗 쳐다보았다. 그리고 다시 생각에 잠겼다.

20초 정도 후, 결론이 났는지 입을 열었다.

"료랑 아벨 둘 다 같이 가자. 아마 그게 여러 의미로 좋을 것 같아."

그렇게 말하고는 훌쩍 걸어가기 시작한다.

"어?"

"저, 세라?"

아벨도 료도 당황하면서도 세라를 따라갔다.

그 뒤엔 임무를 완수하고 안도한 표정을 한 룬의 기사단 일행이 우두커니 남겨졌을 뿐이었다.

세 사람은 자치청을 향해 걸어갔다. 세라를 선두로 남자 두 명이 따라가는 모양새였다.

도중에 큰 광장을 지났는데, 그 중앙에 검을 하늘로 치켜든 화려한 기사상이 서 있었다. 료가 그것을 힐끔거리며 보는 것을 발견한 아벨이 설명해주었다.

"저건 왕국의 창시자인 애쉬튼 왕의 상이다."

"훌륭한 기사상일 거라고만 생각했는데……."

"뭐, 애쉬튼 왕은 왕국을 세우기 전에는 기사였으니 완전히 틀린 생각도 아니지. 그래서 대대로 왕가의 성은 나이트레이이고 국명도 나이트레이야. 원래부터 기사의 나라였으니까."

아벨이 깊게 고개를 끄덕이며 설명했다.

"기사가 국왕으로…… 헉, 설마 국왕을 죽이고 찬탈……."

"아니야!"

깨닫지 말아야 할 것을 깨달은 듯한 모습을 한 료, 그것을 날카롭게 지적하는 아벨.

"자기가 섬기던 나라에서 이 땅에 나라를 세울 수 있는 허가를 받았어."

"섬기던 나라?"

"아아, 전승에 따르면 초제국 바빌론이라던데."

"바빌론……."

료는 거기까지 중얼거리고는 입을 다물었다.

바빌론…… 그것은 가나안과 함께 옛 제국에 붙여진 이름의 양대산맥! 모두 구약성경에 나오는 명칭이지만…….

신에게 적대한 바빌론.

신이 내린 약속의 땅인 가나안.

가지고 있는 문화적 배경은 정반대…… 어느 쪽을 택하느냐는 다신교인가 일신교인가. 아니면 악마적인가 천사적인가의 차이. 그런 장대한 의미를 갖고 있는 명칭.

본래는 아카드어로 하나님의 문이라는 뜻을 가진 바빌론이 구약성경에서는 안 좋게 묘사된다는 것은 매우 흥미로운 부분이다.

하지만 그것을 무시한다고 해도 단 하나의 사실은 누구나 도출할 수 있다.

즉, 초제국 바빌론이라고 이름 붙인 자는 틀림없이 환생자라는 사실. 물론 중2병을 앓았으리라는 것도 쉽게 상상해볼 수 있었다.

거기까지 생각하자 불현듯 어떤 의문이 료의 머리를 스쳤다.

"애쉬튼 왕이 여기 왕국을 세우는 걸 허락했다고 했는데……그 초제국은 본래 어디에 있던 나라인가요?"

료의 물음에 아벨은 오른손 검지를 하나 세우더니 답했다.

"하늘."

"네에?"

료의 대답 소리가 이상하게 튀어나왔다.

"초제국은 부유대륙이었다고 해."

'실로 판타지! 이것이야말로 판타지의 왕도이자 정석!'

"그, 그 부유대륙은 지금도 세계 어딘가에 떠 있는 건가요……?"

흥분한 료의 질문에 아벨의 반응은 차분했다.

"어디까지나 전승 속의 이야기야. 수천 년 전의 이야기지. 떠 있는 대륙이 발견되었다는 이야기는 들어본 적이 없으니까……어떨까 모르겠네."

"당연하죠! 그런 경우 부유대륙이나 천공의 성 같은 건 반드시 두꺼운 구름 속에 가려져 있어 밖에서는 보이지 않는 법이라고요!"

료가 당연하다는 듯이 아벨에게 말했다.

"그, 그래?"

아벨은 그 박력에 눌렸다.

그런 두 사람에게 앞을 걷는 세라의 목소리가 들려왔다.

"부유대륙의 전승은 엘프에게도 전해져 있어. 왕도에 와 있는 장로가 누구냐에 따라 다르겠지만…… 운이 좋으면 이야기를 들을 수 있을지도 모르겠군."

그 말에 료의 얼굴이 확 밝아졌다.

"훌륭해요! 역시 세라입니다. 그에 비해 아벨은……."

"어째서! 나 아무 잘못 없지?"

◆

"그러고 보니 아벨, 용사와의 전투 중에 리햐가 쓰러져 있던데 괜찮았어요?"

료에게 그 말을 듣자 아벨은 약간 가라앉은 표정으로 대답했다.

"아아, 그쪽에 있던 화속성 마법사가 갑자기 나한테 마법을 날렸어. 리햐가 그걸 〈생추어리〉로 막아준 건데…… 불꽃은 꺼졌지만 마법의 기세는 그대로 남아 있어서 벽에 날아가 부딪혔거든. 일단 포션으로 회복은 했지만 지금은 귀향도 겸해서 중앙 신전에서 쉬고 있어."

아벨은 가라앉은 표정으로 입을 열었지만 말을 마칠 무렵에는 분하다는 표정을 짓고 있었다. 자신이 헛되이 리햐를 다치게 한 것을 용납할 수 없는 것이리라.

"그랬었군요. 아, 그러고 보니 도로 한쪽에 마법사로 보이는 청년이 한 명 쓰러져 있었죠. 그게 화속성 마법사였나요? 뭐, 화속성 마법사가 딱 그 정도의 녀석들이라는 거겠죠.. 다 한데 모아서 얼음 관에 넣어버려도 될 것 같은데요."

"아니, 그건 좀 아닌 것 같아……."

누가 봐도 어느 제국에 있는 화속성 마법사를 상정하고 말하는 듯한 료의 과격한 의견에 아벨은 역시 동조할 수 없었다. 그것이 동료인『10호실』사람들을 상처 입게 한 분노에 뿌리를 두고 있다는 것을 알고 있음에도.

"뭔가 그들의 안내자…… 였던 아이가 원인이었던 것 같은데, 전투가 끝나자마자 사라진 모양이야. 그 후에 분담해서 찾았었어."

"분명 어리석은 화속성 마법사가 멋대로 놀아났던 거겠죠. 저희 고향에서 말하는 미인계나 허니트랩, 뭐 그런 걸 거예요. **어리석은 화속성 마법사**한테는 효과 만점이었겠네요."

료는 어리석은 화속성 마법사라는 부분을 매우 강조하며 말한다.

"응, 료가 화속성 마법사를 싫어한다는 건 아주 잘 이해했어."

그 후 바로 자치청에 도착했다. 그곳은 귀족의 저택이 즐비한 일각.

"예전에는 평범한 독채였는데……."

아벨이 자치청 건물을 보며 중얼거렸다.

자치청은 3층 규모의 석조로 사방에 건물이 있었고, 건물이 둘러싸는 듯한 모양새로 널찍한 정원이 만들어져 있었다.

　영화 등에 자주 나오는 런던 서머셋 하우스 같다고 료는 생각했다.

　"넓은 건물로 만들기 위해 여기로 옮긴 거야. 뭐라더라, 폐허가 된 백작 저택의 터라는 것 같아. 나는 그 작은 자치청도 마음에 들었는데 말이지."

　아벨의 중얼거림에 세라는 쓴웃음을 지으며 대답했다.

　그때 료는 문득 태양이 어두워진 느낌이 들었다. 하지만 하늘을 봐도 구름 한 점 없다.

　그런 료를 보고 세라는 더욱 태양을 본다.

　"식(蝕)이군. 태양이 일부 가려져 있다."

　"부분 일식⋯⋯."

　세라의 말에 료는 몸을 굳히며 중얼거렸다.

　료가 떠올린 것은 룬에서 개기일식 때 휘말린 일이었다. 봉랑에 사로잡혀 악마 레오놀과 싸워야 했을 때의 일. 또 봉랑에 잡히는 걸까, 그렇게 생각했는데⋯⋯ 이번에는 아무 일도 일어나지 않았다.

　그런 료를 보고 세라가 살짝 미소를 지으며 말했다.

　"료, 괜찮아. 왕도에는 던전이 없어. 대해소는 일어나지 않을 거야."

　세라는 살짝 오해하고 있었다.

　반대로 그 말을 들은 아벨이 중얼거렸다.

"던전? 대해소?"

아벨은 일식과 대해소의 관계성을 아직 모르는 모양이었다.

세라를 선두로 아벨, 료의 순서로 자치청 문을 통과해 정원으로 들어갔다. 그곳은 겉에서 보았던 대로 사방이 건물에 둘러싸인 형태로 되어 있었다. 그야말로 훈련이나 모의전을 하기에 적합한 모습이었다.

정원 안쪽에서 사람이 다가오는 것이 보였다.

한 명은 서른 살 전후로 보이는 여자. 그보다 약간 뒤편으로는 스무 살 전후의 남자. 둘 다 귀가 아주 조금 뾰족한 것을 보니 엘프인 듯했다.

그리고 미남미녀. 엘프는 대체로 미남미녀다. 이는 모두가 아는 사실이었다.

"어서 오려무나, 세라."

여자 쪽이 미소를 지으며 말을 걸었다.

"할머님? 왕도에 와 계신 대장로라는 게 할머님이셨어요?"

그러자 세라가 깊이 고개를 숙인다. 그것을 보고 아벨과 료도 황급히 고개를 숙였다.

"할머님, 이쪽은 룬의 모험자 아벨입니다."

"아벨…… 공?"

세라의 소개에 할머님이 조금 의아한 표정을 지었다.

"모험자, 아벨입니다."

세라가 다시 한번 모험자와 아벨이라는 말을 강조하며 소개했다.

"그, 그래. 아벨 공, 자치청에 온 걸 환영하네."

할머님은 뭔가를 눈치채고는 살짝 미소를 지으며 인사를 건넸다.

료가 라이트 노벨적 지식에 기반해 갖추고 있는, 엘프는 배타적이라는 개념이 뒤집히는 반응이었다.

물론 그런 지구의 라이트 노벨 지식 바탕에 깔려 있는 것은 J.R.R.톨킨에 의해 만들어진 엘프의 이미지겠지만……. 필시 그는 이세계에서 지구로 환생해 온 인물이었음이 분명하다.

'진실도 거짓도 있어…….'

료는 마음속 깊이 그런 생각을 하는 것이었다.

아벨의 소개가 끝나자 할머님의 시선은 료에게 고정되어 있었다.

료가 조금 꺼릴 정도로 대놓고…….

"이쪽도 룬의 거리의 모험자인 료입니다."

세라는 평소와 같은 느낌으로 료를 소개했다.

"료입니다."

료가 인사를 해도 할머님은 반응하지 않고 굳어 있었다.

할머님 뒤에 있던 청년이 의아한 얼굴로 할머님을 보더니 말을 건넸다.

"할머님?"

그때, 튕기듯이 할머님이 반응했다.

"이런, 미안해라. 넋을 잃고 봤으이."

서른 살쯤 되어 보이는 여자가 노인처럼 말하는 모습에 료는 위화감을 느꼈지만…… 다른 누구도 그것에 대해 반응하지 않는 것을 보면 료만 느끼는 위화감인 것일까.

"넋을 잃어요?"

세라가 살짝 눈을 가늘게 뜨고 할머님에게 물었다.

"음. 아니, 넋을 잃었다고나 할까…… 보고 있던 건 료 공이 입고 있는 저 로브였다. 설마 살아생전에 다시 볼 수 있을 줄은 몰랐는데, 생각지도 못한 기쁨이구나."

그렇게 말한 할머님은 더욱 빤히, 료의 로브를 위에서부터 아래까지 몇 번이나 돌아보았다.

"할머님…… 마음은 알겠지만 료가 불편하잖아요."

세라가 기어이 소리를 내서 차단했다.

"끄응…… 요정왕의 로브를 만나는 건 2천 년 만이니. 조금 흥분해도 어쩔 수 없지 않느냐……."

할머님이 살짝 볼을 부풀리며 세라에게 반박했다.

'2천 년 만이라니…… 할머님, 대체 몇 살…….'

료는 마음속에 떠오른 솔직한 의문을 직접 제기하지는 않았다.

하지만 료 옆에 서 있는 아벨의 입은 조금 느슨했다.

"2천 년……."

"저…… 할머님, 이라고 불러도 되는 건지…….'

료가 조심스레 말을 걸었다.

"음, 미안허이. 역시 너무 무례했구나."

그렇게 말한 할머님이 료의 얼굴을 쳐다보았다.

그리고 다시 굳어졌다.

"음, 어라?"

료는 조금 당황했다. 당황해서 세라를 보았다. 그 시선에는 '도와줘'라는 메시지가 담겨 있다.

"료, 걱정 안 해도 돼. 할머님이 료의 진가를 알아차린 것뿐이야. 조금 있으면 돌아오실 거야."

세라는 그야말로 태연자약한 모습으로 할머님이 그렇게 된 것은 당연하다는 투로 말했다.

료는 당황했고 세라는 당황해하지 않았다. 하지만 거기에 있는 다른 한 사람은 당황했다.

할머님 뒤에 있던 청년이다. 그는 할머님의 심상치 않은 모습에 당황하고 있었다. 할머님의 시선을 따라 료의 얼굴로 다가갔다. 그리고 할머님의 상황이 료 때문이라는 것을 이해했다.

그것은 대체로 사실이긴 했지만…… 해석의 차이라는 것이 이 세계에는 존재하는 법이었다.

"네놈! 할머님께 무슨 짓을 한 거냐!"

청년이 열화처럼 화를 내기 시작했다.

'이, 이건 청년이 화가 나서 나를 베려고 하는 라이트 노벨적 전개! 그동안 수많은 전개에서 실패라는 고배를 마셔왔는데, 드디어 일어나는 건가?'

료는 마음속으로 그런 생각을 하고 있었다.

그 때문에 희미하게 웃어버렸고…… 당연히 그것은 청년이 지닌 격정의 불에 기름을 붓는 결과가 되고 말았다.

"뭘 웃는 거냐!"

그렇게 말한 청년이 검을 뽑아 료를 베…… 지 못했다.

당연하게도 세라가 그것을 용납할 리 없었다.

청년이 료를 향해 달려나간 순간 옆에서 파고들어 오른쪽 주먹을, 검을 움켜쥔 청년의 오른손에 내리쳤다. 세라의 주먹과 검 사이에 낀 검지, 중지, 약지의 뼈가 부서졌다.

이어서 청년이 소리를 내는 것보다도 빨리 그대로 오른발을 휘둘러 청년을 넘어뜨렸다. 바닥과 키스하게 된 청년이 오른손을 끌어안은 채 바닥 위에서 신음했다.

그것을 바라보는 세라의 얼굴에서 표정은 사라진 채였다.

그 소동에 의해 할머님의 의식이 돌아왔다.

그리고 땅바닥을 구르는 청년을 보고 놀라서 세라를 보고, 한 번 고개를 갸우뚱하더니, 청년이 떨어뜨린 검을 보고 무슨 일이 일어났는지 대강 파악한 것 같았다.

"록슬리…… 이 바보 같은 녀석. 료, 우리 젊은 녀석이 실례했구나."

그렇게 말한 할머님이 깊이 고개를 숙였다.

전형적인 전개를 예상하고 있던 료는 그렇게 되지 않은 것을 유감스럽게 여기고 있었다. 그리고 세라에 의해 꼼짝 못 하게 된 청년 록슬리를 측은한 눈빛으로 바라보았다.

그런 상황에서 할머님에게 사과까지 받아 살짝 당황했다.

"아, 아뇨. 신경 쓰지 마세요."

"록슬리는 아직 너무 어려서…… 료의 훌륭함을 느끼지 못하는 게지."

할머님이 고개를 흔들며 그런 말을 했다.

"료의 훌륭함……."

"아벨, 다음에 내뱉는 말에 따라서는 이 세상과 작별할지도 몰라요."

"아니, 딱히 아무 말도 할 생각 없어……."

료의 날카로운 물음에 그렇게 대답하면서도 아벨의 시선은 수상쩍은 거동을 보이고 있었다.

"세라, 아까는 고마웠어요."

세 사람과 할머님은 정원에서 응접실로 이동했다. 세라에게 맞은 청년 록슬리는 다른 엘프에 의해 구호실로 끌려갔다.

"내가 료를 데려왔는데 곧바로 위험한 일을 겪게 했구나. 미안해."

료가 건넨 감사의 말에 반대로 세라가 고개를 숙여 사과했다.

"아니, 세라는 도와줬으니까 세라가 사과하는 건 이상하죠."

료는 그렇게 말하고 빙긋 웃었다.

그것을 보고, 정원에서 내내 가라앉은 표정이던 세라가 꽃이 피는 듯한 미소를 지어 보였다.

'응, 세라는 웃는 얼굴이 제일 잘 어울려.'

료는 속으로 크게 고개를 끄덕였다.

응접실은 훌륭한 가구들이 갖추어져 있었다. 몇 번인가 들어간 적이 있는 룬의 길드 마스터 휴의 응접실과는 격이 두 단계 정도 다르다……. 료는 멋대로 그렇게 생각했다.

네 사람 모두 자리에 앉자 홍차가 나왔다. 한숨을 돌리고 나서 세라가 말을 꺼냈다.

"할머님, 왜 이 타이밍에 왕도에 와 계신 겁니까?"

그것은 편지를 받았을 때부터 세라가 궁금해하던 것이었다. 세라가 왕도에 온 타이밍과 너무 맞아떨어졌기 때문이다.

하지만 할머님의 대답은 의외였다.

"내가 온 건 운세의 결과 때문이야. 왕도에 불온한 기색이 있고, 가면 멋진 만남도 있을 거라더군. 멋진 만남은 료를 말하는 거겠지. 확실히 멋진 만남이었어."

이 네 사람 중 가장 이야기를 따라잡지 못하는 사람은 아벨이었다. 인간이고, 료가 두르고 있는 『요정의 인자』를 감지할 수도 없고, 요정왕의 로브에 대한 이해도 옅었으니…….

하지만 할머님이 한 한마디는 간과할 수 없는 것이었다.

"지금 왕도에 불온한 기색이 있다고 하셨습니까?"

료는 모르지만 아벨은 국왕의 차남. 세라는 사실 그것을 알고 있다. 그리고 일찍이 왕성에서 아벨을 본 적이 있는 할머님도 그 사실을 알고 있다.

그래서 아벨의 질문을 당연하게 받아들였다.

"음, 맞아. 물론 그래 봐야 점이야. 자세한 것까지는 알 수 없지. 허나 무슨 일이 일어나도 왕도에는 숲에서 나온 엘프가 적지 않으니까 말야. 가까이에 있는 편이 여러모로 대처하기 쉬울 거라 생각해서 내가 온 것이라네."

할머님의 설명에 따르면 왕도에는 50명이 넘는 엘프가 있다고

했다. 룬의 거리에 있는 엘프가 세라 한 명임을 감안하면 이는 매우 많은 숫자였다. 순전히 자치청의 확대에 의한 것이었다.

이전에는 왕국 기사단에 나간 자도 있었지만, 현재는 아무도 없고 마법 대학에서 연구하고 있는 자가 20명 정도 있다고 했다. 그 외에는 이 자치청 내에서의 업무에 종사하고 있다고.

"기사단에 아무도 없다는 것은······."

"안타깝게도 내부 사정이 별로 좋지 않은 것 같으이."

아벨의 질문에 할머님은 얼굴을 찡그리며 답했다. 기사단 내 기강이 손쓸 수 없는 상태라는 것을 엘프들도 알고 있는 것이다.

"뭐, 그런 상황이라 세라가 왕도에 있다면 머무는 동안만이라도 단련해 주면 어떨까 싶어서 말야. 세라가 검술 지도역을 맡고 있는 룬의 기사단은 왕국 굴지의 정예라지? 그 일부라도 우리 애들한테 알려줄 수 없을까 싶은데."

할머님은 세라를 향해 그렇게 말했다.

"록슬리를 보면 머리를 먼저 단련하는 편이 좋을 것 같은데······."

세라의 말은 신랄했다. 료를 베려던 것에 상당히 화가 난 듯했다.

"으음······ 미안하구나. 저놈도 날 걱정해서 그런 것이니······."

할머님이 뺨을 긁으며 답했다.

"뭐, 백보는커녕 일억보를 양보해도 그럴 일은 없겠지만, 만약 저 칼에 료가 베이기라도 했다면····· 할머님은 어쩌실 생각이셨죠?"

"그런 말을 들으면 할 말이 없구나."

"세계의 붕괴를 초래했을지도 모른다고요."

'어? 나…… 이 세상에서 대체 어떤 포지션이지?'

세라가 정색하고 엄청난 발언을 했다. 그리고 료는 혼란스러워했다.

"료…… 세상을 지탱하는 존재였구나……."

"아니, 그럴 리가 없을 텐데……."

아벨도 료도 전혀 이해할 수 없는 세계의 이야기였다.

두 사람을 두고 세라와 할머님의 이야기는 진행되었고, 결국 세라는 사흘 정도 엘프 자치청 사람들을 단련해주게 되었다.

"우선 근성과 머리를……."

세라의 그 중얼거림을 들은 료와 아벨은 단련받게 될 자들을 대신해 기도했다.

우선적으로 세라의 역할이 정해지자 약속대로 세라는 료가 관심을 갖고 있던 이야기를 할머님에게 전달해 주었다.

즉…….

"료는 부유대륙에 대해 관심이 많대요."

세라가 웃으며 화제를 던져주었고 료가 몇 번이나 고개를 끄덕였다. 조금 전까지의 이야기를 들은 이상 적어도 눈앞의 할머님은 2천 년 이상 살아왔다. 그렇다는 것은 사람이 가진 전승이나 전설보다 더 자세하게 부유대륙에 대해 알고 있음이 분명했다.

"과연. 물론 내가 아는 거라면 뭐든 알려줘야지……. 그래, 뭐부터 듣고 싶은가?"

할머님도 기꺼이 답했다.

장로라는 입장상 남의 물음에 답하는 것에 익숙할지도 모른다.

"네. 우선 부유대륙은 지금도 있는지 어떤지……."

그런 할머님에게 눈을 반짝반짝 빛내며 묻는 료.

"음, 물론 있지."

"오오!"

할머님의 대답에 료는 기쁜 듯이 소리를 질렀다. 지금도 있다면 앞으로 그 부유대륙을 찾을 가능성도 생긴다는 뜻이었다.

"부유대륙이 어디를 떠다니고 있는지는 모르겠지만, 떨어졌다는 말을 듣지 않는 이상 세계 하늘 어딘가에는 있겠지. 수백 년 전이긴 해도 작은 섬을 본 적도 있어. 두꺼운 구름 속에서 본 것뿐이지만 말야."

"역시 구름에 덮여 있군요!"

료가 아벨에게 되는대로 던진 추측이 맞았던 것이다. 당연히 아벨 쪽을 향해 "내 말이 맞지?"라는 표정을 지어 보인다.

"아아, 그렇구나……."

어쩐지 패배감을 느낀 아벨이 중얼거리듯 말했다. 홍차를 마시면서 듣고 있던 세라가 그 말에 미소를 지었다.

세계는 평화롭다.

하지만 평화로운 상태로는 끝나지 않았다…….

"부유대륙에 사는 사람들은 보라색 머리를 갖고 있다고 알려져 있지."

"헉……."

할머님의 무심한 한마디에 경악하는 료와 아벨.

그랬다. 그들의 머릿속에 떠오른 것은 룬의 거리에서 만났던 보라색 머리의 남자와 여자. 남자와는 싸우는 상황까지 가 버렸는데…….

설마…….

"아, 아니, 보라색 머리를 가진 사람은 많이 있으니까요."

"……아니, 보통 없어."

료의 희망이 담긴 바람을 현실론으로 부숴버리는 아벨.

"그 사람들은 빛의 투과 때문에 보라색 머리로 보인 것뿐이에요."

"나는 근접전에서 싸웠는데, 확실하게 머리는 보라색이었어."

"그렇게 되면 부유대륙인은 포악한 사람들이라는 말이 되는데요……."

"뭐, 그러네. 아아, 그러고 보니 윙스톤에서도 남자 쪽의 습격을 받았었지……."

아벨이 이제 떠올랐다는 듯 말했다.

"들은 적 없어요!"

"아니, 그야 료와는 이제 막 다시 만난 거잖아."

"아벨, 사회인의 기본은 보고, 연락, 상담 세 단계가 기본입니다. 제대로 보고해주지 않으면 곤란하다고요."

"그런 말을 들어봤자……."

료의 불합리한 항의에 어이없다는 목소리로 대답하는 아벨.

"그런 포악한 사람에게 습격당하고 용케 무사했네요."

"마지막에는 린이 쏜 〈배럿 레인〉에 맞아 구멍투성이가 됐었지……."

"어······."

"분명 쓰러뜨렸는데······ 쓰러뜨린 순간 사라졌어. 전이라든지, 뭐 그런 거겠지."

"저기······ 구멍투성이로 쓰러뜨려 버리면······ 우리를 적이라고 판단해서 부유대륙에 초대하지 않을 것 같은데요······."

"아니, 진작 적으로 여겨지고 있었잖아. 절대로 초대 안 할걸."

료의 말에 단언하는 아벨.

"윽······ 어쩔 수 없죠. 초대받지 못한다면 이쪽에서 올라탈 뿐이에요!"

"료가 처음부터 그럴 생각이었을 거라고 난 확신할 수 있어."

평화적으로 방문하겠다는 료의 말이 그저 허울 좋은 말뿐이었음을 간파한 아벨.

그런 두 사람의 대화를 즐겁게 듣고 있던 할머님이 입을 열었다.

"두 사람은 부유대륙 사람들을 만난 적이 있나 보구나."

"아니······ 그들이 그쪽 사람인지는 모르겠어······."

"부유대륙인들은 눈이 파랗게 빛나기도 하나요?"

할머님의 물음에 아벨이 곧바로 대답했고, 료가 최종 확인을 했다.

"글쎄······ 눈이 파랗게 빛난다는 말은 들어본 적이 없는데."

"역시 그들은 부유대륙인이 아니에요! 다행이네요, 아벨."

"아니······ 나도 그랬으면 좋겠다고는 생각하지만······."

완전히 희망적인 추측을 내뱉는 료, 그렇게 생각하고 싶지만 아니라고 느끼는 아벨. 과연 진실은······.

◆

　료와 아벨은 자치청에서 엘프들을 훈련시키기 위해 남은 세라와 헤어지고 귀로에 올랐다.

　"료는 묵을 장소 있어?"

　"네, 일주일 정도라면 주 왕국 대사관의 별채를 자유롭게 사용해도 된대요. 그 이상 연장될 경우에만 대사관에 말해달라고."

　아벨의 물음에 료는 윌리 왕자의 얼굴을 떠올리며 답했다.

　"주 왕국? 또 특이한 곳과 연결점이 생겼네. 료가 갔던 잉베리 공국보다 더 동쪽 나라잖아. 대체 어떻게 이어진 건지……."

　아벨은 고개를 몇 번이나 저으며 말했다.

　"여러 가지 일이 있었어요. 정말 여러 가지……."

　료는 그러면서 잉베리 공국에서 왕도까지의 길을 떠올렸다.

　그런 료를 보면서 아벨은 문득 무언가 떠오른 듯한 표정을 지었다. 그리고 료에게 물었다.

　"료는 그 주 왕국 대사관 위치는 알고 있어? 왕도는 꽤 넓으니까 여기서 가려면 꽤 멀지 않아?"

　"어? 장소……?"

　아벨의 말에 료는 생각에 잠겼다.

　윌리 전하, 로드리고 공와 호위들은 대사관에 들르지 않고 왕성으로 직행했다. 입국 인사를 왕성에서 한다고 했는데, 갈아입을 옷 등도 모두 대사관 사람들이 왕성 게스트룸에 준비해둬서 그렇게 된 것이다.

즉, 료와 콘을 포함한 모험자들은 한 번도 주 왕국 대사관에 들르지 않았다……. 콘은 어떨지 모르지만, 료는 왕도에 온 것이 처음이었기에 당연히 대사관의 위치를 모른다. 애초에 룬 변경백저조차 모르고 있었다.

"듣고 보니 장소를 모르네요."

료가 멍하니 중얼거렸다.

아벨은 예상했다는 듯이 고개를 끄덕였다.

"아벨, 뭘 이겼다는 표정을 하고 있는 거예요! 저는 아벨에게 진 게 아니라고요!"

"아니, 딱히 그런 표정 안 했어. 어차피 그렇겠지 생각한 것뿐이야."

료가 아벨의 끄덕임에 분노했지만, 료의 말을 들은 아벨은 압도적인 여유를 풍기며 답했다. 모든 것이 예상대로였으니까.

"음?"

하지만 그때 아벨은 예상 밖의 무언가를 시야에 포착했다. 그것을 눈으로 쫓았다.

당연히 그 행동은 옆을 걷고 있는 료도 알아차렸다. 아벨이 시선으로 쫓고 있는 것은 로브를 걸치고 후드까지 쓰고 빠른 걸음으로 걷고 있는 여성.

"왜 그래요, 아벨? 리햐라는 사람이 있으면서 바람피우는 건가요?"

"아니, 왜 그렇게 되는데. 그런 거 아니야. 그보다 저 여자……."

"리햐와 혈투가 벌어질 것 같으면 미리 말해주세요. 저는 리햐 편에 설 테니까요."

"혈투?"

"어차피 아벨이 잘못했을 게 분명해요. 잘못한 쪽이 진다는 건 세계 탄생 이래로 정해져 있는 일이거든요. 저는 옳은 쪽, 이기는 쪽에 서겠습니다. 그리고 길을 잘못 든 아벨의 시체를 보고 이렇게 중얼거리겠죠. 아벨, 이 멍청이."

"그냥 욕으로밖에 안 들리는데."

료의 단정에 작게 고개를 흔들며 대답하는 아벨. 그리고 말을 잇는다.

"저거, 아까 그 여자인 것 같아."

"설마…… 이미 바람을 피운 뒤였다니……."

"야……."

료의 농담에 타이밍 좋게 반응하는 아벨.

"역시 아벨의 반응은 정확하네요. 물론 농담이에요. 아까는 아벨도 용사랑 싸우고 있었잖아요. 그 상황에서 바람을 피울 수는 없었을 테니 그렇다는 건……."

"그래, 그 용사 파티의 화속성 마법사를 이용했던……."

"악녀."

"아, 응…… 뭐, 그런가."

악녀라는 표현에 약간의 위화감을 느끼면서도 부인할 이유도 없었기에 아벨은 왠지 모르게 받아들였다.

두 사람은 그런 대화를 나누면서 자연스럽게 여자와 같은 방향으로 걸어갔다.

"아벨, 미행하려면 조금 거리를 두는 편이 좋을 것 같아요."

"동감이야. 저 여자 뭔가 평범하지 않아. 특수한 훈련을 받은 것 같은데…… 왜 그런 생각이 드는지는 모르겠지만."

"아마 그건 걷는 방법, 그러니까 발놀림 때문일 거예요."

"그렇구나. 료는 그런 부분을 잘 보네."

"아뇨, 그 정도는 아니에요."

아벨이 순순히 칭찬했고, 료가 수줍어했다.

"떨어진다고 해도, 얼마나 떨어져야 하지?"

"저 여자의 특징은 기억했어요. 200미터 정도 떨어져도 〈수동 소나〉로 계속 포착할 수 있어요."

"진짜냐……."

료가 의기양양하게 말했고 놀란 아벨이 눈을 동그랗게 떴다.

그곳은 왕도 북서지구에서 서쪽 지구에 걸친 위치라 나름대로 사람들의 왕래도 많았다. 그래도 계속 따라가다 보면 눈치챌 수도 있을 것 같지만, 료의 마법이라면 문제없었다.

눈치채지 않게 사람을 쫓는 것의 어려움은 아벨도 지금까지의 경험으로 알고 있었다. 특히 모종의 훈련을 받은 사람이라면 더욱 그렇다. 그 때문에 아벨은 료의 마법의 굉장함을 다시 한번 인식했다.

"저 사람은 아벨과 용사의 전투가 끝났을 땐 이미 사라져 있었죠."

"그랬다나 봐. 아까도 카페에서 말했지만 사라진 그 여자를 용사 파티에서도 찾고 있었으니까."

"용사 파티에 쫓기고 있는 사람이 아직도 이런 곳을 걷고 있다니……."

"그렇긴 해도 왕도는 넓으니까. 한번, 인파에 섞여 버리면 쉽게 찾을 순 없겠지."

"하지만 우린 찾아버렸는데요."

"아아, 그러게……. 우연이란 무섭구나."

료의 지적에 아벨은 작게 고개를 흔들었다. 실제로 아벨의 경험상 왕도에서 인파에 뒤섞여 버리면 쉽게 찾을 수 없었다. 하지만 이번에는 발견해 버렸다.

그런 생각을 하고 있는 아벨을 날카로운 시선으로 바라보는가 싶더니, 료가 작지만 날카로운 목소리로 말했다.

"아벨, 속여도 소용없어요."

"뜬금없이 무슨 소리야?"

"투기: 수색이나, 검기: 포착 같은 능력을 쓴 거겠죠! 저한테까지 비밀로 하다니 아벨의 비밀주의는 너무 극단적이에요!"

"응, 당연하지만 그런 투기나 검기는 없어."

언제나처럼 료의 성의 없는 추측을 일언지하에 부정하는 아벨. 정말로 놀라는 료. 이유는 모르겠지만 자신이 있었던 듯하다……. 정말로, 그 자신감은 도대체 어디에서 오는 걸까…….

두 사람이 쫓는 여성은 왕도 서지구 중심부로 향했다. 그것을 200미터 떨어져서 쫓던 두 사람도 서쪽 지구로 들어섰다.

"이 근처는 상회가 많네요."

료가 주위를 둘러보며 말했다.

"그렇지. 왕도는 중심에 중앙 신전이 있고, 왕성이 있는 북쪽에 귀족이나 부유한 상인들이 살고, 남쪽에 서민들이 많이 살아. 크게 보면 이 서쪽 지구엔 상회가 많이 들어서 있고, 반대편인 동쪽 지구엔 공방이 많지. 예를 들어 왕립 연금 공방도 동지구에 있어."

"오! 그 연금술사님이 근무하시는 곳 말이죠!"

료는 소개받는 것이 무척 기대되는 모양새였다. 기쁜 얼굴로 몇 번이나 고개를 끄덕인다.

"그래, 케네스. 그렇다고 공방만 있는 건 아니고…… 지금 료가 묵고 있는 주 왕국 대사관이나 내가 묵고 있는 왕국 마법 연구소도 동지구 안에 있어. 동쪽 지구는 꽤 넓으니까."

"그렇군요. 응? 그리고 보니 아벨은 여관이 아니라 연구소에 묵고 있네요. 왜 그런 곳에 묵고 있는 거예요?"

"아, 뭐, 여러 사정이 있어서……."

료의 물음에 아벨이 얼굴을 살짝 찌푸리며 답했다.

"드디어 범죄를 저질러서 수배서가 나돌아다니는 탓에 여관에 묵을 수 없게 된 건가……."

"그럴 리가 없잖아! 이것저것 알아볼 게 좀 있는데 숙소에 머무는 것보다 익숙한 연구소에 머무는 게 더 편해서 그런 것뿐이야."

아벨이 그렇게 대답하자 료가 무언가 깨달은 표정을 지었다.

"왜 그래?"

"아까 그 여자, 가게에 들어간 것 같아요."

"흠. 그럼 그 가게 앞까지 가볼까. 어느 상회의 가게인지 궁금하니까 확인해두고 싶어."

"동감이에요. 동감이긴 한데……."

아벨의 의견에 찬성한 료, 하지만 조금 고개를 갸우뚱하고 있다.

"무슨 일 있어?"

"네, 그 가게를 감시하는 사람들이 있는 것 같아요. 그것도 복수의 집단이."

"그렇다면 더더욱 수상한데."

용사 파티를 속여 아벨을 습격하게 한 여성이 가게로 들어갔다……. 그녀가 들어간 가게는 누군가에 의해 감시받고 있다. 사건의 냄새가 났다.

아벨 같은 우수한 B급 모험자가 아니더라도 누구나 그렇게 느낄 터였다.

료와 아벨은 목적한 가게 앞까지 가지 않고 조금 떨어진 길목에서 가게를 살피기로 했다.

"저기 선명한 주황색 처마가 있는 가게예요."

"그렇군……. 간판에는 곤골라도 상회라고 적혀 있어."

"곤골라도? 어디선가 들은 기억이……."

아벨의 말에 기억을 더듬는 료.

"그야 있지. 곤골라도는 한다르 연합 서부에서 가장 힘이 센 상인이니까. 왕도에 지점을 두고 있어도 이상하진 않아."

"아, 생각났어요! 우리가 잠입했던 볼트리노 대공국 거리에서, 어쩌구 대장한테 빨간 마석을 훔치게 한, 그 배후에 있던 못된 상인 말이군요."

료도 떠올랐다. 수비대 정청부 로스터 대장을 조종해 붉은 마석을 손에 넣으려던 거물급 상인. 설마 그런 상인의 상회가 여기에서 나올 줄이야.

"세상은 좁다고 해야 할지, 나쁜 사람은 어디에서든 나쁜 짓을 하고 있다고 해야 할지……."

"양쪽 다 해당할지도."

료의 말을 이번만큼은 부인하지 않고 아벨도 고개를 끄덕이며 수긍했다.

"자, 이제 어쩌죠, 아벨? 여자가 들어간 장소는 알아냈어요. 연합의 악덕 상회였어요. 하지만 역시 안에서 뭘 하고 있는지까지는 지금의 저도 몰라요. 게다가 플리트윅 공작이 있는 곳의 비서가 연합의 상회와 왜 연결되어 있는지도 몰라요. 그러니 쳐들어가 보죠, 아벨이!"

"아니, 왜 **아벨이**라는 걸 강조해."

"왜냐하면 저는 싫거든요. 아벨이 나홀로 특공을 감행해 상대편이 어떻게 나오는지 살피는…… 이른바 위력 정찰을 하는 거예요."

"절대 안 해!"

료의 제안은 아벨에게 거부당했다.

세상은 녹록지 않다.

"그렇다고는 해도 여기서 돌아가기도 찜찜하단 말이지."

"그럼 절충안으로 가게를 지키고 있는 사람들에게 아벨이 나홀로 특공……."

"안 해!"

료의 2차 제안도 아벨에게 거부당했다. 말이 끝나기도 전에 거부당했다.

하지만…….

"다만 가게를 감시하는 무리들이 누군지도 궁금해. 조용히 탐색해볼 수는 없을까?"

아벨은 료에게 제안했다. 무력 사용은 피하고 싶지만 정보는 갖고 싶다.

"정말이지 배부른 요구네요."

"미안하게 됐네! 실제로 소동을 피우면 위험하잖아? 여긴 왕도라고."

"아까까지 그 왕도의 길거리에서 격렬한 칼부림을 펼치던 사람의 말이라고는 믿어지지 않네요."

"아니, 그건 어쩔 수 없었잖아…….""

고개를 흔든 료가 보란 듯이 한숨을 내쉬며 쓴소리를 뱉었다. 그러자 아벨이 반박했다.

"아까 그건 동지구였으니까…… 뭐, 이렇게 말하긴 좀 그렇지만 나름대로 다툼이 자주 일어나. 하지만 여긴 상회들이 즐비한 서쪽 지구라고. 게다가 아직 서쪽 지구 안에서도 고급 가게들이 즐비한 곳…… 귀족이나 부자들이 꽤 있잖아? 문제가 생기면 왕도 위병대가 날아올걸."

"차별 반대!"

아벨의 설명에 평등주의를 내세우는 료. 하지만 이곳은 왕국. 왕족이 있고 귀족도 있는 나라다. 애초부터 평등하지 않다.

정말 세상은 녹록지 않다.

"일단 감시하고 있는 무리들 뒤로 돌아가서 상황을 살필까?"

"어쩔 수 없죠. 그렇게 해요."

아벨의 제안에 료도 고개를 끄덕였다. 결국 묘안이 떠오르지 않았으니 어쩔 수 없다.

◆

네 개의 감시 그룹 중 한 곳의 후방으로 돌아선 료와 아벨, 감시자를 멀찍이서 바라본 아벨이 고개를 갸우뚱했다.

당연히 료는 신경이 쓰였다.

"아벨, 왜 그래요? 역시 감시하는 사람들을 급습해서 목적을 토해내게 할까요? 전 이탈해서 모든 걸 아벨에게 맡기고 일의 추이를 지켜볼게요."

"아니, 그러니까 그런 짓은 안 한다고 몇 번을 말해……. 그런 게 아니라, 저 감시하는 놈들 중에 아는 사람이 있어……."

"오……, 그거 운이 좋네요. 어디 소속인가요?"

"제2 근위대……."

"근위는 알겠는데, 제2?"

"아, 왕국의 제2 근위대는 이른바 왕태자 근위부대야. 그 녀석…… 엠마뉴엘이라고 하는데, 중대장으로 승급했다는 소문을 들었어."

참고로 소문의 출처는 왕국 기사단에 소속된 『차남 연합』의 두 사람, 잭 클러와 스코티 코북이다.

"연대 중대장이라는 건 그 위에 대대장과 연대장밖에 없다는 거잖아요. 언젠가 연대장이 될 수도 있는 간부라는 거죠."

"맞아, 우리 주변에서도 출세한 놈 중 한 명인데…… 그런 놈이 왜 상회 감시를 하는 거지?"

"그렇군요. 좌천된 건지, 반대로 그 정도의 간부가 직접 감시해야 할 정도로 위험한 상회인 건지."

아벨도 료도 생각에 잠겼지만 정답은 나오지 않았다. 정보가 부족한 이상 그건 어쩔 수 없는 일. 둘 다 그 사실을 알고 있었다.

"아벨, 여기까지 온 이상 직접 물어보는 게 제일 좋을 것 같아요."

"그렇긴 한데……."

료가 제안하고 아벨도 그 제안이 타당하다는 것은 인정했지만, 힐끔 료를 보았다. 그 시선이 오해를 부른 듯했다.

"뭐예요, 그 눈빛은! 아무리 저라도 갑자기 〈아이시클 랜스〉로 명치에 일격을 가한다든가, 〈빙관〉으로 얼음에 가둬버리진 않는다고요."

"볼트리노 대공국에서는 갑자기 얼음에 가둬버렸던 것 같은데……."

아벨은 골목에 숨어든 도둑 같아 보이는 인물을 료가 갑자기 얼음 관에 집어넣은 것을 지적했다.

"그, 그건 어쩔 수 없었잖아요. 계엄령이 깔린 듯한 심야 거리에서 단신으로 골목 안에 숨어든 수상한 남자. 실제로도 거리에서 붉은 마석을 빼돌리는 역할을 맡은 나쁜 사람이었죠?"

"그래, 그때는 확실히……."

료가 황급히 설명했고 아벨도 료의 설명에 납득했다. 일단 지금의 이 상황과는 전혀 다르다. 과연 이런 상황에서 얼음 창을 날리거나 얼음 관에 가두지는 않을 것이다. 아무리 료라고 해도.

"하긴, 료도 그렇게까지 경우 없는 인간은 아니라고 생각해. 뭐, 상관없나. 그럼 료는 내 뒤를 따라와 줘."

아벨은 그렇게 말하고 조용히 걷기 시작했다. 거의 소리가 들리지 않는다. 료는 뒤를 따라가면서 그 훌륭한 정적에 감탄했다. 물론 직접 말로 칭찬하지는 않았다. 아벨의 기분이 들뜨면 아벨에게 도움이 되지 않기 때문이다! 료는 늘 아벨의 성장을 진지하게 생각하고 있는 것이다!

"료, 방금 좀 불순한 생각하지 않았어?"

"무, 무슨 소리예요? 그런 이상한 소리는 그만하고, 자, 어서 말을 걸어보세요."

아벨의 지적에 식은땀을 흘리는 료. 검사의 감각은 방심할 수 없다.

그리고 아벨은 감시자 중 누구도 눈치채지 못하게 그들 뒤에 서서 입을 열었다. 꽤 빠른 어조로.

"오랜만이야, 엠마뉴엘. 입 열지 말고 조용히 돌아봐."

"어? 아, 알버……."

"아아아, 너무 오랜만에 기억이 안 나나? 나야, 모험자 아벨이야, 아벨. 기억해, 아벨이다. 모험자, 아벨."

몇 번이고 **모험자**와 **아벨**을 반복하는 아벨. 다른 이름을 말하면 곤란하다는 듯이 거듭 못을 박는다.

"아…… 네, 오랜만입니다. 알…… 아벨…….""

"오, 기억해줬구나, 다행이다."

아벨은 중대장 엠마뉴엘이 확실하게 '아벨'이라고 불러준 것에 휴 하고 가슴을 쓸어내렸다.

"그런데 아…… 벨이 왜 이런 곳에?"

어떻게든 더듬거리면서도 확실히 아벨이라고 부르는 엠마뉴엘. 근위의 중대장인 만큼 말투도 정중했다.

"아니, 사실 여자를 좀 뒤쫓아왔는데. 그 여자가 아까 거기 곤골라도 상회에 들어갔거든."

"아까 들어간 여자? 플레처 자작의 비서 말이죠."

"그래…… 왕도의 플리트윅 공작저를 관할하고 있는 게 플레처 자작이지. 확실히 그 비서야."

"……범상치 않은 인물입니다."

"무슨 뜻이야?"

엠마뉴엘이 얼굴을 찡그리며 말했고 아벨이 의미를 모르겠다는 듯 되물었다.

"그녀는 연합정보부의 간첩입니다. 그건 확실한데, 동시에 제국에도 정보를 흘리고 있다는 말이 있습니다…….""

"이봐, 잠깐. 지금 제국이라고 했나?"

중앙 연방에서 제국이라고 하면 왕국 북쪽에 위치한 데브히 제국을 말한다. 나이트레이 왕국, 한다르 연합과 함께 중앙 연방 3대국 중 하나. 그러나 제국의 국력은 확실하게 다른 두 나라보다 머리 하나는 뛰어났기에 연합 이상으로 성가신 상대라고 할 수 있다.

"네, 제국입니다. 그녀는 플리트윅 공작과 이어져 있고, 연합의 간첩이면서 동시에 제국에도 정보를 흘리고 있습니다. 심지어 곤골라도 상회와도 깊은 친분이 있고요. 거기까지 조사가 끝났습니다."

엠마뉘엘의 설명에 아벨은 입을 다물었다. 아벨 뒤에 있는 료도 놀라운 전개에 눈을 동그랗게 떴다. 일반인들이 모르는 곳에서 다양한 사람들이 암약하고 있는 듯했다.

"사실 이 곤골라도 상회 역시 연합 서부에 본거지를 두고 최근 몇 년간 제국과 내통했습니다. 어디까지나 상회라서 제국 내에서의 권익을 얻기 위한 것이겠지만, 왕국에 대해서는 명확한 적대 행동을 취하고 있거든요."

"적대 행동?"

"네. 왕성 내에서 기밀정보를 빼내 연합 정부에 흘리고 있다고⋯⋯."

"그렇군. 그래서 감시하고 있는 건가?"

아벨은 납득한 것인지 크게 고개를 끄덕였다.

"아뇨, 실은 이제 막 들어가려던 참입니다. 마침 지금 다른 제2 근위대 중대도 도착한 것 같네요."

그러고 보니 조금 떨어진 곳에 이제 막 도착한 것으로 보이는 자들이 신호를 보내고 있었다.

"근위대가 발을 들인다? 그럴 권한은 없지 않나? 왕도 내 단속 권한은 왕도 위병대만 갖고 있잖아."

"원래는 그렇습니다만, 왕태자 전하께서 직접 폐하께 청해 임시 단속 권한을 위임받았습니다."

"형…… 왕태자 전하는 왜 내무부의 왕도 위병대를 사용하지 않은 거지……."

"그건 저도 잘……."

아벨의 의문에 작게 고개를 흔드는 엠마뉴엘.

"왕도 위병대엔 렉스가 있었지? 꽤 위쪽 아닌가?"

"네, 부대장으로 승급했을 겁니다. 게다가 위병대 대장은 뇌물죄로 유죄를 받아 현재 공석. 덕분에 렉스가 위병대의 실질적인 책임자가 되었습니다."

"렉스는…… 멀쩡하지?"

"아…… 벨도 아시다시피 성실하고 우수한 놈입니다. 그건 예나 지금이나 변함없죠."

아벨과 엠마뉴엘은 오랜 동료이자 술자리 모임인 『차남 연합』의 한 사람인 렉스를 떠올렸다. 그라면 근위대가 협조를 구했을 때 기꺼이 도와줬을 텐데…….

"전하께서는 저희가 감히 상상할 수도 없는 두뇌를 갖고 계십니다. 위병대를 쓰지 않고 일부러 폐하의 칙허를 얻으면서까지 제2 근위대에 시켜야 할 이유가 있는 것만은 확실한데……."

엠마뉴엘은 거기까지 말하고 그제서야 깨달은 듯 아벨 뒤에 대기하던 료를 보았다.

"저기, 아…… 벨, 그 뒤에 계신 분은 누굽니까?"

"아, 깜빡했다. 내 친구 료야. 룬에서 모험자를 하고 있지. 괜찮아, 믿어도 되는 녀석이야."

"아벨의 친구로군요. 저는 나이트레이 왕국 제2 근위대에서 중대장을 맡고 있는 엠마뉴엘 소크라고 합니다. 잘 부탁드립니다."

"정중한 인사 감사합니다. 룬의 D급 모험자 료입니다. 사람을 기다리게 해놓고 까먹는 아벨의 지인이라고는 생각되지 않는 예의 바른 분이시군요. 저야말로 잘 부탁드립니다."

"아아…… 응, 뭐 이런 놈이지만 나쁜 놈은 아니야."

엠마뉴엘과 료가 인사를 나누고 아벨이 뺨을 긁적였다.

"그럼 저희는 들어가 보겠습니다. 아…… 벨과 료 씨는 말려들지 않도록 여기서 기다려 주세요."

엠마뉴엘은 그렇게 말하고 동료들과 장비를 확인하기 시작했다.

제2 근위대 사람들에게서 조금 떨어진 료와 아벨은 불온한 대화를 시작했다.

"아벨, 또예요, 또."

"또라니 뭐가?"

"또 스파이 적발…… 아니, 잠입한 스파이 적발이에요. 룬에서도 했잖아요. 게다가 두 번이나!"

"그러고 보니 그랬지."

"게다가 두 번 다 그 보라색 머리를 가진 사람들을 만났어요. 한 번도 아니고 두 번이나요. 두 번 있는 일은 세 번도 있죠. 어쩌면 이번에도……."

"아니, 그건 아니겠지……. 없을 거라고 생각해……."

료의 우려에 아벨도 강하게 반박할 수는 없었다. 세상에 무슨 일이 일어날지는 아무도 모르니까.

"그러니까 아벨, 이건 제안인데요, 이번에는 파고들지 말죠. 군 자는 위험을 멀리한다는 말도 있어요. 영리한 사람은 애초에 위험한 곳에 접근하지 않습니다. 엠마뉴엘 씨도 말씀하셨으니 여기서 지켜봐요."

"아, 응, 그렇지……. 방해하면 미안하니까. 좋아, 여기서 기다리자!"

"오!"

마지막에는 두 사람 모두 작은 소리로 주먹을 하늘 위로 치켜들었다…….

두 사람이 주먹을 치켜든 효과가 있었는지, 제2 근위대 절반이 동원된 진입은 별 탈 없이 성공했다. 왕도 지점의 점장 이하 20 명을 포박.

도중에 도망친 자가 2층에서 뛰어내리고, 모퉁이를 돈 끝에 보라색 머리의 남녀와 조우했다…… 라는 보고도 없었다. 물론 료와 아벨이 그런 위험 인물들과 조우하는 일도 없었다…….

다만 상회 안에 있어야 할 여성, 플레처 자작의 비서만은 찾을 수 없었다.

그리고 그 대신 특이한 것을 발견했다.

"수정…… 은 아닌데……. 이런 연금 도구는 들어본 적도 없습니다……."

발견된 것을 본 엠마뉴엘이 중얼거렸다.

그것은 사람의 주먹보다 조금 큰 공. 언뜻 보기에 짙은 색깔의 수정처럼 보였지만 자세히 들여다보면 구슬 안에 시커먼 연기가 꿈틀거리고 있었다. 그랬다. 꿈틀거린다는 표현이 딱 들어맞는…… 사람이 만든 물건이라고는 생각되지 않는, 묘하게 이질적인 것.

"마법단에 연락해서 아서 베라시스 공에게 봐달라고 해야겠다. 그때까진 왕성 지하의 중(重)보관실에 두고 엄중하게 감시할 것. 갑자기 깨져서 무슨 일이 생기면 곤란하니까. 꼭 중보관실에 넣어 달라고 해."

엠마뉴엘은 옆에 있던 부하에게 엄명했다.

◆

"휴, 아무 일도 없어서 다행이네요."

료와 아벨은 성공적인 진입 현장을 지켜본 뒤 그곳을 떠났다. 애초에 그들이 그 자리에 있었던 것은 아벨과 용사 로먼이 싸우는 원인이 된 여인 플레처 자작의 비서가 그 상회에 들어갔기 때문이다. 무엇 때문에 들어갔는지 궁금했던 것은 맞지만…….

"하지만 엠마뉴엘은 그 여자는 안에 없었다고 했지."

아벨이 작게 고개를 흔들며 말했다. 제2 근위대는 당연히 뒷문도 지키고 있었다. 진입하기 전이나 후나 아무도 나오지 않았다고 한다.

"지하에 구멍 같은 게 있는 걸까요?"

료가 적당히 떠오른 추론을 말했다.

"있다면 조만간 조사가 되겠지."

"그렇죠. 문제는 없는 경우겠죠."

"뭐, 없다고 해도 다른 어떤 방법을 쓰지 않았을까. 우리가 신경 쓸 필요가 있어?"

"당연하죠. 저 건물 안에서 엄청난 일이 벌어지고 있는 거면 어떡해요?"

료가 매우 진지한 표정으로 말하는…… 것처럼 보였지만 아벨은 진심으로 상대하지 않았다. 어차피 시답잖은 소리를 할 것이라고 생각한 것이다.

그런 아벨의 태도를 료도 알아차렸다.

"아벨, 어차피 쓸데없는 소리나 하겠지 생각하는 거죠!"

"잘 알았네."

"무례하군요! 아벨, 하늘과 땅 사이에는 아벨의 철학 따위로는 생각할 수조차 없는 사건이 있는 법이라고요."

"예를 들면?"

"윽…… 예를 들면…… 그래! 그 건물 안에 드래곤이 있어서 그 여성을 먹어 치웠을지도 몰라요. 그래서 여자를 찾을 수가 없었던 거죠."

"응, 절대 아니야!"

"어째서……."

"먹어치운 드래곤을 찾지 못했으니까."

"아, 아벨치고는 날카로운 지적이네요……. 분명 드래곤은 투명해진 게 분명해요."

정말 되는대로 지껄여대는 료의 말에 작게 한숨을 쉬는 아벨. 일부러 들으라는 듯이 뱉은 그런 한숨.

"애초에 드래곤이 저 건물에 들어갈 정도로 작은가?"

"드, 듣고 보니……."

료는 드래곤을 알고 있다. 실제로 눈앞에서 보고 얘기한 적도 있다. 길이 50미터 정도는 되는 것 같았다.

"드래곤보다 아벨 같은 잔혹한 검사가 검으로 잘게 썰어 없앴다는 게 더 있을 법한 일이었네요."

"없어!"

료의 추론은 모두 부정당했다.

"그건 그렇고 여기서 주 왕국 대사관은 어떻게 가죠?"

료는 화제를 바꿨다. 심하게 부자연스럽게.

그런 료를 아벨이 지그시 바라보았다. 시선을 차마 견디지 못한 료가 말을 이었다.

"아, 아벨은 왕도에 대해 잘 아는 것 같은데 헤매는 일은 없나요? 괜찮아요?"

말을 얼버무리는 가장 좋은 방법은 상대방에게 지금까지와는 전혀 상관없는 의문을 제기하는 것이다.

아벨은 작게 한숨을 내쉬고는 그 공작에 넘어가 주기로 했다. 아벨은 아주 좋은 녀석이다.

"이 근처는 왕도 서지구라고 불려. 이른바 상업 지구지. 아직 부유층을 위한 가게가 많지만 남쪽으로 갈수록 서민들을 위한 노점들이 많아."

"오~ 왕도는 북쪽이 귀족가고 남쪽이 평민가인가요?"

"뭐 대충 말하면 그런 느낌이지. 북쪽 가장 안쪽에 왕성이 있으니까 자연스럽게 북쪽에 귀족 저택이 많아. 아까 엘프 자치청도 원래 백작저였던 곳이라 귀족가 일각인 거고. 제국과 연합 대사관도 귀족가에 있지만 다른 나라 대사관은 오히려 동지구에 많아."

"동쪽 지구는 공방 지구라고 했나요? 그 왕립 연금 공방도 동쪽 지구라고 했죠?"

료가 환한 얼굴로 말했다. 왕립 연금 공방의 연금술사를 소개받는 것을 무척 기대하고 있는 모습이었다.

"맞아. 왕립 연금 공방도, 내가 신세 지고 있는 왕국 마법 연구소도, 게다가 료가 묵을 주 왕국 대사관도 동쪽 지구에 있어. 다만 동쪽 지구는 꽤 넓으니까 지금 말한 세 곳도 각각 꽤 떨어져 있긴 하지만."

두 사람은 말하면서 동쪽 방향으로 진로를 변경했다.

"왕도 중앙을 빠져나가 동쪽 지구로 가는 게 가장 빨라."

"왕도의 중심에는 분명……."

"그래. 중앙 신전이 있지."

상업 지구인 서쪽 지구에서 왕도 중앙으로 가는 길도 꽤 넓어서 많은 노점이 나 있었다.

"좋네요, 이 느낌. 아까 고급 상점이 즐비한 지역도 나쁘지는 않지만, 이런 노점이 가득한 거리는 뭔가 두근거려요."

료는 여기저기 보이는 노점을 보며 걸었다. 아벨은 그런 료의 모습을 보고 쓴웃음을 지었다.

"뭐, 그 심정은 알아. 나도 왕도에 있을 때는 노점에서 군것질을 많이 했으니까."

"어차피 아벨은 어딘가의 귀족 삼남 같은 거겠죠? 젊었을 때는 나쁜 짓만 했을 게 분명해요."

아벨이 젊은 시절을 떠올렸고, 료가 그 시절을 단정지었다.

"아니, 뭐, 차남이긴 한데…… 딱히 나쁜 짓은 안 했는데?"

"하지만 집이나 학교 같은 곳을 빠져나가서 동네 불량배들과 놀러다녔죠?"

"놀긴 했지만…… 남한테 폐를 끼친 적은 없어…… 아마."

"오호라, 과연 어떨까요."

아벨의 말에 어깨를 으쓱하며 누가 봐도 믿지 않는다는 투로 말하는 료. 어째서인지 약간 오만한 말투다.

두 사람은 중앙 신전을 눈에 담고 동지구로 들어섰다.

동쪽 지구는 공방 지구라는 하지만 식당이나 훌륭한 건물들도 있어 번화가라는 느낌이었다. 특히 큰길가에는 가게가 가득 늘어서 있어 이곳도 상업 지구라고 해도 위화감이 없을 정도였다.

"아까 서지구도 그랬지만 이 동지구도 가게로 가득하네요!"

두리번거리며 걷는 료. 그 얼굴엔 즐거움이 가득했다.

"옷가게는 서쪽 지구에 많지만 일상용품이나 무구, 혹은 연금 도구 같은 걸 취급하는 가게는 이쪽 동쪽 지구에 더 많아."

"오오! 연금 도구!"

요즘 한창 연금술에 빠진 료의 눈이 더욱 반짝였다.

"조급해하지 않아도 내일 케네스한테 데려다줄게. 아직 젊은데 왕국을 대표하는 천재 연금술사라고 하니까 아마 최첨단 연금술을 접할 수 있지 않을까?"

"대단하네요! 하나부터 열까지 다 아벨 덕분이에요. 고마워요."

"아, 응."

간만에 들은 료의 솔직한 칭찬을 아벨은 민망해하면서도 받아들였다.

천재 연금술사 케네스 헤이워드 남작이 있는 왕립 연금 공방에 가는 것은 내일이고, 지금은 료가 머물 주 왕국 대사관으로 향하고 있는데⋯⋯ 사실 그 전에 들릴 곳이 있었다.

료가 전언을 부탁받았기 때문이다.

그곳도 왕도 동지구에 있어서 두 사람은 목적한 곳에 도착했는데⋯⋯.

"이건⋯⋯ 굉장하네요. 마치 요새 같아요."

"그렇지. 언제 봐도 여긴 굉장하지."

광활한 저택에 우뚝 선 벽. 전차가 와서 부딪혀도 부서지지 않을 것 같은 문.

동지구에서도 엄청난 위용을 자랑하는 룬 변경백저.

"이거라면 아벨이 쳐들어와도 지켜낼 수 있을 것 같아요."

"왜 내가 공격을 하는데?"

"당연한 걸 묻네요. 여기서 농성을 펼치는 제 목숨을 노리는 거죠."

"응, 왜 당연한 건지는 전혀 모르겠지만…… 그런 가정 자체가 무의미하다고 생각해."

"세상엔 무슨 일이 일어날지 모르는 법이에요. 항상 태세를 갖추고 있어야 하죠. 항재전장이란 겁니다."

료가 당연하다는 듯이 말했고 아벨은 전혀 이해할 수 없다는 표정으로 작게 고개를 흔들었다.

"……뭐, 여기 틀어박히기 전에 손을 써야겠지."

"성을 공격하는 건 우책이라는 건가요……."

"료를 불러내면 그만이니까."

"아벨의 초대 따위엔 응하지 않을 거예요!"

"어때, 료? 지금부터 케이크나 카레를…… 아니, 둘 다 사겠다고 하면?"

"당연히 가야죠!"

"봐, 불러냈네."

"비겁해!"

평화로운 왕도 안이더라도 방심은 금물…….

두 사람은 놀라울 정도로 튼튼해 보이는 룬 변경백저의 문 앞에 선 문지기에게 내방 이유를 전했다. 한동안 기다리고 있자 문이 살짝 열리고 안에서 한 명의 기사가 나왔다.

"료 공, 아벨 씨, 오래 기다리셨습니다."

룬의 기사단 이송대 대장 이든이다. 룬의 거리에서 왕도까지 왕실이 사들인 녹색 마석을 전달한 부대 대장. 물론 그 마석은 료와 아벨이 와이번에게서 얻은 마석이지만…… 그것은 이든도 모른다.

"아, 이든 씨, 죄송합니다. 실은 전언을 맡았는데……."

료는 그렇게 말을 꺼내도는 세라가 엘프 자치청 쪽에 머물 것이라는 사실을 전했다.

전한 정보는 그것뿐이었는데 이든은 무언가 알아차린 얼굴이었다.

"알겠습니다. 그건…… 세라 님이 엘프분들을 단련해주신다…… 는 말씀이시죠?"

표정은 쓴웃음을 짓고 있다. 세라에게 단련을 받으면 강해지는 것은 확실하지만, 어설픈 훈련은 아니라는 것을 알고 있는 것이다. 물론 어설픈 훈련만 하다 전장에서 죽는 것보다야 훨씬 낫겠지만…….

"맞아요……. 엘프 모두를 위해 기도하죠."

료는 그렇게 말하고는 믿지도 않는 신에게 기도하는 것이었다.

옆에 서서 실로 수상쩍다는 눈빛으로 바라보는 아벨의 시선은 애써 무시했다.

부탁받은 전언을 전한 두 사람은 한참을 걸어 주 왕국 대사관에 도착했다. 나름대로 튼튼해 보이는 벽과 문이지만…….

"아까 건물과 비교하면 아무래도……."

"아니, 룬 변경백저가 비정상인 것뿐이지 이 대사관도 충분히 평균 이상이야."

료의 말을 정면으로 부정하는 아벨.

누구나 정상을 알아버리면 감각이 어긋나기 마련이다. 조심해야 한다.

"그럼 아벨, 데려다줘서 고마워요."

료는 그렇게 말하고는 정중하게 고개를 숙였다. 친한 사이에도 예의는 있다.

"그래, 내일 오전에 다시 데리러 올게. 왕립 연금 공방에 데려다줄 테니까."

아벨은 그렇게 말하고 묵고 있는 왕국 마법 연구소를 향해 걷기 시작했다. 뒤에서 대화가 들려왔다.

"아, 로드리고 공, 오늘 밤은 여기서 신세 지기로 했어요."

"료 공, 어서 오십시오. 전하께서도 기뻐하실 겁니다."

"뭔가…… 다들 엄청 정성껏 청소하고 있는 것 같은데요?"

"네, 실은 내일 이 나라의 왕태자님이 오십니다."

"오오~."

왕도 소동

왕도 중앙 신전.

하얀색 신관 로브를 입은 한 남자가 지하로 가는 계단을 내려갔다.

왕도 중앙 신전의 지하는 역대 대신관과 성인, 성녀가 잠든 거대한 지하 묘지였다. 남자는 그중에서 지하 5층, 최하층까지 계단을 내려가 특별한 열쇠가 필요한 문을 열었다. 평소에는 잠겨 있어야 할 자물쇠는 잠겨 있지 않았다.

지시받은 대로 남자가 품에서 꺼낸 것은 주먹만한 수정 구슬로 보이는 물건. 하지만 자세히 보면 수정 구슬 속엔 검은 연기 같은 것이 돌아다니고 있다.

남자는 그것을 바닥에 놓고 목에 걸고 있는 목걸이에 마력을 불어넣었다. 목걸이는 일회용 언데드 회피 목걸이다. 매우 값비싸지만 일회용에, 효과는 두 시간 동안 지속되며 그동안 거의 모든 언데드의 습격을 받지 않는 훌륭한 물건. 일개 신관이 손에 넣을 수 있는 것은 아니었다.

하지만 남자는 주저 없이 그 목걸이를 기동하고는 다음으로 수정 구슬에 마력을 불어넣었다.

그러자 '파직' 하고 유리가 깨지는 듯한 소리가 주위에 울려 퍼졌다. 수정 구슬은 깨지지 않았지만, 도저히 그 안에 갇혀 있었다고는 생각되지 않을 정도의 검은 연기가 뿜어져 나와 주위를 뒤

덮는다.

잠시 후 그 연기 속에서 스켈레톤을 중심으로 한 언데드가 나왔다.

그 수는 수천. 수천 개의 언데드가 지하 5층을 가득 메우듯이 늘어갔다.

"예정보다도 빨랐지만 어쩔 수 없지. 후후, 이걸로 신전은 괴멸. 그리고 왕도는 대혼란에 빠질 것이다."

남자는 입매를 비틀며 혼잣말을 중얼거렸다.

하지만 그 중얼거림은 이어지지 못했다. 언데드 이후, 다른 것이 나타났기 때문이다.

"어째서…… 언데드만 나와야 하는데."

그 무언가의 손이 번쩍였고…… 남자의 머리통이 날아가며 그것이 남자의 마지막 말이 되었다.

◆

료가 왕도 길가에서 벌어진 칼부림 사태를 저지한 다음날.

아벨은 아침 일찍 주 왕국 대사관을 방문해 완벽하게 준비를 끝마친 료를 데리고 왕립 연금 공방으로 향했다.

어제 약속을 잡은 덕분에 연금술사 케네스 헤이워드 남작은 공방에 있었다. 료와 케네스는 금세 친분을 쌓고는 곧바로 연금술 이야기로 들어갔다.

아벨은 자신의 용무를 마치고 왕국 마법 연구소로 돌아갔다.

최상층인 일라리온 집무실에 들어서자 아침에 아벨이 나왔을 때보다 인원이 늘어나 있었다. 한 7명 정도.

"아, 아벨 씨, 실례합니다."

그 리더인 용사 로먼이 돌아온 아벨을 보고 인사했다.

"아, 응."

아벨은 그렇게밖에 대답할 수 없었다.

집을 지키고 있던 린을 발견하고 이 인원 증가의 이유를 물었다.

"아…… 무슨 플리트윅 공작저를 나왔다던데."

린이 들어보니 공작저를 관리하는 오스니엘 플레처 자작의 비서 낸시가 역시 어제 문제의 발단이라고 했다.

아벨에게 공격당해 부상당한 척을 가장해 고든에게 아벨을 공격하게 했다고. 하지만 일이 끝나고 보니 낸시는 이미 그 자리에 없었고 한동안 그 주변을 다 같이 찾아보았지만 찾지 못했다.

공작저로 돌아와 보니 낸시가 연합 첩보원이라는 사실을 알게 되어 공도 칼라일로 보내졌다고 했다.

그 후 하룻밤을 보내고 플레처 자작은 믿을 수 없다는 용사 로먼의 말에 파티 전원이 공작저를 나온 듯했다. 참고로 고든은 여기 와서도 줄곧 방구석에 틀어박혀 있다.

"로먼은 용사라 그런지 그런 직감이랄까 촉이 좋은 편이라고 성직자 그레이엄 씨가 말하더라고."

"그래…… 그래서 이렇게 인원이 늘었던 건가…….."

일라리온의 집무실은 넓이가 꽤 되는 편인데도 셋이던 것이 열 명이 되자 단숨에 사람이 늘어난 느낌이 들었다.

원래 있던 세 사람은 아벨, 린, 워렌이다.

리햐는 아직 중앙 신전에 있었고 일라리온은 사흘 전에 나간 채 아직 돌아오지 않았다.

"정말이지…… 할아범은 어디로 간 거야."

"그러고 보니 스톤레이크에서 파발마가 와서 전언을 남기고 갔는데…… 그 전언을 보고 '료'라고 중얼거렸던 건 기억나."

아벨의 혼잣말에 린이 일라리온이 떠났던 날을 떠올리며 답했다.

"료?"

"응. 근데 료는 왕도에 있단 말이지……."

"그렇지, 지금은 연금 공방에서 케네스와 연금술 이야기를 하고 있고……."

두 사람이 그런 얘기를 하고 있는데 방 한쪽에서 갑자기 우우웅~ 하는 기계음이 들려왔다. 료가 들었다면 "런던의 공습 경보!"라고 말했을지도 모른다. 하지만 이 자리에 있는 자들로서는 처음 듣는 소리였다.

"뭐야?"

"뭐지?"

린이나 아벨이 당황하는 사이 문이 열리고 일라리온의 비서나 다름없는 술라가 들어왔다. 그리고 방 한쪽으로 들어가 그곳에 있는 상자의 버튼을 누르자 공습경보 같은 소리가 멈췄다.

"여기는 왕국 마법 연구소입니다. 말씀하세요."

술라가 상자를 향해 말을 걸었다. 그러자 상자에서도 목소리가 돌아왔다. 아벨은 잠입 때 받았던 연금 도구를 떠올렸다. 이쪽 목소리를 떨어진 곳에 있는 연금 상자에 전달하는 기계였다.

"여긴 중앙 신전. 긴급사태입니다. 신전 지하에서 마물이 쏟아져 나오고 있습니다. 이대로라면 왕도까지 쏟아질 겁니다. 시급히 도움을 요청합니다."

아벨이 술라 쪽을 돌아보며 바로 고개를 끄덕였다. 용사 로먼을 보자 로먼도 고개를 끄덕였다.

"현재 일라리온 님은 부재중이십니다. 다만 체류 중인 B급 파티『붉은 검』과 용사 로먼님의 파티가 원군으로 향할 겁니다."

술라가 말을 다 전하기도 전에『붉은 검』과 용사 파티는 방을 뛰쳐나갔다.

다만 뛰어나가면서 아벨이 술라에게 전언을 부탁했다.

"왕립 연금 공방에 있는 료에게도 연락을!"

방구석에 틀어박혀 있던 고든도 벌떡 일어나 이들을 따라 방에서 뛰쳐나왔다.

◆

왕도 크리스털 팰리스 중앙 신전. 그곳은 나이트레이 왕국에서도 빛의 여신 신앙의 중심지.

왕도의 거의 중앙에 위치하고 있으며 일반 시민부터 귀족, 왕족까지 기도를 위해 밤낮을 가리지 않고 찾는 곳이다.

그 중앙 신전 안에서도 가장 북쪽에 위치한『침묵실』……. 높은 천장은 돔 형태로 되어 있고, 방 자체도 반경 50미터 정도의 원형 오벌 룸. 그 중앙에 지하 묘지, 즉 카타콤으로 내려가는 계단이 만들어져 있다.

현재 그 지하 묘지 내 지하 2층에서 지하 1층으로 올라가는 계단 앞에서 전투가 벌어지고 있었다.

"큭, 안 돼. 못 버티겠어."

"몽크 부대, 물러서! 거기에 맞춰 엄호 포격!"

왕국에서 말하는 몽크란 무장 수도사를 말한다. 빛의 여신에게 그 몸을 바쳐 계속 싸우는 자들.

신관 중엔 『붉은 검』 리햐나 『10호실』의 에토처럼 모험자로서 전투에 참가하는 자들도 있지만 어디까지나 그들은 후위였다.

하지만 몽크는 갑옷을 입고 성스러운 축복을 받은 지팡이를 들고 최전방에서 싸우는 전위였다. 어떤 이들은 드물게 모험자이기도 하지만, 그들 중 많은 사람들은 신전에서 평생을 보낸다.

그렇기 때문에 결코 전투 경험이 풍부하지는 않지만, 그래도 이 중앙 신전 방위전에서 그나마 전선을 펼칠 수 있는 귀중한 전력이었다.

"포격, 쏴라!"

"〈라이트 재블린〉."

십여 개로 된 빛의 창이 날아갔다.

빛의 창 하나가 여러 마리를 관통했다. 각각의 창에 표적이 겹치지 않고 효율적으로 쓰러뜨려 나간다.

지하 4층부터 이곳 지하 1층 바로 직전까지 철퇴전을 이어왔다는 것이 훌륭하게 연계되고 있음을 고스란히 증명하고 있었다.

하지만 지휘봉을 잡은 리햐의 마음속은 상당히 초조했다.

'꽤 많이 줄인 것 같은데…… 압력이 조금도 줄어들지 않았어.'

쓰러뜨려도 뒤에서 나오고 있다……. 그랬다. 마치 『대해소』처럼.

'이제 이 위는 지하 1층…… 철퇴전을 치르는 것도 『침묵실』까지 나와버리면 어려워져……. 거긴 너무 넓어.'

카타콤 내부의 좁은 폭, 그리고 좁은 계단, 그 모든 이점을 살려 적과의 면적을 좁힌 상태라 그럭저럭 버티고는 있지만 오벌룸이라고 할 수 있는 침묵실까지 나와버리면 그 수의 압력에 바로 져버릴 것이다.

그렇다고 해서 거기에 도달하기 전에 이 적들을 쓰러뜨릴 수 있는가 하면…….

'불가능해.'

리햐는 속으로 그런 생각을 하면서도 표정에 드러내지 않았다.

지휘관이 약한 소리를 내면 그 부대는 단숨에 힘을 잃는다.

지휘관이 이길 수 없다고 하면 그 전투는 절대 이길 수 없다.

지휘관이 자신 없는 표정을 지으면 그 뒤로는 단숨에 밀려버린다.

지휘관은 이토록 중요한 역할을 맡고 있는 것이다.

애초에 리햐가 전투 지휘를 맡고 있는 것은 왕도 중앙 신전의 책임자인 대신관 가브리엘의 지명에 의한 것이었다.

본래라면 왕국 신관 최상위 지위에 있는 대신관이 지휘를 맡는 것이 가장 적합했다. 대신관의 위광이 있으면 중앙 신전에 속한 자는 모두 따를 테니까.

하지만 가브리엘은 본인 스스로가 전투 지휘 능력과 경험이 없다는 것을 알고 있었다. 애초에 싸우는 것 자체가 서투른데다 목숨을 위험에 빠뜨린 경험조차 많지 않다. 그런 인간이 냉정하게 지휘를 할 수 있을 리가 없다. 게다가 상당수의 마물과의 전투다.

대신관 가브리엘이 스스로 그런 판단을 내렸을 때, 문득 옆을 보자 그곳에 듬직함과 강한 의지를 얼굴에 띤 리햐가 밀려드는 괴물들을 보고 있었던 것이다.

과거 리햐가 성녀로 불렸다는 것은 알고 있다. 그 누구도 아닌 가브리엘 자신이 리햐를 성녀로 임명했으니까.

그런 리햐가 지금 이때, 여기에 있다는 것이야말로 신의 계시다. 가브리엘에겐 그렇게밖에 느껴지지 않았다.

그래서 전투 지휘관으로 임명한 것이다. 그리고 자신은 리햐 밑에서 그 지시에 전적으로 따라 마법 포격 부대를 이끌었다.

그 광경은 리햐가 전투 지휘관으로 임명된 것에 놀란 자들도 리햐 밑에서 싸울 수 있도록 만들었다. 리햐가 가진 성녀로서의 명성, 대신관 가브리엘의 지지, 몽크 대대장 그웨인의 전폭적인 지지와 맞물려 어떻게든 실패 없이 방어전을 펼칠 수 있었다.

"포격 준비. 포격 후 몽크대, 재돌격."

"오오!"

몽크대가 응했다.

역시 무장 수도사. 사기는 아직 높았다.

"포격, 쏴라!"

"〈라이트 재블린〉."

스켈레톤 계열을 중심으로 상당한 적을 쓰러뜨렸다. 하지만 개중에는 어째서인지 고블린도 있다…….

'정말이지…… 왜 고블린이 있는 거야? 백 보 양보해서 스켈레톤 같은 해골계나 레이스 같은 영혼계 언데드라면 이해 못 할 것도 아냐……. 지하 무덤이니까. 물론 지금까지 그런 일이 있었다는 말은 들어본 적이 없지만. 하지만 고블린이라니 이해할 수가 없어……. 대체 어디서 온 거냐고! 게다가…….'

"오거다!"

포격 후에 돌격한 몽크대가 외쳤다.

'그래! 저 오거. 천장까지 높아야 2미터밖에 안 되는 이 지하 무덤에 길이 2미터 반이나 되는 오거가 어떻게 있을 수 있단 말야…….'

신장 2미터 50센티미터 정도의 오거…… 이 카타콤 내에서는 등을 구부린 채 걷고 있었다. 그래서인지 그 크기나 근력의 강함도 전혀 활용하지 못하고 있다. 하지만 본래 가진 내구력이 무섭도록 높기 때문에 한 마리만 있어도 인간 측의 섬멸 속도는 뚝 떨어진다.

거기서 시간이 지체되는 동안 뒤가 다시 채워지는 것이다.

'앞으로 나아가질 못해서 어떻게 해도 철퇴전이 된다……. 몽크대도 포격대도 사기는 높지만 체력과 마력은 무한하지 않아……. 가능하면 교대하고 싶은데, 대체 왕국 기사단은 왜 안 오는 거지?

맨 처음에 연락하지 않았나? 기사단 초소는 바로 코앞인데…….'

리햐는 그렇게 생각하며 대신관 가브리엘 쪽을 보았다.

가브리엘도 리햐가 무엇을 바라는지 짐작한 것인지…… 고개를 저어 보인다.

즉, 기사단은 아직 오지 않았다는 뜻.

리햐는 어금니를 깨물고 눈을 감고 깊이 심호흡했다. 진정을 위한 심호흡은 매우 효과적이다. 그리고 눈을 뜨고 지시를 내린다.

"오거를 쓰러뜨리면 몽크대는 잠시 후퇴. 적이 낡이면 포격."

철퇴전이라도 되도록이면 이 지하 2층과 1층 사이에서 원군이 올 때까지 시간을 번다. 리햐의 방침은 일관적이었다.

지하 2층과 1층 계단 앞에서는 지하 3층 아래 전투에 비해 상당한 시간을 버틸 수 있었다.

하지만 그것도 마침내 한계를 맞이하려 하고 있었다.

"지하 2층 완전 포기. 몽크대는 계단에서 적을 제압하라. 포격대는 지하 1층 중앙부까지 철수해 포격 태세를. 태세 완료 후 몽크대도 1층 중앙까지 후퇴한다."

"알았다!"

지금까지 부상자는 몽크대를 중심으로 꽤 나오긴 했지만 기적적으로 사망자는 나오지 않았다. 모두가 신관이기 때문에 부상은 금방 회복된다. 그래서 사실상 대미지 제로로 싸울 수 있는 것이다.

본래 그런 전투는 있을 수 없지만, 지리적 이점과 무수한 신관 수가 그것을 가능하게 만들고 있었다. 그리고 리햐가 희생을 최소

화하고 시간을 버는 것을 목적으로 지휘를 한 덕분이기도 했다.

하지만 몽크대의 체력, 포격대의 마력 모두 한계에 가깝다는 것을 리햐는 알고 있었다. 알고 있어도 어쩔 수 없었다. 시간을 벌고 왕국 기사단 등의 원군을 기다린다……. 다른 방책은 없다.

"포격대 철수 완료. 몽크대, 1층 중앙까지 후퇴."

그 구령에 맞춰 계단에서 적을 제압하던 몽크대가 지하 1층으로 올라가 중앙부까지 달렸다.

선두가 대장 그웨인, 맨 끝이 부대장 체이스. 두 사람 모두 가장 전선에서 몸을 부딪쳐 온 두 사람, 즉 가장 체력과 정신력이 소모된 사람들이다.

대장 그웨인이 구르듯이 달려 1층 중앙부에 다다랐다.

그런데 마지막에 한 명의 키가 갑자기 줄어들었다.

부대장 체이스가 넘어진 것이다.

리햐가 알아차렸을 때는 홉고블린이 체이스 바로 뒤로 바짝 다가선 상태였다. 리햐는 〈라이트 재블린〉 영창을 행하려 했다.

하지만 그것을 제지하듯 뒤에서 누군가가 팔을 잡아왔다.

그 순간 영창이 들렸다.

"바람이여 그 뜻에 따라 적을 가르는 칼날이 되어라 〈에어 슬래시〉."

동시에 리햐의 곁을 바람처럼 달려가는 검사가 보였다.

린이 쏜 〈에어 슬래시〉는 지체없이 홉고블린의 목을 베어냈다.

거의 동시에 부대장 체이스의 곁에 도착한 아벨이 체이스를 어깨에 메고 리햐의 품으로 돌아왔다.

"아벨……."

리햐의 눈은 눈물로 가득 차 금방이라도 쏟아지기 직전이었다.

"오래 기다렸지, 리햐."

그것은 신관들이 간절히 기다리던 원군이었다.

◆

아벨과 용사 로먼이 최전방에서 싸우고 린, 알리시아, 벨록, 그레이엄, 그리고 낸시가 사라져 충격받은 화속성 마법사 고든이 마법 포격을 가했다.

그동안 쉼 없이 싸워온 신관들은 휴식을 취하며 회복에 전념했다.

포격은 다섯 명이라고는 해도 B급 모험자인 풍속성 마법사 린, 그리고 용사 파티의 마법사들이다. 애초부터 공격에 적합하다고는 할 수 없는 신관들에 비하면 화력으로는 충분했다.

게다가 전선에서 싸우는 것은 두 명이지만 천재 검사 아벨과 용사 로먼. 그들의 전투 장면은 압도적이었다.

"굉장하다……."

그것은 누가 한 말일까.

하지만 쉬고 있는 신관 모두의 마음을 대변한 말이었다.

애초에 용사가 이곳에 있다는 것 자체를 신관들은 물론 대신관 가브리엘도 이해할 수 없었다. 결국엔 리햐가 여기 있었을 때와 마찬가지로 신의 계시라 여기고 생각하길 포기했다.

이럴 때엔 신을 섬기는 자가 유리할지도 모른다. 모든 책임을 신에게 지울 수 있으니까.

"마치 대해소같네."

"네, 정말."

전선의 두 사람은 인류 중에서도 최상급 체력 보유자였으므로 포격을 하면서도 어느 정도 여유를 가질 수 있었던 린이 리햐에게 말을 걸었다.

그리고 지하 4층 철퇴전부터 여기까지 줄곧 긴장한 채 지휘봉을 잡고 있던 리햐도 비로소 한숨을 돌릴 수 있었다.

"대해소라는 건 던전에서 끝없이 괴물이 솟아나는 현상을 말하는 거죠?"

그 대화를 들은 알리시아가 대화에 참여했다.

"맞아. 반년 전쯤인가? 우리가 거점으로 삼고 있는 룬의 거리 던전에서 10년 만에 일어났어. 하지만 여긴 던전이 아니잖아?"

"네, 그냥 지하분묘예요. 지하 5층까지로 역대 대신들과 성자님, 성녀님들의 시체가 있을 뿐이죠."

린이 대답하고 리햐가 평범한 지하분묘라는 사실을 설명했다. 미라는 있지만 던전 같은 것과는 본질적으로 달랐다.

"그렇다면 어딘가 다른 장소와 연결됐다는 걸까……."

알리시아는 고개를 끄덕이며 말했다.

"그런 일이 가능해?"

린이 알리시아의 말에 놀라 물었다.

"인간은 불가능하고, 그런 아이템이 있다는 말도 들어본 적은 없지만…… 갑자기 눈앞에 나타난 녀석이 예전에 있었어요. 사람은 아니었지만 말은 통했죠. 우리는 마왕을 불러내서 쓰러뜨리기 위한 제단을 만들었는데 마왕이 아니라 그 녀석이 나타났어요. 그게 가능하다면 이곳 지하를 다른 곳과 연결하는 것도 가능하지 않을까요?"

알리시아가 머리에 떠올린 것은 악마 레오놀이었다.

린과 리하는 이해할 수 없긴 했지만 믿기 힘든 존재가 있다는 것만은 어렴풋이 이해할 수 있었다.

그때 문득 리하는 어떤 것을 떠올리고는, 뒤에서 쉬고 있던 대신관 가브리엘 쪽을 돌아보며 물었다.

"대신관님, 왕국 기사단은 왜 안 오는 거죠?"

그랬다. 이 사태가 발생하고 중앙 신전이 가장 먼저 연락을 취한 곳은 왕국 기사단이다. 하지만 아직까지 아무도 오지 않았다.

본래 왕국 기사단의 초소는 여기서 불과 세 블록밖에 떨어져 있지 않다. 갑옷을 입고 달린다 해도 연락한 지 30분 안에는 도착할 수 있을 것이다.

"저도 그게 이상해서 방금 확인해보니 정식으로 출동을 거부하셨답니다."

"허?"

대신관 가브리엘이 얼굴을 찌푸리며 답했고 리하가 놀란 목소리로 답했다.

"기사단은 대체 무슨 생각을 하고 있는 걸까요……."

"왕을 지키는 것이 기사의 역할이라고 했다는군요. 그분이 기사단장이 되고 나서 정말 손쓸 수 없는 조직이 돼버렸습니다."

리하는 기가 질렸고 대신관 가브리엘은 더더욱 기가 질렸다.

그 무렵 중앙 신전 지하 외에서도 이변이 일어나기 시작했다.

중앙 신전 이외에도 스켈레톤과 고블린을 발견했다는 보고가 왕도 위병대 사령실로 도착한 것이다.

"대체 어떻게 된 거야……."

해당 장소에 위병대를 파견한 뒤 저도 모르게 그렇게 중얼거린 것은 왕도 위병대 부대장 렉스. 그의 앞에 있는 것은 왕도 전체가 기록된 지도. 그 지도에는 보고가 있던 발견 장소에 핀이 꽂혀 있었다.

"보고가 올라온 곳은 모두 왕도 북쪽……."

중앙 신전을 남쪽으로 봤을 때 그 보고는 모두 북쪽, 이른바 귀족가에서 온 것이었다. 어떤 인위적인 이유로 일어난 현상임에는 분명했다.

하지만 거기까지 알았다 해도 렉스가 쓸 수 있는 수단은 적었다.

우선 왕도 위병대는 무장도가 높지 않았다. 기사단 등에 비하면 훨씬 경무장이다. 본래 그것으로 문제가 없었다. 위병대가 상대하는 것은 취객이나 기껏해야 날뛰는 모험자…… 모험자들도 D급 이상 모험자들은 위병대를 번거롭게 하는 일이 거의 없었기 때문에 솔직히 그다지 강하지 않은 E급 이하의, 그들 수준으로 충분히 단속할 수 있는 자들뿐이었다.

하지만 이번 상대는 다르다. 본래라면 기사단이 상대해야 할 존재들. 그 발견 보고서에는 무려 오거까지 나왔기 때문이다.

그래서 렉스는 왕국 기사단에 협조 요청을 했다. 하지만……
거부당했다.

"대체 무슨 수작이지?"

몇 번이나 중얼거린 말일까.

설상가상으로 이 비상시에도 왕도 위병대 대장은 공석이었다.
전임자가 뇌물수수 사건으로 유죄가 인정돼 해임됐고 최근 몇 달
간 내무경이 대장을 겸임하고 있다.

하지만 내무경 해리슨 로렌스 백작은 바쁘다. 당연하다. 거대
조직 내무성을 관리하고 있는 것이다. 다시 말해 실질적으로 왕
도 위병대는 렉스 부대장이 꾸려가고 있었다. 하지만 그래서일
까…… 왕국 기사단에게 우습게 보이는 경향이 있었다.

그때 부하가 달려왔다.

"부대장님, 지금 왕성에서 연락이 왔습니다."

그렇게 말한 부하가 종이 한 장을 렉스에게 건넸다.

"그래."

슥 훑어본 렉스가 신음했다.

"부대장님?"

"이제부터 어전 회의라는군. 내무경이 폐하께 보고를 드릴 테
니 정보를 올리고 옆에서 보좌하라고."

"이 비상시에……."

"그래, 하지만 어전 회의라면 어쩔 수 없어. 어쩌면 왕도의 치
안용으로 남아 있는 전력을 받을 수 있을지도 몰라……. 좋은 방

향으로 생각할 수밖에 없겠군. 왕성에 다녀오마.”

왕도 위병대 사령실과 초소는 왕성에 인접해 있어 뛰면 바로 닿을 곳이다. 하지만 이 비상시에 사령실을 떠나는 것은 가능하면 피하고 싶었다. 이곳이 왕도 내에서 가장 정확한 정보가 모이는 장소이기 때문이었다.

하지만 위에 정확한 정보를 보고하는 것도 필요하다. 잘못된 정보나 추측으로 위에서 잘못된 지시가 내려오면 부하들이 고생한다.

렉스는 여러모로 굳게 마음을 먹고 왕성으로 향하는 것이었다.

◆

“이야, 역시 진짜 연금술사가 하는 말은 다르네요! 정말 공부가 많이 됐어요!”

“저 같은 걸로도 괜찮다면 언제든지…….”

잔뜩 들뜬 료와 기뻐하는 케네스. 같은 취미를 가진 사람끼리 대화하는 것은 실로 즐거운 일이었다.

왕립 연금 공방은 평화로웠다.

하지만 방문객들에 의해 그런 평화는 깨졌다.

“죄송합니다, 료 씨에게 왕국 마법 연구소에서 심부름꾼이 왔습니다.”

케네스의 부하이자 부주임인 라덴이 그렇게 말하며 한 남성을 데려왔다.

"어? 저를요? 왕국 마법 연구소에서?"

료가 고개를 갸우뚱했다. 료가 여기 있다는 것을 아는 것은 아벨뿐이다. 아벨이 왕국 마법 연구소에 머물고 있다는 말을 듣긴 했지만…….

"보고 드립니다. 조금 전 중앙 신전 지하에서 마물이 다수 나타나『붉은 검』및 용사 로먼 공의 파티가 가세하러 향했습니다. 그때『붉은 검』인 아벨 공이 왕립 연금 공방에 계신 료 공에게 연락해 힘을 보태러 와달라고 하셨습니다."

"마물?"

보고 내용은 이해했지만 내용은 전혀 이해하지 못한 료가 다시 한번 고개를 갸우뚱했다. 그렇다고는 해도 도우러 가지 않는다는 선택지는 없다.

"잠깐 다녀오……."

료가 일어나며 그렇게 말을 했을 때, 연금 공방의 수비가 문으로 굴러들어오듯 뛰어오며 소리쳤다.

"헤이워드 남작님, 큰일났습니다! 왕도에 오거가 나타났어요! 그 밖에도 다수의 마물이!"

그 보고는 그곳에 있던 세 사람을 놀라게 하기에 충분했다.

"그, 그게 대체……."

"중앙 신전도 그렇고, 왕도 전체에서 심상치 않은 일이 벌어지고 있나 보군요."

"왕도에 오거, 왕도, 오거라…… 뭔가 재미있는 소재를 만들 수 있을 것 같은데……."

당황하는 라덴, 상황을 분석하는 케네스, 혼자 뭔가 다른 차원의 생각을 하는 료.

하지만 제안은 즉시 생각을 되돌린 료에게서 나왔다.

"오거가 나왔다면 서둘러 더 튼튼한 곳으로 대피하는 게 좋지 않을까요?"

"그렇겠군요. 라덴, 공방에 대피 경보 발령. 연금술사는 1급 극비 정보만 확보하고 탈출하겠습니다."

"예에!"

료의 제안에 케네스가 즉시 결단을 내렸고, 라덴이 움직여 벽의 녹색 버튼을 눌렀다.

울려 퍼지는 경보음. 그리고 녹색 빛으로 뒤덮이는 방과 복도.

"대피 경보 발령. 대피 경보 발령. 모든 연금술사는 1급 극비 정보를 확보한 뒤 대피하십시오."

그런 말이 전체 방송 같은 느낌으로 흘러나왔다.

"뭐랄까…… 굉장하네요……."

그 광경에 놀라는 료. 판타지답지 않은 광경이었다.

"연금 공방의 비상 상황 절차는 리처드 왕 때 상당히 자세하게 만들어졌거든요."

료가 놀라는 모습을 보고 쓴웃음을 지으며 설명하는 케네스.

"리처드 왕이라면, 왕국 부흥의 조상이라고 하는?"

"네, 수백 년 전 이야기지만 리처드 왕은 이 연금 공방의 초대 공방장입니다."

료가 감탄했고 케네스도 여러 물건을 정리하며 답했다. 그리고 료에게 물었다.

"료 씨, 어딘가 대피할 곳이 있으신 겁니까?"

료가 대피를 제안했기에 케네스는 확인차 물었다. 료의 머릿속에 대피하기 적당한 장소가 있을 것을 상정한 물음이었다.

두 사람은 아직 한 시간 정도밖에 대화하지 않았지만 상대의 능력이 얼마나 되는지 파악하고 있었다.

"네, 어제 봤는데 룬 변경백저가 좋을 것 같아요. 거긴 거의 요새거든요. 거기라면 무슨 일이 일어나도 버틸 수 있을 겁니다."

"그렇군요. 룬 변경백저도 이 동지구에 있죠. 다만 공방은 일하는 사람 전원 포함하면 40명입니다. 그런 저희를 순순히 받아줄지 어떨지……."

"맡겨주세요. 거긴 제가 협상할게요. 이래 봬도 룬의 모험자니까요."

케네스의 염려를 료가 웃으며 불식시켰다.

"다행입니다. 아, 만약을 대비해서 간단한 선물로 저걸 갖고 갈까요. 안에서 농성을 해야 하는 상황이 온다면 분명 도움이 될 겁니다."

케네스는 그렇게 말하고 방 한구석에 놓인 두 가지 도구를 바라보았다. 큼직한 4리터 물병 정도의 크기…… 형상은 대포를 닮았다. 하지만 『파이』에서는 화약조차 아직 일반적이지 않을 텐데…….

"놔둬 봐야 부서질 뿐이니까요. 둘 다 시제품이긴 하지만요."

케네스는 그렇게 말하고 웃었다.

"시제품…… 프로토 타입. 프로토 타입엔 로망이 있죠."

료의 중얼거림은 아무에게도 닿지 않았다. 물론 들었다고 해도 아무도 이해할 수 없었겠지만…….

경보 발령 5분 뒤 현관 앞에 모인 왕립 연금 공방에서 일하는 사람들 40명. 연금술사부터 수위, 심지어 조수와 도우미까지 모두 다 모였다.

"료 씨, 전원을 안전하게 이동시킬 수 있다고 하셨는데……."

"네, 문제없습니다. 〈아이스 월 5층〉."

료는 전원을 약간 푸른빛이 도는 얼음벽으로 감쌌다. 완전히 투명하면 혹시라도 부딪칠 위험이 있으니까…….

"이건…… 얼음벽인가요? 수속성 마법사라고 들었는데 이 정도의 벽은 본 적이 없습니다. 굉장하군요!"

"아뇨, 그 정도는 아니에요."

케네스의 칭찬을 받고 수줍어하는 료. 얼음벽 속에 있는 다른 사람들도 신기해하며 똑똑 두드려보거나 한다. 연금술사는 아니더라도 연금 공방에서 일하는 자들이다. 연금술, 나아가 마법 자체에 관심을 가진 사람들이 많은 것은 당연했다.

"그럼 가볼까요. 여기서 룬 변경백저까지는 1킬로미터 정도 돼요. 10분 정도 걸어가면 도착할 겁니다. 얼음벽은 폭 3미터 정도로 생성해 둘 테니까 제 뒤에 붙어서 따라오세요."

료는 그렇게 말하고 걷기 시작했다. 그 옆으로 케네스가 시제품이라고 부른 물건이 든 자루를 하나 들고 따랐다. 그 뒤를 라덴이, 그 역시 또 하나의 시제품이라고 부른 물건이 담긴 자루를 들고 있었다.

나머지는 그들의 뒤를 따랐다.

료와 케네스를 선두로 나아가는 일행. 멀리서였다면 희미한 푸른빛의 얼음 터널 속을 지나가는 것처럼 보였을 것이다.

오거가 나타났다는 보고가 있긴 했지만 이동하는 동안 일행이 습격당하는 일은 없었다. 물론 습격을 당해도 얼음벽이 보호해줬겠지만.

하지만 걸어서 도착한 룬 변경백저는 이미 삼엄한 분위기였다. 문은 물론 굳게 닫혀 있었고, 어제는 문 앞에 서 있던 두 명의 문지기도 이미 없었다. 그 대신 우뚝 솟은 벽 위에 궁사들이 배치된 것이 일행에게도 보였다.

"이건…… 확실히 요새 같긴 한데, 그 이상으로 삼엄하군요."

벽과 문을 보고, 다시 벽 위에 배치된 궁사들을 확인한 케네스가 말했다. 뒤에서 라덴도 연신 고개를 끄덕였다.

료는 문 앞에 서서 소리쳤다.

"계십니까!"

그러자 문 너머에서 목소리가 들렸다.

"누구냐!"

"저는 룬의 D급 모험자 료라고 합니다. 이쪽은 왕립 연금 공방 분들입니다. 왕도에서 이상 사태가 발생했다는 말을 듣고 룬 변경백저에 숨겨 주실 수 없을까 해서 찾아왔습니다. 룬의 거리에서 온 이든 대장을 뵙게 해 주셨으면 합니다!"

"……잠깐 기다려라."

문전박대는 당하지 않을 것 같다는 생각에 료는 조금 안심했다. 이든은 물론이고 그가 아는 룬의 기사단 사람들은 그런 짓을 하지 않을 것이라고 생각하지만 이곳은 왕도다. 왕도의 변경백저에 거주한 자들이 어떤지는 솔직히 알 수 없었다.

1분 정도 기다리고 있자 벽 위에서 목소리가 들려왔다.

"료 공?"

그것은 귀에 익은 목소리였다. 료가 벽 위를 바라보자 그곳에는 이송대 대장으로서 룬의 거리에서 마석을 옮겨온 이든 대장의 모습이 있었다.

"아, 이든 씨, 안녕하세요."

"네……. 아아, 그쪽이 왕립 연금 공방 분들이시군요. 아직 이 근처에서 발견되는 스켈레톤이나 고블린은 적긴 합니다만…… 아, 아니지, 우선은 안으로 들어오십시오. 이봐, 문을 열어라!"

후반에는 명령을 한 것처럼 보였다. 이든 대장은 변경백저에 있는 사람들과 비교해도 나름 높은 지위에 있는 듯했다.

이리하여 왕립 연금 공방 일행은 룬 변경백저에 들어가는 데 성공했다.

이 대피는 이후 왕도에서 일어날 일을 생각하면 그야말로 료의 파인 플레이라고 할 수 있었다.

◆

아벨 일행이 중앙 신전에 도착한 지 한 시간.

다소 회복된 신관들과도 교체를 거듭하며 지하 1층 중앙에서의 요격은 계속되고 있었다. 전력이 갖춰진 탓에 철퇴전을 벌일 필요는 현재로선 없어진 상태다. 하지만 아직 마물들의 끝은 보이지 않았다.

아벨과 용사 로먼이 전선에서 상당한 적을 쓰러뜨렸지만 쓰러진 시체는 어느새 뒤로 끌려들어 갔다. 많이 쓰러뜨리면 그걸로 시체 벽을 쌓을 수도 있겠다고 생각했던 아벨의 생각은 덧없이 사라졌다.

"이건 진짜 끝이 없네. 로먼, 너 체력은 아직 괜찮아?"

"네, 아직 문제없어요. 다만 포격을 해주는 마법사들의 마력이 어떨지 좀 걱정이네요."

아벨의 물음에 용사 로먼이 답했다.

아벨은 포격대인 린의 표정을 힐끗 쳐다봤다. 당장 마력이 소진되지는 않겠지만 한계가 가깝다는 것이 느껴졌다. 같이 싸워왔기 때문에 알 수 있다.

몽크대와 교대하는 형식으로 아벨과 로먼이 물러섰다. 그 타이밍에 아벨이 린에게 말을 걸었다.

"린, 마력은 비축해둬…… 라고 말하기엔 너무 늦었나?"

"뭐, 그렇지. 역시 이 정도의 시간 동안 싸우는 건 마법사에게는 무리야. 이웃 용사 파티의 마법사들은 나보다도 더 남은 마력이 아슬아슬한 것 같아."

아벨의 물음에 린 역시 목소리를 낮춰 대답했다.

아벨은 용사 파티의 마법사들을 돌아보았다. 확실히 아벨의 눈으로 보기에도 잔존 마력이 한계가 가까워졌다는 것을 알 수 있었다.

"난처하게 됐네. 누가 료를 좀 불러주면 안될까?"

"료를?"

"그래, 일라리온 저택을 나올 때 불러달라고 했는데, 그 녀석이 있으면 좀 더 편해지지 않을까?"

아벨은 그렇게 말하고 한숨을 한번 내쉬었다.

그 순간 뒤에서 목소리가 들려왔다.

"〈워터 제트 256〉."

몽크대가 대치하고 있던 적의 목이 차례차례 베어졌다.

"〈퍼머프로스트〉."

나아가 그 안쪽 지하 2층 계단에 이르기까지 온통 얼음의 세계로 변했다.

너무나도 과격한 전개에 몽크대뿐만 아니라 거기에 있는 전원의 움직임이 멈췄다.

"아벨, 늘 편하게 해결하려고만 하면 검사로 성장할 수 없을 텐데요?"

그곳에 나타난 것은 아벨이 아는 최강의 수속성 마법사, 료였다.

"늦었어, 료."

"그런 말을 해봤자…… 케네스 일행을 룬 변경백저로 대피시키고 왔어요. '먼저 이길 수 없는 나를 만들고 승리가 가능한 적군을 대적한다'는 말이 있죠. 가장 먼저 적이 공격해와도 이길 수 없는 태세를 갖추는 것이 중요합니다."

"어, 응……."

료가 아주 당연하다는 얼굴로 뭔가 어려운 말을 했고, 아벨은 잘은 모르겠지만 적어도 케네스 일행을 대피시키고 왔다는 것만은 이해했다. 하지만 거기서 한 가지 의문이 들었다.

"그 말은 즉 왕도의 다른 곳에서도 이 녀석들이 나타났다는 말이야?"

"그렇다고 하더라고요. 동지구는 그 정도는 아닌 것 같지만요."

료와 아벨의 대화는 주변에 있던 이들의 귀에도 들렸다.

"대신관님……."

"네, 리햐. 왕국 기사단은 물론 왕도 위병대도 그쪽으로 갈 테니…… 이쪽에 원군은 오지 않을 겁니다."

리햐와 대신관 가브리엘은 그런 대화를 나눴다. 특히 가브리엘은 심각한 표정이었다. 언제 끝날지 모르는 싸움을 더 이상의 원군 없이 이어가야 한다는 것이 기정사실화됐기 때문이었다.

하지만 원군으로 와서, 현재 방위의 중심에 있는 검사가 아무렇지도 않게 말했다.

"아아, 그건 괜찮지 않을까? 료가 왔잖아."

아벨이 가브리엘을 향해 말했다.

그 말을 들은 료는 작게 고개를 저었다. 그리고 주위를 둘러보며 말했다.

"보니까 마법사들은 마력이 떨어지기 직전이네요. 어떻게 할까요? 얼음벽으로 한 마리씩 나오게 정리하고 그걸 아벨이 혼자 쓰러뜨려 나갈 건가요?"

"아니, 왜 나 한정이야. 용사 파티 중에서도 로먼은 아직 체력이 여유로워."

아벨이 그렇게 말하자 료도 용사 로먼 쪽을 쳐다보았다.

"정말이네요. 쌩쌩하네요."

로먼을 보고 고개를 끄덕이며 말했다.

"아, 저기, 어제 중재를 해주신 분이시죠? 그때는 감사했습니다."

그렇게 말한 용사 로먼이 고개를 숙였다.

이 자리에 걸맞은 대사인가 묻는다면 상당한 의문이 들긴 했지만, 감사를 표하거나 사과를 표하는 것이 원활한 의사소통에 필수적인 요소임에는 분명했다.

"아닙니다. 너무 신경 쓰지 마세요."

"응, 너희, 이 타이밍에 그런 대화는 좀 이상하다고 생각 안 해?"

료가 겸손을 표했고, 아벨이 지적했다.

"일단 앞에서 싸우고 있는…… 신전 기사? 같은 분들은 나와서 쉬게 하는 게 좋겠네요. 꽤 피곤할 것 같아요."

료의 의견에 따라 몽크대는 나와서 제대로 휴식을 취하게 됐다.

"이봐, 료, 한 면이 다 얼었는데 어떡할 거야?"

"어떻게 하다뇨?"

아벨의 질문 의도를 모르고 되묻는 료.

"얼어붙은 놈들은 죽은 거지?"

"고블린나 오크 같은 건 죽었어요. 스켈레톤 같은 언데드는…… 죽었다고 표현할 수 있을지 어떨지 모르겠네요."

"응, 뭐 거긴 어느 쪽이든 상관없어. 또 지하 2층에서 이어서 나올 거라 생각해……."

그러자 지하 2층으로 통하는 계단에서 스켈레톤이 올라오는 것이 보였다.

"얼음의 세계를 걷는 스켈레톤…… 실로 초현실적인 그림이네요."

료가 혼잣말처럼 말했다.

"여유롭구나……."

아벨이 크게 한숨을 내쉬었다.

"하지만 너무 시간을 끌어도 좋진 않겠죠. 왕도에도 출몰했다고 하니까요. 〈아이스 월〉로 정리할 테니까 아벨과 로먼 두 사람이 전방에서 섬멸해 주세요. 못 쓰러뜨린 건 제가 단독으로 처리할게요. 그동안 다른 마법사들은 마력 회복에 전념하면 될 것 같은데 어떨까요?"

마지막은 리햐와 대신관 가브리엘 쪽을 바라보며 료가 말했다.

물론 대신관 가브리엘에 대해서는 잘 모르지만, 가장 훌륭한 옷을 입었으니 가장 훌륭할 것이라고 멋대로 짐작한 것뿐이었다.

"네, 료가 그걸로 괜찮다면 그렇게 부탁할게요."

리햐가 고개를 끄덕이며 고 사인을 보냈다.

이를 신호로 아벨과 로먼이 뛰쳐나가며 다시 두 사람의 섬멸전이 시작됐다.

"오오, 정말 훌륭하네요. 둘 다 굉장해."

뒤에서 료는 두 사람의 움직임을 보고 감동했다.

덮쳐오는 마물의 대부분을 둘이서 쓰러뜨렸다. 두 명의 마수에서 간신히 도망쳐 빠져나온 자는 료의 〈워터 제트〉에 목이 날아갔다.

그 미세한 물줄기는 너무나도 가늘어서 잘 보이지 않았기 때문에 대부분의 사람들의 눈에는 갑자기 목이 떨어진 것으로 밖에 보이지 않았다.

아벨, 로먼, 그리고 료 세 사람이 펼치는 섬멸전은 보는 이들에게 절대적인 안도감을 안겨주는 것도 분명한 사실. 그동안 싸워온 자들은 비로소 조금이나마 희망적인 미래를 느낄 수 있었다.

료가 가세하고 얼마 후, 돌연 그가 리햐와 대신관 가브리엘을 향해 말했다.

"이거 중간에 다른 곳으로 연결된 통로 같은 건 없나요?"

"없을 텐데……."

"없습니다……. 왜요?"

료의 물음에 리햐도 대신관 가브리엘도 없다고 답했다.

"어쩐지 나오는 수가 줄어든 것 같은데…… 수 자체가 줄어들어서 그런가?"

"그렇다면 곧 끝나는 건가?"

료의 중얼거림에 린이 기쁜 얼굴로 말했다.

"앗."

그때 대신관 가브리엘이 작게 외쳤다.

료, 리햐, 린이 가브리엘을 바라보았다.

"지하 3층이 오래된 수도원 지하와 이어져 있습니다. 다만 중간에 삼중으로 된 문이 있고 모두 신성한 봉인이 되어 있습니다만."

대신관 가브리엘이 생각났다는 듯 말했다.

"몰랐어요……."

리햐도 몰랐다는 듯 놀란 얼굴이다.

"네, 그렇죠. 전혀 사용하지 않았으니까요. 애초에 수도원도 옮겨지은 탓에 그 통로 자체가 아직 있는지 어떤지 아무도 확인할 수 없었을 겁니다."

대신관 가브리엘이 고개를 끄덕이며 말한다.

"그 오래된 수도원이 있었던 곳엔 지금은 뭐가 있나요?"

"지금은…… 왕국 기사단의 제2 연습장이 있습니다."

"만약 거길 부숴서 통로를 통해 갔더라도 기사단의 연습장이라면 문제는 없겠네요."

가브리엘의 대답에 료는 안심하고 눈앞의 처리에 전념하기로 했다.

료가 생각한 기사단의 기준이 룬 변경백령 기사단이었다는 것이 불행이었을지도 모른다. 과거의 왕국 기사단이라면 몰라도 현재의 왕국 기사단은…….

◆

그 일이 일어났을 때 왕국 기사단의 제2 연습장에는 60명의 기사가 있었다. 30명은 야외 연습장에, 나머지 30명은 실내 휴게실에.

건물 전체가 흔들려서 휴게실에 있던 30명은 무슨 일이 일어났는지 파악했다…… 하는 일은 없었다. 그 30명 중 절반 이상이 술에 절어 있었으니까.

낮부터 술에 취한 기사단원…… 위가 썩으면 아래도 썩는다. 어떤 세상이든, 어느 시대든, 어떤 조직이든 변하지 않는 진실.

휴게실을 나온 사람은 취하지 않은 10명 정도였다.

그리고 그들이 본 것은 복도 안쪽, 창고가 된 방에서 쏟아져 나오는 스켈레톤, 레이스, 고블린, 홉고블린, 오크, 그리고 오거 무리였다.

그 절망이 다가오는 광경에 반응할 수 있었던 기사는 없었다. 아무것도 하지 못하고, 검을 뽑는 것조차 하지 못한 채 삼켜졌다.

하물며 술 취한 스무 사람을 말할 것도 없다. 휴게실로 들이닥친 마물은 스무 명을 순식간에 삼켜버렸다.

복도 안쪽의 창고방…… 이 건물이 수도원이었을 때는 지하를 통해 중앙 신전과 연결되어 있던 방. 물론 기사단은 그런 것 따위 모른다. 알든 모르든 상황은 아무것도 변하지 않았겠지만.

건물에서 쏟아져 나온 마물은 야외에서 연습하던 30명의 기사들에게로 향했다. 그것은 마치 살아 있는 자 모두가 표적이라는 듯이 움직였다. 언데드의 행동 원리였다.

야외에 있던 30명의 기사들은 조금이나마 저항했다. 물론 그것은 실내에 있던 자들에 비해 조금 몸부림치는 정도로, 2분도 안 되어 전원이 삼켜졌다.

기사들에겐 종사가 붙어 있다. 과거엔 갑옷을 입거나 말을 탈 때 도움이 필요했기 때문이었다. 다만 현재는 기술의 진보는 물론이고 기사의 갑옷도 기사 혼자 탈착이 가능해졌기에 그런 의미에서의 종사는 불필요하지만…… 전통과도 같은 것이라 왕국에서는 현재도 기사 한 명당 종사 한 명이 붙어 있었다. 그런 종사들도 희생되었다.

수백, 수천이 넘는 마물이 향한 곳은 더욱 북쪽. 왕국 기사단의 제1 연습장

그곳에서는 30명의 기사가 기초 훈련을 하고 있었지만…… 아무런 저항도 하지 못하고 삼켜졌다. 기습임을 감안해도 왕국의 정예라고는 생각할 수 없는 무력함이었다.

제1 연습장을 집어삼킨 마물은 더욱 북쪽. 마침내 기사단 초소로 향했다.

기사단 초소.

이곳은 왕성 내 기사단 본부와 함께 왕국 기사단의 최대 중요 거점이자 간부들이 많이 있는 곳이기도 했다. 그래서 입구 곳곳에는 위병들이 서 있었다.

아무렴 입구의 위병까지 술에 취해 있지는 않았다. 기사단뿐만 아니라 외부인을 마주해야 하는 이상 한심한 추태를 보일 순 없는 것이다. 경우에 따라서는 왕가의 인간이나 나라의 중진들도

찾아오기도 하는 것을 감안하면 현재 기사단 중 그나마 제대로
된 것은 입구의 위병일지도 모른다.

역시 이들의 반응은 빨랐다.

마물이 다가오는 것을 확인하자 규정대로 종을 울렸다. 이는
이상사태 발생을 알리는 종이었다.

적어도 이것으로 초소에 있던 기사들이 기습을 당하는 일은 없
었…… 어야 했다. 안타깝게도 해이해진 기사들은 그 종소리가
들렸음에도 아무런 긴장감을 갖지 못했다. 더구나 마물의 무시무
시한 기세는 입구 위병들의 저항을 허락하지 않고 빠르게 위병과
종을 집어삼켰다.

그로 인해 종소리도 멈췄다.

너무 일찍 멈춘 종소리에 "아, 무슨 실수였구나"…… 완전히
기강이 풀린 기사들은 그렇게 판단하고 지금까지의 작업을 계속
했다.

위병들이 있던 입구에는 당연히 닫힌 문이 있었는데 그것은 섞
여 있는 오거에 의해 쉽게 부서졌다.

애초에 이곳은 변방이 아니다. 왕도였다. 왕국에서 가장 마물
들의 습격과 거리가 먼 곳이라 해도 과언이 아니다. 기사단 초소
의 문이라고 해봤자 인간이 망가뜨리기 어려운 정도의 물건이다.
그 정도의 문은 오거 앞에서는 없는 것이나 마찬가지였다.

초소 기사들이 이변을 깨달은 것은 마물이 건물 안으로 완전히
침입한 뒤였다.

그제서야 복도 같은 장소에서 저항이 시작됐다. 복도나 계단이

라면 한두 명이서 저항하는 것도 가능하긴 했다. 하지만 그들 역시 폭력적일 정도로 밀려드는 엄청난 수에 의해 차례차례 사라져 갔다.

1층 복도와 모든 방에서 인간이 사라졌을 무렵에는 2층 계단도 중반까지 방치된 상태였다.

평소 왕성 내 기사단 본부에 있는 기사단장 바카라가 이 기사단 초소에 와 있었던 것은 그저 우연이었다. 초소 4층에 있는 기사단장 집무실에 비치된 개인 물건을 가지러 왔을 뿐이었다. 하지만 집무실에 둔 고급 위스키를 조금만 마시겠다며 여유를 부린 것이 화근이었다.

바카라가 이변을 알아차렸을 땐 이미 2층은 아수라장이 돼 있었다. 그제서야 기사가 집무실로 찾아와 보고한 것이다.

"기사단장님, 스켈레톤과 오거에 의해 초소가 습격당하고 있습니다."

만약 모든 사정을 알고 있는 자가 있었다면 실소할 수밖에 없는 보고였다.

우선 "이제서야!"라는 말을 했을 것이다.

나아가 "왜 하필 많고 많은 것들 중 스켈레톤과 오거를 고른 거냐"라는 말을 했겠지.

마지막으로 "이미 늦었어"라며 조소했으리라.

보고하는 동안 2층의 전투가 끝나고 바로 아래층, 즉 3층에서 전투음이 들려오기 시작했다.

여기서 기사단장 바카라가 생각한 것은 창문을 통한 탈출이었다. 3층으로 내려가 전투 지휘를 할 생각은 눈곱만큼도 하지 않았다. 하지만 역시 4층에서 뛰어내린다면 죽지 않아도 중상은 면할 수 없었다. 게다가 건물 밖에도 마물들이 위를 올려다보고 있었다.

바카라가 망설이는 동안 전투음은 바로 옆, 즉 4층 복도에서 들리기 시작했다.

거기까지 이르러서야 바카라는 검을 뽑아 들었다. 그와 동시에 문이 부서지며 무언가가 날아들었다.

바카라는 아무 생각 없이 검을 휘둘렀다.

고블린을 단칼에 베어 쓰러뜨렸다.

바카라는 기사로서 결코 무능한 것은 아니었다. 다만 기사단장이 되면서 조금 해이해졌을 뿐이다.

고블린을 벤 순간 검이 멈췄다는 것이 그 증거.

곧바로 도끼가 날아와 바카라의 가슴에 꽂혔다.

입에서 뿜어져 나오는 피에 저도 모르게 무릎이 꺾였다.

바로 고개를 들었지만 이미 늦었다.

바카라가 본 최후의 광경은 홉고블린이 검을 내리치는 모습이었다.

웨어 백작 바카라 토, 향년 38세.

기사단 초소를 제압한 마물은 왕도 거리로 풀려났다. 하지만 이미 왕도에는 다른 마물들도 나와 있었다. 중앙 신전 지하뿐만 아니라 다른 곳에서도 나타난 것이다…….

◆

　엘프 자치청.

　『서쪽 숲』에 사는 엘프들의 왕도 연락 기관. 5년 전 이전 확장으로 왕도 북서쪽 귀족가 일각으로 옮겨왔으며 현재 30명 정도의 엘프가 상주하고 있다.

　그중 15명, 상주하는 이들 중에서도 정예로 지목된 자들은 어제부터 체류 중인 한 여성에 의해 단련을 받고 있었다. 아직 하루도 지나지 않았지만 그들이 그 여자를 보는 눈에는 두려움과 경외감이 깃들어 있었다……. 둘 다 비슷한 의미라는 것은 굳이 언급할 필요가 없다.

　오전 훈련에서 어제 이상으로 단련을 받은 그들은 힘겹게 점심을 먹었다. 먹지 않으면 오후에 훈련이 안 된다는 것을 이미 알고 있었기 때문이었다.

　점심 휴식을 마치고 정원으로 나온 이들은 그 여성, 세라가 자치청 앞 도로에 나와 있는 것을 발견했다.

　어제 세라에게 크게 혼쭐이 난 록슬리가 다가갔다. 물론 록슬리도 예외 없이 두려움과 경외감을 품은 눈동자로 세라를 바라보았지만, 동시에 그 강인함에 동경도 품기 시작했다.

　그것이 접근한 이유였는지는 알 수 없다.

　다가오는 록슬리를 알아차린 세라가 말을 걸었다.

　"록슬리, 요즘 왕도에서는 저런 행사가 유행인가?"

세라가 바라보는 그 앞엔 키가 3미터 가까이 되는 생물이 손에 곤봉 같은 것을 들고 이쪽을 향해 걸어오고 있었다.

자세히 보니 오거처럼 보였다.

"아니요, 저런 유형은 없습니다만…… 저건 오거로 보이는데, 왕도에 오거?"

왕도의 도로에 마물이 있다. 그것은 우선 있을 수 없는 광경이다.

그래서 세라도 물어본 것이지만, 록슬리도 이해할 수 없는 광경이었다.

"저대로 이쪽을 덮쳐온다면 베어버릴 수 있을 텐데……."

세라가 태연하게 말을 이었다. 내용은 도저히 태연히 받아들일 수 없는 것이었지만.

그 말은 록슬리의 귀에는 똑똑히 들려왔다. 하지만 록슬리는 굳이 못 들은 척했다. 어쩐지 위험한 향이 났기 때문이었다.

그때 세라는 문득 뒤쪽의 도로를 바라보았다. 그쪽으로 무언가에 쫓기듯이 필사적으로 달려오는 사람들이 보였다.

그들을 쫓는 자는…….

"오크?"

키는 사람과 비슷한 정도. 돼지머리를 한, 고블린보다는 조금 강한 마물이다.

"아하, 무슨 이상사태가 벌어진 거로군."

세라는 그렇게 중얼거리고는 허리의 검을 뽑아 지시를 내렸다.

"록슬리는 도망치는 사람들을 구한 뒤 자치청에 피신해라. 나는 오거를 쓰러뜨리겠다."

이어 정원 쪽을 향해 소리쳤다.

"비상사태 발생! 제1반과 2반은 도로에서 방어. 도망치는 사람들을 도와라. 3반은 보관한 모든 무기를 정원에 비치. 시급히 할머님을 불러오도록."

거기까지 말하고, 엘프들이 움직이기 시작한 것을 확인하지도 않고 오거에게 달려들었다.

키가 3미터 가까이 되면 그대로는 목을 베기도 어렵다. 단순히 목이 있는 위치가 높기 때문이다.

세라가 다가온 것을 인식한 오거가 곤봉을 치켜들고 내려쳤다.

세라는 오거의 오른쪽으로 달려나가 무릎을 쳐냈다. 오거가 무릎을 꿇고 고개를 숙인 타이밍에 뒤에서 목을 베어냈다.

아무런 위험 없이 오거를 쓰러뜨리는 모습은 도로에 방어선을 구축하고 있던 제1반과 2반 엘프들 모두의 눈에 들어왔다.

누구 하나 목소리를 내지 못했다.

세라가 구축된 방위선으로 돌아오자 할머님이 정원에서 달려나왔다.

"이상사태라고 들었는데?"

할머님이 세라에게 물으며 주위를 둘러본다.

오거나 오크의 시체, 나아가 산산조각이 난 스켈레톤의 뼈가 이미 도로 곳곳에 널려 있었다.

"설마 왕도에서 이런 일이 일어날 줄은……."

할머님은 점에서 봤던 왕도에 있을 불온한 기운을 떠올렸다. 아마 이것을 말하는 게 아니었을까 추측한 듯했다.

"할머님, 도로를 걷고 있던 사람들인 건지, 도망쳐오는 사람들이 있으니 자치청으로 피신시키죠. 아무래도 금방 끝날 것 같진 않습니다."

"그래. 여긴 귀족가니까 자기 집에 들어가 있는 귀족들이 대부분이겠지만…… 외출 중에 마주치기라도 한다면 큰일이니 보호하도록 하마. 끝이 보이지 않는 이상 마법의 사용도 가능한 한 삼가는 편이 좋겠지."

세라의 보고와 제안에 할머님은 고개를 끄덕이며 답했다.

"원거리에서. 가까이 가지 않고 활로 쏘는 공격 위주로. 스켈레톤과 오거는 활로는 무리일 테니 거기서만 근접전이나 마법을 쓰게 되겠네요."

"그래. 그 방침대로 가자꾸나."

그리하여 자치청에서도 기나긴 방위전이 시작되었다.

그러나 그것은 왕도 각지에서 일어나고 있는 혼란의 일부에 지나지 않았다.

◆

왕도 귀족가 웨스트우드 자작 저택.

술자리 모임『차남 연합』의 멤버인 왕국 기사단의 잭 클러와 스코티 코북이 자작 저택을 방문한 것은 기사단에 얼마 안 되는 서류를 전달하기 위해서였다.

본래라면 왕국 기사단 소속 기사가, 그것도 심지어 둘이나 올 정도의 일은 아니었지만, 이 두 사람은 이 정도의 일을 솔선수범해서 받아들였다. 결코 전해준 뒤에 군것질을 하고 싶다거나, 가보고 싶던 카페에 가보고 싶다거나, 혹은 거리를 산책하는 것을 좋아한다거나…… 그런 것은 아니었다.

"그럴 리가 없잖아~! 아하하하……."

만일 지적을 받았다면 잭은 그런 푸석한 웃음을 되돌려 주었을지도 모른다. 돌아가는 것이 좀 늦어질 뿐이고, 거리 순찰도 겸하는 셈이니 딱히 상관없지 않은가! 기본적으로 왕도의 치안은 기사단과는 별도로 조직되어 있는 왕도 위병대가 맡고 있지만.

하지만 이날 두 사람이 자작 저택을 떠나는 것이 늦어진 것은 다른 이유 때문이었다. 자작 저택의 주방장이 신작 요리의 시식을 두 사람에게도 부탁했기 때문이었다.

웨스트우드 자작가는 대대로 미식으로 정평이 나 있었다.

현 당주인 하비는 영빈관 요리장관이라는 지위에 올라 왕도를 포함해 왕국 내 세 곳에 있는 영빈관…… 국빈을 맞이하는 시설에서 제공되는 요리의 책임자를 맡고 있었다. 즉, 왕국에서 웨스트우드 자작이라고 하면 미식과 거의 동의어라고 해도 좋을 정도의 지위를 갖고 있는 셈이었다.

그런 웨스트우드 자작 저택에서 나오는 음식을 관장하는 주방장이 남들과 같을 리가 없었다. 자작 부인을 통해 그런 주방장의 신작을 시식해 달라고 하면 거절할 사람이 어디 있겠는가.

주방장은 사실 이 두 사람의 이름을 잘 알고 있었다. 주방장의 여동생이 술집 『물에 빠진 자 술에 빠져라』의 여주인이었기 때문이다.

『물에 빠진 자 술에 빠져라』는 차남 연합 모임의 단골 술집.

사실 차남 연합 사람들은 단골 중에서도 맛에 대해 잘 아는 젊은이들로 여겨지고 있었다. 십대 때부터 열심히 놀아댄 덕분에 혀가 단련되어서…… 그런 것일지도 모른다.

그래서 주방장은 이 두 사람이 온다는 말을 들었을 때부터 자작 부인을 통해 시식해 달라는 부탁을 넣어두었던 것이다.

자작 부인으로서도 물론 이의는 없었다. 두 사람에게도 있을 리가 없다.

이렇게 두 사람은 전달하는 일이 끝났음에도 자작 저택 식당에서 미식을 즐기고 있었다.

그런 주방장에게서 마지막으로 나온 신작 디저트를 먹으며 잭과 스코티가 극찬하고 있을 때, 정원 쪽에서 여자의 비명소리가 들려왔다.

두 사람은 얼굴을 마주보더니 곧 검을 들고 정원으로 달려가기 시작했다.

정원에는 하녀 한 명이 힘이 풀린 듯 땅에 주저앉아 있었다. 하녀가 보고 있는 것은 자작 저택의 문. 가는 철제 막대를 엮어 만든 문.

두 사람이 문을 보니 문 밖에서 한 마리의 스켈레톤이 안을 보고 있었다.

진짜 스켈레톤 같은 것은 왕도에서 찾아보기 힘들다. 그러니 두 사람이 가장 먼저 누가 장난을 치는 건가? 라는 생각을 떠올린 것은 어쩔 수 없는 일이었다.

하지만 두 번째 스켈레톤이 나타나고, 게다가 그것이 스켈레톤 아처이고 화살을 이쪽으로 날렸다면…… 역시 누군가의 장난이라고 보기엔 어려웠다. 스켈레톤 아처의 화살은 맞으면 다치고, 맞는 곳이 안 좋으면 당연히 죽는다.

그런 장난은 역시 있을 수 없다.

일이 이 지경에 이르자 과연 두 사람도 뭔가 이상한 사태가 일어났다는 것을 인정하지 않을 수 없었다.

아처의 화살을 검으로 베어내고 그대로 문으로 달려나갔다. 잭은 문을 이루고 있는 철제 막대 틈으로 검을 내밀어 아처의 이마를 검으로 꿰뚫었다. 스코티 역시 다른 하나의 스켈레톤의 이마를 검으로 꿰뚫었다. 두 마리의 스켈레톤은 그 자리에서 쓰러졌다.

스켈레톤에게 가장 효과적인 것은 곤봉이나 망치 등의 둔기였다. 그것으로 두개골을 부수면 활동을 멈춘다.

하지만 검사나 창기사는 두개골을 꿰뚫어 쓰러뜨리는 방법을 좋아했다.

물론 이것은 보기보다 어렵다. 뼈에 완전히 수직으로 검이 들어가지 않으면 그대로 미끄러져서 꿰뚫을 수 없다.

스켈레톤의 두개골을 뚫을 수 있는 잭과 스코티는 검사로서 일정 수준 이상의 솜씨를 가지고 있는 셈이었다.

스켈레톤을 쓰러뜨렸을 때 두 사람은 문틈으로 도로를 보았다. 그곳에는 스켈레톤뿐만 아니라 고블린, 홉고블린, 오크, 심지어 오거까지 걷고 있었다.

"이봐…… 어떻게 된 거야?"

"모르겠어. 모르겠지만…… 위험한 상황인 건 확실하네."

잭도 스코티도 처음 마주치는 상황에 당황하고 있었다.

"일단 2층에 가서 주변 저택이 어떻게 되어 있는지 확인해 볼까?"

"그래. 그러자."

두 사람은 속삭이는 듯한 목소리로 의논을 마치고 정원에 주저앉아 있는 하녀를 저택으로 옮겼다.

왕성에서는.

"즉, 귀족가를 중심으로 마물이 활개를 치고 있다는 거군."

국왕 스태퍼드 4세가 중얼거리듯 말했다.

어전 회의용 원탁 위에는 제법 큰 왕도 지도가 펼쳐져 있다.

중앙 신전을 중심으로 거의 원형 모양으로 된 왕도. 중앙 신전 북쪽에 인접한 곳에 왕국 기사단 초소가 있다.

왕도 북쪽에 왕성이 들어서 있기 때문에 왕도 북쪽은 부유한 상인이나 귀족들의 저택이 많아 일반적으로 귀족가라 불렸다. 그리고 현재 마물들은 그 귀족가를 중심으로 난동을 부리고 있었다.

"대체 뭐가 어떻게 된 건지……."

중얼거리듯 말한 것은 재무경 푸카.

그 말을 듣고 손을 든 자가 있었다.

"다소 정리된 정보가 있으니 설명드리겠습니다."

발언자는 내무경 해리슨 로렌스 백작. 그 뒤에는 왕도 위병대 렉스 부대장이 서 있었다.

"마물의 발생은 왕도 북쪽의 다수 지역. 그중에서도 특히 중앙 신전 지하 묘지에서 대량으로 발생한 것으로 확인됩니다. 다만 모험자들의 협조도 있어 중앙 신전은 계속 방어가 가능하다고 합니다."

그 말을 듣고 많은 사람이 안도했음은 말할 필요도 없다. 중앙 신전은 왕도의 중심지이자 신앙의 중심지이다. 거기서 마물이 쏟아져 나오면 신전에 대한 믿음은 땅으로 곤두박질칠 것이다.

그렇게 되면 곧바로 정세 불안으로 이어진다. 종교가 사용하기에 따라선 강력한 통치의 도구가 된다는 것을 이곳에 있는 사람들은 잘 알고 있었다.

중앙 신전의 방위 소식은 이 일련의 문제 발생 이후 처음으로 들은 좋은 소식이었다.

하지만 좋은 소식은 여기까지였다.

"다만 중앙 신전의 마물은 지하 묘지와 연결된 왕국 기사단 제2 연습장을 통해 지상으로 나왔습니다. 그대로 제1 연습장, 다시 기사단 초소를 덮친 뒤 귀족가로 퍼져나가 다른 마물들과 합류한 것으로 보입니다."

"왜 왕국 기사단 초소가 습격당했는지에 대해선 알려졌는가?"

해리슨 로렌스의 설명에 의문을 제기한 것은 국왕 스태퍼드 4세.

"확실한 이유는 모릅니다. 다만 전문가들은 사람이 많은 곳을 향해 가고 있는 것이 아닐까 지적하고 있습니다. 다시 말해 생명력이 많은 곳. 이것은 아시다시피 언데드의 특징입니다. 이번 마물 중에는 스켈레톤이나 레이스 같은 언데드가 꽤 많습니다. 처음 발생한 장소가 지하 묘지라고 하니 당연하다면 당연하겠지만, 드문드문 고블린이나 오크에게서도 비슷한 경향을 보이고 있다고 합니다. 놈들이 살아 있는 인간을 습격해서 죽인 뒤 먹고 있다는 보고도 있습니다."

해리슨 로렌스가 보고하자 한동안 아무도 입을 열지 않았다.

가장 먼저 입을 열면 마물에게 들켜서 놈들이 찾아오진 않을까……. 그런 환상에 겁먹은 자도 그곳에는 있었던 것이다.

"초소의 왕국 기사단은 궤멸했다고 들었다만?"

"네, 안타깝게도."

재무경 푸카의 물음에 해리슨 로렌스가 침통한 표정으로 대답했다.

"왕국 기사단에서 살아남은 사람은 초소가 아니라 왕성 내 본부에 있던 200명 정도입니다. 현재 그자들은 왕성 방어에 임하고 있습니다."

"궁정 마법단과 제2 근위대는……."

"마법단은 어제부터 훈련에 나서서 왕도에는 없습니다. 제2 근위대는 왕태자 전하의 경호를 위해 주 왕국 대사관에."

"즉, 지금 왕성에서 싸울 수 있는 전력은……."

"왕국 기사단의 생존을 제외하면 제1 근위대뿐입니다."

턱없이 적은 전력에 어전 회의 참석자들은 할 말을 잃고 말았다.

제1 근위대는 확실히 정예가 갖춰져 있었다. 하지만 다 합친다 해도 백 명. 왕국 기사단의 생존자 200명과 합쳐도 300명의 기

사. 기사에게 딸린 종사 일부를 더한다 해도…… 턱없이 적었다.

개별 전력으로는 결코 강하지 않은 왕도 위병대 역시 왕도 곳곳으로 이동해 인근 귀족들과 협력해 싸우고 있다는 보고가 올라오고 있다.

"내무경, 어찌해야 하나?"

재무경 푸카가 물었다.

"초소에 있는 왕도 위병대를 왕성에 배치하겠습니다. 이미 왕도 곳곳에 흩어져 있어 남아 있는 것은 500명 정도입니다만……."

내무경 해리슨 로렌스는 그렇게 답했다.

뒤에 대기하던 위병대 렉스 부대장은 얼굴을 찌푸리고 있었다. 어쩔 수 없다는 것은 이해하지만…… 본래 왕도 위병대는 **왕도**라는 말이 붙은 이름 그대로 왕도의 치안을 지키기 위한 조직이다. 왕성이 아니라.

왕도민을 지키는 것이 아니라 왕성을 지킨다……. 비상시이니 어쩔 수 없다는 것을 머리로는 이해하고 있지만 렉스 안에 참기 힘든 마음이 있는 것 또한 사실이었다.

하지만 그 이상으로 큰 문제가 있었다.

그것은 왕도의 최대 전력인 왕국 기사단이 별다른 저항도 하지 못하고 궤멸했다는 점이었다.

여기 있는 사람들 중 상당수는 기사단장 바카라의 부정 축재에 관한 소문을 들었다. 그러나 그것을 규탄한 사람은 없다.

자신도 많든 적든 비슷한 일을 하고 있으니까…… 그런 자도 있다.

바카라에 의해 근무처의 상황을 훨씬 유리하게 만들었다……
그런 자도 있다.

정보와 증거를 잡아두면 언젠가 사용할 수 있을지도 모른다……
그렇게 생각한 자도 있다.

그 모든 것이 왕국 기사단을 썩게 하고 현상을 초래했다는 것
은 모두가 이해하고 있었다. 물론 소리 내어 인정하는 사람은 없
다. 여기까지 와서도 아무도 없었다.

나라의 붕괴는 바로 지척까지 다가와 있었다.

◆

국가라는 것은 항상 외압에 노출돼 있다. 외압에 계속해서 노
출되어 있다.

아무리 평화로워 보인다 해도 그 외압에 대처하는 자들이 있기
에 비로소 존속될 수 있는 것이다.

그것은 물속의 풍선, 혹은 물속을 항해하는 잠수함 같은 것이
라고 해야 할까. 대처를 게을리 하거나 실패하면 물에 의해 무자
비하게 파괴되는 것처럼, 약한 부분이 있으면 인정사정없이 공격
받는 것처럼.

이에 대처하는 것이 행정기구가 하는 일이지만…… 국가처럼
너무나 거대한 조직이 되면, 한 사람 한 사람이 그런 자각을 가지
는 것이 어려워진다. 그것을 탓하는 것은 너무 가혹한 짓이었다.

관료들이 그렇게 되고, 그들을 이끄는 대신들도 그렇게 되

면…… 나라는 망한다. 그리고 모든 국가가 그 과정에서 문제가 없을 수 없다는 것은 슬픈 역사적 사실이기도 하다.

그런 나라의 희생양이 되어가는 불행한 기사가 두 명 있었다. 잭 클러와 스코티 코북.

결코 두 사람이 평소에 농땡이를 치는 습관이 있어서, 수시로 농땡이를 치고 있었고, 이 날도 바로 돌아가지 않았기 때문에 말려들었다…… 그런 것은 아니었다.

불행한 나라의 희생자다!

"싸울 수 있는 건 우리 둘뿐이야. 자작 부인, 영애, 주방장에 집사나 메이드 등 열 명이 비전투원……."

"뭐, 그렇지. 쓸 수 있는 무기는 자작 컬렉션인 창이 스무 개 정도 있어. 문에 달라붙지 않게 간격을 두고 공격하려면 창이 좋겠지. 부인에게 사용 허가는 받아뒀다."

잭과 스코티는 서로 현 상황을 확인했다.

"지금으로서는 이 저택에 집착하고 있는 마물은 별로 없어. 그냥 도로를 따라 오른쪽으로 가고 있어."

"뭔가, 녀석들의 흥미를 끄는 게 있는 거겠지. 일단 문으로 달려드는 놈들을 창으로 쓰러뜨려 두자. 전투용 문이 아니니까…… 매달리면 오래 못 가."

거기까지만 서로 확인한 두 사람은 저택 방어에 들어갔다.

농땡이 부리지 말고 일찍 들어갈 걸 그랬다고, 아주 살짝 그렇게 생각한 두 사람. 하지만 그랬다면 이 저택 사람들은 희생되었을 것이다……. 그건 그거대로 꿈자리가 사나웠을 것이라고 생각하는 것이었다.

엘프 자치청.

이제 그곳의 정원은 주변 주민들의 피난처로 변해 있었다. 자치청의 맞은편 세 채와 양쪽 저택에 사는 사람들이 빠르게 깔린 자치청 방위선을 보고 대피해 온 것이다.

귀족가의 저택 중에는 자주방위를 하는 저택이 많았지만 시간이 지날수록 부지 내 침입을 허용하여 희생이 발생했다.

자치청 입구와 닿아 있는 도로는 왕도 중앙 신전에서 뻗은 대로 중 하나였다. 현대 일본이라면 족히 3차선, 즉 합계 6차선 정도의 폭이다. 그리고 마침 자치청 앞에 왕성으로 뻗어나가는 거리가 닿아 있었다. 그런 사정도 있어 자치청 앞쪽 거리는 꽤 넓었다.

현재 그 범위 가득하게 마물이 퍼져 있었다. 게다가 모든 방향에서 모여들고 있는 것처럼 보일 정도였다.

이것이 일반적인 귀족의 저택이었다면 5분도 채 되지 않아 부지 내로 침입했을 것이다. 하지만 자치청에 가득 찬 엘프들의 활에 의한 방위선은 비정상적일 정도로 견고했다.

료가 그 광경을 보고 있었다면 "역시 엘프하면 활이죠!"라고 말할 것만 같다. 종족 특성이라고 해야 할까, 엘프가 가장 잘 다루는 무기는 검도 창도 도끼도 아닌 활이었다.

물론 개중에는 예외적인 사례로 세라처럼 검을 다루는 데 특히 뛰어난 엘프도 있었지만, 그것은 어디까지나 희귀한 케이스. 게다가 세라는 초월적 수준의 검기를 자랑하지만 활솜씨 역시 초일

류였다. 그 솜씨는 이 방어전에서도 가감없이 발휘되었다.

세라뿐만 아니라 방어전에 참가한 엘프들의 활은 우선 과녁을 벗어나지 않았다. 급소를 관통하느냐, 급소 옆을 관통하느냐, 그 차이일 뿐이다. 빗맞혀서 헛되이 버리는 화살은 하나도 존재하지 않았다.

"세라. 주변 저택에서 대피해 올 만한 곳은 대부분 수용한 것 같다. 오지 못한 곳은 안타깝지만 포기할 수밖에 없겠어. 각자 저항할 수 있기를 기도하자꾸나."

"네, 할머님."

"지금까진 수용을 위해 길 전체를 방위했지만, 슬슬 저택 농성 방위로 전환하지 않으면…… 여러모로 유한하니 말이다."

할머님의 말은 지당했다. 화살은 말할 것도 없고 절약한다고는 하지만 각자 마법을 쓰기도 한다. 그 마력도 유한했다.

하지만 세라는 알고 있었다.

대각선 맞은편에서 두 집 너머에 있는 저택이 지금도 완강하게 저항하고 있다는 사실을. 대문으로 다가오는 적만 안에서 창으로 찌르는 방식으로 효율적으로 쓰러뜨리고 있다. 심지어 단둘이서.

하지만 그것도 근 몇 분 사이에 찌르는 정밀도가 떨어진 것처럼 보였다. 피로가 쌓인 것이다.

"할머님. 저기 대각선으로 두 집 너머에 있는 저택. 저기만은 함락을 면하고 있습니다. 창으로 저항하고 있는데 한계에 가까워진 것 같아요."

"음? 저긴…… 분명 웨스트우드 자작의 저택이었나."

◆

"안 좋아, 스코티. 역시 더는 힘을 못 쓰겠어."

"훈련을 빼먹은 게 여기 와서 드러나는구나."

잭과 스코티 2인조는 피로의 극에 달해 있었다.

지금까지는 간신히 문을 지켜왔다. 하지만 두 사람의 피로의 축적에 비례하듯 달라붙는 일이 더 많아졌다. 그것은 곧 문의 내구력이 실시간으로 깎여가고 있다는 뜻이기도 했다. 이대로 가다가는 조만간 마물의 침입을 허락해 버릴 것이다.

이미 주변 저택에는 살아 있는 자가 없다는 것을 알고 있다. 그리고 마지막 희망이었던 왕국 기사단에 의한 제압도 이루어지지 않았다. 물론 기사단이 얼마나 부패하고 힘을 잃었는지는 정작 본인들이 가장 잘 알고 있었다.

그래도 왕도 최강 전력 중 하나다. 설마 그 최강 전력이 이미 궤멸했으리라고는 아무도 상상하지 못한 것이다.

보이는 범위에서 살아 있는 인간은 백 미터 이상 떨어진 곳에 있는 일부뿐. 그곳은 엘프의 자치청이다. 하지만 그 자치청과 이 저택 사이에도 상당한 수의 마물이 있다. 두 사람뿐이라면 몰라도 비전투원 열 명을 데리고 가기엔 도착할 수 없었다.

"이제 어쩌지?"

잭이 슬슬 마지막을 각오해야 하나 생각하고 있던 그때였다.

문득 자치청 쪽을 바라보았다.

그러자 지휘관으로 보이는, 긴 플래티넘 금발 머리를 한 여성이 이쪽을 보고 있었다. 그리고 손을 들며 이리 와! 하고 손을 움직인 것이다.

결코 잘못 본 것이 아니다.

그 순간 잭의 결심이 정해졌다.

"스코티, 자치청으로 가자."

"오, 어어, 그건 좋은데…… 어떻게? 갈 수 있을까?"

"아마 괜찮을 거야. 저쪽 지휘관이 엄호해줄 거다."

잭의 제안을 스코티는 조금 이상하게 생각했지만 아무 말도 하지 않았다. 적어도 이대로 이곳에 있어봐야 함락은 불 보듯 뻔했기 때문이다. 오히려 이 타이밍에 마음을 정한 잭에게 감탄했을 정도다.

스코티가 선두, 비전투원 10명이 뒤를 잇고 마지막으로 잭. 이 대열로 자치청을 향하는 것이 결정되었다.

이제 타이밍만 남았다.

멀리 저택 정원으로 사람이 나오고 있는 것이 세라에게도 보였다.

"저쪽 준비는 끝났나."

세라가 중얼거렸다.

그리고 1반에 전했다.

"계획대로."

그것만 전하고 저택을 향해 손을 들었다. 그러자 저택에 있는 남자도 손을 들었다.

"좋아, 그럼 시작한다! 1반, 가라!"

지금까지는 일정 거리 이상 다가온 마물을 위주로 화살을 쏘았다.

하지만 세라의 호령과 동시에 화살은 자치청과 웨스트우드 자작 저택 사이에 있는 자들을 집중적으로 꿰뚫기 시작했다.

게다가 한 발에서 끝나지 않았다.

연사, 연사, 연사.

순식간에 산 자들이 전혀 없는 통로가 만들어졌다. 그것을 확인한 뒤 저택의 문이 열렸고, 자치청을 향해 달리기 시작했다.

선두의 사나이가 도착하며 뒤에서 오는 자들을 맞아들였다.

하지만 그때, 상당히 뒤처져 있던 맨 끝의 남자가 넘어졌다.

"젠장!"

잭이 욕설을 뱉었다.

계속 싸우는 바람에 다리에 힘이 풀려 있던 것이다.

넘어지기 직전 오크가 바로 지척까지 와 있다는 것은 알고 있었다. 그 상태에서 넘어진 것이다…… 이건 역시 무리다……. 낙천가인 잭조차도 그렇게 생각할 수밖에 없었다.

그 순간, 오크와 자신 사이에 은색의 빛이 흘러드는 것이 보였고…… 단칼에 오크의 목이 날아갔다.

"설 수 있겠나?"

그 플래티넘 블론드 머리의 여성이 잭 쪽을 보지 않은 채로 물었다.

"아, 으응."

"좋아, 그럼 일어나서 뛰어."

잭은 시키는 대로 일어나 자치청을 향해 달리기 시작했다.

평소 같으면 "여자를 두고 갈 수 있겠느냐"는 말을 했겠지만 이때만큼은 그런 생각 따윈 조금도 들지 않았다. 한눈에 봐도 잭 같은 것은 발밑에도 미치지 못할 정도의 막강한 검사라는 것을 알아차렸기 때문이다.

잭이 자치청 정원으로 들어서자 그 여자의 구령이 도로에 울려 퍼졌다.

"철수."

그 말에 따라 도로에 방어선을 치고 있던 엘프들이 일제히 자치청 안으로 들어왔다.

마지막으로 여자가 들어가며 곧바로 문이 닫혔다. 그 문은 한눈에 보기에도 자작 저택의 문과 비교할 수 없을 정도로 튼튼한 것이었다.

"잭…… 살았군."

스코티는 조금 눈물이 날 것 같았다. 잭이 넘어졌을 땐 자신 역시 이미 늦었다고 생각한 것이다. 그런데 무사히 구조되어 이렇게 안전한 장소에 보호되니 절로 눈물샘이 느슨해졌다.

"아아…… 우린 운이 좋았어."

잭은 그렇게 말했지만, 그 시야의 끝엔 조금 전 자신을 도와준 여성이 있었다. 그녀가 이곳 지휘관이라는 것은 눈치챘다. 동시에 무시무시한 실력을 가진 검사라는 사실도 조금 전에 목격했다.

"엘프는 모두 미남미녀라고 들었는데…… 확실히 그렇긴 하지만 저 지휘관은 그중에서도 단연코 특출나군."

스코티도 잭의 시선을 쫓더니 말했다.

"그래, 정말 그러네."

그렇게 말한 잭은 뭔가를 결심한 듯 그 여자 쪽으로 걷기 시작했다.

"이, 이봐."

"도움을 받았으니 감사하다는 말을 전하고 이름을 물어보겠어."

스코티의 물음에 잭은 걸으며 그렇게 답했다.

두 사람은 여자 앞에 서서 고개를 숙였다.

"들여보내 주셔서 감사합니다. 왕국 기사단 스코티 코북입니다."

"방금 전엔 덕분에 살았습니다, 감사합니다. 왕국 기사단 잭 클러입니다."

"아아, 아니다. 신경 쓰지 마."

스코티와 잭의 인사에 세라는 대수롭지 않게 넘기며 이동하려 했다.

"아, 저기 혹시 괜찮으시다면 성함을 알려주실 수 있겠습니까? 자치청 쪽과 협력했다면 나중에 저희도 보고서를 써야 하니……."

잭은 아주 살짝 거짓말을 보탰다.

확실히 보고서를 써야 한다는 규정은 있지만…… 최근 몇 년간 쓴 적은 없었다.

"음…… 난 사실 자치청 사람이 아니다. 우연히 여기에 왔을 뿐이지. 룬 변경백령 기사단의 검술 지도역의 세라다."

"룬의 기사단의 검술 지도를……."

잭의 말문이 막혔다.

룬하면 변경 최대의 도시이자 왕국 내에서도 왕도를 제외하면 1, 2위를 다투는 규모의 거리다.

게다가 룬의 기사단은 우수하기로 유명하다. 왕국 기사단의 수준이 낮아진 현재로선 왕국 내 최강 기사단 중 하나라고 할 수 있었다.

그곳의 검술 지도자라면 조금 전의 엄청난 수준의 검 실력도 납득이 갔다.

"어쩐지…… 그 검……."

잭은 도움을 받았을 때의 검을 떠올리며 중얼거렸다.

"일단은 편히 쉬어. 이 혼란이 언제 수습될지 모르겠거든."

그렇게 말한 세라는 할머님이 있는 쪽으로 걸어가는 것이었다.

◆

"이봐, 료. 역시 좀 피곤한데…… 슬슬 교대를……."

"아벨, 무슨 소릴 하는 거예요! 이 정도에 약한 소리를 하면 훌륭한 검사가 될 수 없다고요!"

"나, 이미 나름대로 훌륭한 검사라고 생각하는데……."

중앙 신전 지하 1층, 아직도 마물의 흐름은 이어지고 있다.

료의 〈아이스 월〉의 조정 덕분에 전면에만 집중해서 싸울 수 있는 환경 아래 섬멸전은 계속되고 있었다. 현재는 아벨과 용사 로먼 두 사람이 팀을 이뤄 칼로 베어 쓰러뜨리고 있었다.

"옆에서 싸우고 있는 로먼을 좀 본받도록 해요! 약한 소리 한번을 내지 않고 계속 베고 있잖아요. 로먼, 피로도는 어때요?"

"문제없어요! 아직 할 수 있어요."

료의 물음에 로먼이 웃는 얼굴로 답했다.

"보세요! 들었어요, 아벨? 이게 검사의 모범적인 답변이에요. 그에 비해 요즘 아벨의 모습은……."

"아니, 로먼은 용사잖아, 용사! 용사란 인류의 정점이라고. 그런 것과 비교하기엔 무리가 있지 않아?"

그런 대화를 하면서도 아벨도 로먼도 조금의 지체 없이 검을 휘두르고 있었다.

"우리 꽤 오랫동안 여기서 싸웠는데……."

"언제쯤 끝날까요?"

아벨이 투덜거렸고 용사 로먼도 쓴웃음을 지으며 동조했다.

"저는 그때 없어서 잘은 모르겠지만, 룬의 거리에서 발생한 대해소도 금년의 경우 꽤 장시간 지속되었다고 들었어요."

"맞아, 평소였다면 몇천 마리 정도 나오면 많은 편이라던데, 올해엔 삼만이 넘었으니까. 그때도 아무리 쓰러뜨려도 끝이 안 보였지……."

료가 물었고, 아벨은 룬의 대해소를 떠올리며 대답했다.

그 말을 듣고 놀란 사람은 용사 로먼이다.

"이런 게 다른 거리에서도 있었나요?"

"아, 아니…… 확실히 마물이 솟아난다는 점은 같지만, 룬의 거리 같은 경우엔 정기적으로 일어나는 현상이야. 여러모로 대처법도 확립되어 있어. 하지만 이건 리햐도 가브리엘 공도 처음 들었다고 하니까…… 룬의 대해소와는 비교할 수가 없겠네."

로먼의 물음에 아벨이 자세히 대답했다. 물론 둘 다 싸우면서.

아벨은 불평을 말하면서도 베는 손은 조금도 멈추지 않았다. 옆에서 함께 베고 있는 용사 로먼도 감탄했다.

"아벨 씨, 굉장하시네요……. 역시 B급 모험자……."

"후후, 그래, 그렇지?"

"로먼, 아벨은 금방 우쭐거리니까 너무 칭찬하지 마세요. 알죠? '먹이를 주지 마시오!'라는 간판이랑 똑같아요."

"야생 동물이랑 같은 취급하지 마!"

료의 말에 발끈하는 아벨.

"일단 인류의 정점인 용사와 비교해도 손색없을 만한 결과를 내고 있잖아."

아벨은 베는 손은 멈추지 않은 채로 말했다.

하지만 아벨의 그 말을 듣고 용사 로먼의 표정에 약간 그늘이 졌다.

"인류의 정점……."

"보세요, 로먼이 '아벨이랑 비슷한 수준이라는 건가!' 하고 충격을 먹었잖아요."

"왜 그렇게 되는데!"

료의 시답잖은 말에 반론하는 아벨.

"아아, 아뇨. 물론 다르죠. 확실히 용사로 태어난 덕분에 체력 같은 잠재력이 상당히 높긴 하겠지만, 저보다 강한 사람들은 아직 많으니까요……. 정점이라고 할 순 없습니다."

쓴웃음을 지으며 말한다.

"뭐야~? 심하게 지기라도 한 거야?"

"네, 뭐, 그렇죠……."

"아직 젊으니까 그런 건 신경 쓰지 마. 앞으로 더 강해질 테니까."

"네…… 알고는 있지만…… 마법사에겐 검이 전혀 먹히지 않는다는 걸 아플 정도로 경험해 버려서……."

"아아, 그건 나도 아플 정도로 경험하고 있어."

아벨은 그렇게 말하며 료 쪽을 바라보았다.

그 사이 잠시나마 검이 멈췄다.

"이거 보세요, 아벨, 손이 멈췄어요. 입을 움직이는 것 이상으로 손을 움직이라고요."

가차없이 료의 지적이 날아왔다.

"저기서 지시를 내리는 자칭 마법사에게 아마 내 검은 전혀 먹히지 않을 테니까."

아벨은 그렇게 말하고 다시 정면의 적을 베기 시작했다.

"그렇군요."

용사 로먼이 료를 힐끔 보며 말했다.

"저기, 아까 마법사에게 검이 통용되지 않았다는 이야기 말야, 혹시 폭염의 마법사를 말하는 건가?"

아벨은 착실하게 손을 움직이며 용사 로먼에게 물었다.

"네, 그것도 있습니다. 확실히 오스카 씨에게는 전혀 먹히지 않았어요. 첫 모의전 때 〈마법 장벽〉과 〈물리 장벽〉을 동시에 전개하셨는데, 그게 어찌나 단단한지 이 성검 아스타르트로도 부서지지 않았거든요."

"역시 성격 고약한 화속성 마법사네요. 그놈이 벌일 만한 짓이에요!"

로먼의 설명에 료가 고개를 끄덕이며 소감을 밝혔다.

"료라면 어떻게 할 건데?"

"뭘 당연한 걸 묻나요. 〈아이스 월〉로 로먼을 둘러싸면 그만이죠. 〈마법 장벽〉이라든가 〈물리 장벽〉 같은, 그런 수상한 것엔 의지하지 않아요."

"응, 틀림없이 둘 다 똑같아. 아니 오히려 공격조차 할 수 없는 얼음벽이 더 잔인한 것 같군!"

"말도 안 돼!"

눈을 부릅뜬 료가 "그런 심한 말을!"이라는 표정으로 말했다.

그리고 로먼은 박장대소.

"뭐, 오스카 씨는 그나마 나아요. 오히려 쇼크였던 건 다른 상대였는데……."

"용사에게 쇼크를 줄 만한 상대라니, 대체 어떤 무시무시한 괴물이야?"

용사 로먼의 말에 아벨이 흥미를 보이며 말했다.

"아마 그 상대는 인간이 아닐 거예요. 보기에는 아름다운 여성이고 말도 하지만, 뿔이 나 있고 가느다란 꼬리도 있었으니까요."

"아…… 뿔이 있고 꼬리도 있으면 확실히 그건 인간이 아니네. 하지만 말을 한다니, 그런 외모를 가진 종족은 들어본 적이 없는데……. 종족이라든가 이름 같은 건 말 안 했어?"

"떠나기 전에 이름을 말했어요. '내 이름은 레오놀이다'라고."

로먼의 그 한마디에 격렬한 반응을 보인 것은 료였다.

"로먼…… 지금 레오놀이라고 했나요?"

료의 눈에 띄는 반응에 로먼은 처음엔 놀랐지만, 한 가지 가능성에 이르렀다.

"네, 말했어요. 료 씨, 혹시 레오놀과 싸운 적이 있나요?"

로먼은 레오놀이 했던 말을 기억하고 있었던 것이다.

자신보다 만 배나 강한 사람이 있다고. 그리고 그것이 지금 눈앞에 있는 이 수속성 마법사라는 사실에 도달한 것이다.

로먼은 용사다. 아직 경험이 많지 않아 대인전에서 고배를 마시기도 하지만 그 잠재력은 인간의 정점이라고 해도 과언이 아니다.

그 말은 직감이나 통찰력 같은 것도 일반적인 사람보다 훨씬 뛰어나다는 뜻이었다. 그렇지만 그런 직감이나 통찰력도 지금까지의 경험이나 무의식 중의 정보를 바탕으로 분석된 결과였기 때문에 아직 성장의 여지가 있는 것도 사실이지만.

"레, 레오놀이라니 모르는 사람이네요……."

훌륭할 정도로 수상한 움직임을 보이는 료의 모습에 아벨이 어이없다는 눈빛으로 말했다.

"료, 그런 걸 쓸데없는 저항이라고 하지."

"윽……."

료는 반박할 수 없었다.

"솔직히 별로 기억하고 싶지 않은 상대예요."

어쩔 수 없이 싸웠다는 것을 인정하는 료.

"레오놀은 저보다 만 배 강한 인간이 있다, 그것을 넘어설 정도가 되라고 말했습니다. 그건 아마 료 씨를 말하는 거였겠죠."

그렇게 말하는 동안에도 용사 로먼의 손은 쉴 새 없이 베고 쓰러뜨리고 있었다.

"높은 평가를 받고 있네, 료."

아벨 쪽은 히죽히죽대고 있다……. 하지만 손은 쉬지 않는다.

"평가 같은 건 아무래도 좋아요. 그거랑 다시 싸우는 건 절대로 사양이에요. 그런 것보다 로먼은 왜 그런 거랑 만난 거죠?"

료는 아까부터 의문이 들었던 것을 물었다. 료 자신은 봉랑에 사로잡혀 버렸기 때문에 싸우는 처지가 되었다지만, 로먼은……?

"사실 서방 국가에는 마왕을 부르는 의식이 있습니다. 그 의식을 통해 마왕을 불러내어 쓰러뜨릴 예정이었는데, 거기에 레오놀이 나타났죠."

"그것참……."

아벨이 떨떠름한 목소리로 말했다.

"레오놀의 목적은 의식에서 사용하던 도구였습니다."

"용사의 역할이 마왕을 쓰러뜨리는 것이라고는 하지만, 여러모로 고생이 많은 것 같네."

로먼의 설명에 아벨이 동정 섞인 말을 건넸다.

"레오놀을 모르는 아벨한텐 미리 말해 두겠는데, 만나도 건드리면 안 돼요.『붉은 검』네 명이 다 모여도 순식간에 질 테니까요."

"……알았어. 그런데 그쪽에서 공격해 오면 어떻게 해?"

"아마 이쪽에서 공격하지 않는 한 무시할 것 같은데, 로먼은 어떻게 생각하세요?"

료는 잠시 고개를 갸우뚱하더니 로먼에게 이야기를 돌렸다.

료의 감각으로 보면 레오놀은 인간 따위는 조금도 개의치 않는 듯한…… 그런 존재처럼 느껴졌다. 인간이 근처에 떨어져 있는 돌멩이에 별다른 감정을 품지 않는 것과 같을 것이라고.

"동감입니다. 저희 같은 경우는 레오놀이 마왕인 줄 알고 먼저 손을 쓴 것이라……."

"아아……."

료와 아벨의 입에서 이구동성으로 목소리가 새어 나왔다.

"뭐…… 로먼도 죽지 않아서 다행이네요."

료는 그렇게 말하며 대화를 마무리했다.

◆

"꽤 압력이 줄어드는 것 같네요."

잠시 후 료가 다가오는 마물의 수가 줄어드는 것을 보며 말했다.

"확실히."

"이제 슬슬 끝나가는 건가."

로먼과 아벨도 그 의견에 동의했다.

"아벨, 이럴 때일수록 정신을 바짝 차려야 해요."

"아, 응. 근데 왜 나만?"

"로먼은 딱 보기에도 방심하지 않을 것 같잖아요. 하지만 아벨은……."

"나도 방심은 안 하는데?"

"하지만 아벨은 아벨이니까 한마디 해 두는 편이 좋을 거라 생각했어요."

"응, 뭔지는 모르겠지만 불합리한 말을 듣고 있다는 건 알겠어."

그런 대화를 나누다 보니 마침내 아무도 지하 2층에서 올라오지 않았다.

"안 오네요."

"아벨, 혼자 들어가 볼래요?"

"어째서!"

로먼이 상황을 파악했고, 료가 정보의 정확도를 높일 만한 방법을 제안했고. 아벨이 그것을 곧바로 거부했다.

"룬의 대해소 때는 마지막에 거물급이 있었죠?"

"아아, 제너럴 3마리에 킹이 한 마리."

"하지만 이번에는 없네요……."

"뭐, 대해소랑 비슷하면서도 다른 뭔가가 아닐까?"

료의 의문에 아벨이 답했다.

"그렇기를 기도해야죠. 그럼 셋이서 조금씩 전진해 볼까요?〈아이스 월 해제〉."

료가 외우자 모든 〈아이스 월〉이 해제되었다.

"잠깐만!"

걸어가려던 두 사람을 아벨이 제지했다.

"물 좀 마시면서 좀 쉬지 않을래? 5분 정도 쉬면 정말 아무것도 안 나오는지 확인할 수도 있잖아."

"그러게요!"

"아벨, 말 잘했네요!"

"……료한테 엄청 오랜만에 칭찬받은 기분이야."

5분간 휴식 후 세 사람을 선두로 일행은 아래로 내려가 마물이 전혀 없는 것을 확인했다. 그리고 최하층인 지하 5층에서 검게 변한 주먹만한 수정 구슬 같은 것을 발견했다.

"이건…… 룬의 던전 때…….."

"아아, 그거랑 똑같이 생겼네."

료가 옆의 아벨에게 말하자 아벨도 같은 감상을 품고 있었는지 곧바로 대답한다.

"가브리엘 공은 이게 뭔지 아세요?"

아벨은 뒤의 대신관인 가브리엘을 불러 그 검게 변한 수정 구슬을 가리켰다.

"아뇨……. 적어도 신전에서는 본 적이 없습니다. 전승에서도 들어본 적은 없군요."

"그런가요?"

아마도 누군가가 들여온 물건이고, 이것이 이번 유사 대해소를 초래한 원인일 것이라는 데엔 아벨과 료의 의견이 일치했다.

또한 지하 3층의 오래된 수도원으로 이어지는 통로가 뚫려 있어, 마물이 그 통로를 통해 현재는 왕국 기사단 제2 연습장으로

갔다고 짐작할 수 있었다.

거기까지 확인한 후 일행은 일단 지상으로 나가기로 했다.

그때였다.

퍼억.

"〈아이스 월 5층 패키지〉."

퍼억. 퍽. 쿠웅……

첫 번째 굉음이 들린 순간 료가 순식간에 전원을 얼음벽으로 감쌌다.

이내 두 번, 세 번 다시 굉음이 울렸다. 모두가 소리뿐만 아니라 땅이 흔들리는 것을 느꼈다.

"지진인가? 왕도에서는 드문 일인데."

"아뇨, 지진이 아니에요. 뭐랄까, 뭔가 거대한 게 떨어진 느낌?"

아벨이 떠오른 것을 말했고, 보통 사람보다 감각이 날카로운 용사 로먼이 그것을 부정했다.

20초 정도 만에 소리와 흔들림은 없어졌다.

"〈아이스 월 해제〉."

일단 겉보기에 이 지하 1층에서는 붕괴 같은 피해는 없었다. 료는 그것을 확인하고는 〈아이스 월〉을 해제했다.

그리고 아벨을 보았다.

아벨도 료를 보았다.

두 사람은 아무 말도 나누지 않고 고개를 끄덕이더니 지상으로 향하는 계단을 향해 달리기 시작했다. 그것을 뒤쫓는 로먼.

그들의 파티는 세 사람처럼 뛰지 않고 걸어서 계단으로 향했다. 상당히 피곤했기 때문이다. 세 사람처럼 무궁무진한 스태미나는 갖고 있지 않았다…….

료, 아벨, 로먼 순으로 지상에 나와 다시 그대로 중앙 신전 북문 밖으로 달렸다.

중앙 신전 북문 광장에서부터 왕도에서 가장 넓은 거리가 북쪽을 향해 일직선으로 뻗어 있었다. 그 거리의 가장 끝은 왕성. 드넓은 거리였기 때문에 중앙 신전 북문에서는 거대한 왕성의 전경이 대부분 보였다.

그곳에 보이는 광경은…….

"섬이 박혀 있어요."

료가 중얼거렸다.

제3자가 들으면 뜻을 전혀 알 수 없는 말. 하지만 아벨도 로먼도 말없이 고개를 끄덕였다. 그 광경을 보고 있는 사람은 납득할 수 있는 말이었다. 그것 말고는 달리 표현할 방법이 없다고도 생각했다.

왕성의 **중심**에, 45도 각도로 '섬'이 박혀 있었다.

그 '섬'은 왕성을 훨씬 넘어선 크기. 왜 그런 것이 박혀 있는 것인가.

"하늘에서 떨어졌어……."

"설마 부유대륙 같은 것의 일부인가?"

"그 전설, 들은 적 있어요. 부유대륙 본체 말고도 작은 섬들이 하늘에 떠 있다는 말."

료가 중얼거렸고, 아벨이 추론을 말했고, 로먼이 서방 제국에서 들은 전설을 꺼냈다.

적어도 이상한 일이 일어났다는 것만은 확실했다.

떨어진 섬

"잠깐! 뭐야! 왜 제어가 안 되는 거야!"

조종실에 울려 퍼지는 여자의 외침.

"이상값이 검출돼서 부유기관이 정지했기 때문이다."

억양이 느껴지지 않는 남자의 목소리.

둘 다 겉모습은 평범한 인간이다. 머리 색깔은 둘 다 보라색이지만. 눈은 파랗다……. 그리고 지금은 빛나지 않는다.

만약 이 자리에 료와 아벨이 있었다면 놀랄지도 모른다. "그 사람들이다"라든가, "보자마자 덮쳤던 놈"이라든가…… 혹은 "이것이 부유대륙의 브릿지"라며 감동할지도 모를 일이다.

하지만 현 상황, 감동과는 거리가 먼 상황이 조종실에 있는 두 사람을 덮치고 있었다.

"율리우스가 굳이 말 안 해도 이상값이라는 건 알아! 그런데 왜 이런 곳에서 이상값이 검출되냐고! 여긴 나이트레이 왕국의 왕도인데? 애쉬튼이 수도로 선택한 곳인데? 그런 곳에서 이상값 같은 게 나올 리가 없잖아!"

"리위아, 현실이 이상값을 나타내고 있어."

콘솔을 두드리며 필사적으로 상황을 개선시켜 보려는 여성 리위아.

냉정하게 사실을 지적하긴 하지만 특별히 아무것도 하지 않는 남성 율리우스.

어쨌든 현실은 참혹했다. 두 사람이 조종하고 있는 것은 길이 200미터급 부유섬형 소규모 수송정. 이들이 속한 조직에서는 **소규모** 수송정이지만 그럼에도 총 길이는 200미터.

겉보기에는 섬으로 보인다. 사실 섬 내부를 도려내고 부유기관을 실어 배처럼 만들어 하늘로 날린 것이 이 부유섬형 수송정이다.

하늘을 날던 길이 200미터의 섬이 부력을 잃으면…… 당연히 그것은 떨어진다. 어쩔 수 없는 일이다.

"날개도 고정된 채 안 움직여!"

"선회하기 시작했군."

분노를 터뜨리는 리위아와 담담하게 사실을 알리는 율리우스. 그리고 오른쪽으로 선회하면서 떨어지는 섬…….

"충격에 대비해!"

"대비했다."

그리고…… 섬은 떨어졌다.

주위에 굉음을 울리며 떨어진 섬…… 하지만 조종석에는 그 소리가 들리지 않았다. 그 대신 요란하게 울리는 경보음.

리위아가 콘솔을 두드려 경보음을 껐다. 다시 콘솔을 두드려 정보를 수집한다.

"이 섬, 괜찮은 건가?"

"이 정도로 외각이 손상되는 일은 없을 거야…… 아니, 맙소사! 전방 승강구가 망가졌어!"

"외부에서 침입할 수 있겠군."

율리우스는 냉정하게 말하더니 좌석에서 일어났다. 그리고 물었다.

"다시 날 수 있게 되기까지 걸리는 시간은?"

"어디 보자……. 회로 차단과 바이패스 재연결, 그리고 여러 수리까지 포함하면 2시간?"

율리우스의 물음에 냉정해진 리위아가 답했다.

"알았어. 그동안 아무도 접근하지 못하게 한다."

"그래, 부탁할게. 응? 잠깐만……."

리위아는 그렇게 말하더니 망원경 같은 장치와 연동된 화면을 보았다. 그리고 다시 외쳤다.

"저거 오거잖아! 오크도 있고! 어? 여기 왕도 아냐? 나이트레이 왕국이 망했다는 얘기는 못 들었는데. 왜 저런 놈들이 왕도 안에 있는 거야?"

"지난번에 룬의 거리나 윙스톤을 조사했었잖아. 왕국은 있다."

"아니, 그렇긴 한데 왕도 한복판, 그보다 우리 왕성으로 떨어진 것 같은데…… 아니, 뭐 상관없나. 아무튼 그런 왕성에 오거가 있다니 평범한 일은 아니잖아?"

거기까지 말한 리위아가 잠시 생각에 잠겼다. 율리우스는 말없이 기다렸다.

"응, 어쩔 수 없지. 율리우스, 네 제한『1단계』해제를 허용할게. 뒤에서 해제해. 그리고 한 명 보좌로…… 그래, 드루수스를 냉동 수면에서 깨워서 둘이서 배를 지켜줘."

리위아는 거기까지 말하고는 한번 말을 끊고 다시 입을 열었다.

"다가오는 것은 모두 배제를 허락합니다. 오거건 사람이건."

목소리 자체도 바뀌었다. 상위자로서의 명령이었다.

"알겠습니다."

율리우스도 왼쪽 가슴에 오른쪽 주먹을 얹고 정식 예를 취하며 명령을 받아들였다.

◆

"역시 저건 부유대륙과 관련된 무언가겠죠."

"아마도 그렇겠지."

료의 중얼거림에 아벨이 답했다.

"무서운 사람들이 타고 있을까요?"

"그럴 가능성도 있겠지."

료의 상상에 아벨도 동의했다.

"이렇게 된 건 아벨의 책임이네요."

"응, 그건 아니지."

료의 말을 아벨이 부정했다.

"자신의 잘못을 인정한다는 건 그 사람의 그릇이 크다는 뜻이에요. 아벨, 포기하고 자신의 잘못을 받아들이는 게 좋을 것 같은데요."

"응, 료가 무슨 말을 하는지 전혀 모르겠어."

료의 말을 아벨은 이번에도 역시 부정했다.

두 사람은 가벼운 농담을 주고받으며 중앙 신전에서 왕성으로 향하고 있었다. 빠른 걸음으로 근처의 마물을 쓰러뜨리면서. 단 둘이서.

이렇게 된 것은 "나랑 료 둘이서 왕성에 다녀올게"라는 아벨의 한마디가 발단이었다.

◆

료, 아벨 그리고 로먼이 맨 먼저 지상으로 나와 섬이 왕성 앞에 박혀 있는 광경을 보았다. 그 사이 그들의 파티도 지상으로 나와 같은 광경을 보고 똑같이 굳어졌다.

그러던 중 아벨이 말한 것이다.

"나랑 료 둘이서 왕성에 다녀올게. 리햐랑 너희는 이 중앙 신전 을 지키고 있어줘."

중앙 신전 지상에서도 다가오는 마물의 격퇴가 이루어지고 있 었다. 그렇다고는 해도 지하와는 비교할 수 없을 정도로 얇은 밀 도. 마물들 대부분은 더욱 북쪽을 향해 걷고 있었기 때문이다.

아벨의 말에 리햐, 린 그리고 워렌이 말없이 고개를 끄덕였다. 세 사람 모두 아벨이 왜 왕성에 가려고 하는지 알고 있었다.

아벨은 용사 로먼을 향해 다시 말을 이었다.

"미안하지만 로먼과 너희들도 여기서 도망치는 백성들을 지켜 주지 않겠어?"

"알겠습니다. 맡겨주세요."

아벨의 부탁에 두말없이 고개를 끄덕이는 로먼. 역시 용사…….

그 본바탕도 용사라는 자에 걸맞았다.

하지만 여기 있는 사람 중 딱 한 명, 납득할 수 없다는 표정을 한 수속성 마법사가 있다. 어느 틈엔가 딱 봐도 위험하고 귀찮고 힘들어 보이는 왕성으로 향하는 처지가 된 마법사가.

"아벨, 저는 왜 왕성에 가기로 결정된 거죠?"

"내 아버지와 형이 왕성에 있어. 걱정되니까 보러 가고 싶은데 그걸 료가 도와줬으면 좋겠어."

아벨은 숨기지 않고 정직하게 그렇게 말했다. 거기서 아버지와 형이 어떤 신분인지는 굳이 언급하지는 않았지만.

"그, 그건…… 왕성 근무는 힘들고, 이 상황도 힘들 테니 확실히 도와야 한다고는 생각하지만…… 그래도…….'

"도와주면 길드 식당의 일일 정식을 사줄게."

"어쩔 수 없죠. 아버지와 형을 구하러 가는 건 당연한 일이잖아요! 물론 저도 처음부터 아벨을 도울 생각뿐이었어요. 정말이에요!"

"어, 으응…….'

일일 정식 하나로 부탁을 받아들인 료.

그리고 지금에 이르렀다.

중앙 신전에서 왕성까지 뻗은 거리는 매우 넓다. 그런 와중에 마물들은 북쪽을 향해 걷고 있었고, 그것을 앞질러가며 료와 아벨도 왕성을 향했다.

아벨은 두 사람 근처에 있는 고블린나 오크를, 료는 떨어진 곳에 있는 오거나 스켈레톤을 쓰러뜨리면서.

거의 단칼에 쓰러뜨리는 아벨. 목을 베고 가슴을 꿰뚫어 마석을 부순다.

겉보기에 아무것도 안 하고 있는 것처럼 보이는 료. 하지만 곳곳에 있는 괴물들의 가슴이 얼음 창에 뚫려 절명했다.

그런 료를 곁눈질하며 아벨이 말했다.

"마법사라는 건 편리하네……."

"이, 일단 일하고 있는데요?"

아벨의 말을 편하게 일한다는 말로 받아들인 료. 물론 그것은 완전히 료의 피해망상이지만…… 제대로 일하고 있다는 것을 어필했다.

"열심히 하고 있다는 느낌을 내는 것만이 일이 아니에요. 결과를 내는 것이 일이죠. 그 과정에서 성공적으로 에너지를 절약하는 건 본인 노력의 성과이니 상사도 그 부분을 제대로 인정해 줘야 한다고 생각해요!"

"아니, 료가 일을 안 한다고 생각한 적 없어."

료의 어필에 아벨이 쓴웃음을 지으며 말했다. 정말로 아벨은 그런 생각은 조금도 안했다. 오히려 효율적으로 쓰러뜨려 가는 료의 실력에 감탄했을 정도다.

"그, 그래요? 아벨이 못난 상사가 아니라서 다행이네요."

아벨의 말에서 진심으로 감탄했다는 것을 느낀 료는 안도했다.

료가 중앙 신전을 나온 뒤로 줄곧 시야에 들어오는 박힌 섬을 보며 말했다.

"저런 엄청난 게 떨어졌는데 구경꾼이라곤 전혀 없네요."

"그야…… 봐, 거리에 이런 것들이 걷고 있으니까."

료가 감상을 말했고, 아벨은 따라오는 오크의 목을 날리며 말했다.

"마도 크리스털 팰리스……."

"반박할 수 없다는 게 왠지 분하네……."

료의 중얼거림을 인정하는 아벨. 지금은 룬이 활동 거점이라지만 어릴 때부터 자란 왕도가 마물로 넘쳐나는 광경은 역시 유쾌하지 않았다.

"왕성은 꽤 머네요."

"왕도 자체가 크니까. 중앙 신전에서라면 2킬로 정도려나?"

료의 감상에 아벨이 고개를 끄덕이며 답했다.

왕성도 거대하고, 박힌 섬은 그보다 더 거대해서 중앙 신전에서도 뚜렷이 보였지만, 실은 꽤 거리가 떨어져 있는 듯했다.

"이 사람…… 이 아닌 사람들, 전부 다 북쪽으로 향하고 있어서 나아갈수록 밀도가 높아져요."

"아아, 여러모로 귀찮게 됐어."

"아벨 아버님과 형님은 왕성에서 어떤 일을 하고 있나요?"

"어…… 아, 아니, 왜 그런걸?"

료가 묻자 아벨이 조금 당황하며 답했다.

"아뇨, 보다시피…… 오거 같은 것도 꽤 많으니까 기사단이나 근위대라면 고생하지 않을까 싶어서요."

"아, 아아, 그거라면 괜찮아. 둘 다 방 안에서 하는 일이니까……."

"내근인가요? 그거 다행이네요."

아벨이 등에 땀을 흘리며 답했고, 료는 다행이라며 연신 고개를 끄덕였다. 아벨이 순간 료를 보았다. 그 눈빛은 차라리 모든 것을 털어놓을까, 하는 빛을 띠고 있었다. 료라면 모든 것을 털어놔도 괜찮지 않을까…… 라고.

하지만 다음 순간 오크가 덮쳐왔고, 대처하는 와중에 그런 생각은 사라지고 말았다.

그 무렵 왕성은 두 사람이 생각하는 것 이상으로 혼란에 빠져 있었다.

◆

"왜, 왜 성 지하에서 고블린이……."

"오크도 있다!"

"잠깐, 잠깐잠깐! 스켈레톤?!"

"아, 아아…… 오거!"

왕성의 **중심**에 박힌 섬 끝은 왕성 지하의 중보관실까지 닿아 있었다.

그곳에 보관되어 있던 '안에서 연기가 움직이고 있는 검은 공'이 부서지며 거기서 마물들이 쏟아져 나온 것인데…… 그 진실을 알아차린 자는 이 시점에서 당연히 없었다.

검은 공의 감정을 의뢰한 제2 근위대는 왕태자의 호위로 주 왕

국 대사관에 있었고, 감정을 의뢰받은 궁정 마법단의 고문 아서
는 왕도 밖에서 훈련 중이었다. 대부분의 사람들이 이 공의 존재
자체를 모르니 어쩔 수 없는 일이었다.

하지만 존재를 모른다 해도 거기서 쏟아져 나온 것들은 싫어도
보였다. 왕성 안과 밖으로 흘러넘쳤고…… 한술 더 떠 왕도에 나
타난 마물들도 왕성으로 향하기 시작했다. 마치 하늘에서 떨어진
것에 이끌리듯이.

이때 마물들의 움직임을 모두 꿰뚫어 볼 수 있는 존재가 있었
다면 깨달았을지도 모른다. 왕도에 나타난 마물들이 향하는 곳은
두 곳으로 집약되어 있었다는 사실을.

한 곳은 왕도 북서쪽. 다른 한 곳은 왕도 북쪽인 이 왕성.

하지만 왕성이 안고 있는 문제는 마물들뿐만이 아니었다. 그랬
다. 떨어진 섬에 대한 대처도 문제였다.

"부대장님, 정말 저희는 포위만 하고 있으면 되는 겁니까?"

"어쩔 수 없다. 섬 돌입은 제1 근위대만으로 실시한다고 한 이
상……."

왕도 위병대 부대장 렉스는 부하들의 질문에 고개를 작게 흔들
며 그렇게 답했다.

제1 근위대는 국왕 바로 근처에서 국왕을 지키는 것이 역할이
다. 어떻게 보면 가장 국왕과 가까이 있다는 점에서 다른 부대에
비해 놀라울 정도로 특권 의식이 높았다. 당연하지만 대원 모두
귀족이거나 귀족 가문의 후계자였다.

물론 그렇다고 검 실력이 없는 것은 아니다. 그런 자는 근위가 될 수 없다. 하지만 다른 부대를 한 단계 아래로 보는 것은 연대장 이하 대원 모두가 똑같았다.

그런 점에서 이름은 비슷하지만 왕태자가 키워 온 전력이라 할 수 있는 제2 근위대는 전혀 달랐다. 대원은 확실히 귀족 집안 사람이 많았지만 차남 이하가 많았다. 심지어 평민마저 있었다. 모든 것은 왕태자의 뜻에 의한 것이었다.

'힘있는 자'. 오직 그것만이 기준. 하지만 반드시 왕태자에 의한 면접을 거쳐야 했고 근성이 썩은 자는 거기서 탈락한다는 소문이 나 있었다.

어쨌든 제1 근위대가 섬에 돌입한다. 왕도 위병대는 그 주위를 둘러싸고 무슨 일이 있을 경우 대비한다⋯⋯. 그것이 2대의 역할이었다.

대부분이 왕성 최후의 전력임에도 불구하고.

그랬다. 왕성 최후의 전력이다⋯⋯. 그리고 본래 대처해야 할 것은 떨어진 섬이 아니다. 그보다 더 중요한 문제가 있다. 현재 왕성을 둘러싼 깊은 해자와 높은 왕성 성벽으로 인해 왕도에 넘쳐나는 마물들은 왕성 앞에서 꼼짝도 못 하고 있었다.

왕성 정면에 있는 개폐식 다리를 올려 성문을 닫으면 왕성은 그리 쉽게 무너지지 않는다. 그렇기에 제1 근위대도 공을 세울 수 있을 것 같은 섬에 오르려 하고 있는 것이다.

하지만⋯⋯.

"크, 큰일났습니다! 지하에서 놈들이!"

그 보고에 가장 먼저 반응한 것은 렉스다.

이제 와서 놈들이 누구냐는 질문은 하지 않았다.

왜 왕성 지하에 나타난 것이냐는 질문도 하지 않았다.

이미 나타났다. 대처할 수밖에 없다.

"왕도 위병대는 모두 따라와라! 폐하를 지킨다!"

렉스는 그렇게 외치고는 가장 먼저 문으로 달려나갔다. 곧이어 뒤따라가는 위병대. 이미 그들의 머릿속에는 떨어진 섬 따위 없었다.

섬 앞에는 제1 근위대만이 남겨졌다…….

왕성으로 돌아온 왕도 위병대.

이들은 마물들이 이미 지하를 나와 1층으로 확산되고 있는 모습을 확인했다.

"3중대는 중앙대 계단 사수. 4중대는 동쪽, 5중대는 서쪽 계단을 지켜라. 절대 놈들을 2층으로 올려 보내지 마라."

"예!"

"1과 2중대는 나를 따라와라. 폐하의 집무실 앞과 북소계단을 지킨다."

"알겠습니다!"

렉스 부대장이 지시를 내리고 위병대가 각자 담당한 곳으로 달려갔다.

국왕의 집무실은 2층 북쪽. 근처에는 북소계단이라 불리는 계단이 있다. 동, 서, 중앙의 대계단과는 달리 국왕 집무실에 결재 서류를 출입할 때 관리들이 자주 이용하는 계단. 꽤 알기 어려운 곳에 있어 왕성 근무라 해도 귀족이나 각료 중에는 그 존재조차 모르는 사람도 있다.

하지만 누구도 아닌 렉스다. 지금은 룬의 거리에서 검사를 하고 있는 모 차남의 오랜 친구였기에 왕성 내 이런 일반적이지 않은 장소도 잘 알고 있었다.

국왕 집무실 앞에는 근위병 두 명이 서 있었다. 제1 근위대도 그나마 국왕 집무실 앞의 위병은 제대로 배치해둔 듯했다.

하지만…… 다가오는 렉스 일행에게 들려온 말은.

"하아, 우리도 섬 탐색 쪽이 더 좋았는데."

"안에 보물도 많이 있을 거고."

그런 한심한 말.

"국왕 집무실 앞에 선 위병조차 이 꼴이라니."

렉스의 그런 중얼거림은 두 사람에게는 물론 들리지 않았지만, 렉스 뒤를 따라오고 있던 부하들에게는 들렸다. 부하들도 인상을 찌푸리며 고개를 작게 흔들었다.

썩어빠진 왕도에 주둔하는 전력 중 가장 성실한 자가 많은 것은 왕도 위병대인지도 모른다…….

"왕도 위병대 부대장 렉스입니다. 왕성 지하에서 마물들이 출현했다고 합니다. 그래서 지금부터 왕도 위병대도 왕성 지키기에 협력할 예정입니다."

"엥?"

"무슨 소릴 하는 거야?"

렉스의 말에 의아한 표정을 지으며 되묻는 두 근위병. 주의 깊게 귀를 기울이면 희미하지만 싸우는 소리나 비명소리 같은 것이 들렸다. 하지만 이 두 사람은 그것을 인식하지 못한 듯했다.

"귀를 기울이면 들릴 겁니다. 이미 이 왕성 내가 전쟁터입니다!"

렉스의 말을 뒤늦게 이해하고는 얼굴이 새파랗게 질리는 두 사람. 왕성 밖의 왕도에 마물이 나타났다는 보고는 받았지만, 설마 왕성 내에도 그런 자들이 나타났고 더구나 자신들도 그 일부의 대처를 맡게 되리라고는 상상하지 못했을 것이다. 상당히 당황한 모습이다.

"이미 1층에는 마물이 나왔습니다. 세 개의 큰 계단은 왕도 위병대를 나눠서 이 2층으로 올려 보내지 않도록 사수하고 있습니다. 나머지는 그 뒤에 있는 북소계단을 지킬 예정입니다. 폐하의 집무실과 소계단을 지킬 겁니다. 괜찮으시겠죠?"

"예, 예에……."

묻고는 있지만 부정 따위 용납하지 않겠다는 투의 렉스. 두 근위병도 무심코 고개를 끄덕였다.

퍼억.

안쪽 소계단에서 소리가 들려왔다.

"벌써 온 건가! 1중대는 여기서 폐하를 지켜라. 2중대는 나를 따라와!"

렉스는 말이 끝나기가 무섭게 달리기 시작했다. 이를 쫓는 20명의 왕도 위병대 2중대. 지시에 따라 집무실 앞에 선 1중대.

그리고 창백한 얼굴이지만 자신들의 역할을 떠올리며 결의를 다지기 시작한 두 근위병. 그들도 뿌리마저 썩은 것은 아니었다. 잠시 규율이 느슨했을 뿐이다. 원래대로 돌아갈 수 있을지 어떨지는 그들에게 달려 있었다…….

북소계단. **소계단**이라고는 해도 왕성에 있는 계단의 규모치고는 작은 편일 뿐이지 계단의 폭이 5미터는 된다. 거기서 마물이 올라오고 있었다.

선두는 오크. 그 오크의 목을 단 한 번의 대치도 없이 단칼에 쳐내는 렉스. 계단을 내려가면서 연달아 단칼에 목을 베어버렸다.

부대장의 실력이 뛰어나다는 말을 들었던 부하들조차도 그 움직임에 넋을 잃었다. 마치 채찍이나 휘어지는 검이라도 되는 것처럼 팔 사이로 검을 집어넣어 목을 베어내는 것이다.

그 무시무시함은 본직이라고 할 수 있는 기사들보다 훨씬 날카로웠다.

왕도 위병대는 왕도의 치안을 지키는 기관이기에 사람을 죽이는 일은 거의 없다. 취객이나 날뛰는 모험자를 제압하는 일은 있고, 그때 상대방을 다치게 할 수도 있지만 처음부터 목숨을 빼앗을 목적으로 칼을 휘두르지는 않는다.

있다고 해도 기껏해야 강도단의 본거지를 습격하거나 타국의 간첩이 모이는 저택의 습격 정도. 하지만 엄밀하게 말하면 그것들조차 상대를 죽이는 것이 목적이 아닌 최대한 무력화해서 감옥에 넣는 것. 그게 본래 목적이었다.

즉 정말로 왕도 위병대가 상대의 목숨을 빼앗기 위해 칼을 휘두르는 일은 없다고 볼 수 있었다. 그것은 마물을 상대로도 똑같 았다. 애초에 이곳은 왕도다. 왕국 내에서 가장 마물과 만날 일이 없는 곳이다.

그렇게 생각하면 렉스의 검이 놀라울 정도로 비정상이라는 것을 쉽게 이해할 수 있었다. 그랬다. 그 검은 위병대의 검이라기보단 전장의 검 혹은 모험자나 암살자에 가까웠다.

당연히 부하 중엔 렉스가 왜 그런 검기를 익혔는지 아는 사람은 없다. 부대 내 소문으로는 들어봤지만 보는 것도 이번이 처음이다.

하지만 보면 누구나 알아차릴 수 있을 것이다. 평범하지 않다는 것을.

렉스가 치명적인 일격을 가하며 계단을 제압하고 1층에 도달했다. 부하들도 서둘러 뒤를 쫓았다.

1층까지 내려가자 이 소계단 주변은 다른 곳과 비교해도 마물들의 밀도가 높아진 상태였다.

"쳇. 오크가 많군…… 성가시게. 다들, 이 1층에서 도중의 층계참 사이에서 요격한다. 반드시 높은 곳에서 공격하는 것을 의식하도록. 적은 많아, 기합을 넣어라!"

"예!"

렉스의 말에 기합을 넣는 2중대원.

싸움이 시작되었다.

계단은 완전히 전쟁터가 됐다. 사람 대 사람이 아닌 존재.

"2소대 내려가라. 3, 4소대 앞으로."

렉스의 지휘에 따라 북소계단을 지키는 2중대. 지금으로서는 버티고 있지만, 그에겐 걱정거리가 있었다.

'왕도 내에서는 오거도 나타났다는 보고가 있었다. 아직 이 왕성에서는 보지 못했지만…… 여기뿐만이 아냐, 어느 계단에서든 오거가 나타나면 단번에 방위선이 무너진다.'

오거는 길이 2미터 반. 무기는 곤봉 같은 둔기가 대부분이지만 그 거구를 활용한 휘두르기는 사람이 받아낼 수 없는 것이었다. 방패째 날아간다. 게다가 피부가 놀라울 정도로 단단해 화살은 물론 어설픈 검으로는 흠집조차 낼 수 없다.

2미터 반의 몸길이는 이곳처럼 계단 위에서의 방어일지라도 그 높은 곳의 유리함을 지워버리기에 충분했다. 나타나는 순간 상당한 희생을 각오해야만 했다.

애초에 왕도 위병대엔 신관이 없다. 부상은 지금까지 모두 수중의 포션으로 회복했지만 그것조차 무한하지는 않았다. 오래 끌수록 불리해진다는 것은 어린아이조차 알 수 있는 진실이었다.

그럴 때 멀리서 누군가가 외치는 소리가 들렸다.

"오거다!"

우려는 현실이 되었다.

"왔군."

렉스가 중얼거렸다. 함께 싸우고 있기 때문인지 부하들의 동요도 금세 알아차렸다.

"걱정하지 마라. 오거는 내가 쓰러뜨린다. 지금까지처럼 다른 적을 여기서 막아라.”

“예!”

렉스의 검기는 아까 보았다. 그것이 부하들이 마음을 놓을 수 있는 이유 중 하나였다.

솔직히 렉스로서는 오거를 쓰러뜨릴 수 있을지 자신은 없었지만……

‘알버트…… 아니, 지금은 아벨인가? 아벨은 전에 눈이나 귀에 검을 찌르라고 말했었는데…… 내 검으로는 어렵지 않을까?’

자신도 없고 불안하기도 하지만 그 사실을 드러내지는 않았다. 렉스는 지휘관이다. 지휘관이 흔들리면 부하가 흔들린다. 그것만은 피해야 했다.

그리고 5분 뒤.

“저건……”

“오거……”

대원이 중얼거렸다. 계단 중간에서도 보였다.

한 마리의 오거가 이 소계단을 향해 오는 것이.

“후우……”

렉스가 크게 한 번 심호흡을 했다. 다른 하급 마물은 전부 부하들에게 맡기고 타이밍을 쟀다.

한 걸음. 한 걸음 더. 그리고 또 한 걸음. 지금이다!

오거가 계단 아래로 온 순간 렉스가 층계참에서 뛰었다. 자신의 운동 에너지 그대로, 양손에 거꾸로 쥔 검을 휘둘러 그대로 오거의 눈에 박았다.

검이 눈 안쪽 뼈를 뚫고 뇌까지 닿는 감촉.

오거는 입을 벌린 채…… 하지만 소리를 지르지 못하고 경련했다.

그걸 신호로 렉스는 검을 뽑아 오거의 몸을 박차고 다시 층계참으로 뛰어올랐다.

렉스에게 차인 순간 그대로 뒤로 넘어지는 오거.

"오오!"

함성을 내지르는 2중대. 그 함성은 피로를 날려버리고 다시 한번 의욕을 일깨워주었다.

렉스가 한 일은 지휘관으로서의 일이었다.

10분 후. 북소계단을 지키는 2중대는 또 다른 어려움에 직면하고 있었다.

"오거입니다!"

"게다가 다섯 마리……."

가장 위기감을 느낀 것은 렉스 본인이었다.

'이건 역시…… 벅차겠군.'

아까처럼 눈이나 귀 쪽에 검을 찔러 뇌까지 닿게 한다……. 그것이 가장 효과적인 방법인 것은 변하지 않았다. 하지만 다섯 마리 동시라면 그 방법은 취할 수 없었다. 그러면 렉스가 쓰러뜨리고 있는 사이에 다른 오거에 의해 부하들이 당할 가능성이 높아진다.

물론 이 계단을 포기하는 것은 논외다. 국왕 집무실은 바로 지척이었으므로 이곳을 지나가게 하면 집무실 앞에서 방어해야 한다. 그런 것은 현실적이지 않았다.

'희생이 생겨도 조금 전의 방법으로 한 마리씩 쓰러뜨릴 수밖에 없는 건가.'

렉스가 각오를 다지고 그 방침을 부하들에게 전하려 할 때, 일은 벌어졌다.

"〈아이시클 랜스 5〉〈퍼머프로스트〉."

다가오는 오거 각각의 오른쪽 눈, 왼쪽 눈, 오른쪽 귀, 왼쪽 귀, 그리고 크게 벌어진 입을 향해 얼음 창이 박혔다.

동시에 주변 일대가 얼어붙었다. 밀려들던 마물들도 모두 얼어붙었다.

"확실히 아벨의 말처럼 눈과 귀가 뚫긴 쉬운데…… 입안이 제일 쉬운 것 같은데요?"

"아니, 료의 얼음이라면 그렇겠지만, 검사가 검으로 오거의 입안을 찌르는 건 좀 힘들지 않을까?"

그런 대화를 나누며 달려오는 마법사와 검사. 한 면을 덮은 얼음은 미세한 요철이 있는 것인지 미끄러짐 없이 달리고 있다.

렉스를 필두로 왕도 위병대 2중대 면면은 할 말을 잃은 상태였다.

처음에는 무슨 일이 일어났는지 이해하지 못했다. 하지만 잠시후 무슨 일이 일어났는지는 이해했다. 이해했지만 그럼에도 말은 나오지 않았다. 왜 그런 일이 일어났는지 생각해 봐도 답을 찾아내지 못했기 때문이었다.

가장 먼저 상황을 이해한 것은 렉스. 게다가 다가오는 두 사람 중 한 명은 아는 얼굴이다.

"아…… 벨인가?"

무심코 본명을 말할 뻔했지만 황급히 말을 바꿨다. 모험자가 된 이후로 줄곧 『아벨』이라는 이름으로 활동하고 있다는 말을 들었기 때문이었다.

"응? 렉스 아냐? 오랜만이다. 그보다, 왕도 위병대가 왕성 경비를?"

"아아, 여러 사정이 좀 있었다."

아벨의 말에 작게 고개를 흔들며 대답하는 렉스.

"확실히 여러 일이 벌어진 것 같긴 하네. 참, 폐…… 아버지랑 형님은 무사해?"

"그래, 그걸 확인하러 온 거구나. 폐…… 아벨의 부군께선 위쪽 집무실에 계신다. 형님은 지금 왕성에는 없어."

아벨의 물음에 렉스는 료 쪽을 힐끔 바라보며 답했다. 아벨이 료에게 자신의 신분을 완전히 밝히지 않은 것을 눈치채고 단어를 바꿔 답한 것이다.

"왕성에 없어? 그 몸으로?"

"그래, 어제 주 왕국에서 왕자가 도착했거든. 오늘 오전 중에 그쪽을 방문하셨다."

"주 왕국 대사관이라."

아벨은 그렇게 말하더니 힐끔 료를 보았다. 료도 그 시선을 눈치챈 것인지 조금 놀란 얼굴로 아벨을 돌아보았다. 말없이.

"……괜찮을까?"

"제2 근위대가 붙어 있고, 주 왕국 대사관은 동쪽 지구 중에서도 남쪽이니까…… 아마 괜찮을 거야."

"남쪽이면 괜찮은 거야?"

렉스의 말 속에 신경 쓰이는 부분이 있는지 아벨이 재차 물었다.

"위병대 사령부에 모여든 정보에 따르면 이 마물들은 중앙 신전을 남쪽이라고 했을 때 왕도 북쪽 절반에 나타나고 있다더군."

"그래, 그런 거였나."

아벨이 고개를 끄덕이더니 말을 이었다.

"역시 인위적인 무언가가 있다는 건 확실하네."

"그렇게 생각하는 게 자연스럽겠지."

아벨의 말에 렉스도 고개를 끄덕였다. 료도 말없이 고개를 끄덕인다.

"아아…… 그나저나 아벨, 폐…… 부군을 뵙고 갈 건가?"

렉스가 힐끔 료를 보며 물었다. 아벨의 아버지는 국왕이다. 아벨이 방에 들어가는 것은 문제가 없었지만, 일행이라고는 해도 누군지 모르는 인물을 들이는 것은 솔직히 꺼려졌다.

아벨도 렉스의 시선이 가진 의미를 이해한 것인지 작게 고개를 흔들며 대답했다.

"아니야, 무사하다면 그걸로 됐어. 형님 몸이 더 걱정이었는데 없다면 어쩔 수 없지."

"이제 어쩔 거지?"

"음…… 리햐랑 다른 애들에게 중앙 신전의 수비를 부탁해뒀으니 그쪽으로 돌아가야겠지."

아벨이 그렇게 대답하자 렉스는 뭔가 말하고 싶은 듯한 표정을 지었다. 말하고 싶지만 말해도 좋을지 망설이는 얼굴이라고 할까.

"뭐야, 렉스. 도와줬으면 하는 거라도 있어?"

"아아…… 사실 보고 와줬으면 하는 곳이 있어."

"보고 와줬으면 하는 곳?"

"제1 근위대의 상황이다."

렉스는 거기서 한번 말을 끊고 다시 말을 이었다.

"녀석들이 떨어진 섬 쪽에 있다. 못나고 한심한 녀석들인 건 맞지만 그래도 우리와 함께 마지막으로 남은 왕성의 방위 전력이다. 그래서 신경이 좀 쓰여."

"하필 그 섬인가……."

아벨은 그렇게 말하고는 작게 고개를 저었다. 그리고 옆의 료를 보았다. 료가 가고 싶어하지 않을 것이라고 생각한 것이다.

하지만…….

"가죠, 아벨."

"괜찮겠어? 그런 귀찮은 곳엔 가기 싫다고 하지 않았어?"

"마지막 방위 전력이 없어지면 큰일이잖아요. 애초에 여기까지 온 이상 안 보고 돌아가는 쪽이 더 찜찜해요."

"뭐, 무슨 말인지는 알겠는데."

아벨은 그렇게 말하고는 렉스 쪽으로 고개를 돌렸다.

"그럼 잠깐 그쪽으로 가볼게. 제1 근위대는 기가 센 패거리들이 많으니까 떨어진 곳에서 보는 것뿐이겠지만…… 상황을 알게 되면 또 알리러 올게."

아벨의 말에 료가 고개를 끄덕였다. 하지만 어느 순간 끄덕여지던 고개가 멈췄다.

"왜 그래, 료?"

"어…… 아무도 올라타진 않았을까요?"

"글쎄…… 쓸데없이 손대지 않았으면 좋겠는데."

"알고 있어요, 아벨? 그런 걸 플래그라고 하는 거예요."

"응? 잘 모르겠는데?"

'섬'이 박힌 자리에 료와 아벨이 도착했을 때…… 거기엔 아무도 없었다.

"아무도 없네요……."

"이상하네. 렉스는 제1 근위대가 있다고 말했었지?"

료도 아벨도 고개를 갸우뚱했다.

아무도 없었다. 그래, 아무도. 제1 근위대는 물론 왕성 지하에서 솟아난 마물들도 이곳에는 없었다.

"아, 근데 검 같은 게 굴러다녀요."

"그러네……. 아마 저건 피겠지?"

아무도 없지만 땅에는 무기가 나뒹굴고 피가 흐른 자국이 있다.

"엄청나게 안 좋은 예감이 들어요."

"동감이야."

료가 말하고 아벨이 동의하는 순간 목소리가 울렸다.

"〈콜스칼레〉."

"〈아이스 월 10층〉."

선명하게 빛나는 두 개의 불꽃 덩어리가 두 사람을 덮쳤고, 료의 얼음벽에 의해 튕겨져 나갔다.

"지금 그 불길은……."

"저 마법은 보라색 머리를 가진 녀석들 짓이에요!"

아벨도 료도 같은 것을 깨달았다.

물론 예상은 하고 있었다. 엘프인 할머님이라는 분의 이야기를 들었을 때부터 보라색 머리를 가진 사람들이 부유대륙과 관련된 존재일 수도 있다는 것을. 그리고 하늘에서 떨어진 것 같은 이 섬을 봤을 때에도 보라색 머리의 사람들이 타고 있을지도 모른다는 것을.

지금 그것이 증명된 셈이었다.

섬 뒤쪽에서 나타난 두 남자. 둘 다 보라색 머리에 눈이 파랗게 빛나고 있다.

"가까이 오면 배제한다. 떨어져라."

남자 중 한 명이 외쳤다.

"먼저 공격해 놓고 저런 말을 하다니 너무하네요, 아벨. 아까 그 공격, 저 아니면 죽었을 거예요."

"료, 나한테만 들리는 작은 소리가 아니라 좀 더 큰 목소리로 저 녀석들한테 말해주는 게 낫지 않을까?"

료가 속삭이듯 아벨에게 말했고 아벨이 어이없다는 투로 답했다.

"그러면 화나게 해서 싸우게 돼버리잖아요. 저는 평화주의자거든요. 아벨 같은 전투광 검사와 같은 취급 마세요."

"절대 아무도 안 믿을걸……. 료가 평화주의자라는 말."

"뭐라고요!"

두 사람이 그런 대화를 나누는 동안 철수할 타이밍은 놓치고 말았다. 두 보라색 머리 남자 중 한 명이 그들을 알아차렸기 때문이다.

"너희들은 그때의……."

말하는 순간 얼굴에 분노가 차올랐다.

"아벨, 모든 게 다 들통나고 말았어요! 아벨의 책략은 무너진 거라고요!"

"난 아무 짓도 안 했는데……. 역시 저건 룬에서 싸웠던 그 녀석인가……."

"그런 것 같네요. 일단 보라 머리 1호라고 이름 지었어요. 그러고 보니 『붉은 검』은 윙스톤에서도 싸웠다고 했었죠? 린의 〈배럿 레인〉으로 구멍투성이로 만들었다고."

"맞아."

"보라 머리 1호가 얼굴을 붉히며 화를 내고 있어요. 뭐, 온몸이 구멍투성이가 됐다면 화내는 것도 당연하죠. 그에겐 화낼 권리가 있어요."

"애초에 저 녀석…… 그, 1호가 먼저 달려든 게 잘못이었다고 생각해……."

팔짱을 낀 료가 당당한 얼굴로 고개를 끄덕이며 보라 머리의 분노에 이해를 표하자, 아벨이 원인은 저쪽에 있다고 주장했다. 그리고 아벨도 1호라는 호칭을 받아들였다.

"게다가 나뿐만 아니라 료에게도 화가 난 것 같은데?"

"저는 아무 짓도 안 했는데요. 오해가 있는 것 같아요. 여기선 대화로 해결을⋯⋯."

료의 제안은 시작도 전에 거부당했다.

"〈파이엘폴〉."

"〈아이스 월 10층〉."

사내가 외치자 아무런 전조 없이 불꽃 폭포가 두 사람을 향해 직격했다. 그것은 그야말로 쏟아지는 폭포라고 해야 할 정도로 불꽃의 연격이나 다름없었다.

순식간에 얼음벽을 쌓은 료, 하지만 곧바로 실수를 깨닫는다.

"예상 밖의 강도예요. 〈적층 이행〉."

얼음벽을 적층 구축으로 이행했다. 자동으로 계속 두꺼워지는 얼음벽⋯⋯ 거기에 부딪히며 계속 깎아나가는 불꽃 폭포. 난무하는 상쇄의 빛.

놀랍게도 위력은 호각이다!

"이건, 강해⋯⋯."

료 역시 얼굴을 찌푸렸다. 이 마법의 위력은 악마 레오놀과 동등하다. 즉, 보통이 아닌 것이다. 봉랑에서 싸웠던 그때보다 료는 강해졌다. 덕분에 적층으로 호각의 위력이 나왔다. 그때는 적층조차 밀릴 뻔했지만⋯⋯.

"그럼 내가 엄호할게."

아벨은 말이 끝나기가 무섭게 〈아이스 월〉 밖으로 돌아나가 측면에서 보라 머리를 덮쳤다. 하지만 적은 한 명이 아니었다.

채앵.

아벨은 보라 머리 1호에게 도달하기도 전에 옆에서 습격당했다. 또 다른 보라색 머리의 남자에게.

"보라 머리 2호……."

수속성 마법사의 중얼거림은 아벨의 귀에도 들렸다. 그것은 물론 예상대로의 명명이었다.

시작된 아벨과 2호의 검 싸움.

료는 불꽃 폭포를 적층으로 받으며 검 싸움을 관찰했다.

'약하지는 않지만…… 룬의 거리에서 만났을 때의 1호 수준? 그렇다면…….'

그렇게 판단하고 머릿속으로 작전을 구축했다. 복잡한 작전이 아니다. 그런 것은 불가능하다. 아벨이 즉석에서 맞춰줘야 하니까. 직감으로 움직인다.

"〈아이스반〉."

외치는 순간 2호 발밑으로 얼음이 얼었다. 당연히 발을 지지하지 못하고 미끄러져 앞으로 넘어졌다. 그 머리를 완벽한 타이밍으로 차올리는 아벨.

숨돌릴 틈도 없이 1호를 향해 달려가 단숨에 지척까지 파고들어 검을 내리쳤다.

채앵.

한 발짝도 움직이지 않고 어느새 손에 든 검으로 아벨의 내리치는 공격을 받아내는 1호. 불꽃 폭포는 계속 방출되고 있다. 즉,

료를 마법으로 공격하면서 아벨과 검을 맞대고 있는 것이다.

"맙소사……."

솔직하게 놀라는 료.

아벨이 연격을 감행했다. 내리치고, 쳐올리고, 찌른다……. 료가 아는 아벨치고는 공격을 과하게 이어간다. 그러니까 즉…….

"양동? 그렇군요. 〈아이시클 랜스 16〉."

'〈아이시클 랜스 256〉.'

료는 얼음벽을 유지한 채 열여섯 개의 얼음 창을 꺼냈다. 물론 모두 1호 직격 코스로.

아벨이 평소 이상으로 공격을 쏟아부은 것은 1호의 시야를 자신이 잡고 있겠다는 양동. 그러는 사이에 료가 마법으로 공격하라는 뜻이었다.

료도 그것을 이해하고는 최고 속도로 얼음 창을 날렸다.

하지만…….

"〈물슬라피스〉."

1호가 료 쪽을 보지 않고 외쳤다. 순식간에 돌벽이 생기면서 료의 얼음 창을 모두 막아낸다. 료의 〈아이시클 랜스〉 16개에 맞았음에도 상처 하나 나지 않았다…….

"믿을 수 없을 만큼 단단해."

료는 놀라긴 했지만 예상하지 못한 것은 아니었다. 조금 전까지의 전개를 통해 이 정도는 할 것이라고 어렴풋이 예상하고 있던 것이다.

어떤 분야에서든 유연한 판단력은 강력한 무기가 된다.

그렇기에 16개의 얼음 창 역시 양동이었다.

메인 공격은…….

아벨은 료의 메인 공격도 상정하고 있었을 것이다. 아마도 료
치고는 적은, 16개라는 얼음 창을 통해. 물론 말을 전할 수 없는
상황인 만큼 료의 메시지가 담긴 16개이기도 했다.

"메인 공격은 따로 있다"라는.

아벨은 1호가 돌벽을 생성함과 동시에 뒤쪽으로 뛰었다.

그 순간 소리 없는 얼음비가 내렸다. 정확히는 얼음 창의 비…….

"〈물슬라피스〉."

아슬아슬한 타이밍에 다시 한번 구축된 돌벽. 게다가 이번에는
위쪽으로. 다시 튕겨나가는 얼음 창.

모든 상황이 정리되었다.

아래, 위로 1호의 의식이 움직였고……

자세를 낮춰 지척까지 파고든 아벨. 그 기세 그대로 아래에서
검을 쳐올리듯 1호의 가슴을 꿰뚫었다.

"끅."

쉰 목소리가 1호의 입에서 새어나왔다.

새어나왔는데…….

"쳇."

짧은 혀를 찬 뒤 아벨이 다시 뒤쪽으로 뛰었다. 아벨의 머리가
있던 곳을 검이 지나갔다.

"가슴을 꿰뚫었는데 왜 안 죽는 거냐고."

"심장이 하나라고는 할 수 없으니까요."

아벨의 투덜거림에 료도 얼굴을 찌푸리며 답했다.

"내 실수인가? 머리를 뚫었어야 했나?"

"아니면 목을 베어버리든가."

몸에 지시를 내리는 뇌를 망가뜨리거나 지시를 내릴 수 없게 만든다……. 그것이야말로 가장 효과적인 제압 수단. 물론 상대를 죽이는 제압 수단이기도 하다.

언뜻 보면 대인전인데 사실상 대인전이 아니다. 좀처럼 이해하기 어려운 상황이었다.

"다음에는 더 확실하게 간다."

아벨이 그렇게 중얼거린 순간.

"〈적층 아이스 월 10층 패키지〉."

"〈메테오 인베르〉."

료가 마력의 흐름을 포착해 순간적으로 친 얼음 방어벽을 향해 무수한 무언가가 쏟아졌다.

두두두두두두…….

마치 기관총의 연사음. 부딪히는 즉시 폭발해 나간다.

자동으로 두꺼워지는 얼음 덮개를 향해 쏟아지듯 폭발하는 비. 쌍소멸의 빛이 불꽃 폭포 이상으로 화려하게 빛났다.

"엄청난 포화 공격. ……메테오? 하산도 그런 이름의 마법이었는데. 그렇다면 이건 소형 운석 같은 걸까요, 폭발까지 곁들인."

료는 일찍이 싸웠던 암살 교단 수령 하산이 〈메테오〉라고 이름 붙였던 운석 낙하 마법을 떠올렸다.

"소형 운…… 뭐라고?"

아벨은 운석이라는 말을 모르는 듯했다.

"하늘에서 내려오는 돌을 말해요."

"……하늘에서 돌이 내려와? 료가 아는 세상은 뒤숭숭하네."

"아벨, 지금은 농담할 타이밍이 아니에요."

"진지하게 말한 건데."

적층 패키지로 막고는 있었지만, 패키지로 사방을 뒤덮다 보니 아벨이 나설 수 없게 된 것이다. 막는 것 외엔 수가 없었다.

엄지손가락 크기의 운석이 하늘에서 료와 아벨을 향해 집중적으로 쏟아졌다.

"료, 이대로라면……."

"네, 알고 있어요. 아벨이 더는 밥만 축내지 않고 제대로 밥벌이를 할 수 있도록 방법을 생각하고 있습니다."

"아니, 말투 좀……."

말투는 좀 그렇지만, 들이닥친 이 상황을 타개할 수를 료는 생각하고 있었다. 사용하는 것은 〈아이스 실드 개량 2〉. 하산과의 전투에서 개발한 마법. 사실 아까 메테오라는 단어 덕분에 떠올랐다는 것은 비밀이었다.

"문제는 이 쏟아지는 소형 운석을 조금이라도 멈추게 하는 건데…… 아, 〈아이스 월〉로 할 수 있을까?"

료의 혼잣말을 아벨은 제지하지 않고 묵묵히 기다렸다. 이럴 때의 료는 반드시 해결책을 찾아낸다는 것을 알고 있으니까.

"좋아요, 갑니다. 〈아이스 월 10층 패키지〉〈아이스 실드 개량 2〉."

료와 아벨을 보호하던 〈적층 아이스 월〉의 1미터 정도 바깥쪽에 새로운 얼음벽이 생성되었다. 물론 그것은 쏟아지는 소형 운석에 부딪혀 곧바로 소멸했지만 거의 동시에 얼음벽 안쪽에 〈아이스 실드 개량 2〉가 전개되었다.

〈아이스 실드 개량 2〉는 공기 중의 수증기가 다른 마법 같은 이물질과 닿으면 자동으로 얼어붙는 마법이었다. 그야말로 순식간에 수만 개에 이르는 소형 얼음 실드가 전개된 것이나 다름없었다.

실제로 소형 운석과 부딪히며 얼음 실드가 발생하고, 나아가 그 실드에 또 다른 소형 운석이 부딪히며 쌍소멸의 빛이 발생한다. 그런 식으로 연쇄 반응이 일어나고 있었다.

"〈아이스 실드 개량 2〉〈아이스 실드 개량 2〉〈아이스 실드 개량 2〉."

번 시간을 이용해 더욱 두꺼운 수증기 방패를 쳐 나가는 료.

"아벨, 갈 수 있겠어요?"

"그래. 언제든지 갈 수 있어."

이 정도로 두껍게 펼치면 소형 운석이 빠져나올 일은 거의 없을 것이다. 그러니…….

"〈아이스 월 해제〉."

두 사람을 덮고 있던 얼음 덮개를 벗길 수 있다. 그것은 곧 아벨이 재출격할 수 있다는 뜻이기도 했다.

〈아이스 월〉이 해제됨과 동시에 아벨이 달려나갔다.

뛰쳐나와 달리는 기세 그대로 단숨에 1호의 지척까지 다가가 검으로 찔렀다.

푸욱.

"이런……."

아벨의 찌르기를 왼쪽 손바닥으로 받아내는 1호. 당연히 검은 손바닥을 꿰뚫었다. 일부러 그렇게 받은 것이다. 무엇 때문에?

사냥감을 놓치지 않기 위해서.

도망칠 수 없다는 것을 깨달은 아벨이 이를 악물었다.

퍽.

파직.

"커헉."

명치에 박히는 오른쪽 주먹. 폭발음과 동시에 얼음 장갑이 깨지며 아벨이 대미지를 입었다……. 그의 몸이 기세 좋게 날아가 버렸다.

아벨을 날린 1호가 추격을 위해 그를 쫓았다.

아벨은 왼손을 땅에 대고 후방으로 공중제비를 뛰듯 한 바퀴 회전. 즉석에서 요격 태세를 취했다.

당연히 그 모습이 보였겠지만 개의치 않고 달려오는 1호. 그리고 단숨에 아벨의 눈앞까지 파고들어 발을 딛고 오른쪽 주먹을 한 번 더…….

주륵.

발은 땅에 안착하지 못했다. 발밑에만 마법에 의해 얼음이 얼었다는 것을 인식하지 못한 것이다.

자세가 무너지는 1호. 그것을 예측하고 있었다는 듯이 검을 베는 아벨.

전광석화.

잘려나가는 1호의 목.

하지만 아벨은 방심하지 않고 1호의 이후 움직임을 주시했다.

1호가 뒤로 쓰러졌다.

그래서 그때야 아벨은 한숨을 돌렸다. 아니, 한숨을 돌리고 말았다.

풀어지는 경계심.

채앵.

긴장의 끈이 끊어진 아벨을 보라색 빛이 덮쳤다. 그걸 막아내는 파란 빛.

"아벨, 아직 끝나지 않았어요!"

"미안."

아벨 앞을 파고들어 무라사메로 공격을 받아내는 료.

그들을 덮친 보라색 빛은…….

"제한을 『1단계』 해제했는데도 목을 베인 건 예상 밖이었지만……."

빛나는 파란 눈과 함께 보라색 머리도 빛나는, 창을 든 여인이었다. 인상을 찡그리고 있다. 그것이 아벨을 찌른 창이 막혔기 때문인지, 아니면 1호가 목을 베였기 때문인지는 알 수 없다.

여자는 자신의 창을 막아낸 료의 검을 보고 눈을 가늘게 떴다.

"그거…… 요정왕의 검이지?"

"네."

여자의 물음에 순순히 답하는 료. 어차피 거짓말해봐야 소용이 없을 것 같았다. 눈앞에 빛나는 여성은 그런 상대였다.

"게다가, 로브도 요정왕의 로브지?"

"네."

재차 이어진 여자의 물음에 순순히 답하는 료.

"나는 보이지 않지만, 당신에게서 요정의 인자가 넘쳐나고 있다는 뜻이지?"

"그런 느낌의 말을 들은 적은 있어요."

그야말로 어제 세라에게 들었다. 요정의 인자를 가진 자에게 있어 료는 귀중한 영양 공급원이라고. 료 본인에게서 요정의 인자가 쏟아져 나오는지 어떤지는 직접 언급하지 않았지만 그렇다고 봐도 좋으리라.

"믿을 수는 없지만 이상값의 원인은 당신이었구나. 지맥의 분출점보다 강한 값이 한 명의 인간에게서 나오고 있었다니…… 누구에게 말해도 아무도 믿지 않겠지. 벌써부터 보고할 생각에 우울하네."

여자의 중얼거림을 알 수 없는 묘한 표정으로 듣는 료. 물론 말하는 내용의 절반도 이해할 수 없었다.

"일단 범프 항법(航法)으로 바꿔서 배는 날 수 있겠지만, 저대로면 부유기관이 금방 부서지겠지…… 아아…… 무조건 그쪽 보고서도 써야 할 텐데……."

여자의 중얼거림을 알 수 없는 묘한 표정으로 듣는 료. 마침내 말하는 내용을 전혀 이해할 수 없게 되었다.

"뭐, 됐어. 율리우스는 받아갈게. 목을 다시 이어 붙여야 하거든. 아, 그러고 보니 드루수스도 있었나. 그럼 이만."

말이 끝나기도 전에 보라 머리 1호의 몸이 사라졌다. 베어버린 그 목도. 그리고 땅바닥에 쓰러져 기절해 있던 보라 머리 2호의 몸도 사라졌다.

그리고 이내 빛나던 여인도 사라졌다.

료와 아벨이 멍해 있는 사이 무려 섬도 사라졌다.

그래, 사라졌다. 하늘로 솟아오른 것도, 지면에서 떨어진 것도 아니고, 아무런 전조도 없이 무음으로 갑자기 사라졌다.

두 사람은 족히 1분은 거기에 서 있었다.

그리고 먼저 입을 연 것은 료였다.

"보라 머리 1호의 이름은 율리우스라는 것을 알았어요."

"아아, 그런 것 같네."

"아까 그 여자, 룬에서 봤던 사람이죠."

"응, 아마."

"엄청난 압박감이었어요."

"밀릴 것 같은 기분이 들긴 했지."

"아벨이 부탁해도 그 사람과 싸우고 싶지는 않아요."

"응, 나는 그런 부탁 같은 건 안 해."

"아벨이 부유대륙에 붙잡히면 저는 구하러 가지 않을 거예요."

"그렇게 되지는 않을 것 같은데."

"만약 그렇게 된다면 저는 이렇게 말하겠죠. '아벨, 영원히 안녕'이라고."

"……."

지휘봉 대신 무라사메를 쥐고 마치 달타냥 같은 말을 내뱉는 료. 거기에 아무 대꾸도 하지 못하는 아벨. 우정도 일단 살고 나서 논할 수 있는 일이었다.

그런 두 사람에게 한 무리가 달려왔다. 선두는 왕도 위병대 부대장 렉스.

"……떨어진 섬은?"

두 사람이 무사한 것을 확인하고 미소를 지은 렉스는 섬이 사라진 것을 깨닫고 물었다. 그와 함께 달려온 다른 위병들도 주변을 둘러보고 있다. 물론 그런 거대한 것을 못 보고 지나쳤을 리가 없으니 보이는 범위에 있지 않다는 건 더는 이곳에 없다는 뜻이었지만…….

그럼에도 사람들은 주변을 둘러보게 마련이다.

"돌아갔어."

"돌아갔다?"

아벨이 사실을 알렸지만 렉스에게는 전해지지 않는 듯했다.

"어쨌든 위협은 사라졌어."

"그렇군, 그건 다행이다. 왕성 지하에서 나타난 놈들도 대충 처리했다."

렉스는 설명을 마치고 왕도 쪽을 바라보았다. 왕성 내 마물들은 제거했지만, 왕도 내에서는 아직 마물들이 활보하고 있다.

"지금 받은 보고에 의하면 왕도 내 마물들의 대부분은 북서지구로 향하고 있다는군."

"북서?"

렉스의 보고에 고개를 갸웃하는 아벨.

"마침 이 왕성에도 넓은 거리가 쭉 이어져 있지? 이 거리의 끝이 북서지구다."

렉스는 그렇게 말하며 왕성 앞에서 펼쳐진 세 갈래의 넓은 거리 중 하나를 가리켰다.

"확실히…… 그 말대로 중간부터 놈들이 가득 차 있어…… 다른 두 곳은 거의 없어졌다……?"

아벨은 렉스가 가리키는 길 끝을 보며 말했다. 그 거리만 비정상적일 정도로 마물들의 밀도가 높았다.

거기서 뭔가 느낀 것인지 료가 입을 열었다.

"아벨, 이 도로 끝에는 뭐가 있죠?"

"뭐냐고 해도…… 평범한 귀족가……! 료, 엘프들의 자치청이 있어!"

그 순간 료는 달리기 시작했다.

자치청 방위전

  료와 아벨이 보라 머리의 사람들과 격돌하기 전, 시간은 몇 시간 정도 거슬러 올라간다.

  『자치청』 앞에선 격전이 벌어졌다.

  웨스트우드 자작 저택에서 온 12명을 수용한 뒤 문을 닫은 자치청. 그 후 한동안 아무런 문제가 없었다.

  물론 마물들은 담장이나 대문에 달라붙으려고 했지만 2층, 3층 창문을 통해 활을 날려 위기를 미연에 방지하고 있었다.

  변화가 찾아온 것은 오후도 거의 중반을 지났을 무렵이었다. 그때까지는 그저 밀려들기만 하던 움직임이 달라진 것이다. 집단으로 몰려오거나 타이밍을 봐서 물러서거나.

  마치 지휘하는 자가 나타난 것 같은 그런 움직임.

  "할머님, 이건……."

  "음. 뭔가 이 녀석들을 움직일 수 있는 성가신 녀석이 온 것 같구나. 마지막 우두머리이거나…… 혹은 이 녀석들 모두를 힘으로 따르게 할 수 있는 괴물이거나……."

  세라의 물음에 할머님이 얼굴을 찌푸리며 답했다.

  우두머리인 편이 차라리 낫다. 힘으로 제압할 수 있을 정도로 강한 자라면 자치청은 버티지 못할지도 모른다.

  "그건 그렇고…… 시간이 이렇게나 지났는데 어디에서도 반격이 시작되지 않는다는 건, 기사단을 비롯한 왕도의 전력은 이미 사라졌다는 건가……."

"우리가 마지막 두 명이었던 건 아니겠지……."

할머님의 혼잣말에 피난 온 기사 잭 클러가 함께 피신한 스코티 코북에게 말했다.

"귀중한 생존자로군."

할머님이 희미하게 웃으며 말했다.

그때 갑작스런 굉음이 주변을 덮쳤다.

"뭐야!"

잭은 저도 모르게 소리쳤고, 곧 그 이유를 깨달았다.

문이 있었던 장소에 시선이 박혔다. 문이 날아가는 소리였던 것이다. 그 상상 밖의 광경에 아무도 움직이지 못했다.

아니, 단 한 명을 빼고.

"총원, 근접전 준비!"

오직 세라만이 소리 높여 모두의 의식을 되돌렸고, 그녀 자신도 검을 뽑아 문이 있던 자리를 가로막았다.

세라의 그 행동에 뒤늦게나마 얼이 나가 있던 상태에서 해방된 자들이 검이나 창을 들고 문이 있던 곳으로 향했다. 2층, 3층 창문을 통해 문과 담장에 매달린 자들에게 화살을 쏘던 자들도 그 어느 때보다 빠른 속도로 활을 쏘아댔다.

어떤 식으로든 문이 파괴됐으니 당연히 작정하고 달려들 것이라는 것은 어린아이도 알 수 있었다.

아니나 다를까 그 후에는 격렬한 근접전이 벌어졌다.

세라는 물론이고 잭과 스코티 역시 현역 왕국 기사단. 활로는 당할 수 없다고 해도 검 실력만큼은 일반 엘프들보다 훨씬 뛰어났다.

이 세 명의 검을 중심으로 주위 사람들은 창을 써서 내부 침입을 막거나 2층, 3층에서 활을 쏘아댔다.

그러한 대형, 혹은 싸움 방식이 어느새 고정되어가고 있었다.

하지만 버틴 것도 잠시…… 드디어 첫 번째 균열이 찾아오려 하고 있었다.

"할머님, 화살이 다 떨어졌습니다!"

2층의 사수가 정원에 있던 할머님을 향해 외쳤다.

"큭, 하필 이 타이밍에! 언젠가는 올 거라 생각했지만…… 엘프의 화살이 떨어지다니 수치다! 만약 살아남는다면 지금까지의 열 배, 아니 백 배의 화살을 보관해 둔다! 알겠나! 명심해라!"

할머님은 옆에 있던 자치청 장관 카슨에게 엄명했다.

화살이 떨어졌다는 것은 실력이 부족하다는 증거. 그것은 확실하지만…… 이 방위전에서 사수로서 엘프들의 기량은 틀림없이 왕국 정상급이었다.

그럼에도 화살이 다 떨어졌다는 것은 단순히 적이 너무 많았을 뿐이다.

화살이 떨어졌다고 외치는 목소리는 세라의 귀에도 닿았다.

'앞으로는 마법을 사용해 쓰러뜨릴 수밖에 없다……. 마력은 유한. 화살 이상으로 유한해. 이만큼의 적이 상대라면 마력이 회복 속도를 크게 웃돌 정도로 소비된다. 이건 솔직히 말해 힘들겠어.'

세라는 초조해하면서도 냉정하게 생각했다. 이 생각을 설령 혼잣말이라도 입 밖에 내놓아서는 안 된다.

지휘관이 결코 해서는 안 되는 일. 세라는 그것을 알고 있었다.

지휘관이 졌다 하면 진 것이고, 끝이라고 하면 하면 반드시 끝나는 것이다. 지휘관의 말은 맞든 틀리든 많은 힘을 내포하고 있었다.

그렇기 때문에!

그렇기 때문에 세라는 믿지 않더라도 힘차게 외쳤다.

"이제 거의 끝났다! 해가 질 때까지만 버텨라. 그러면 원군이 온다!"

어디서 원군이 온단 말인가.

어떤 원군이 남아 있단 말인가.

물론 원군이란 없다. 세라도 이해하고 있었다.

하지만 여기서 말해야 할 것은 사실이 아니다. 해야 할 말은 모두에게 힘을 실어주는 말이다.

그것이 사실인지 아닌지는 상관없다.

그리고 세라의 말에 어떻게든 참고 버티는 자들이 있는 것도 사실이다. 비록 그것이 완전한 파멸을 조금 뒤로 미뤘을 뿐이라 할지라도, 지금 죽는 것보다는 훨씬 낫다!

몇 번째인지 모를 파상 공격을 물리쳤을 때, 그것은 나타났다.

마물들이 좌우로 갈라지면서 그 안쪽이 당당히 드러났다.

세 마리. 그중에서도 중앙의 존재가 발하는 존재감은 압도적.

"데빌이라니……."

파상 공격을 물리치기 위해 최전방에 나가 있던 할머님의 입에서 중얼거림이 새어 나왔다. 옆에 있던 세라에게는 분명하게 들렸다.

"저게 데빌……."

200년 넘게 살아 온 세라도 데빌을 만난 적이 없다.

신과 천사에 적대한 자.

데빌이 진화하면 결국 마왕이 태어난다.

하지만 잠시 세 마리를 바라보던 할머님은 순간 벼락을 맞은 듯 몸을 떨며 다시 중얼거렸다.

"아니…… 저건, 설마……."

할머님의 말은 거기서 멈췄다.

"어느 쪽이든 저걸 쓰러뜨리는 것 외에 저희에게 길은 없습니다. 제가 가겠습니다.

세라가 단언했다.

하지만 그 팔을 강하게 잡아당기는 자가 있다. 할머님이다.

"세라, 안 된다. 안 돼. 저건 안 돼. 저건 너도 이길 수 없어."

"할머님?"

"저건…… 저 가운데 녀석은 평범한 데빌이 아니야. 아크데빌이야."

"아크데빌?"

그 말은 세라가 들어본 적이 없는 말이었다. 목소리가 들린 것인지 바로 옆에 있던 록슬리도 고개를 갸웃거리고 있다.

"데빌은 진화하여 마왕자가 되고, 그중 한 마리가 마왕이 된다. 하지만 그것과는 다른 '진화의 길'이 있지. 거기로 간 게 아크데빌이다."

"그건 마왕보다 강한 건가요?"

"마왕은 규격 밖이야. 하지만 마왕의 아이 상태라고 볼 수 있는 마왕자 따위와는 비교도 되지 않을 정도로 강하지. 게다가 눈앞의 녀석은 '검 사용자'이지 않느냐……."

"확실히 검을 가지고 있네요……."

가운데 아크데빌은 검집에 든 검을 들고 있다. 키도 2미터로 인간과 크게 다르지 않아 보인다. 물론 존재감은 압도적으로 달랐지만.

"'마법 사용자'라면 엘프가 쓰러뜨렸다는 기록이 있어……. 그조차 백 명의 희생자가 나왔지만."

"제가 '검 사용자'를 쓰러뜨린 첫 번째 엘프가 될 수밖에 없겠네요."

세라가 애써 밝은 어조로 말한다.

"세라……."

"괜찮아요, 할머님. 어차피 저것과 싸워 이기는 것 외에 저희가 살아남을 길은 없습니다. 그리고 제가 요즘 좀 강해졌거든요."

그렇게 말한 세라가 물병의 물을 다 마시고 문까지 걸어갔다.

문 밖에서는 마물들이 조금 물러난 채, 반경 50미터 정도의 원이 생겨 있었다.

"흠, 일대일 승부를 해준다면 더 바랄 게 없지."

세라는 그렇게 중얼거리고는 문밖으로 나왔다.

그리고 소리쳤다.

"아크데빌, 내가 상대해주마."

그 말을 들은 아크데빌이 희미하게 웃는 것처럼 보였다.

'어디 보자…… 마력은 텅 비었어. 『풍장』을 사용할 수 없는 지금의 난 어디까지 할 수 있을까.'

그동안의 치열한 방어전, 늘 최전방에서 몸을 드러내고 있던 세라는 체력, 마력, 정신력 모두 한계에 가깝게 소모되었다.

그럼에도 싸워야 했다. 그녀 외에 아크데빌에 대항할 만한 사람은 없었다.

아크데빌이 한 발 앞으로 나서더니 검집에서 검을 뽑아 들었다. 옆의 데빌이 검집을 받아 뒤로 물러난다.

이리하여 자치청 방위전의 최종 국면이 시작되려 하고 있었다.

먼저 움직인 것은 아크데빌.

평소 같으면 풍장을 두른 세라의 음속 뛰어들기가 날아들었겠지만, 마력 잔량 때문에 그럴 순 없었다.

대신 아크데빌의 초속 뛰어들기로 두 사람의 칼싸움이 시작되었다.

내리친 칼날을 흘려보내고, 횡격에 물러서고, 찌르기를 피한다.

제대로 받아내면 검이 무사해도 손목을 다치거나 검이 날아갈 수도 있다.

일격을 주고받은 것만으로 세라는 그것을 이해했다. 이해할 수밖에 없었다.

흘리고 반격, 물러나고 반격, 피하고 반격.

철저한 공격 방어, 즉 카운터 주체의 공격을 펼쳤다.

아크데빌도 그것을 이해한 것인지 더는 깊이 파고들지 않았다.

그리고 잠시 크게 뒤로 날아가 거리를 벌린다.

아크데빌은 양손에 검을 쥐고 있었다. 판타지스럽게 말한다면 양손검이라고 해야 할까.

그러나 그것은 기묘했다.

가는 검이지만 약간 휘어져 있다. 그것도 기묘했다.

그러나 무엇보다 기묘한 것은 잡는 방법이었다.

왼손은 검 자루에 가까운 곳, 오른손은 날밑 바로 아래. 두 손이 붙어 있지 않고 떨어져 있는 것이다. 보통 자루와 가까운 곳이든 날밑에 가까운 곳이든 양 주먹은 붙여서 잡는다.

그래서 기묘했다.

하지만…….

"알고 있어, 그 방식. 료가 잡는 방식이야."

그랬다. 일본도나 죽도를 잡을 때의 잡는 방법. 수십, 수백 번의 검을 부딪쳐 왔기에…… 료의 검은 잘 알고 있었다.

"하지만 료와는 발놀림과 몸놀림이 전혀 달라. 세상은 정말 넓구나. 여러 가지 검의 형태가 있어."

세라는 솔직하게 감탄했다.

그리고 조금 기뻤다.

눈앞의 마물은 아마 말은 전혀 통하지 않을 것이다. 그러나 그런 마물이 착실하게 검을 수행하는 데 시간과 노력을 들여온 것이다. 그렇지 않으면 이렇게 멋진 검은 사용할 수 없다.

그런 자들이 자신이 모르는 곳에서 여기까지 와서, 자신이 모르는 검을 휘두르며 자신의 앞에 서 있다.

그런 존재와 싸울 수 있다는 것이 순수하게 기뻤다.

그것은 어쩌면, 일종의 전투광에 가까운 생각일지도 모른다…….

두 사람의 칼싸움은 이후 한 시간 넘게 이어졌다. 그동안 자치청을 향한 공격은 멈춰 있었다.

마물들 입장에서는 자신들의 보스가 일대일 승부를 벌이고 있는 것이다. 그것을 무시하고 공격을 하는 것은 있을 수 없는 일이었다.

즉, 세라는 단신으로 싸워서 자치청을 한 시간 넘게 지키고 있는 것이었다.

하지만 그것도……

세라의 체력은 거의 떨어져 가고 있었다.

온몸에 베인 상처가 무수히 많았다.

그건 아크데빌도 마찬가지.

양쪽의 힘은 호각.

세라와 아크데빌은 거리를 두고 숨을 가다듬었다.

승패가 어느 쪽으로 굴러갈지는 아무도 모른다.

하지만 보고 있는 자 모두가 알 수 있는 것이 있었다. 그것은 다음 일격이 결판을 내는 일격이 될 것이라는 사실.

물론 그 사실을 가장 뼈저리게 느끼고 있는 것은 검을 겨루는 당사자 두 사람.

아크데빌이 검을 다시 고쳐잡았다.

세라는 검을 어깨에 메듯 자세를 잡았다.

그리고 두 사람은 멈췄다.

결판은 순식간에 난다.

그렇기 때문에 그 순간을 잡아야 했다.

이 균형은 아주 작은 계기로 깨져버릴 테니까.

그 계기는 저 멀리서 일어났다. 뭔가 상당한 중량을 가진 물체가 높은 곳에서 떨어지는 소리가 들렸다.

그것이 두 사람이 움직이는 타이밍이 되었다.

아크데빌이 초속으로 달려들더니 동시에 쳐든 검을 내리쳤다. 그 광경을 볼 수 있었던 사람은 이 자리에 없다. 그 정도로 초속의 공격이었다.

하지만 내려친 그 끝에 세라는 없다.

하지만 그것은 아크데빌의 상정 범위.

내리친 검이 땅에 닿기 직전 강제로 방향을 전환했다. 그대로 왼쪽 방향으로, 온몸을 사용해 횡격을 날렸다.

하지만…… 그곳에조차 세라는 없었다.

그제서야 놀란 아크데빌은 그 표정 그대로 목이 날아갔다.

이어 심장에 있는 마석도 뚫렸다.

세라는 순간의 『풍장』으로 아크데빌을 중심으로 270도 회전하여 아크데빌의 오른편으로 나와 사각지대로 계속 이동했다.

아크데빌의 상상을 뛰어넘는 속도로.

지금까지의 한 시간 이상을 모두 마력을 회복하는 데 전념하며 단 한 번도 풍장을 쓰지 않고 싸워온 결과 얻어낸 승리였다.

아크데빌의 마석을 관통한 순간 세라의 마력은 완전히 떨어졌다.

한쪽 무릎을 꿇은 채 최대한 의식을 유지했다. 아직 아크데빌을 쓰러뜨렸을 뿐이다. 그러니 다른 데빌이나 마물들이 어떻게 움직일지는 알 수 없다.

아직 끝나지 않았다.

필사적으로 일어서려고 하는데, 어떤 소리가 다가오고 있음을 깨달았다.

중량물이 높은 곳에서 떨어지는 소리. 아크데빌과의 마지막 일격의 계기가 된 소리.

그것이 자꾸만 반복되면서 여기로 다가왔다. 왕성에서 이어지는 길 끝에서…….

역시나 남은 두 마리의 데빌을 포함해 마물들도 그 소리를 알아차렸다. 그리고 소리가 다가오는 방향을 바라보았다.

노을에 물든 왕도의 하늘. 그런 하늘에서 무거운 무언가가 떨어졌다…….

"저게 뭐냐……."

할머님이 중얼거렸다.

"얼음…… 벽?"

잭의 목소리가 세라의 귀에 들려왔다.

'얼음…… 아아, 그렇구나…… 와줬구나.'

얼음벽이 하늘에서 떨어지며 도로에 있는 마물들을 짓뭉개버렸다.

떨어진 그 얼음 위로, 로브를 걸친 마법사가 한 명 달려오는 것이 보였다.

◆

료는 왕성에서 자치청 앞으로 이어진 거리를 달리기 시작했다. 앞쪽으로 마물들이 득실거리는 거리를.

아벨과 렉스 부대장은 왕성에서 그것을 보고 있다.

"음…… 아벨, 그는 달려간 것 같은데…….."

"그래, 아마 엘프 자치청으로 향했을 거야."

렉스의 물음에 아벨은 대답했다. 대답했을 뿐 그를 뒤쫓으려 하지 않았다.

그것을 본 렉스가 의아해하며 물었다.

"따라가지 않아도 되는 건가?"

아벨은 힐끔 렉스를 보고 다시 시선을 료의 뒷모습으로 되돌렸다.

"나에 비해 료는 지치지 않았으니까. 그보다 료가 피곤해하는 모습을 본 적이 없네…….."

"하지만 그는 마법사잖아?"

아벨의 말에 렉스가 화들짝 놀라 말했다. 일반적으로 마법사는 검사 등에 비해 체력도 없고 싸울 때는 마력을 계속 사용하기 때문에 피로도가 큰 법이다.

"아아, 료는 규격 외야."

아벨이 무겁게 고개를 끄덕였다.

퍼억.

그리고 무거운 것이 떨어지는 소리가 주변을 짓눌렀다.

그것도 연속해서…….

퍼억. 쿠웅.

"아, 료 특기인 얼음벽으로 짓뭉개는 그건가……."

아벨은 론도 숲에서 돌아오는 길에 보았던, 골렘을 짓뭉갰던 얼음벽을 떠올렸다.

바로 그때였다. 동료들의 목소리가 아벨의 귀에 들려왔다.

"아! 아벨 찾았다!"

『붉은 검』의 풍속성 마법사 린의 목소리다. 그 목소리에 이어 파티 멤버들이 모습을 드러냈다.

"아벨…… 다행이다."

그렇게 말하며 포옹한 것은 신관 리햐.

"오, 어어. 걱정했어?"

껴안는 리햐를 받아주며 약간 얼굴을 붉히는 아벨.

그런 리햐의 뒤에서 또 다른 파티도 나타난다.

"중앙 신전 주변의 마물들은 사라졌습니다."

아벨에게 그렇게 보고한 것은 용사 로먼.

"그렇구나, 고마워."

아벨은 작게 고개를 끄덕였다.

그렇게 주고받는 동안에도 쿠웅, 쿠웅 무거운 것이 떨어지는 소리는 먼 곳임에도 아주 똑똑히 울려 퍼졌다.

그 소리가 난 방향을 본 로먼의 얼굴이 굳어졌다.

"아벨 씨…… 저게 뭐죠?"

로먼의 심플한 물음. 역시나 용사인 만큼 시력도 좋은지 하늘에서 얼음벽이 떨어지는 광경이 또렷이 보이는 듯했다.

"료의 얼음벽이야. 아까 그 지하에서 마물들을 막아주던 얼음벽. 그걸 공중에 생성해서 떨어뜨리는 식으로 짓뭉개고 있는 거야. 심플하지만 무시무시한 마법이지."

아벨은 료가 규격 외라는 것을 잘 알고 있었기에 그다지 놀라지는 않았다.

"저거라면 한 번에 대량으로 녀석들을 짓뭉갤 수 있구나……. 지하에서는 사용할 수 없는 건가? 심지어 누른 얼음 위를 달려가고 있는데. 어? 어떻게 얼음 위를 달릴 수 있는 거지? 보통 미끄러지지 않나?"

아벨이 품는 의문의 포인트는 일반인의 관점에서 어긋나 있었다. 분명 료와 어울린 시간이 길어진 탓이었다.

료가 자치청 앞에 도착했을 때 마물들을 포함한 모든 시선이 료를 향하고 있었다. 그중에서도 고개를 숙인 채 한쪽 무릎을 꿇고 있는 플래티넘 블론드의 여성을 먼저 발견했다.

그 후 초음속으로 달려가 그 여성, 세라를 끌어안아 받쳐주었다.

"세라!"

"료…… 와줬구나."

의식은 있다.

심한 부상도 없다.

하지만 베인 상처가 너무 많다!

료가 가방 속에서 특제 포션을 꺼내 세라의 입으로 가져갔다.

"세라, 포션이야. 마셔."

그때 마물들이 움직이기 시작했다.

리더인 아크데빌이 쓰러지고, 하늘에서 내려온 무언가에 많은 이들이 짓뭉개져서 당황하다가 이제서야 정신을 차린 것이다. 데빌 두 마리가 지시를 내리기 시작했다.

"시끄러워."

료가 안고 있는 세라를 놀라게 하지 않으려고 작게 소리냈다.

"〈워터 제트 256〉."

순식간에 데빌을 포함한 256마리의 목이 떨어져 나갔다. 이어서 256구, 또 256구…….

마물들은 자신들에게 무슨 일이 일어나고 있는지도 모르는 채 차례차례 목이 날아갔다.

세라가 느릿느릿 포션을 다 마실 무렵에는 보이는 범위에 있던 마물들은 모두 목이 떨어진 채 쓰러져 있었다.

그 처참한 광경에 소리를 내는 사람은 없었다.

다만 료에게 안긴 채 그 광경을 바라본 세라만이 료의 귓가에 조그맣게 속삭일 뿐이었다.

"고마워."

◆

모든 마물의 목이 떨어진 후에도 세라는 료에게 안겨 있었고, 료는 세라를 껴안고 있었다.

세라 입장에서는 모든 문제가 해결됐기 때문에 서둘러 떨어질 필요가 없었다. 료 입장에서 보이는 범위에서 마물의 목은 떨어뜨렸지만 다른 곳으로 밀려드는 마물은 없는지 살펴봐야 했다.

결국 그 뒤로는 아무 일도 일어나지 않았고, 문제가 해결된 것을 확인한 료가 세라의 얼굴을 들여다보며 말했다.

"이제 자치청은 괜찮은 것 같아. 왕도 안에 있던 마물들도 거의 없어진 것 같고…… 세라도 좀 쉬는 게 낫지 않을까?"

"아아…… 그렇지."

료가 웃는 얼굴로 제안했고 세라도 받아들였다. 두 사람의 대화가 들린 것인지 다가온 할머님이 말했다.

"세라, 애썼구나. 나머지는 이쪽에서 정리할 테니 푹 쉬거라. 미안하지만 료, 세라를 방으로 데려다줄 수 있겠니?"

"알겠습니다."

료는 고개를 끄덕이더니 껴안고 있던 팔을 풀었다.

"아……."

세라가 작게 중얼거렸다. 하지만 그 목소리는 곧 다른 놀라움으로 변했다.

료가 왼팔을 세라의 양 무릎, 오른팔을 세라의 등에 감고는 들어 올린 것이다. 이른바 공주님 안기 자세.

"저, 저기, 료……."

세라가 얼굴을 붉히며 수줍게 말했다.

"세라, 힘들었지? 괜찮아. 난 마법사지만 조금은 단련을 하고 있으니까 안심하고 몸을 맡겨도 돼."

"……응."

부끄러운 듯, 하지만 기쁜 얼굴로…… 세라가 두 손을 료의 목에 둘렀다.

두 사람은 건물 쪽으로 떠났다.

그것을 보면서 할머님이 몇 번이나 고개를 끄덕이고 있었다는 것을, 두 사람은 알지 못했다…….

◆

"훌륭하게 짓뭉개놨네."

『붉은 검』과 용사 파티는 왕성에서 자치청까지 난 얼음길을 지나 이동하고 있었다.

"이 얼음 아래가 어떻게 돼 있는지 떠올리지 않는다면 멀쩡한 길이겠지……."

『붉은 검』의 풍속성 마법사 린이 길을 밟으며 말했다.

용사 파티는 모두 말이 없었다.

얼음이 떨어지는 광경을 똑똑히 본 사람은 시력이 좋은 로먼뿐이었다. 꽤나 거리가 있었기에 다른 이들은 보지 못했다.

붉은 검 멤버들은 료에 대해 조금이나마 알고 있었으니 아벨의 설명을 듣고 납득할 수 있었지만…….

용사 파티 멤버들은 로먼의 설명을 이해할 수 없었다. 물론 로먼이 거짓말을 하지 않는다는 것은 알고 있다. 그리고 실제로 이렇게 길에 얼음이 깔려 있는 것도 확인했다.

알고 있고, 확인도 했지만 그래도 이해할 수 없는 것은 이해할 수 없는 것이었다.

그런 와중 두 파티는 자치청에 도착했다.

화려하게 구멍이 난 담장…… 문이 있었다는 것은 알 수 있었지만 화려하게 뚫린 그 파괴력에 화속성 마법사 고든이 상당한 관심을 보였다.

"할머님, 무사해서 다행이다."

아벨이 정원에서 진두지휘를 하는 할머님을 발견하자마자 말을 걸었다.

"오, 아벨, 이구나. 어떻게든 살아남았나보군. 음…… 그쪽은…… 이거 또 보기 드문 인물을 데려왔으이."

할머님은 로먼 쪽을 보더니 인상을 찡그린 채 빤히 바라본다.

"뭐야? 누군지 알아?"

"음. 용사 아니냐? 중앙 연방에 와 있다니 놀랍구나."

아무렇지도 않게 알아맞힌 할머님의 말에 용사 파티 멤버들도 놀란 표정으로 바라보았다.

"주변을 떠도는 정령의 수가 심상치 않아. 어느 정도 경험을 거친 엘프라면 금방 알 수 있을 거다."

그렇게 말한 할머님이 웃었다.

"처음 뵙겠습니다. 서방 국가의 용사 로먼입니다."

"그래, 반가우이. 왕국 서쪽 숲의 대장로 륜, 다들 할머니라고 부르지. 그냥 할머니라고 부르면 되네."

"할머님, 그런 이름이었어?"

아벨의 중얼거림은 할머님에게도 들렸다.

"용사라는 이름이 붙은 이상 이름을 댈 수밖에 없지 않겠느냐?"

그러던 중 아벨의 귀에 익숙한 목소리가 들렸다.

"아벨?"

아벨이 이름이 불린 쪽을 돌아보니 의외의 인물이 있었다.

"잭? 게다가 스코티까지. 뭐야 너희들, 여기 있었어?"

"그래, 바로 저기 자작 저택에 있을 때 소동에 휘말렸지 뭐냐. 세라 씨한테 도움받았다."

잭이 작게 고개를 끄덕이며 답했다.

"그러고 보니 세라 씨가 없네."

린이 주위를 둘러보며 누구에게랄 것 없이 물었다.

"료도 없어……. 여기로 왔을 텐데."

거기에 아벨도 한마디 보탰다.

"세라는 한계까지 싸웠어. 료가 침대까지 뉘어주러 갔다."

할머님이 건물 한쪽을 바라보며 답했다. 아마 그곳으로 옮겨졌으리라.

"뭐, 세라라면 누가 상대라도 뒤처지진 않았겠지."

아벨이 고개를 끄덕이며 말했다.

하지만 할머님은 고개를 흔들며 반박했다.

"아니, 이번에는 위험했어. 체력도 마력도 다 소진된 상태에서 아크데빌을 상대하다니…… 아마 한계 직전이었을 거다."

"아크데빌!"

할머님의 설명에 반응한 것은 신관 리햐.

"아크데빌이 뭐야?"

반면 지식이 없는 아벨은 고개를 갸우뚱한다.

하지만 아벨뿐만 아니라 많은 사람들이 의아한 표정을 짓고 있었다. 이 가운데 아크데빌을 아는 사람은 할머님을 제외하면 신관 리햐와 서방의 성직자 그레이엄뿐이었다.

"데빌이 진화하면 마왕이 되지. 그것과는 다른 진화의 길을 걸어간 것이 아크데빌이다."

"그 마왕자보다도 강하다고 들었어요."

"마왕군에서도 장군 지위에 해당합니다."

할머님, 리햐, 그레이엄이 각자의 지식을 바탕으로 답했다.

"과연…… 상당히 위험한 놈이라는 건 알았어……. 잠깐만. 할머님, 아까 세라는 마력이 다했다고 하지 않았어?"

"음, 그랬지. 아벨이 묻고 싶은 건 『풍장』이겠지? 맞다, 세라는 풍장 없이 아크데빌과 싸웠어."

"말도 안 돼……."

아벨은 아크데빌의 힘은 모른다. 하지만 마왕자의 힘은 알고 있다. 아벨은 아무런 반응도 하지 못했던 쓰라린 추억이었다.

그 마왕자보다 강한 아크데빌과 순수하게 검만으로 싸웠다니…… 아무리 세라가 강하다고 해도 쉽게 믿긴 어려웠다.

"사실이다. 최후의 순간, 싸우는 동안 모아둔 마력을 이용해 풍장을 두르고 쓰러뜨린 것 같더구나. 우리가 모르는 사이에 확실히 검 실력도 올라가 있었던 게지."

놀라는 아벨을 보면서 할머님이 뿌듯한 얼굴로 웃었다.

"저, 저기 아벨. 아벨은 세라 씨에 대해 잘 알아?"

갑자기 대화에 끼어든 것은 기사 잭이었다.

"그래, 같은 룬의 거리의 모험자니까."

"그, 저기, 세라 씨에 대해 좀 알려줘."

아벨이 대답했고, 잭이 다시 한번 질문했다. 그것을 본 린이 무언가 직감한 것인지, 아벨의 귀에 아주 작은 목소리로 속삭였다.

"저 사람, 세라 씨한테 푹 빠진 것 같아."

"진짜냐……."

들은 아벨은 거기까지만 말하고는 할 말을 잃고 말았다.

아니, 물론 세라는 미녀다. 확실히 말해서 절세의 미녀다. 그리고 아마 이곳에서의 방어전만 해도 계속 최전방에서 위험에 직면한 채로 진두지휘를 했을 것이다.

그 모습을 보고 동경하게 되는 마음은 이해할 수 있다. 전쟁터에 사는 기사 입장에서는 승리의 여신으로밖에 느껴지지 않았으리라.

하지만……

그렇다, 하지만.

아벨은 룬의 거리에서 세라에게 손을 대려고 하거나 손을 댔다가 처참한 응징을 당한 자들을 질릴 정도로 봐왔다. 그야말로 신분이고 뭐고 상관없이.

애초에 차기 영주님이 어깨가 부서지고 검에 박히기까지 했으니……

유일한 예외가 료였다.

아벨이 보기에 료 쪽도 세라를 싫어하지는 않는 듯했다. 린도 같은 의견이었으니 틀림없으리라. 이는『붉은 검』내에서의 공통된 의견이기도 했다.

그렇다면 다른 사람이 건드리지 않는 편이 좋았다. 물론 건드리는 자의 미래를 위해서라도……

그리고 지금 눈앞에서 오랜 술친구가 그 '건드리는 자'가 되려고 했다.

이건 전력으로 말리는 수밖에 없어!

"아아…… 잭. 세라는 룬의 거리에서도 유명한 B급 모험자야. 그래! 룬의 기사단의 검술 지도역이기도 하지. 그녀는 강한 남자가 아니면 상대하지 않아."

"오오, 강하다는 건 알아. 싫을 정도로 봤으니까. 나는 오늘부터 검에 살 거다! 진지하게 임하겠어!"

아벨의 설명에 왠지 더더욱 불타오르는 잭.

그런 대답에 아벨은 머리를 싸맸고…… 그 옆에서 린과 리햐와 워렌은 작게 고개를 흔들었다.

"그건 그렇고 이 주변 참상은 대체……."

용사 로먼이 자치청과 닿은 도로를 보며 말했다.

그 말에 아벨이 도로 쪽을 돌아보았다. 아까 들어왔을 때는 깨닫지 못했다. 근처를 굴러다니는 천 개가 넘는 목 없는 시체들.

"전부…… 목이 없어……?"

아벨 역시 그런 광경은 본 적이 없다.

"아…… 아까 갑자기 일어난 일이야. 세라 씨가 아크데빌을 쓰러뜨린 후 얼음벽이 하늘에서 내려왔어. 그러더니 로브를 입은 마법사가 다가와서는 세라 씨를 껴안는가 싶더니 녀석들이 갑자기 쓰러졌지."

잭이 그때 본 광경을 설명했다. 약간 질투 섞인 감정을 얼굴에 내비치면서.

그 말을 듣고 아벨은 깨달았다.

"아아, 그럼 료가 한 건가."

그 말에 모두의 시선이 아벨 쪽을 향했다.

"뭐, 뭐야? 내가 무슨 이상한 소리라도 했어?"

"이게…… 료 씨가 한 짓이라고요?"

괜히 찔려서 대답하는 아벨에게 용사 로먼이 물었다.

"료…… 일 거야. 가는 물줄기로 목을 베는 걸 본 적 있거든. 그때는 세 마리뿐이었지만…… 그러고 보니 그때 벤 것도 데빌의 목이었지."

아벨은 던전 40층의 일을 떠올리며 대답했다.

"천 마리가 넘는 녀석들의 목을 다 베었다고? 거의 한순간인 데 다가 전부였는데? 아벨, 진짜 이걸 그 로브 마법사가 한 거라고?"

"그래……. 그보다 료가 아니고서야 못하지. 사실상 료 말고 다른 사람이 했다면 그게 더 무서워."

아벨 안에서는 이 참상의 원인이 료라는 결론에 도달해 있었다. 그래서 그 표정은 후련해 보였다.

하지만 다른 사람들의 표정은 잔뜩 굳어 있었다.

"굳이 말할 필요도 없겠지만, 료를 화나게 하면 안 된다?"

아벨이 그렇게 말하자 모두가 사력을 다해 고개를 끄덕였다.

한참을 이야기하고 있는데 도로에 마차가 멈추는 소리가 났다. 마차의 문장은 룬 변경백의 문장.

안에서 나온 것은 사내 둘.

한 명은 룬의 기사단 이송대 대장 이든.

다른 한 사람은…….

"케네스! 무사했구나!"

그 모습을 발견한 아벨이 기쁨의 탄성을 질렀다.

천재 연금술사 케네스 헤이워드 남작이었다.

"아벨! 게다가 잭과 스코티도! 다들 무사해서 다행이다."

케네스도 재회를 기뻐했다.

"룬의 기사단과 함께라는 건 룬 변경백저에 몸을 숨기고 있었던 건가?"

아벨이 마차의 문장과 이든의 가슴 문장을 보고 물었다.

"네, 료 씨가 제 부하들과 함께 데려다줬습니다."

"그러고 보니 그랬었지. 료 녀석, 일 잘했네."

아벨이 기쁜 얼굴로 몇 번이나 고개를 끄덕였다.

"저택에 몸을 숨겨서 살았다니 굉장하네. 이 근처 저택은 다……."

"모두 파괴되었으니까."

잭과 스코티가 케네스의 행운을 축하했다.

"왕도의 룬 변경백저는 거의 요새니까…… 그 정도는 되어야 살아남을 수 있었을 거야."

아벨은 룬 변경백저를 떠올리며 답했다.

"헤이워드 남작님이 들여온 연금 도구에 많은 도움을 받았습니다."

그렇게 말한 사람은 케네스를 데려온 이든 대장이다.

"왕도 방위용 무기의 모형으로 만든 거라…… 진짜보다는 훨씬 작은 건데, 도움이 돼서 다행입니다."

케네스가 수줍어하며 그렇게 말하고는 웃었다.

"그런데 세라 님은 무사하십니까?"

이든은 주위를 둘러보다 세라의 모습이 없는 것을 보고 아벨에게 물었다.

"아아, 무사해. 료가 방에 데려다주고 있대."

"오! 료 공도 이쪽으로 오셨군요. 그렇다면 저는 여러분이 무사하다는 걸 변경백저에 알리고 오겠습니다. 그럼 이만."

그렇게 말한 이든은 마차에 올라타 왔던 길을 되돌아가는 것이었다.

"그건 그렇고……."

아벨이 밖을 둘러보며 크게 한숨을 내쉬었다.

"왕도 복구…… 한동안 고생하겠네."

◆

중앙 연방에는 세 개의 대국이 존재한다.

북쪽의 제국인 데브히 제국.

남쪽의 왕국인 나이트레이 왕국.

그리고 동쪽의 연합, 한다르 연합이다.

한다르 연합은 남서부로 왕국과 닿아 있고 북서부로는 제국과 닿아 있다.

제국은 모든 면에서 다른 두 나라를 압도하고 있지만 왕국과 연합은 오랫동안 균형을 유지해왔다. 하지만 그 균형이 크게 무너진 것이 10년 전 두 나라 사이에 일어난 『대전』이다.

결과는 왕국의 대승.

연합은 영토의 일부를 왕국에 할양했고, 심지어 속국으로 지배하에 두었던 몇몇 소국의 완전 독립을 허용해야만 했다.

그중 하나가 연합의 남부, 왕국의 동부와 접한 잉베리 공국이다.

소국이라고는 하지만 몇 가지의 중요 자원을 안고 있는 잉베리 공국의 완전 독립은 연합에 있어서 큰 타격이었다.

"큭큭큭. 아하하하. 으하하하핫!"

한다르 연합 수도 제이클레어. 그 집정 집무실에 웃음소리가 울려 퍼졌다.

"각하……."

방 주인이 충분히 웃은 시점에 보고를 가져온 보좌관이 말을 건넸다.

"아아, 미안하군. 하지만 럼버도 읽지 않았나? 왕도 소동 보고서. 왕국 기사단의 파괴, 귀족과 그 가족의 막대한 피해. 게다가 그 상황에서 효과적인 방책을 펼치지 못한 지도자들의 무능. 어떻게 웃지 않을 수가 있겠어?"

그렇게 말한 오브리 경이 다시 크게 웃었다.

하지만 한바탕 웃은 뒤, 인상을 살짝 찌푸리며 말을 잇는다.

"하지만 이걸로 확실해졌어. 스태퍼드 폐하는 정상이 아니야."

나이트레이 왕국 국왕 스태퍼드 4세의 이름을 거론하는 오브리 경.

"영민하다고 칭송받은 스태퍼드 왕치고는 확실히 이상하군요."

럼버도 작게 고개를 끄덕이며 말했다.

"병인가? 아니면……."

"아니면……?"

"우리쪽이 아닌 누군가의 공작인가……."

오브리 경은 그렇게 말하더니 몇 번인가 작게 고개를 흔들었다.

"왕국민에겐 불행한 일이 아닐 수 없군……. 내가 어찌할 문제는 아니지만."

"권력 집중의 난점이군요."

"분산되어 있으면 결정하는 데 시간이 걸린다. 집중되면 그곳이 망가졌을 때의 영향이 너무 크지. 사람이 머무는 조직은 녹록지 않은 법이야."

럼버 보좌관이 수중에 있는 서류를 집정 오브리 경에게 보여주며 말했다.

"각하, 확인이 끝났는데 역시 사실이었습니다. 플레처 자작도 소란에 휘말려 숨진 것 같습니다."

"그래…… 다들 운이 좋을 순 없으니까. 플리트윅 공작 저택에서는 일단 손을 뗄까. 왕국 중추를 혼란스럽게 한다는 목적은 달성했으니 말야. 공작령 자체에 제국이 간섭하고 있는 거지?"

"네. 뭔가 큰 목적이 있는 것 같습니다. 플리트윅 공작 본인도 접촉하고 있는 것 같고요."

오브리 경의 물음에 럼버가 고개를 끄덕이며 답했다.

"플리트윅 공작…… 왕제 레이먼드. 우리 연합과 밀약을 맺고 제국과도 접촉하고 있다라…… 흥, 너무 이쪽저쪽 손을 댔다간 화상을 입을걸."

오브리 경이 중얼거렸다. 그리고 생각났다는 듯 물었다.

"그러고 보니 플레처 자작 밑에 보내둔…… 밀정명 낸시였나? 그녀는 소란에 휘말리지 않은 건가?"

"네. 소란 전에 왕도를 떠났다고 합니다."

"좋아. 낸시는 왕국 서부로 돌려라."

"……괜찮겠습니까?"

럼버가 우려를 내비치며 물었다.

"럼버가 우려하는 건 낸시가 제국과 내통한다는 점이지?"

"네……."

"됐어. 거기까지 이미 파악한 뒤에 쓰고 있는 거다. 왕국 서부에는 그 제국 제20군, 그림자군을 이끄는 랜셔스 장군이 직접 들어갔다고 하니까 그와 관련해서는 알아서 움직이겠지."

럼버의 우려를 이미 예상했다는 듯 웃어넘기는 오브리 경.

그리고 이야기를 왕도의 소란으로 되돌렸다.

"그건 그렇고 상상 이상의 마물들이 나타났다…… 예상 이상의 폭주 원인이 뭐였는지는……."

"죄송합니다. 아직 모릅니다."

"뭐, 그렇겠지."

오브리 경도 이렇게 단기간에 해명될 것이라는 기대는 하지 않았다. 애초에 입수 루트 자체도 수상한 곳에서 사들인 구슬이었다.

"뭐라고 했더라……. 그래, 보주라고 했나? 그걸 다시 구해보는 게 어때?"

"그렇게 말씀하실 줄 알고 수배자와 다시 접촉을 시도했지만 연락이 닿지 않았습니다."

오브리 경의 물음에 럼버 보좌관은 고개를 숙이며 답했다.

"흠, 사라졌나. 이쪽으로서는 왕국을 충분히 혼란스럽게 만들었으니 상관은 없지. 왕국 기사단이 궤멸했다면 타국에 원군은 보낼 수 없을 거야. ……이제 시작이로군."

"네, 4개월 후면 출진 가능합니다."

"4개월 후…… 봄의 끝인가, 여름의 시작인가."

오브리 경이 히죽 웃으며 이어서 중얼거렸다.

"잉베리 공, 다시 연합 앞에 무릎 꿇게 해주마."

◆

"다들 고생 많았어."

주 왕국의 제8 왕자 윌리는 대사관을 지켜낸 직원과 기사들을 치하했다.

갑자기 나타난 마물들의 손에 수많은 귀족 저택이 무너져내리는 와중, 주 왕국 대사관은 끝내 침입을 허용하지 않았다.

물론 그것은 대사관의 장소와 크게 연관되어 있다.

이번에 피해가 컸던 곳은 왕도 북쪽 귀족가. 그중에서도 왕성이 있는 북지구에서 북서지구에 걸친 부근이었다. 그 근처의 피해는 크고 심각했다.

반면 주 왕국 대사관은 중앙 신전을 기준으로 동쪽, 동쪽 지구 북쪽 부근에 있었다. 아슬아슬하게 귀족가라 할 수 있는 곳에 자리잡고 있다.

입지상 강대국이라면 대사관을 짓지 않았을 장소였지만, 이번에는 그것이 목숨을 살린 셈이었으니 뭐라 말할 수 없는 대목이었다.

그럼에도 주위를 둘러보면 피해가 상당했다. 동지구 안에서는 북변에 해당했기 때문에 상당한 마물을 처리해야 했기 때문이다. 그런 와중에 대사관이 무사한 것은 역시나 대사관 관계자들의 노력 덕분이라고 할 수 있었다.

월리 왕자 본인은 우연히 그날 나이트레이 왕국 왕가의 손님을 접대하기 위해 대사관에 대기하고 있었다.

본래라면 그날이 학원 전입 첫날이라 등교를 해야 했지만 갑자기 이틀 뒤로 변경. 실로 행운이었다.

학원 장소는 왕도 북지구. 만약 학원에 있었다면 어땠을지……. 그렇게 생각하면 월리 왕자는 진심으로 대사관에 남아 있어서 다행이라고 생각했다. 나아가 왕가의 빈객 덕분에 학원에 가지 않은 셈이니…… 그 빈객에게도 마음속으로 감사를 전했다.

그 빈객인 나이트레이 왕국 왕태자는 제2 근위대의 호위 아래 조금 전 마차를 타고 왕궁으로 돌아갔다.

"엄청나게 날카로운 지시였어……."

왕태자의 연이은 지시는 곁에서 지켜보던 월리 왕자가 보기에도 배울 점이 많았던 것이다.

"언젠가 상황이 진정되면 등성해서 이번 일에 대해 감사를 전해야겠어."

거기서 월리 왕자의 머리를 스친 것은 왕도에 있는 지인의 안부였다. 그렇다 해도 아는 사람은 아직 적다.

"선생님은…… 아마 문제없겠지. 수백 마리에 둘러싸여도 순식간에 섬멸해 버리는 광경밖에 안 떠올라."

월리가 떠올린 것은 선생님이라고 부르는 료였다.

수속성 마법을 사용할 수 있는 월리에게는 그야말로 선생님. 하지만 월리는 료가 적을 섬멸하는 광경을 본 적이 없다……. 본

적은 없지만 그런 것을 쉽게 해낼 것 같은 이미지는 이미 갖고 있었다.

"그러니까 분명 괜찮을 거야."

그렇게 말하며 고개를 끄덕인다.

"남은 건…… 콘 씨인가?"

잉베리 공국에서 호위를 해준 모험자의 숨은 리더.

주 왕국 대사관을 자유롭게 사용해도 좋다고 전했지만 보수를 받은 뒤로는 한 번도 보지 못했다. 어쩌면 이미 왕도를 떠났을지도 모른다.

"그렇다면 그거대로 이번 피해를 면했다는 뜻이니까 괜찮지만."

그렇게 생각한 윌리는 몇 번 고개를 흔들고 밖을 내다보는 것이었다.

◆

왕도 소동이 일어났을 때 콘은 이미 왕도를 나와 있었다.

잉베리 공국의 C급 모험자 콘. 그건 사실이다. 하지만 그는 공국 정부와 매우 가까운 관계이기도 했다.

왕도의 모험자 길드에 얼굴을 내민 콘은 거기서 자신에게 보낸 편지가 도착해 있는 것을 확인했다.

'바로 대사관으로.'

극히 짧은 문장. 하지만 그만큼 시급성이 느껴지는 편지였다.

잉베리 공국 대사관. 그곳에서 신분을 확인받고 공국 정부의

직인이 찍힌 지시서를 받았다.

내용을 확인한 그는 얼굴을 찌푸렸다. 지시서는 벽난로 불에 던져 넣어 모두 타오르는 것을 확인한 뒤 방을 나섰다.

"큰돈은 들어오지만, 늘 그렇듯이 너무 위험한 잠입이야……."

그렇게 중얼거리더니 그대로 왕도를 나섰다. 그 결과 왕도의 소동에 휘말리지도 않았다.

공국 정부의 지시서.

그것은 간단히 말하면 스파이 활동의 지시였다.

공국은 완전히 독립한 지 10년으로 아직 상당히 젊은 국가였다. 그런 공국에는 관료기구는 둘째치고, 우수하다는 첩보 조직이 있긴 하지만 그 규모는 아직 미미했다.

하지만 소국이 살아남기 위해서 정보 수집은 필수다.

그래서 공국 정부는 공국에 소속된 모험자들 중에서 충성심이 두터운 자들을 중심으로 첩보 활동에 종사시키고 있었다. 품고 있는 자원 덕분에 소국 중에서는 비교적 부유한 축에 속하는 잉베리 공국이기 때문에 쓸 수 있는 힘이었다.

더구나 뽑힌 자 중 상당수는 10년 전 『대전』에서 공국의 뒷공작에 가담하여 연합 뒤에서 타격을 주며 싸웠던 자들이 대부분이었다.

결코 쓰고 버리는 용도가 아닌 공국에 매우 유용한 인재였으며, 공국이 불과 10년 만에 상당한 힘을 기를 수 있었던 요인 중 하나였다.

콘은 그런 모험자 중 한 명이다.

그리고 이번 콘의 행선지는 한다르 연합 수도 제이클레어였다.

◆

나이트레이 왕국을 대표하는 마법사라면 일라리온 바라하를 들 수 있었다.

왕국에서는 '궁정 마법사'의 지위에 오르면 평생 안락한 삶이 보장된다. 그것은 특히나 마법을 다루는 데 있어서 높은 기량을 가지고 있지 않으면 취임할 수 없는 지위였기 때문이었다. 엘리트 중 엘리트이자 마법사의 근위대인 백 명의 궁정 마법사.

그들 중 톱이 **필두** 궁정 마법사 일라리온인 것이다. 지난 30년 동안 그 지위는 흔들리지 않았다.

그런 왕국을 대표하는 마법사 일라리온은 왕도 소동 당시 왕도를 떠나 있었다. 약간의 사정으로 인해 어떤 인물을 뒤쫓아 잠시 동쪽에 가 있었기 때문이다.

돌아와서 왕도의 달라진 모습에 놀랐음은 말할 필요도 없다.

그대로 왕성으로 직행해 여러 회의와 몇 차례 회담을 마치고 왕국 마법 연구소로 돌아왔을 때 주변은 이미 어두워져 있었다.

최상층이 그의 집무실. 복도에까지 집무실에서의 목소리가 들려왔다.

"그러고 보니 아벨 녀석들이 와 있었지."

그렇게 생각하며 문을 열고 한 걸음 안으로 들어가자마자 그대로 굳었다.

그곳에는 열 명의 인간이 있었던 것이다.

아벨 일행이 없으면 평소엔 아무도 없는 집무실에 이만한 인원이 있는 것은…… 근 수십 년 동안 한 번도 없었던 일.

"아, 스승님, 어서 오세요."

가장 먼저 인사한 것은 일라리온의 제자인 풍속성 마법사 린.

"아아, 음."

여전히 놀란 상태였던 일라리온은 그 말밖에 하지 못했다.

"어서 와, 할아범, 로먼이랑 다른 녀석들이 묵을 곳이 없다고 해서 여기 와 있어."

아벨은 그렇게 말하더니 로먼 일행을 턱짓으로 가리키며 일라리온에게 사후 보고했다.

"그래서…… 그쪽은 누구신가?"

"용사 로먼과 그 파티야."

"……허?"

아벨의 대답은 사실이었지만 현재의 일라리온은 이해할 수 없는 것이기도 했다.

오랜만에 돌아온 자신의 집에 용사와 그 파티가 있다면…… 그것은 누구도 이해할 수 없을 것이다.

"안녕하세요. 서방 국가에서 온 용사 로먼이라고 합니다. 왕국을 대표하는 마법사 일라리온 님의 연구소에 묵게 해주신 영광에 감사드립니다."

"그, 그래. 편히 쉬다 가시게."

용사라고 불린, 딱 보기에도 정직해 보이는 청년 로먼이 정중

하게 인사를 건넸다. 그런 젊은이를 내쫓을 수 있을 만큼 일라리
온은 매정하지 않았다.

　이리하여 용사 파티는 왕도의 숙소를 확보하게 된 것이었다.

룬으로 돌아가는 길

왕도 소동 3주 후.

왕도는 겨우 안정을 되찾아 느리지만 복구에 착수하고 있었다.

그런 왕도에서 변경인 룬으로 이어지는 남쪽 가도 위를 두 모험자가 걷고 있었다. 검사와 마법사의 조합은 흔했다.

먼저 룬의 기사단 이송대와 함께 세라와 아벨 이외의 『붉은 검』 멤버들이 룬의 거리로 돌아갔다. 세라는 처음에는 돌아가기를 꺼렸지만 마지막엔 어차피 료도 금방 돌아올 것이라는 말에 납득하고 돌아갔다.

납득하지 못한 것은 리햐였다……. 하지만 왕도 중앙 신전을 통해 룬의 신전에서 긴급한 의뢰가 들어온 상황이라 리햐는 울며 겨자 먹기로 이송대와 함께 돌아가게 되었다.

아벨은 형인 왕태자의 부름을 받아 여러 일을 처리하느라 돌아가지 못했다. 아무리 룬의 기사단 이송대와 함께라고 해도 리햐만 돌려보내는 것은 불안했기에 린과 워렌도 리햐의 호위 포지션으로 룬의 거리로 돌려보냈다.

아벨은 리햐에게서 반드시 료와 함께 돌아가겠다는 약속을 받아냈다. 리햐는 료가 함께 있으면 대부분의 문제는 해결될 것이라고 생각한 듯했다.

이리하여 일행보다 일주일 늦게, 비로소 아벨과 료도 왕도를 나와 룬의 거리로 돌아가는 길에 올랐다.

"그건 그렇고…… 왕도에서는 아무 일도 일어나지 않았네요……."

"……뭐?"

료의 중얼거림은 옆을 걷고 있던 아벨에게도 들렸다. 그리고 아벨은 할 말을 잃었다.

아벨이 반응하자 료는 자신의 중얼거림이 생각보다 컸다는 것을 깨달았다. 그래서 말을 덧붙였다.

"아뇨, 오해가 없도록 말해 두자면 라이트 노벨에 나오는 왕도 행사인 격투 대회나 학원편 같은 게 없었다는 뜻이니까요?"

"응, 무슨 말인지 전혀 모르겠어."

료가 자세히 설명해 주었지만 아벨은 전혀 이해하지 못했다.

"그러니까요, 보통 왕도편이 되면 격투 대회에 우연히 참가해서 맹활약을 한다든가, 학원에 들어가서 '료~ 완전 강해~' 뭐 이런 말을 듣는다거나 하는 일이 있을 거라 생각했거든요. 하지만 이번 왕도에서는 그런 일이 없었다고요."

"아, 응, 뭐랄까…… 료는 가끔 이해할 수 없는 소리를 하지. 아니, 가끔이 아니라 대부분이구나!"

"너무해……."

아벨의 폭언에 상처받은 척하는 료.

"상처받은 료의 모습이에요."

"왠지 내가 엄청 나쁜 사람이 된 것 같은데……."

"아벨, 신경 쓰지 마세요."

"아니, 료 때문이잖아!"

어느샌가 누명 쓴 사람을 격려하는 포지션을 취하고 있는 료의 모습에 발끈하는 아벨.

"하아…… 애초에 격투 대회 같은 건 왕도에서 열린 적이 없어. 적어도 지난 백 년 동안에는 한 번도 없었을걸."

"헉…….."

"격투 대회 하면 제도 쪽이 유명하지."

아벨이 충격적인 사실을 알렸고, 료가 절망했고, 아벨이 다시 새로운 희망을 밝혀주었다.

"데브히 제국!"

"4년인가 5년 간격으로 열릴걸. 거기 기념 대회 같은 거엔 다른 나라 모험자들도 꽤 참가하는 걸로 알고 있어."

"오호라! 그게 곧 개최된다는 뜻이군요!"

"아니, 작년에 열렸으니까 한동안은 없겠지."

료가 실낱같은 희망을 품고 말했지만 아벨에게 정면으로 부정당했다.

상심하는 료.

"이 무슨 불행…….."

"학원이 어쩌구 했었는데, 료는 이제 성인이잖아? 이제 와서 학원에 입학할 나이는 아닐 텐데."

"거긴 상관없어요. 학원에 들어가서 강하다거나, 믿을 수 없다는 말을 듣는 게 왕도니까요!"

"아, 응, 역시 의미를 모르겠어."

아벨은 한 손을 휙휙 흔들었다. 너무나도 성의 없는 대응에 절망하는 료.

"그러고 보니 료, 마지막 일주일 동안 계속 케네스랑 어울리고 있었지?"

절망한 료를 무시한 아벨이 물었다.

"네, 연금술의 기초부터 비기까지 배웠어요. 같이 굉장한 포션도 만들었고요. 이걸로 저도 어엿한 연금술사예요!"

순식간에 원상복귀하여 천재 연금술사 케네스 헤이워드 남작과 함께 이룩한 성과를 강조하는 료.

"아니, 일주일만에 비기까지는 무리겠지."

하지만 아벨은 료의 성과를 곧바로 부정했다. 제3자가 듣고 있다면 아벨의 의견에 전적으로 찬성할 것이다.

"뭐, 비기는 좀 과장이지만 상급자 정도는 됐어요!"

"아니, 그것도 무리지."

"무리, 무리, 무리…… 아벨은 부정하는 것밖에 못 하나요? 그래서는 제자를 키울 수 없을 걸요?"

"나 제자 같은 건 안 키워……. 료도 안 키우잖아."

아벨의 그 말에 료가 히죽 웃었다.

"아벨…… 정보가 너무 낡았네요! 저는 이미 다섯 명의 제자를 두고 있습니다!"

"마, 말도 안 돼……."

료가 신나서 떠들어대는 말을 듣고 아벨은 경악했다. 당연하다. 료에게 제자란 있을 수 없는 것이었다.

"잉베리 공국의 상인 견습생 아이들이…… 다섯 명. 그리고 주 왕국 왕자 윌리 전하도 있어요. 이런, 다섯 명이 아니라 여섯 명이나 있었네요. 후후후."

득의양양한 얼굴로 말하는 료를 보고 이유는 모르지만 굉장히 짜증이 나는 아벨.

"그건…… 마법 쪽 제자인가?"

"당연하죠. 저는 마법사니까요. 절 뭐라고 생각한 거예요?"

"마법…… 검사?"

"마법 검사?! 멋지다! 아벨치고는 센스가 좋네요! 다음부터 '마법 검사 료'라고 자칭하는 것도 좋을 것 같아요."

아벨이 적당히 지어낸 말에 푹 빠진 료.

"혁. 하지만 두 마리 토끼를 잡는 건 한 마리 토끼를 잡는 것만 못하다는 말이 있죠. 역시 저는 마법 외길로 좁혀야겠어요……. 검의 길은 포기하겠습니다."

"응, 지금도 충분히 검의 길을 가고 있는 것 같지만 말야."

"그 수엔 안 넘어가요! 제가 둘 다 하게 만들고, 둘 다 정상에 도달하지 못한 모습을 보고 '자만하니까 그런 꼴을 당하는 거야'라고 깔보면서 말할 생각인 거죠? 아벨은 잔인해요!"

"날 어디까지 최악의 인간으로 보는 거야……."

여행길엔 길동무, 세상은 인정.

혼자 여행하는 것보다 둘이 여행하는 편이 더 즐겁다……. 적어도 질리지는 않는다.

첫날밤의 숙박은 왕도 위성 도시에 자리한 데오팜 거리였다. 데오팜 거리는 왕도 남쪽에 있는 최초의 큰 거리이자 숙박 마을 역할을 하고 있었다.

이 거리에서 남부 최대의 거리 아크레로 이어지는 제3 가도와 룬의 거리로 이어지는 남가도로 나뉜다.

"이 숙소는 훌륭하네요! 대욕탕이 있어요!"

"료는 목욕을 좋아하지. 그럴 것 같아서 숙소는 여기로 잡았어. 데오팜에서도 유명한 숙소에다 등급도 높아서 안전해. 밤에도 안심하고 잘 수 있어."

"아벨…… 훌륭해요! 오늘 저녁은 제가 살게요. 좋아하는 걸로 드세요."

"응, 이 숙소는 저녁도 요금에 포함되어 있어. 선불로 돈도 이미 다 냈어."

"들켰네요……."

아벨에게 은혜를 입히겠다는 작전은 실패했다.

둘째 날.

데오팜을 나와 두 사람은 룬으로 가는 길, 남가도를 걷고 있었다.

"아벨, 눈치챘나요?"

"그래, 뭔가 불쾌한 시선이 느껴지네. 숙소를 나온 뒤로 계속."

"역시 B급 모험자네요. 시선을 느낀다. 살짝 해보고 싶었던 대사예요."

아벨의 대사를 조금 동경했던 료.

"료는 시선 쪽이 아니었어?"

"네, 저는 마법으로……."

"그게 더 확실하잖아!"

어째서인지 혼나는 료.

"하지만…… 왜 우리를 보는 거지? 금품이 목적이라면 상인을 노려야하는 거 아냐? 이 남쪽 가도는 왕국을 대표하는 가도 중 하나이니 노릴 만한 상대 같은 건 얼마든지 있을 텐데. 뭐, 반대로 이런 인적 많은 가도에서 도적 행위를 한다는 것도 자살 행위인 것 같긴 하지만."

"그렇죠. 모험자 두 명을 노리는 이유라……. 게다가 한 명은 딱 보기에도 강해 보이는 검사인데요. 혹시나 보고 있는 자들이 맹인 추적자일……."

"그럴 리는 없지."

"하지만 그것 말고는 이유를 설명할 수가 없어요. 불가능한 걸 모두 제외하면 그 뒤에 남은 것이 아무리 불합리해 보일지라도 그것이 확실한 진실이에요! 명탐정은 그렇게 말했습니다!"

"응, 명탐정이라는 게 누군지는 모르겠지만, 그 말을 한 사람은 맞을 거야. 하지만 그 말을 사용한 료는 틀렸어. 우선 불가능한 걸 다 제외하지도 않았잖아!"

아벨의 단언에 눈을 부릅뜨고 이럴 수가, 하는 표정을 짓는 료.

"설마 아벨에게 지적을 받다니……."

"료, 그거 엄청나게 무례한 말이다."

무심코 중얼거린 료는 아벨의 눈총을 받고 말았다.

"뭐, 농담은 이쯤하고. 우리를…… 누군가랑 착각했나?"

"그럴 수도 있죠. 어느 왕족의 은밀한 활동으로 오해받아서 표적이 됐을 가능성이 있어요."

"아, 으응."

아벨은 현 국왕의 차남이다. 하지만 료는 그것을 모른다.

그런데도……

"아벨, 저한테 숨기는 게 있죠."

"어?"

일부러 낮은 어조로 내뱉는 료의 한마디에 아벨은 심장이 철렁한 기분이었다.

"아까 왕족이라고 했을 때 아벨이 약간 반응했어요."

"그, 그래?"

아벨의 등에 식은땀이 흘렀다.

"아벨…… 아니라고는 생각하지만, 설마 왕족의 방에 몰래 들어가 보물 같은 걸 훔쳐온 건 아니겠죠? 만약 그렇다면 저는 슬프지만 아벨을 잡아서 신고할 거예요. 그리고 보수를 받고……."

"아니야!"

묘한 시선을 느끼면서도 두 사람의 여정은 평화롭게 흘러갔다.

셋째 날.

오늘도 룬으로 향하는 남가도 위에 있는 두 사람.

"역시…… 오늘도 보고 있네요."

"그래…… 시선이 느껴져."

료도 아벨도 누군가가 자신들을 계속 보고 있다는 것을 오늘도 느끼고 있었다.

"아벨…… 혹시 어딘가에 있는 실력자의 원한을 산 건 아닌 가요?"

"료…… 무서운 사람들에게 손을 댄 건 아니겠지?"

그렇게 말한 두 사람이 동시에 가슴에 손을 얹고 생각에 잠겼다.

그리고 거의 동시에 한숨을 내쉰다. 둘 다 찔리는 대목이 있는 듯했다.

"그건 그렇고…… 전혀 손을 대지 않는데."

"그렇죠……. 좀 더 이렇게 파악! 하고 과감히 결단을 내려줬으면 좋겠는데요."

"뭔가, 다른 의미로 들리니까 그건 그만해줘."

자신의 목이 료에 의해 댕강 떨어지는 광경을 떠올린 아벨이 얼굴을 찌푸리며 말했다.

"괜찮아요. 아벨은 제가 지켜줄게요! 그러니 엄청나게 강한 상대라면 아벨이 저를 지켜주세요. 저는 도망갈 테니까요!"

"아니, 그건 좀 잔인하지 않아?"

"언제 덮쳐올까요?"

"역시 덮쳐오려나. 보기만 하고 끝나진 않을까?"

료의 질문에 아벨이 희망을 담은 관측을 말했다.

"하지만 반경 500미터 안에서 세 명이 계속 따라오는데요? 여기서 보기만 하고 끝내버리면 엄청난 적자라고요."

"도적에게도 경제 관념이 있는 건가……."

"도적이야말로 소규모 경영이니까요. 돈에 더 엄격해지지 않으면 금세 망할 거예요."

"그, 그렇군."

그 어느 때보다 열변을 토하는 료에게 압도당한 아벨.

"어제 묵었던 애버데어가 왕도 중앙부에 남은 마지막 큰 거리야. 오늘, 내일 묵을 예정인 거리는 애버데어 같은 곳에 비하면 꽤 작고. 당연히 가도의 인적도 줄어들어. 물론 남가도니까 나름대로 오가는 사람은 있겠지만……."

"그러니까 이제 곧 올 수도 있다는 거죠. 그리고 밤에 자는 동안에도 위험하다는 거고!"

"왜 좀 들뜬 것 같지?"

료의 표정이 조금 느슨해진 것을 본 아벨이 그것을 지적했다.

"아니, 그야 언제 올지 모르고 기다리는 것보단 빨리 와줘서 쓰러뜨리는 편이 좋으니까요. 그냥 보고만 있는 사람을 도적일 가능성이 있다! 라는 이유만으로 습격하면…… 안되잖아요?"

"그래, 안 되지."

넷째 날, 남가도 위.

"왔어요!"

료가 아벨에게 속삭였다.

"어떻게 하지?"

"이대로 걸어가요. 접근까지…… 5분 정도 걸릴 거예요. 우릴 포위하기 위해 전방위에서 왔습니다."

"전방위라니…… 대체 몇 명이길래……."

얼굴을 찌푸린 아벨이 말했다. 료가 〈수동 소나〉로 인원수를 셌다.

"스무 명이네요."

"도적치고는 상당한 대인원이네."

"몰래 얼음 갑옷을 입혀놓을게요. 〈아이스 아머 2〉."

료가 외치자 아벨과 료의 옷 표면에 투명한 얼음 갑옷이 생성 됐다.

"수는 힘이죠. 도적이라고는 하지만 다수에 둘러싸이면 다칠 수도 있어요."

"그런 부분에서 료는 신중하단 말이지."

아벨이 감탄하며 말했다.

"위대한 암살자이자 연금술사였던 인물도 다수 앞에서 허를 찔 렸어요. 아벨이 그러지 않길 바라니까요."

"암살자 중에 아는 사람이 있었다는 게 놀랍네. 게다가 연금술 사라니."

"사람에겐 모두 역사가 있습니다. 언젠가 아벨에게도 얘기해 줄게요."

료가 떠올린 것은 물론 암살 교단 수령 하산이었다.

5분 뒤.

료와 아벨 주위로 포위가 완성되고 세 남자가 모습을 드러냈다.

"오, 드디어 나왔네. 데오팜부터 계속 따라왔지? 고생했어."

아벨이 도발하듯 말했다.

무엇 때문에 도발하는 것인가? 특별한 이유는 없다.

"역시 눈치채고 있었나."

중앙에 있던 남자가 말했다.

스킨헤드에 호리호리한 인상이지만 이마 주변에서 지성이 느껴진다……. 료는 그렇게 생각했다.

"우린 이미 너희를 포위했다. 저항하는 건 소용없어."

스킨헤드의 남자가 계속해서 말했다.

"뭐, 소용없는지 어떤지는 그렇다 치고. 뭐가 목적이지? 그게 제일 궁금해. 알려주지 않겠어?"

아벨이 특별히 개의치 않고 평범하게 말했다.

이는 정보를 원해서 하는 말이었으니 딱히 문제될 것은 없다.

"우리가 원하는 건 네가 가진 그 검이다."

"뭐?"

스킨헤드 남자가 건넨 의외의 대답에 아벨이 의아한 얼굴을 했다.

"그건 마검이지?"

스킨헤드의 남자가 물었다. 질문하고 있긴 하지만 이미 확신했다는 투였다.

"아니, 아닌데."

"아닌 게 아닐 텐데."

아벨이 일언지하에 부정하자 스킨헤드 옆에 있던 쳐올린 머리의 남자가 으르렁댔다.

쳐올린 머리의 남자는 이마 주변에 지성이 느껴지지 않는다…….

료는 그렇게 생각했다.

"뭐, 마검이라는 건 이미 알고 있다. 그리고 어떻게 해서든 그걸 갖고 싶다는 거지. 물론 힘으로 빼앗는 것도 가능하지만 협상에 응한다면 금이나 보석, 기타 물건과 교환할 생각도 있다. 어때?"

스킨헤드의 남자가 처올린 머리의 남자를 한 손으로 누르면서 제안했다.

"팔 수 있는 게 아니야."

아벨이 한마디로 부정했다.

"이쪽도 팔 수 없는 걸 내놓으마."

스킨헤드 남자가 한 번 더 제안해왔다. 여기까지 들은 이상 여러모로 흥미가 생길 수밖에 없다.

팔 수 없는 것이란 무엇인가?

금과 보석을 포함하여 그것들은 어디에 있는가?

스폰서의 존재, 혹은 누군가의 대리로서 협상에 임하는 것인가?

그렇다면 뒤에 있는 사람은 누구인가?

료도 아벨도 그런 의문을 품고 있었다. 그러한 의문을 갖게 하는 것 자체가 교섭 테크닉 중 하나이긴 하지만…… 그래도 신경 쓰이는 것은 신경 쓰이는 법이다.

"료, 어떻게 생각해?"

"여러모로 궁금한데요. 어디론가 데려다주지 않을까요?"

아벨과 료가 나눈 대화는 그것뿐이었고 지극히 작은 속삭임이었다.

"솔직히 아직 팔 생각은 없어. 하지만 그쪽이 내놓겠다는 팔 수 없는 물건들에 관심이 있는 것도 사실이지. 그럼 이제 어쩔 거지?"

아벨은 스킨헤드의 남자에게 딱 잘라 말했다.

말한 내용은 모두 사실이다. 사실을 말할 때 사람의 설득력은 늘어난다. 왜 그런지는 모르겠다. 여러 가지 요인이 얽혀 있겠지만…….

상대방을 설득하고 싶고, 상대방이 자신을 믿게 하고 싶다면 사실을 말하는 것이 가장 좋았다.

"그럼 우리가 마을로 데려다주마. 거기서 네 의문에 답할 수 있을 테니까. 따라와."

그렇게 말한 스킨헤드의 남자는 걷기 시작했다.

료와 아벨은 얼굴을 마주보았지만 따라가는 것 외에는 다른 선택지가 없었다. 둘 다 남자의 뒤를 따라 걷기 시작했다.

두 시간 가까이 걸어서 간신히 원하는 장소에 도착했다.

"드디어…… 후, 이제야…… 후우, 도착했네요…… 하아, 꽤 멀었어요."

료가 숨이 찬 듯한 기색으로 아벨에게 말했다.

"……."

아벨은 그것을 보고 아무 말도 하지 않았다. 시선으로는 일부러 그러는 거지? 라고 말하고 있었지만.

료가 이 정도 거리에 지칠 리가 없는 것이다.

"흥, 단련하지 않은 마법사에겐 힘든 길이었겠지."

두 사람의 뒤를 따라오던 쳐올린 머리의 남자가 료의 모습을 보고 깔보듯 말했다. 일부러 그랬다는 것은 알아차리지 못한 듯했다.

그것을 확인한 료가 아벨을 향해 후후, 하고 작은 소리로 웃더니 이어서 속삭였다.

"제 연기도 쓸만하죠?"

그 말을 듣고 왠지 아벨은 진 기분이 들었다.

도착한 곳은 마을이었다. 스무 채 정도의 집이 있고, 마을 중앙에는 광장과 제단이 있는 건물이 보였다.

하지만 료는 위화감을 느꼈다. 무엇이 원인인지는 몰라도…….
물론 원인이나 이유를 모르니 위화감인 것이겠지만.

그 위화감은 아벨도 느낀 모양이었다.

"뭔가 이상하지 않아?"

아벨이 아주 작은 소리로 속삭였다. 료는 입 밖에 내지 않고 고개만 끄덕였다.

료는 위화감의 원인은 알 수 없었지만, 이전에 어딘가에서 느꼈던 위화감이라는 것을 깨달았다.

대체 어디였을까…….

위화감이라고 하면 가장 먼저 마법 무효화가 떠오르지만, 그것은 아니다.

'마법 무효화……? 애꾸눈의 어쌔신 호크, 베히, 남은 건 하산의…… 아! 암살 교단의 마을! 그 마을과 같은 느낌이야!'

료는 그제서야 위화감의 정체를 깨달았다. 암살 교단의 본거지도 마을이었다. 교묘하게 위장된. 이 마을도 위장된 마을이라는 느낌을 받은 것이다.

무엇이 료에게 그런 느낌을 받게 했는가.

여성이 적어서, 는 아니다. 암살 교단 마을에도, 이 마을에도 여성은 있다. 약간 눈매가 험상궂은 여성들이 많은 것 같긴 하지만 그건 어쩔 수 없는 일이라고 생각하자.

그런 게 아니라…….

'아이가 없어?'

그랬다. 암살 교단 마을에도, 이 마을에도 아이가 없었다.

마을이라면 어떤 마을이든 아이가 한두 명은 있다. 그들이 뛰어놀기도 하면서 그 날카로운 목소리가 밖으로 들려오기도 한다.

하지만…….

'암살 교단 마을은 아마 거기 말고도 있었을 거야. 아이들을 키우는…… 암살자로 키우는 것을 목적으로 한 마을이나 혹은 시설이. 그래서 그곳에는 없었다. 그럼 이 마을은? 잘 모르겠지만 표면뿐인 마을? 따로 실제로 생활하고 있는 마을이 있나……? 음, 그것도 잘 모르겠어…….'

일단 료는 알아차린 것을 아벨에게 속삭였다.

"아이가 없어요."

그 말을 듣는 순간 아벨의 눈이 조금 크게 뜨인 것 같았다. 그리고 작게 고개를 끄덕였다.

두 사람이 이끌려온 곳은 마을 광장이었다.

그곳에는 검은 로브를 걸치고 흰머리가 허리까지 오는 노인이 있었고, 좌우로 각각 세 명, 똑같은 검은 로브를 걸친 자들을 거느리고 있었다. 노인을 제외하고는 모두 후드까지 쓰고 있어 뭔가 오싹한 분위기마저 느껴졌다.

하지만 료가 주목한 것은 다른 곳이었다.

노인이 손에 쥔 긴 지팡이. 그 지팡이에 달린 장식 끈과 돌 조각. 그 조합은 전에 본 적이 있었다.

닐스의 마을에 있던 할멈이 지팡이에 차고 있던 것과 똑같다. 에토는 장식품이라고 했는데…… 하지만…….

'할멈이 달고 있었던 거랑은 조각된 모양이 달라.'

장식 끈은 일곱 가지 색이 꼬아진 것으로 할멈이 달고 있던 것과 같았지만, 돌조각으로 된 조각품은 별개였다.

에토와 같은 신관도 아닌 료는 당연하게도 그 조각이 무엇을 나타내는지는 몰랐다. 그래서 실낱같은 희망을 품고 옆에 있는 B급 모험자에게 물어보기로 했다.

"아벨, 저 흰머리 노인이 지팡이에 차고 있는 돌조각, 뭔지 몰라요?"

"글쎄…… 장식 끈이 칠색이라 예쁘네."

B급 모험자도 이 정도의 반응이었다.

그저 신관이라는 말로 알려진 빛의 여신의 신관들을 제외하면 이미 중앙 연방의 드러난 역사에서 자취를 감춘 것이다. 아벨이 모르는 것도 무리는 아니었다.

가장 먼저 입을 연 것은 백발의 노인이었다.

"잘 오셨소, 그대들. 바로 본론이네만 우리가 원하는 것은 바로 그 마검이오. 물론 그냥 달라고는 하지 않겠소. 가격, 혹은 어느 정도의 물건이라면 교환해 줄 수 있을지 들려주시오."

"아니, 아까 저 남자한테도 말했지만 쉽게 넘길 생각은 없어. 애초에 무엇 때문에 이 마검을 원하는지 들려줘."

백발의 노인의 단도직입적인 말에 당당하게 말을 되받아치는 아벨. 이런 부분에서의 아벨의 행동은 료가 봐도 감탄스러웠다.

"그렇군. 우린 그 마검을 신께 바치고 싶소만."

"신께 바친다고? 빛의 여신…… 이 아니라?"

"그런 가짜 신과 같은 취급을 받을 분이 아니다!"

돌아온 반응은 격렬했다.

지금까지 약간 하대가 섞인 여유로운 태도였는데, 갑작스러운 변화였다. 료가 조금 놀란 것은 비밀이다.

"……실례했군. 신전 쪽으로 안내하고 우리들의 신에 대해 설명하겠소. 따라오시오."

그렇게 말한 백발의 노인과 여섯 명의 검은 로브를 입은 자들은 마을 안쪽 야산 쪽으로 향했다.

료와 아벨은 한번 얼굴을 마주 보고는 따라갔다. 그 뒤에서 스킨헤드 남자 일행도 따라왔다.

신전 입구는 작은 산 옆에 난 굴이었다. 굴 안쪽은 막다른 골목이었지만 흰머리 노인이 손으로 누르자 거의 저항 없이 안쪽으로 길이 이어졌다.

"들어오시게."

그렇게 말한 백발의 노인과 여섯 명의 검은 로브를 입은 자들이 먼저 들어갔다. 아벨, 료, 그리고 스킨헤드 사내 일행 셋이 이어서 들어갔다.

안은 상상 이상으로 넓었다.

그야말로 축구장 한 면의 넓이라고 하면 상상이 될까. 또한 천장까지의 높이도 10미터 이상은 족히 돼 보였다.

스킨헤드 일행 세 명은 입구를 닫고 거기에 멈춰 섰다. 료와 아벨은 백발의 노인의 재촉에 방 앞쪽으로 걸어갔다.

료는 이 방에 들어온 순간 느낀 것이 있었다.

'숨겨진 신전?'

닐스 마을에 있던 숨겨진 신전과 같은 분위기를 느낀 것이다.

그 공간의 가장 안쪽에는…… 부서지지 않은 완벽한 수정 구슬…… 같은 것이 놓여 있었다.

닐스 마을에 있던 것은 부서져 있었다. 그 부서졌던 구슬이다.

색깔도 다르고 크기도 다르지만 어쩐지 룬의 던전 40층이나 이번 중앙 신전 지하 5층에서 수거한 검은 구슬과 비슷하다는 느낌이 들었다.

앞쪽에 놓여 있는 구슬은 투명했다. 수정 구슬이에요, 라고 하면 그대로 믿을 정도로 투명한 구슬이었다.

검게 변해 있던 두 구슬과는 다르다. 다르지만…… 느껴지는 분위기는 비슷했다.

"여기까지 와주시오."

백발의 노인은 그렇게 말하더니 두 사람을 앞쪽 제단 근처로 불러들였다.

두 사람이 다가가자 백발의 노인이 작은 소리로 무언가를 외웠다.

그 순간…….

아벨이 한쪽 무릎을 꿇었다. 그리고 료도 한쪽 무릎을 꿇었다.

"자, 나를 따르도록 해라."

백발의 노인은 두 사람에게 명령을 내렸다. 하지만 두 사람은 움직이지 않았다.

"음?"

의아해하는 노인. 그리고 다시 작은 소리로 외친다.

"〈슬레이브〉."

그리고 다시 명령을 내렸다.

"나를 따르도록."

"거절한다!"

한쪽 무릎을 꿇은 채, 고개를 들지도 못하는 상황에서 아벨은 힘차게 단언했다.

"그럴 수가! 〈슬레이브〉가 듣지 않는다니? 신전에서의 〈슬레이브〉…… 마왕조차도 거느릴 수 있다고 전해지는 것……! 그게 듣지 않는다니 있을 수 없다."

"이런 게 효과가 있다면 마왕이라는 것도 별거 아니네."

아벨은 이마에 땀을 흘리면서도 노인의 마법에 저항했다.

"정신 간섭 마법…… 암속성 마법…… 지금은 상당히 줄어들었지. 그게 강화된 신전이라면 네놈은 칠신 중 어둠의 신 신관인가?"

아벨이 간파했다.

"거기까지 알고 있다니…… 네놈, 평범한 모험자가 아니구나."

"평범한 B급 모험자다! 다만 정신 간섭 마법이 끔찍하게 싫을 뿐이지!"

그리고 마침내 아벨은 몸을 일으켰다. 안색은 창백하고 이마에는 굵은 땀을 흘리고 있지만 마법의 효과를 없앤 것이다.

물론 그것은 몸에서 떼지 않고 착용하고 있던 『평정의 목걸이』가 가진 효과 덕분이다.

상당히 강력한 상태 이상이나 정신 간섭 마법이라도 몇 초 만에 회복시키는 평정의 목걸이. 그것을 했음에도 회복하는데 이 정도의 시간이 걸렸다는 것은 이 백발의 노인의 암속성 마법이 매우 강력했다는 뜻이기도 했다.

"네놈……. 허나 네놈의 동료는 내 손에 떨어졌다. 그 동료를 네놈과 싸우게 해볼까. 자, 나를 따르라!"

"거절하죠."

료는 그렇게 말하고는 벌떡 일어났다.

"어……?"

백발의 노인과 아벨이 이구동성으로 놀랐다.

노인은 자신의 마법이 듣지 않았다는 것에 대해.

아벨은 끝을 알 수 없는 료의 강함에 대해.

"어째서 료는 괜찮은 거야……."

"아벨한테 안 듣는 게 저한테 효과가 있을 리가 없잖아요!"

"아니, 그건 아니야."

아벨에게 먹히지 않은 이유는 국보급 아이템을 가진 덕분이었다. 하지만 료에게도 먹히지 않는다는 것은…….

"세라가 그러더라고요. 제게서 넘쳐나는 건 사악한 기운을 쫓아낸다고. 분명 〈슬레이브〉라는 건 사악한 마법이겠죠. 그런 건 저에게 효과가 없어요!"

료는 자신만만하게 장담했다.

어떻게 그렇게까지 자신만만하게 말할 수 있는지 아벨로서는 전혀 이해할 수 없었지만…… 어쨌든 자신만만했다.

"젠장. 이봐, 서둘러 우리 편을 불러와라."

백발의 노인이 문 근처에서 상황을 지켜보던 스킨헤드 남자 일행에게 소리쳤다. 남자들은 서둘러 돌문을 열더니 동료를 부르러 달려나갔다.

그동안, 그리고 동료들이 온 뒤에도 돌문은 열려 있었다.

"이만한 수를 앞에 두고 어쩔 거지? 마검을 내놓으면 목숨까지는 가져가지 않고 끝내주마."

백발의 노인이 아벨에게 제안했다.

30여 명이 새로 신전에 들어왔다. 무력을 무기 삼은 제안은 대체로 협박이라고 한다.

"그런 있으나 마나 한 녀석들이 몇 명이나 있든 상관없어. 전원 지옥에 보내줄 테니 다 덤벼!"

아벨이 기세등등하게 입을 열었다.

옆에서 보고 있던 료조차 감탄할 정도로 멋있게.

"자, 료, 해치워버려."

"거기서 왜 저한테 떠넘기는 거죠……."

감탄한 것을 후회하는 료였다.

그런데 여기서 이상한 일이 일어났다. 신전 입구가 갑자기 검게 칠해진 것이다. 높이 5미터, 폭 4미터의 사각형으로.

그것을 깨달은 것은 료뿐이었다.

만약 이곳에 중앙 대학 조사단의 생존자가 있었다면, 그것이 총장 클라이브 스테이플스가 『문』이라고 이름 붙인 것이라는 사실을 알아차렸으리라.

만약 이곳에 용사 파티 중 누군가가 있었다면, 인공 제단 근처에 나타나 그 안에서 나온…….

"후후, 드디어 잡았다. 늘 미약한 반응뿐이라 정확한 장소를 특정할 수 없었는데, 그랬군. 바위 문에 산을 도려내서 만든 신전인가. 그나저나 보주는 어디에 있나…….'

『문』에서 나타난 것은, 뿔과 검고 가는 꼬리가 난 악마 레오놀이었다.

레오놀의 크나큰 혼잣말에 그 자리에 있던 마흔 명 가까운 인간들의 시선이 집중되었다.

그런 것 따위 개의치 않고 신전 안쪽을 향해 걸어가는 레오놀. 하지만 주위를 둘러보며 보주를 찾고 있던 레오놀이 또 다른 무언가를 발견하고 말았다.

"음? 으으음? 혹시…… 료? 이거 료 아닌가! 정말 신기한 곳에서 다 만났구나."

"기분 탓입니다."

"아니, 기분 탓이 아닌데?"

곧바로 사냥감을 발견하고 화색이 도는 얼굴.

물론 료는 곧바로 부정했고, 레오놀이 그것을 한 번 더 부정했다.

그런 말을 하는 동안 레오놀은 정면 가장 안쪽에 놓여 있는 구슬을 발견했다. 그리고 거의 순간이동인가 싶을 정도의 속도로 다가가 확인했다.

"음, 꽤 괜찮은 보주로구나. 이건 받아가마."

오른손을 대자 보주는 순식간에 사라졌다.

그제야 노인과 남자들이 겨우 움직이기 시작했다.

"네놈은 누구냐?"

"구슬에 무슨 짓을 한 거지?"

"그놈들의 동료인가!"

입에 오르내리는 질문을 일절 무시한 채 레오놀은 걷는다.

그리고 외웠다.

"〈석순〉."

레오놀 주위에 발생한 무수한 돌기둥이 남자들의 목구멍에 정확히 꽂혔다.

불과 몇 초 만에 스킨헤드 남자를 포함해 30명 넘게 있던 남자들이 움직이지 않는 시체가 됐다.

지금 신전 안에 서 있는 사람은 레오놀, 료, 아벨을 제외하면 백발의 노인과 검은 로브를 걸친 자 여섯 명뿐이다.

백발의 노인이 아까부터 뭔가를 작은 소리로 외우고 있다. 간신히 다 외우고는 레오놀을 노려본다.

그 순간 검고 옅은 연기가 레오놀을 뒤덮었다.

"흠, 암속성 마법이구나. 허나 약해. 그런 것으로는 파리 한 마리도 안 따를 거다."

그렇게 말한 레오놀이 손을 한 번 휘둘렀다. 그것으로 레오놀을 덮고 있던 검은 연기는 말 그대로 사라졌다.

"그러고 보니 최근 암속성 마법사는 귀중하다고 했지…… 샘플로 필요하다고 했던가. 흠, 널 가져가야겠다. 다른 건 필요 없어. 〈석순〉."

다시금 돌기둥들에 의해 검은 로브를 입은 사내들의 목이 순식간에 꿰뚫렸다. 백발의 노인만 배에 돌기둥을 맞고 정신을 잃었다.

"자, 료. 오래 기다렸지. 이제 싸우자."

그렇게 말한 레오놀의 얼굴에, 그야말로 숨이 멎을 것 같다는 말이 딱 어울리는 웃음이 떠올랐다.

"역시 그렇게 되는 건가요……."

료가 크게 한숨을 내쉬었다.

"당연하잖아? 살아 있어서 다행이라고 여길 만한 즐거운 이벤트 아닌가?"

"아니, 그건 오해가 좀 있는 것 같은데……."

레오놀이 즐거운 듯 말했고 료가 못마땅한 얼굴로 답했다.

"료?"

그제서야 아벨이 말을 걸어왔다.

"아벨, 저건 절대 손대면 안 돼요. 용사 로먼을 어린애 취급한…… 그게, 눈앞에 있는 저게 바로 레오놀이에요."

"……"

아벨은 경악했다.

설마 이 타이밍에 그런 존재를 만나게 될 줄이야.

로먼은 자신을 능가한다. 그것은 실제로 검을 맞대고 확신했다. 그 로먼을 어린애 취급했다는 것은 아벨도 그런 취급을 받을 것이라는 뜻이었다.

애초에 아까부터 상대에게 아무런 기회조차 주지 않고 돌기둥으로 꿰뚫고 있는 것이다.

"그렇다는 건 용사가 료 밑으로 갔다는 뜻이겠구나. 다행이야. 모처럼 용사로 태어났으니 더 강해져야지."

레오놀은 기쁜 얼굴로 몇 번이나 고개를 끄덕였다.

"그래서…… 거기 있는 검사는 료의 지인인가? 일단 그런 것 같아서 살려두긴 했는데."

레오놀이 아벨 쪽을 보며 물었다.

"네, 아벨한테 손대면 반칙이에요. 아벨이 상처 입으면 저는 죽을 테니 앞으로 당신은 두 번 다시 저와는 싸울 수 없을 겁니다."

그 말은 레오놀에게 큰 충격을 준 듯했다.

"그, 그게 무슨 뜻이냐!"

누가 봐도 초조한 기색으로 말한다.

'이건 교섭에 쓸 수 있겠어. 아벨의 안전 확보가 가장 큰 난관이라고 생각했는데…….'

료는 우선 아벨의 안전을 확보하려고 했다.

"저는 아벨을 무사히 보내주겠다고 한 여자에게 약속했어요. 만약 그 약속을 지키지 못하면 목숨을 바치겠다고요. 그러니 레오놀, 아벨을 다치게 하면 안 돼요."

"흐음…… 그럼 이런 방법도 있지 않을까? 그자를 상처입힌다. 그럼 료는 격앙되겠지. 진심이 된 료랑 싸울 수 있지 않을까."

레오놀이 턱 밑에 손을 얹고 생각하더니 의견을 주장했다.

"레오놀, 당신은 저와 전력으로 싸우는 것과 저를 그냥 이기고 싶은 것 중 어느 쪽이죠?"

"그 둘은 같은 게 아닌가?"

"전혀 달라요. 아벨이 다치면 어차피 저는 죽게 될 겁니다. 전력을 떠나서 다 헛일이 되는 거죠? 하지만 당신이 아벨에게 손대지 않겠다고 맹세한다면, 전력으로 당신과 싸우겠다고 약속할게요."

"……그 약속…… 틀림없는 거겠지?"

눈을 가늘게 뜬 레오놀이 료에게 확인했다.

"네, 약속해요. 레오놀, 당신은 맹세할 수 있나요?"

"좋아. 저자…… 아벨이라고 했나? 아벨에겐 손대지 않겠다고 맹세하마."

'후우. 어떻게든 아벨의 안전을 확보했어. 언약이라고는 해도 왠지 레오놀은 그런 약속을 어길 것 같지 않으니까.'

"들었죠, 아벨? 아벨은 떨어진 곳에서 보고 있어 주세요. 절대로, 설령 제가 죽을 것 같더라도 절대 손을 대면 안 돼요. 검을 뽑아서도 안 돼요. 알겠죠? 약속해주세요."

"……알았어, 약속할게."

후반에는 료의 서슬 퍼런 기세에 눌린 아벨이 손을 대지 않겠노라 약속했다.

"레오놀, 시작하기 전에 좀 물어볼 게 있는데요."

"응? 대답할 수 있는 내용이라면 답해주마, 뭐지?"

"아까 레오놀이 가져간 구슬. 그게 룬의 거리의 대해소를 일으키는 원인인가요?"

료의 질문은 솔직하고 거침없었다.

"아~, 말로 설명하기 어려운 질문이구나. 확실히 기능만 보면 그것…… 우리는 보주라고 부르는데, 그 보주의 기능에 의한 것이지. 허나 자연스럽게 일어나는 것이냐고 하면 그렇지 않다. 뭐라고 할까, 약간의 쓰레기 처리…… 랄까, 솎아내기…… 같은? 그런 느낌에 가깝지."

레오놀의 대답은 곧바로 이해하기는 어려웠다.

하지만 료가 품고 있던 가설에 매우 가까웠고 그와 비슷한 단어도 나왔다. 솎아내기라는 단어가.

"그 말은 즉 '특정 장소'에서 지나치게 늘어난 마물의 수를 줄이기 위해 그 보주로 룬의 던전과 '특정 장소'를 연결한다. 특정 장소에서 불어난 마물이 룬의 던전으로 이동한다. 그리고 룬의 던전에서 쏟아져 나오는 마물을 인간들이 사냥하는 행위가 대해소다. 그런 건가요?"

"오오, 거의 맞아. 기본적으로 룬이든 어디든, 거기 살고 있는 자들이 처리할 수 있는 수의 마물밖엔 나오지 않을 거야. 우리 쪽도 나름 조절해서 보내고 있는 것 같거든. 올해는 좀 많았다고 듣긴 했지만……."

"몇 주 전에 일어난 왕도의 소동도?"

"아니, 그건 아냐. 보주가 사용된 건 맞지만 그건 별개다. 자세히는 말할 수 없어."

처음으로 레오놀이 얼굴을 찌푸리며 답했다.

악마들 안에서도 여러 입장이나 인간관계…… 아니, 악마관계 같은 것이 있는 것 같았다.

"그러고 보니 룬에서의 대해소 때 40층에 데빌이 있었어요. 그것도……?"

"호오…… 40층? 우린 11층에 설치한 걸로 알고 있었는데 말야. 흠, 데빌이 무슨 짓을 한 거겠지. 녀석들은 우리가 보내는 고블린 같은 거랑은 달리 일단 어느 정도 지성이 있다. 놈들이 무슨 짓을 했을 수도 있겠지만…… 모르겠구나."

"그렇군요."

일단 료는 알고 싶은 것을 대략적으로나마 알게 되어 만족했다.

"대답해 주셔서 감사합니다. 그럼 약속대로 싸우죠."

"오! 그렇게 나와야지!"

오싹한 미소를 지은 레오놀이 아무것도 없는 공간에서 검을 꺼냈다.

'저건 분명 무한 수납이나 아이템 박스, 그러니까 라이트 노벨에서 흔히 말하는 아공간을 사용한 수납이겠지……. 정말 부럽다!'

그런 생각을 하면서 료도 무라사메를 허리에서 뽑아 날을 만들고는 자세를 잡았다.

"그럼 간다."

레오놀의 말을 시작으로 전투가 시작되었다.

"〈업화〉."

레오놀에게서 나온 두꺼운 불꽃 기둥이 료에게 다가왔다.

"〈적층 아이스 월 10층〉."

료 앞으로 얼음벽이 생성되었고, 그것이 두께를 늘리면서 불꽃 기둥을 향해 나아가더니…… 곧 부딪쳤다. 레오놀의 마법이 더 강한 것인지 쌍소멸의 빛이 아닌, 불꽃과 얼음이 충돌하며 물안개가 발생했다. 그로 인해 시야가 가려졌다.

'저 〈업화〉는 이전에도 첫 번째로 했던 공격이야. 위력은 강해도 적층을 뚫을 정도는 아니라는 건 알고 있겠지……. 그렇다면 저건 양동! 진짜는 사각지대에서…… 뒤나 위.'

그 순간 료는 왼쪽으로 뛰어 지면에서 한 바퀴 회전하고 한쪽 무릎을 꿇은 자세를 취했다. 아니나 다를까 레오놀은 료가 있던 자리 위에서 검을 들고 내려왔다.

"〈석순〉."

"〈아이시클 랜스〉."

지척에서 날아오는 돌기둥을 얼음 창으로 요격하는 료. 물론 레오놀도 그런 공격이 통하리라고는 생각하지 않았다.

이것 역시 양동.

음속으로 뛰어들어 료와의 거리를 단번에 좁히더니 그대로 검을 내려친다. 두 번, 세 번, 검을 맞대며 밀어내기 승부가 펼쳐졌다.

레오놀에겐 그것이 목적이었다.

"〈연탄〉."

날끼리 밀어붙이던 검에 갑자기 압력이 생기며 료의 몸이 그대로 뒤쪽으로 날아갔다. 거리가 멀면 마법으로 상쇄시킨다는 것을 알아차린 레오놀이 밀어내기를 하던 검에 공격 마법을 쏜 것이다.

제로 거리에서 마법을 요격하는 것은 아무리 마법 생성 속도를 단련한 료일지라도 불가능했다.

몸이 날아가며 뒤에 있던 벽에 내던져진 료.

"쿨럭."

입에서 토해낸 기침에 피가 섞여 있다.

하지만 벽에 부딪히기 직전 반격은 해뒀다.

천장에서 레오놀에게로 육박하는 16개의 〈아이시클 랜스〉. 사각지대의 공격이었지만 레오놀은 태연하게 대처했다.

물론 대처하는 것 역시 예상 범위. 우선은 접근시키지 않을 것.

그 상태에서…….

'〈어브레시브 제트 256〉.'

레오놀 주위로 256개의 물줄기가 생겨났다.

"왔구나!"

그것을 보더니 오싹한 미소가 한층 더 짙어지는 레오놀.

"〈풍조난무〉."

레오놀의 주위로 〈에어 슬래시〉 같은 것이 무수하게 휘감기기 시작했다. 그것들이 료의 〈어브레시브 제트〉와 부딪히며 256번의 쌍소멸이 발생했다.

〈어브레시브 제트〉는 모두 사라졌다.

과거 암살 교단의 수령 하산이 돌멩이를 몸 주위에 둘러 어브레시브 제트를 날려 없앴는데, 그것의 바람 속성 버전이라 할 수 있었다. 사고방식이 비슷하다.

어쨌든 료의 비장의 무기를 완전히 공략한 것이다.

하지만 공격이 막힌 료 쪽도 별다른 충격을 받지 않았다.

이번에는 〈어브레시브 제트〉조차도 양동.

진짜 목적은 상처 복구.

제로 거리에서의 마법 공격과 벽에 부딪힌 충격으로 내장까지 거의 확실하게 손상되어 버렸다. 이대로는 전투를 이어갈 수 없었다.

그 레오놀을 상대로 손상을 입은 채 싸울 수 있을 거라고는 생각되지 않았다. 그렇게까지 자만하지는 않은 것이다.

그래서 〈어브레시브 제트〉로 시간을 벌고 있는 동안 특제 포션을 마셔서 상처의 복구를 시도했다. 그리고 복구는 성공했다.

"지난번에 나를 잘게 썰어버린 그 마법, 두 번은 안 통한다."

"역시나. 한 번밖에 안 통하다니 난이도가 너무 높잖아요. 매번 새로운 필살기가 필요하겠어요……."

레오놀이 가슴을 펴고 당당한 얼굴로 말했고 료가 깊게 한숨을 내쉬며 답했다.

마법의 위력 자체는 레오놀이 더 위라는 것은 료도 인정했다. 힘으로 앞설 수 없다면 기술로 앞설 수밖에 없다.

마법에서 기술이란 무엇인가? 그것은 아마도 아이디어일 것이다.

256개의 물줄기로 잘게 써는 것은 료의 생각이었다. 그것을 수의 **힘**으로 짓눌러 없앤 레오놀. 기술을 힘으로 압도한 것이다.

"분해."

그것이 료의 솔직한 감정이었다.

현재 레오놀 마법의 위력이 료를 능가한다는 것은 인정했지만, 기술이 힘에 의해 압도당했다는 것을 인정하는 것이 분한 것도 사실이다.

256개의 물줄기…… 그다음 단계의 기술……. 하산에게 막힌 이래로 계속 고민하고 있지만 아직도 떠오르지 않았다. 머리에 떠오를 때도 있지만 이미지로서 명확한 형태가 완성되지 않았다.

그리고 지금은 전투 중.

당연히 상대방은 기다려주지 않는다.

"이쪽부터 간다! 〈염창〉."

"〈재밍〉〈적층 아이스 월 10층〉."

레오놀의 손에서 뿜어져 나오는 가느다란 불꽃 창. 돌파력 높은 창이 료의 적층을 꿰뚫었다. 그 창을 아슬아슬하게 피하는 료.

"너무 늦었네. 보고 흉내 내는 걸로는 역시 어려운가. 그때부터 꽤 연습했는데…… 하산은 정말 굉장했지."

료가 중얼거렸다. 〈재밍〉에 실패한 것을 반성한 것이다.

〈재밍〉이란 암살 교단 수령 하산 사바흐가 사용하던 마법으로, 생성 도중인 상대의 마법에 자신의 마법을 섞어 생성 그 자체를 저해하는 것. 이것은 말로 하면 알기 쉽지만, 실제로 행하기 위해

선 상상 이상으로 정밀한 마법 제어가 필요했다. 거기에 더해 엄청난 마법 생성 속도까지 요구된다.

료조차 실패한 것만 봐도 실제 전투 중에 행하기란 너무나도 높은 수준의 마법. 하지만 만약 능숙하게 사용할 수만 있다면 상대방의 마법을 봉할 수 있다!

"아까 그 얼음벽 직전에 뭘 하려고 했었지?"

히죽 웃은 레오놀이 지적했다.

"무, 무슨 소릴 하는지 모르겠는데요."

료는 시치미를 뗐다.

"큭큭큭, 무슨 재미있는 거라도 보여주는 건가?"

악마 레오놀이 악마스럽게 웃었다. 정말로 즐거워 보인다. 그리고 다시 외친다.

"〈염창〉."

"〈재밍〉〈적층 아이스 월 10층〉."

레오놀의 손아귀에서 다시금 쏟아져 나오는 가느다란 불꽃 창. 돌파력이 높은 창은 역시나 료의 적층을 뚫었다. 다시 한번 뚫고 나온 창을 피하는 료.

하지만…….

"위력이 약해졌네. 료, 뭘 한 거지?"

레오놀이 살짝 웃음을 띠며 물었다.

"아, 아무것도 안 했어요."

또다시 시치미 떼는 료.

'좀 더 빨리 감지해야 해…….눈으로 좇으면 늦어. 그렇다면……

소나가 더 빠를까? 〈수동 소나〉."

〈재밍〉에 집중하기 위해 꺼두고 있던 〈수동 소나〉를 일부러 기동시켰다.

그리고…… 눈을 감았다.

"무슨……."

그것을 보고 놀라는 레오놀. 순간 분노한 표정을 지었지만 곧 가라앉았다.

"얕보고 눈을 감은 건 아니구나……. 그래, 지금까지 없었던 뭔가를 하려는 거겠지. 좋다, 그 도발 받아주마!"

레오놀은 그렇게 말하고 세 번째로 외쳤다.

"〈염창〉."

"〈재밍〉〈적층 아이스 월 10층〉."

레오놀이 생성한 불꽃 창은, 곧 완전한 형태를 이루지 못하고 무산됐다.

"말도 안 돼!"

놀라는 레오놀.

"후후후, 〈재밍〉에 성공한 것 같네요."

히죽대는 료.

"다시 한번! 〈염창〉."

"〈재밍〉."

이제 적층 얼음벽조차 외지 않았다.

그리고…… 레오놀이 생성한 불꽃 창은 또다시 완전한 형태를 이루지 못하고 무산됐다.

"대체 어떻게 된 거지?"

눈을 부릅뜨고 사라진 자신의 불꽃 창과 료를 번갈아 보았다.

레오놀도 물론 료가 무언가를 해서 불꽃 창이 완벽히 생성되지 않았다는 것은 이해했다. 거기까진 이해했지만 어떻게 그런 일을 했는지는 전혀 이해하지 못했다.

"료, 뭘 한 거냐!"

"어? 아뇨, 그건 알려줄 수 없어요……."

레오놀이 외쳤다. 그때까지 우쭐해하던 료는 정면으로 그런 질문을 받자 자신의 수를 드러내고 싶지 않은지 시선을 돌리며 얼버무렸다.

"그래, 잘 알았다! 그럼 힘으로 물어보면 되지!"

"죽이면 안 돼요. 들을 수 없잖아요?"

"죽은 료의 머리를 열고 직접 마법으로 지식을 빨아들이면 돼! 문제없다!"

"그런 일이 가능해……?"

어떻게든 자신의 마법이 사라진 이유를 알고 싶은 레오놀. 적어도 살해당하지는 않겠다는 생각에 협상한 것인데, 보기 좋게 계책에 실패한 료.

레오놀이 검을 휘둘렀다.

료는 무라사메를 정면으로 잡았다.

"〈염창〉."

"〈재밍〉."

레오놀의 기습 마법…… 하지만 레오놀이 생성한 불꽃 창은 세 번째로 완전한 형태를 이루지 못하고 무산되었다.

"큭!"

"후후후."

억울해하는 레오놀. 여유로운 미소의 료.

마법에 있어서 처음으로, 레오놀을 료가 넘어선 순간이었는지 도 모른다.

채앵.

음속으로 뛰어들어 내려치는 레오놀의 검을 고스란히 받아내 는 료. 그 표정은 자신감에 차 있었다. 한 단계 실력의 계단을 올 랐다는 실감이 그런 표정을 자아낸 것이다.

그래서 검을 고스란히 받아버렸다.

"〈연탄〉."

"〈재……〉."

맞닿은 상태에서 쓴 제로 거리 마법 〈연탄〉. 당연히 〈재밍〉이 맞출 수 있을 리가 없다.

받아낸 검과 함께 몸통 그대로 날아가는 료.

"커흑."

다시 벽에 내던져졌다.

거기서 끝나지 않고 레오놀의 추격이 뒤따른다.

"〈아이스 월 10층〉."

"마지막이다! 〈염창오연〉."

적층조차 막지 못했던 불꽃 창, 그것이 다섯 개. 평범한 10층의 얼음벽으로 막을 수 있을 리가 없다.

목을 향한 한 개는 아슬아슬하게 피했다.

가슴을 향한 한 개는 무라사메로 튕겨냈다.

오른쪽 어깨를 향한 한 개는 로브가 튕겨냈다.

하지만 복부를 향한 한 개가 깊숙이 박혔다.

거기에 더해 왼쪽 다리를 향한 한 개도 허벅지를 꿰뚫었다.

"으윽."

고통에 절로 목소리가 새어 나오는 료.

"크크크, 료, 보기 좋은 모습이구나."

천천히 걸어 다가오면서 악마 레오놀이 악마답게 웃었다. 짓고 있는 미소는 고혹적이기까지 했다…… 싸우고 있는 상대만 아니라면.

"아직…… 끝나지 않았어요…….."

"호오. 이 상황에서도 그렇게 말할 수 있다니 역시 료야."

료가 쥐어짜내듯 말하자 고혹적인 미소에서 오싹한 미소로 바뀐 레오놀이 감탄했다.

"다리가 뚫려서야 움직일 수 없겠지? 내 검과 마법을 상체의 움직임만으로 피할 생각이냐?"

"내겐, 마법이, 있어! 〈워터 제트 슬러스터〉."

단숨에 음속으로 지척까지 달려든다.

채앵, 채앵, 채앵.

료의 연격. 그것도 일격마다 이동을 반복하는 히트 앤드 어웨이.

오른발만큼은 땅에 붙어 있지만 다친 왼발은 완전히 무릎을 구부려 땅에 닿지 않았다. 게다가 료가 지나간 뒤에 미세한 안개가

흩뿌려져 있다.

"물을 내뿜으면서 뛴다고?"

료의 심상치 않은 움직임의 이유를 순식간에 이해한 레오놀.
놀라긴 했지만 동시에 미소를 지었다.

"좋아! 역시 료! 하지만 그 공격은……."

레오놀은 료의 연격을 막지 않고, 달려드는 **무라사메를 향해**
검을 강하게 때렸다.

"가볍다!"

레오놀의 칼에 튕겨 나가는 무라사메. 료의 몸도 날아가……
지 않았다.

검에 튕긴 순간 중심을 비튼다. 게다가 지금껏 이상으로 세밀
하게 〈워터 제트 슬러스터〉를 컨트롤한다. 마치 태극권의 움직임
처럼 자전하여 레오놀의 검에 의한 힘을 원운동으로 받아낸다.

결과, 그 자리에서 한 바퀴 돌아 레오놀의 등을 노렸다.

텅 빈 등을 향한 일격.

"어?"

확실하게 허점을 노린 일격이었는데, 전혀 반응이 없다.

료가 벤 것은 잔상일까, 혹은 분신일까. 모르겠지만 진짜는 아
니다!

순식간에 뒤를 돌아보았다.

진짜가 있었다.

그리고 늦은 것을 이해했다.

그럼에도 무라사메를 오른손 하나로 잡고 왼팔을 치켜들어 목

을 지켰다.

자신의 왼팔이, 팔꿈치 너머가 잘려나간 것을 시야 끝으로 포착하면서…… 동시에 아무 생각 없이 무심히 검을 휘둘렀다.

아무런 저항 없이 무라사메가 레오놀의 목을 베어내는 것이 보였다.

싸움은 갑작스럽게 막을 내렸다.

"일단 좀 진정하자."

료는 애써 입 밖으로 꺼내 말했다.

레오놀의 목을 베었다.

자신은 복부와 왼다리에 깊은 타격을 입었고 왼손이 잘렸다.

팔꿈치와 손목 사이, 이른바 팔뚝이라 불리는 곳을 깨끗하게 절단당했다. 일단 복부와 왼다리의 혈관을 얼음으로 코팅해 지혈했다. 왼팔의 절단면도 얼린 뒤 그쪽도 지혈 및 필요한 보호 조치를 했다. 잘려나간 왼손도 통째로 얼렸다.

그렇게까지 한 뒤에야 차분하게 생각할 수 있게 되었다. 하지만 진정된다는 것은 현상을 인식하는 것이기도 했다.

팔이 잘려나간 것은 역시 괴롭다.

통각적인 의미에서 괴로운 것이 아니라…… 물론 그것도 괴롭지만, 그것보다도 여러 행동에 제한이 걸린다는 의미에서 괴로웠다.

우선 검을 만족스럽게 휘두를 수 없게 된다.

무라사메의 형태를 이루고 있는 일본도는 흔히 말하는 양손검이다.

상당히 특수한 검기 혹은 발도술 등에서는 한 손으로 휘두르는 경우도 있지만, 일본도라는 것은 기본적으로 설계 단계부터 양손으로 쓰는 것을 상정한 것이다. 그래서 한 손으로 다루기란 매우 어렵다.

료가 검도를 배우던 무도관에선 왼손 하나만으로 검을 휘두르던 선배가 있었다. 어릴 때 오른팔 팔꿈치 윗부분을 잃었기 때문이다. 그 선배의 검은 상당한 수련을 쌓아 두 손을 쓰는 검사들에게 밀리지는 않았으나…… 그럼에도 한 손으로 다루는 것은 쉬운 일이 아니었다.

더군다나 죽도에 비해 일본도는 더욱 어렵다……. 료는 단게 사젠(외눈 외팔을 가진 일본 소설 속 가상의 등장인물.)이 아닌 것이다.

여기에 리햐 수준의 신관이 있었다면 또 이야기가 달라진다. 고위 신관이 사용할 수 있는 비기 중엔 부위 결손조차 복구하는 마법 〈엑스트라 힐〉이 있으니까. 이번과 같이 절단된 왼손은 부위 결손에 해당되어 일반적인 〈힐〉로는 재생되지 않는다…….

하지만 이곳에는 고위 신관이 없다.

그리고 왕도와도, 다른 대도시와도 떨어져 있다는 것을 감안하면 고위 신관에게 〈엑스트라 힐〉을 걸어달라고 하는 것은 현실적이지 않다. 부위 결손 복구는 24시간 이내가 아니면 성공하지 못한다. 레드포스트의 거리에서 린이 그런 말을 했던 것을 료도 기억했다.

료는 왕도에서 천재 연금술사 케네스 헤이워드 남작과 함께 몇 가지 포션을 만들었다. 하지만 천재 연금술사 케네스조차 부위 결손을 복구할 수 있는 포션은 만들어내지 못했다.

신관의 마법, 특히 부위 결손마저 복구하는 〈엑스트라 힐〉이 얼마나 규격 외의 마법인지 이해할 수 있는 대목이었다.

"절단된 팔의, 재접합……."

말로 꺼내 봤지만 절망밖에 안 느껴진다.

료가 고민하는데 조금 전 쓰러져 있던 레오놀의 목부터 아래, 몸통 부분이 몸을 일으켰다.

"……."

료는 그저 멍한 얼굴로 그 광경을 보았다.

일어난 레오놀의 몸통 부분이 걸어가더니 머리 부분을 집어들었다. 그리고 자신의 목 위에 얹는다.

"음? 안 붙네."

드디어 레오놀의 목이 말을 했다.

"아아…… 료의 검은 요정왕의 검이던가? 귀찮단 말이지, 이런 식으로 금방은 못 고치거든."

"살아 있는? 거니까 상관없잖아요."

레오놀의 말에 톡 쏘아붙이듯 말하는 료.

"흠. 글쎄, 저쪽에 돌아가면 어떻게든 되긴 하겠지. 그럼 이번에는 료의 승리로구나."

"아니…… 전 팔이 잘려나갔는데요."

"그렇지만 난 목이 잘렸지? 보통은 누가 어떻게 봐도 나의 패배 아닌가?"

"하지만 죽지 않았어……. 이쪽은 팔을 어떻게 할까 고민하고 있는데."

"그건…… 글쎄다, 종족 특성이니까 그저 어쩔 수 없다는 말밖엔 할 말이 없구나. 오, 그래. 거기 있는 암속성 남자는 데려가야지."

그렇게 말하며 자신의 목을 왼쪽 겨드랑이에 안은 레오놀은 오른쪽 어깨에 백발의 노인을 들쳐멨다.

"그럼 료, 다음에 보자. 다음에야말로 이길 테니까! 즐거웠다."

그렇게 말하더니 크게 웃음을 터뜨리며 레오놀은 『문』으로 사라졌다.

아벨이 다가왔다.

"료, 괜찮…… 지 않네."

"네, 괜찮지 않아요."

료의 왼팔을 본 아벨도 역시 얼굴을 찌푸렸다.

"아벨, 일단 밖으로 나가요."

료는 그렇게 말하고 나서 자신의 왼손을 오른손으로 잡고 밖으로 나갔다. 왼손뿐만 아니라 배도, 왼쪽 다리에도 구멍이 나 있지만 솔직히 그렇게까지 심한 통증은 느껴지지 않았다. 누가 뭐래도 왼팔의 욱신거리는 통증이 압도적이기 때문일 것이다.

밖으로 나가면서 료는 팔의 재접합 과정을 고민하기 시작했다. 절망밖에 안 느껴졌지만 현실적으로 다른 해법은 없다.

'이어야 할 부분은 뼈, 근육, 신경, 혈관 그리고 피부. 그중에서도 가장 어려운 건 신경과 혈관…… 이겠지. 본래라면 현미경을 통한 수술, 마이크로 수술을 해야 하는데…… 가는 혈관도 있으니까. 당연히 난 해본 적이 없어…… 여기가 지구라면 손쓸 방법이 없겠지만, 『파이』에는 마법이 있다. 그리고 운 좋게도 나는 수속성 마법사야.'

밖으로 나와 일단 벤치로 보이는 자리에 앉았다.

"료…… 고위신관의 〈엑스트라 힐〉이라면 부위 결손도 복구할 수 있지만……."

거기까지 말한 아벨이 비통한 표정을 지었다. 고위 신관이 있는 곳까지 제한 시간 내에 도달할 수 없다는 것을 알기 때문이었다.

"네, 알고 있어요. 24시간 이내라고 했었죠, 시간이 부족해요. 그래서 제가 직접 붙여볼 생각이에요."

"가, 가능한 거야?"

아벨은 지금까지도 료의 수많은 규격 외 마법을 봐왔다. 혹시 팔 절단을 고칠 수 있는 마법도 있지 않을까?

"못할 수도 있어요. 물론 해본 적도 없고요."

"아아…… 그래, 그렇겠지."

상심하는 아벨.

"다만 방법은 생각해둔 게 있으니까 아벨이 몇 가지 도와줬으면 좋겠어요."

"물론이지! 뭐든지 말만 해!"

아벨이 그렇게 말하더니 씩씩하게 다가갔다.

료는 평소 쓰는 가방에서 포션 하나를 꺼냈다.

"이건 케네스가 만들어 준 포션 중에서도 최상급품이에요. 물론 이것조차 부위 결손은 낫지 않지만 복구력은 상당합니다. 이게 효력을 발휘할 수 있는 상태까지 제가 수속성 마법으로 여러 시도를 해볼 거예요. 제가 신호를 보내면 이걸 반 정도, 제가 말한 장소에 뿌려줬으면 좋겠어요."

"그래, 알았어."

그렇게 말한 아벨이 포션을 받아들었다.

"그럼 시작할게요."

료는 그렇게 말하고는 얼음에 얼려둔 왼손을 오른손으로 잡고 얼음을 해동했다.

물론 마법으로 된 얼음이라 해동된 왼손은 젖지 않았다.

왼팔의 단면도 해동하여 잘린 왼손을 제자리에 붙여보았다.

"윽!"

너무 아파서 저도 모르게 목소리가 새어나왔다.

신경이 전부 드러나 있고 마취도 뭣도 사용하지 않았으니 당연했다. 일단 기합으로 어떻게든 하는 수밖에 없었다.

그래, 이를 악물고!

일단 뼈를 연결한다.

역시 레오놀 정도의 검이다 보니 뼈까지 뚝 끊어져 버렸다.

"뼈를 자르는 건 엄청 어려운 일인데. 역시 레오놀."

이상한 부분에서 감탄하는 료.

그렇다고 현실을 도피해서는 안 된다.

절단면이 깨끗해서 이어붙이기 쉽고, 각도를 알기 쉽다는 것은 후일을 위해서도 좋았다. 왼팔의 뼈와 왼손의 뼈를 대고 절단면 주위를 얼음막으로 덮어 움직이지 않도록 고정했다.

수속성 마법사였기에 체내 수분을 통해 눈으로 보는 것 이상으로 정확하게 상태를 파악할 수 있다는 것이 그나마 다행이었다. 료는 그렇게 생각했다.

다음은 근육인데…… 이건 솔직히 어쩔 수 없다.

근섬유 하나하나를 연결할 수도 없으니 알아서 붙기를 바랄 수밖에…… 나중에 쓸 포션에 맡기자.

첫 번째 관문, 신경 접합.

팔 안에는 여러 가닥의 신경이 이어져 있다. 당연히 하나같이 중요한 신경들뿐이다. 자칫 잘못하면 손가락을 움직이지 못하게 될 테니 신중하게…….

애초에 신경 접합은 신경 봉합이나 신경 재생 유도 튜브로 해야 하는데…….

료에게 봉합 기술은 물론 없거니와 신경 재생 유도 튜브도 여기엔 없다.

어쨌든 팔 신경과 손 신경을 절단면부터 접촉시켜서 하나씩 얼음막에 둘러싸 고정. 이것도 어쩔 수 없이 나중에 포션에 맡길 수밖에 없다.

일단은 끊어진 신경끼리 올바른 것을 이어 붙여야 한다……. 다른 신경과 붙어버리면 큰일이니까.

뼈를 붙일 때 딱 맞게 고정된 덕분에 팔과 손은 올바른 위치에 있다. 각각 바로 근처에 있는 신경인 데다 같은 굵기의 신경이라면 확실하겠지.

이런 부분에서 수속성 마법의 진가가 드러났다.

몸속에 있는 것이라면 그것은 물속에 있는 것이나 다름없다. 료는 미크론 단위까지 굵기를 인식할 수 있었기에 연결 오류는 발생하지 않을 것 같았다.

마지막 관문, 혈관 문합.

이것이 지구라면 고도의 문합술이 필요했다. 게다가 무섭도록 끈기가 필요한 작업이기도 하다. 수십 개의 혈관을 바늘과 실을 이용해서 하나하나 연결해 나가야 하니까.

알렉시 카렐 이후로 완벽한 문합술을 통해서만 혈액이 혈관 밖으로 새어나가지 않고 이어질 수 있었다.

하지만 이곳은 『파이』.

혈관 접합은 바늘과 실이 아닌 얼음으로 한다. 연결하는 혈관의 내벽과 외벽에 얼음막을 붙였다.

혈액은 그 내벽 안쪽을 지나가기 때문에 혈관 밖으로 샐 일은 없다.

지구에서의 수술에 비하면 상당한 시간 단축에 어렵지도 않았다……. 료 정도의 수속성 마법사라면!

그렇게 뼈, 근육, 신경, 그리고 혈관이 이어졌다…… 얼음에 의해서.

"아벨, 이제 아벨의 차례예요."

"그래……, 근데 피부가 아직 안 붙었는데?"

"이 벌어진 피부 틈새 안으로 포션을 조금씩 넣어주세요. 팔을 천천히 회전시킬 테니까 팔 둘레부터 넣어주면 돼요. 안에 고정된 얼음이 포션은 투과하니까 괜찮아요."

"마지막 부분은 뭐가 괜찮은 건지 잘 모르겠지만 해볼게."

아벨은 그렇게 말하고는 포션 뚜껑을 따고 준비했다.

"그럼 갈게요."

료는 그렇게 말하고 오른손으로 왼손 끝을 잡고 왼팔 전체를 천천히 회전시켰다.

그에 맞춰 아벨이 포션을 흘려보냈다. 떨어진 포션이 팔 안에서 빛났다.

환상적인 광경.

네 번 정도 그것을 반복하고 상황을 잠시 지켜보았다. 희미하게 료는 팔 안에서 여러 가지 것들이 붙어가는 감각을 느꼈다.

잠시 기다리자 그것들이 붙는 느낌이 사라졌다.

그리고 살짝, 정말 살짝, 손가락을 움직여 보았다.

"손가락이, 움직여……."

"오오!"

료가 속삭이듯 말했고, 아벨은 호들갑스럽게 기뻐했다.

손가락은 다섯 개 다 잘 움직인다. 손목도 문제없는 것 같다.

"그럼, 피부를 봉할게요."

절개하여 팔 안으로 포션이 들어가기 쉽도록 해두었던 피부도 원래의 형태로 되돌렸다. 그제서야 복부와 왼발의 상처가 떠올랐다. 남은 포션은 뿌리지 않고 전부 마셨다. 그렇게 하면 팔의 피부를 이어줄 뿐만 아니라 다른 상처도 치유해줄 테니까.

다시 발광이 일어났다가 사라졌다.

료의 몸은 원래대로 돌아와 있었다.

"다행이다……."

료는 진심으로 안도했다.

아벨은 무어라 더 말하지 않고 료의 어깨를 몇 번이나 두드리며 축하했다.

◆

룬의 거리까지 얼마 남지 않았다.

"그건 그렇고…… 이 길 위에서도 아무 일도 안 일어났네요……."

"……뭐?"

료의 중얼거림은 옆을 걷고 있던 아벨에게 들렸다.

"왼팔을 잘렸는데도 그런 말을 할 수 있는 료는 내 상상을 이미 초월했어."

아벨은 진심으로 그렇게 생각했다.

"아뇨, 오해가 없도록 말해 두자면 라이트 노벨에 나오는 왕도 행사인 '도적 습격'이나 '귀족 아가씨 구조 사건' 같은 게 없었다는 뜻이니까요?"

"응, 역시 료의 말은 모르겠는 것 천지네."

"봐요, 보통 가도를 걷다 보면 도적에게 습격당해서 그걸 반격해 도적들이 모아둔 보물을 모두 얻는다거나. 혹은 마물이나 도적에게 습격당한 귀족 아가씨를 도와 그 귀족 가문에 여러 가지 편의를 제공받는다든가 그런 일이 있는 법이잖아요?"

료는 이벤트의 내용과 중요성을 열렬히 설파했다.

"그런 일은 없을 거야."

하지만 아벨은 단칼에 부인했다.

◆

"저기, 료."

"뭔가요? 또 돈?"

"아니거든. 료한테 돈 달라고 한 적 없잖아!"

아벨은 곧바로 발끈했지만 잠시 후 원래대로 돌아왔다.

"진지한 얘기야. 료는 왜 그 레오놀이랑 싸울 때 그 녀석을 얼음으로 만들지 않은 건가 해서."

"아아……."

아벨의 물음에 료는 레오놀과의 싸움이 떠올라 왼손을 잠깐 보았다. 절단된 상처가 희미하게 남아 있다.

"간단히 말하면, 아무나 얼음으로 만들 수 있는 건 아니에요."

"그런 거야?"

"네, 마력의 문제인지 다른 문제인지는 모르겠지만, 기본적으로 강력한 마법사는 얼음으로 만들 수가 없어요. 적어도 지금은 아직."

"지금은…… 아직……."

료가 마지막에 의미심장하게 덧붙인 말에 반응하는 아벨.

"미래는 어떻게 될지 아무도 모르잖아요? 그 정도의 의미예요.

그 얼음에 넣는 건 이전에 세라에게도 시도해 봤지만 무리였어
요. 뭐, 세라 같은 경우엔 엘프라서 다른 의미로 못했을 수도 있
지만요."

"『정령의 가호』 말이지."

아벨이 왕족의 지식을 바탕으로 중얼거렸다.

"잘 아네요! 세라도 그렇게 말했어요. 그리고 얼마 전에 기회가
있어서 마법단의 아서 씨에게도 시험해 봤는데 역시 못했고요."

궁정 마법단 고문 아서 베라시스. 료의 호출에 시간을 내어 스
톤레이크까지 와준 왕국의 중진.

"여러모로 시도해보고 있구나…… 아서까지 희생해서……."

"희생이라니 너무하네요! 마법의 발전에 협력해 준 것뿐이에
요. 자신의 마법이 어디까지 가능한지는 알아둬야 하잖아요. 뭐,
그런 이유로 레오놀에게 직접 시도해보지는 않았지만 아마 얼음
으로 만들 순 없을 거예요."

료가 입을 쭉 내밀며 말했다. 얼음으로 만들 수만 있으면 제일
쉬울 텐데…… 그렇게 말하고 싶은 모양이었다.

"근데 원래 사람을 얼음에 넣을 수는 없다고 들었는데?"

"아…… 아서 씨한테도 그런 말을 들었는데…… 저도 처음부터
할 수 있었던 건 아니에요. 론도 숲에 있을 때 마물로 시험해 봤
는데 처음에는 몸의 표면에서 튕겨져 나왔어요. 엄청나게 연습해
서 할 수 있게 된 거예요."

"그, 그렇구나……."

"노력이야말로 최강의 도구입니다."

왜인지 우쭐한 얼굴을 하는 료였다.

"그러고 보니, 저도 아벨에게 물어보고 싶은 게 있었어요."

"뭔데?"

"정말이지……. 거기서 '뭐야? 또 돈이야?'라고 물어봤어야죠……. 아벨도 아직 한참 멀었네요."

"나한테 대체 뭘 바라는 거야!"

"물론 만담의 재능을……."

"료, 평생 못 웃게 해줄까?"

그렇게 말한 아벨이 검에 손을 얹는 시늉을 했다.

"당연히 농담이죠, 아벨도 참……."

그렇게 말한 료가 크게 웃었다. 굉장히 부자연스럽게.

아벨의 고속 발검은 상당한 스피드였다. 이 거리에서는 불리하다는 것을 료는 알고 있었다…….

머릿속으로 언제든지 전투를 상정하고 있는 료. 충분히 근육뇌…… 즉, 뇌까지 근육이 되어 있는 모습이었다.

"물어보고 싶은 건 투기나 검기에 관한 거예요."

투기라고 하는 것은 검사나 창사 등, 무기로 싸우는 자들이 몸에 익히는 특수한 기능.

그것은 료의 눈으로 보기에 수련을 쌓아서 익힌 기술과는 결이 다른, 보다 이질적인 것처럼 보였다.

그래, 그야말로 마법과 비슷한 것이다.

"투기는 검사 전용 마법인가요?"

료의 물음에 아벨이 눈을 조금 크게 떴다.

"그런 생각을 주장하는 연구자가 있는 것도 사실이야. 사실이 뭔지는 잘 모르겠지만."

"쓰고 있는데도 모르나요?"

"그래, 애초에 마법도 어떻게 그게 가능한지 다 알지는 못하잖아?"

"듣고 보니 그러네요."

료는 자신을 포함해 마법사들의 다양한 마법을 머리에 떠올리며 답했다.

"료처럼 마법을 발동하는 녀석도 있고, 영창하지 않으면 발동하지 못하는 녀석도 있어. 인간뿐만 아니라 마물 중에서도 마법을 쓰는 녀석도 있고…… 그러고 보니 마법 무효화라는 말도 안 되는 걸 쓰는 마물도 있었지……."

아벨은 예전에 보았던 베히모스와 와이번의 싸움을 떠올리며 말했다.

"그래요, 영창! 저나 세라, 혹은…… 언급하고 싶진 않은데, 그 화속성 마법사까진 생략한다 쳐도 다들 영창을 하네요. 하지만 예전에 간 마을에 있던 대지모신을 믿는 할머니는 영창 같은 건 하지 않았어요. 그리고 동행했던 에토에게 그렇게 말했죠. '영창을 안 한다기보단 애초에 영창 같은 건 없었는데, 어느새 영창이라는 게 당연하다는 듯 남무하게 됐다'고요."

"그래? 그건 나도 잘 모르겠지만…… 그러고 보니 투기라는 게 중앙 연방에 생겨난 건 백 년 전이라고 옛날에 배운 적이 있어.

그 부분과도 뭔가 관계가 있을까……."

"게다가…… 용사 로먼의 파티 멤버도 영창을 하지 않았죠……."

료는 지하 묘지에서 함께 싸웠을 때의 일을 떠올렸다.

"그러고 보니 그랬네. 트리거 워드뿐이었어……."

그 말을 듣고 얼굴을 반짝이는 료.

"그것도요!"

"뭐, 뭐야?"

료의 반응에 놀라는 아벨.

"그 트리거 워드라는 말!"

"어? 마법을 발동시킨다…… 는 말이지?"

"내용이 아니라 트리거라는 말! 무슨 뜻인지 알아요?"

료가 흥분한 이유를 아직 전혀 모르는 아벨이 고개를 갸우뚱하며 생각에 잠겼다.

"의미라니 딱히…… 트리거 워드는 트리거 워드라고밖엔……."

고개를 기울인 채로 답한다.

트리거란 지구에서는 총 등의 방아쇠를 의미했다.

그렇기에 마지막으로 마법 발동을 일으키는 말을 트리거 워드라고 부르는 것은 매우 상징적인 것이었다. 상징적이기 때문에, 완벽하게 매치되기 때문에…… 왜 하필 그 말을 쓰는 것인지 궁금했다.

중앙 연방 국가엔 아마도 아직 총이란 존재하지 않는다.

이제 겨우 '검은 가루'라는 것이 국가 차원의 기밀 수준에서 제조되게 된 수준.

지구에서 흑색 화약은 영어로 Black Powder…… 말그대로 '검은 가루'다.

아마 료나 게코 대상이 슬란제위에서 조우했던 폭발은 흑색 화약이나 그와 비슷한 무언가였을 것이다. 이제서야 그런 것이 나돌기 시작한 단계에서 '트리거'라는 말이 이미 일반화되어 있고, 게다가 옛날부터 사용되고 있는 것이다.

료가 보기엔 위화감이 느껴졌다.

그리고 또 하나 관련된 것이 떠오른 료.

"게다가 그것도요! 〈배럿 레인〉! 풍속성 마법의 최상급 공격 마법이라고 하는, 엄청나게 영창이 긴 거."

"아…… 〈배럿 레인〉은 확실히 영창이 길지."

"그래요! 그 배럿이라는 말의 뜻이 뭔지 알아요?"

"아니…… 〈배럿 레인〉은 〈배럿 레인〉이라는 말밖엔…….."

배럿은 지구에서는 총알을 의미했다. 즉 배럿 레인은 총알의 비…… 정말 묘했다.

하지만 역시…… 그렇기 때문에 궁금했다. 아직 총알 같은 것도 없는 세계에서 어째서 〈배럿 레인〉이라는 이름이 붙은 마법이 있는 걸까.

"정말 모르는 것 투성이에요."

료가 얼굴을 찌푸리며 생각에 잠겼다.

"으음, 료의 의문에 그나마 대답할 수 있을 만한 건 투기 정도야."

"아아…… 괜찮아요. 다른 건 아벨 말고 다른 사람한테 물어볼게요."

"뭔가 엄청 무시당한 기분이지만…… 그냥 못 들은 척할게. 투기는 약 백 년 전에 중앙 연방에 퍼졌다고 알려져 있어. 처음에 누가 쓰게 됐는지에 관해서는 알려지지 않았지만."

아벨아 투기의 시작에 대해 알려주었다.

"백 년 전? 꽤 최근이네요."

"뭐…… 백 년 전을 최근이라고 할 수 있을지 어떨진 잘 모르겠지만……."

"그치만 세라의 나이의 절반……."

"응, 엘프를 기준으로 생각하면 대부분의 일은 최근이 되겠지."

료의 적당한 분류 기준에 아벨이 한숨을 내쉬며 답했다.

"그리고 투기가 마법적인 것인가 아닌가 하는 건 아까도 말했듯이 연구자들 사이에서도 결론이 나지 않은 내용이라 정확히 알 수 없어."

"그렇군요……. 마법 무효 공간에서도 사용할 수 있으면 좋을 텐데요."

료의 한마디에 얼어붙는 아벨.

뒤늦게 정신을 차린다.

"아니, 잠깐. 마법 무효 공간 같은 건 쉽게 보기 어려워."

"마물과의 전투에서……."

"아니, 아니, 베히모스 레벨과 싸울 일 자체가 별로 없다고. 투기와 상관없이 애초에 이길 수 없잖아."

아벨이 본 적이 있는 마법 무효화는 베히모스가 발생시킨 것으로 보이는 마법 무효 공간뿐이다.

"어쌔신 호크가 진화하면 마법 무효화 능력을 갖게 돼요."

"말도 안 돼……."

료는 애꾸눈의 어쌔신 호크가 마지막 전투 때 마법 무효화를 발동한 것을 몸소 경험했다.

그 말을 들은 아벨은 놀라움을 넘어 식은땀이 났다.

어쌔신 호크는 중앙 연방에서도 결코 메이저급 마물은 아니지만, 그래도 전혀 만날 수 없는 것은 아니었다. 본인도 깨닫지 못한 사이에 살해당하기 때문에 모두가 두려워하는 마물 중 하나이기도 했다.

"적어도 제가 싸운 어쌔신 호크는 마지막에 마법 무효화 능력을 몸에 지니고 있었어요. 정말 무시무시했죠."

"료…… 용케 이겼구나."

아벨이 진심을 담아 말했다.

마법사가 마법을 봉쇄당한다……. 그것은 곧 죽음을 의미했다.

"이거 덕분이에요."

그렇게 말한 료가 허리에서 무라사메를 뽑아 검날을 생성했다.

"레오놀과의 전투에서도 쓰던 거지. 얼음 검인가. 얇은 날이 휘어져 있어? 특이한 모양이네."

"무라사메라고 해요. 전설에서 '뽑으면 구슬처럼 번쩍이는 얼음 칼날'이라는 표현이 있는 멋진 칼이죠."

"오, 오오."

손에 든 무라사메를 사랑스럽다는 듯 보여주는 료의 모습에 살짝 질색하는 아벨.

"애초에 그거 얼음 칼날이지? 수속성 마법사 전용 검 같은 느낌인 건가."

"아무래도 그런 것 같아요. 스승님께 처음 한 점을 땄을 때 받은 거거든요."

"그렇구나. 그건…… 감회가 남다르겠네."

아벨은 저도 모르게 자신의 애검을 만지작거리며 대답했다.

그날 점심 이후. 두 사람은 그제서야 룬의 거리가 보이는 지점까지 와 있었다.

계절은 3월.

남국인 나이트레이 왕국 중에서도 더욱 남쪽에 위치한 룬의 거리에는 봄이 오고 있었다.

료에게는 두 달 만에 보는 룬의 거리였다. 애초에 40일 정도면 돌아올 예정이었는데 잉베리 공국에서 왕도에 들리고 소동에 휘말리는 탓에…….

"길었다."

료가 절절하게 중얼거렸다.

"좋아, 가볼까."

아벨의 재촉에 룬의 거리로 향하는 길을 걸어가는 것이었다.

에필로그

그곳은 새하얀 세상.

미카엘(가명)은 오늘도 여러 세계를 관리하고 있다.

손에는 평소 늘 쓰는 태블릿(돌판).

"정말, 미하라 료 씨는 아무리 봐도 질리지 않네요. 그를 환생자로 선택한 건 이런 걸 내다본 걸까요…… 정말 흥미로워요. 『파이』에서 초자연적인 사람들과 많이 어울리게 됐는데…… 그 특이성을 깨닫기 시작한 분들이 드문드문 보이는군요……. 무사히 이겨낸다면 좋겠습니다만."

웃으면서 걱정이 담긴 말을 내뱉고 있다.

"이런? 이거 또 특이한 자들과…… 이건 마침내, 라고 해야 할지…… 수라의 길을 가는 자들이 반드시 겪게 될 전쟁에도……. 맙소사, 일이 끝도 없군요. 미하라 료 씨는…… 평안과는 무관한 분인 건가요? 부디 몸 조심히 지내시길 바랄 뿐입니다……."

외전 화속성 마법사 IV

피오나

   뮤젤 후작 별장 소동 이후 1년 뒤.

   크루코바 후작 부인 마리아는 영지에서 반년간의 생활을 마치고 다시 제도로 돌아왔다. 그는 남편인 후작이 살아 있을 무렵부터 반년마다 제도와 영지를 넘나드는 생활을 하고 있다.

   "없다?"

   "네, 마리아 님. 오스카 공은 현재 북부에서 의뢰를 받아 제도에 안 계신다고 합니다."

   "그래……. 호위 의뢰 예약이라도 해뒀어야 했나……. 그런 게 모험자 길드에 있는지는 모르겠지만."

   지난 제도 체류 때와 마찬가지로 마리아는 오스카에게 반년간 호위 의뢰를 맡기려 했지만, 후작 저택 집사장 에카르트는 그것이 불가능하다는 정보를 가져왔다.

   "오스카 공이 돌아오시면 이쪽으로 연락을 달라는 전언을 부탁해 뒀습니다."

   "그래. 빨리 돌아오길 기대해야지. 그때까지는 노르베르트, 부탁하마."

   "잘 알겠습니다. 그건 그렇고 마리아 님, 오스카가 상당히 마음에 드셨나 봅니다."

   후작령 기사단장 노르베르트가 공손히 고개를 숙이고는 미소

지으며 그렇게 말했다.

"오스카는 지난해 반년 만에 상당한 교양을 갖췄지. 사람의 성장을 보는 건 즐거운 일이니까."

마리아도 흐뭇한 미소를 지으며 그렇게 답했다.

하지만 그런 표정에 잠시 그늘이 드리워지더니 다시 말을 잇는다.

"그렇다고는 해도 아직 마음 깊은 곳은 얼어붙어 있더군. 그것을 녹여줄 누군가……. 그런 운명과 가능한 한 빨리 만나길 바라는 마음도 있구나."

기본적으로 솔직하고 잘 순응하는 오스카는 관의 누구나 마음에 들어하는 존재였다. 무엇보다 어떤 일이든 성실하고 진지하게 임하는 모습이 보기 좋게 비친 것이다.

제대로 된 자라면 열심히 일하는 자를 결코 우습게 여기지 않는다. 그리고 마리아가 곁에 두고 있는 자들은 당연하게도 제대로 된 자들뿐이었다.

그날 오후.

집사장 에카르트가 커피와 함께 가져온 편지를 마리아에게 내밀었다.

"마리아 님, 황제 폐하로부터 편지가 도착했습니다."

"흠…… 내일 오전에 등성하라는구나. 피오나 황녀 전하를 소개시켜주고 싶다고. 그러고 보니 곧 전하의 열 번째 생신인가?"

마리아는 고개를 끄덕이면서 편지를 읽어나갔다.

◆

"처음 뵙겠습니다, 크루코바 후작 부인. 루퍼트 6세의 딸, 제11 황녀 피오나 루빈 보르네미사라고 합니다."

"처음 뵙겠습니다. 크루코바 후작 부인 마리아입니다. 황녀 전하, 부디 마리아라고 불러주시지요."

"감사합니다. 그럼 저도 피오나라고 불러주세요."

황제 루퍼트 6세 앞에서 그런 인사를 주고받는 마리아와 피오나.

루퍼트는 아버지의 얼굴로 흐뭇하게 몇 번이나 고개를 끄덕였다.

"피오나. 마리아는 제국에서 가장 교양 있는 여성 중 한 명이자 아주 활동적인 여성이지. 여러모로 배울 점이 많을 것이다."

"네, 아버님. 마리아 님에 대해선 익히 들었습니다. 게다가 그 유명한 살롱에까지 불러주시다니⋯⋯. 그런데 저 같은 풋내기가 감히 방문해도 되는 것인지⋯⋯."

"피오나 님, 그런 건 신경 쓰지 마세요. 조금씩 익숙해지시면 됩니다. 게다가 지금도 충분히 우아하시고요."

그렇게 말한 마리아가 빙긋 웃었다. 피오나는 그 미소를 보고 안심한 듯했다.

어떤 상황에서도 웃는 얼굴이 가진 힘은 절대적이다.

"저에게 많은 것을 알려주신 프레데리카 님은 매우 교양 있고 영리한 분이셨습니다. 하지만 동시에 검을 휘두르고 활을 당김에 있어서 기사 못지않은 힘을 가지고 계셨었죠."

"그렇습니까!"

돌아가신 어머니 프레데리카의 처음 듣는 이야기에, 검에 목숨을 걸었다고 해도 과언이 아닌 피오나가 얼굴을 반짝이며 반응했다.

"네. 저도 그런 프레데리카 님을 동경했으니까요."

마리아가 미소를 지으며 옛날 일을 떠올렸다.

"마리아 님, 꼭 어머니의 이야기도 듣고 싶습니다."

"그럼요 피오나 님. 많이 대화하도록 해요."

즐거운 듯이 대화를 나누는 두 사람을 루퍼트는 아버지의 모습 그대로 만족스럽게 바라보았다. 이런 광경이 보고 싶어 마리아를 피오나에게 소개한 것이다.

예상했던 결과가 나오면 누구나 기쁜 법이다. 더구나 그로 인해 사랑하는 딸이 미소를 짓는다면 더 바랄 것이 없다.

나흘 뒤, 피오나는 마리아 살롱에 데뷔했다.

살롱 안은 별다른 일 없이 평소처럼 온화하고 부드러운 분위기였고, 처음에는 긴장하고 있던 피오나도 끝날 무렵에는 완전히 분위기에 녹아들어 있었다.

놀란 것은 살롱 밖, 특히 궁정 내였다.

우선 대귀족을 아무도 부르지 않는 마리아의 살롱에 왕족이 참여했다. 심지어 그 대상이 제11 황녀 피오나…… 며칠 후에 열 살이 된다고는 해도, 그녀가 가진 교양 덕분에 살롱에 참가하는 것이 아니라는 사실은 누가 보기에도 분명했다.

그렇다면 그녀의 참여는 틀림없이 황제의 뜻이었다. 그렇다면 자연스럽게 무엇 때문에? 라는 질문이 생겨난다.

궁정 사람들은 여러 사정으로 왜곡된 사고를 하기 쉬웠다. 그래서 황제 루퍼트가 마리아를 통해 돌아가신 어머니 프레데리카의 이야기를 딸에게 들려주고 싶어 한다거나, 그 교양을 배웠으면 한다는, 정말 평범한 아버지의 마음으로 살롱에 참여시켰다는 생각은 꿈에도 하지 못했다.

결국 사람은 진실을 간파할 수 없다. 자신이 믿는 것만 믿고 자신을 기준으로 타인을 측정할 수밖에 없는 것이다.

슬픈 이야기다.

◆

피오나 황녀의 살롱 데뷔 2주 후.

궁정에서 피오나 황녀의 10살 탄생 연회가 열렸다.

제국에서 10살 탄생 연회라는 것은 곧 사교계 데뷔를 의미했다. 물론 모든 귀족이 자신의 저택 파티를 통해 사교계에 데뷔하는 것은 아니다. 대귀족이나 황실이 여는 '10살 탄생 연회' 참석을 통해 데뷔하는 것이다.

피오나 황녀의 10살 탄생 연회는 황실에서 여는 4년 만의 탄생 연회이자 대귀족들을 포함해도 올해 열리는 유일한 10살 탄생 연회였다. 즉, 이번 해에 10살이 되는 귀족 자녀 중 상당수가 피오나의 탄생 연회로 사교계 데뷔를 하게 된다는 뜻이었다.

황제 루퍼트와 오늘의 주역인 황녀 피오나가 등장하기 전부터 행사장 곳곳에서 데뷔하는 아이들의 인사가 이어지고 있었다.

주역인 피오나의 경우 나서서 돌지 않아도 수많은 귀족들이 찾아온다……. 그것을 모두 받아줘야 한다는 어려움은 있었지만 그것은 물론 어쩔 수 없다. 11녀라고는 해도 황녀니까.

하지만 황녀도 아니고 대귀족의 자녀도 아닌 이날 데뷔하는 자들은 부모에게 이끌려 많은 귀족들에게 인사를 반복해야 한다. 인사를 받는 쪽의 귀족도 거의 기억에 남진 않겠지만 집안끼리의 관계 등도 있어 모른 척할 수는 없다.

세상은 여러모로 귀찮은 일이 많은 법이다.

"황제 루퍼트 6세 폐하, 황녀 피오나 전하."

그 순간 행사장의 시선이 앞쪽 단상에 고정됐다.

그곳으로 아버지 루퍼트의 에스코트를 받은 피오나가 등장했다.

"아름다워……."

"너무 가련해……."

"천사 같아."

그런 작은 감탄사가 여기저기서 터져 나왔다. 그만큼 드레스를 차려입은 피오나는 아름다웠다.

아직 10살이니 어른의 색기 같은 것은 물론 없다. 하지만 그런 것은 상관없다. 다소곳한 모습으로 눈을 내리깔고 있는 그 모습은 아름다운 것을 보는 데 익숙한 귀족들이 보기에도 최상급이었다.

귀족들에게 전해지는 소문에 의하면 늘 검을 휘두르느라 숙녀다움은 한 톨도 없다는…… 그런 이야기들뿐이었다.

하지만…… 소문은 정말 그저 소문일 뿐이다.

그것은 천상에 피는 꽃처럼…… 무지개색으로 빛나는 보석처럼…… 하늘 저편에 빛나는 별처럼, 그 누구도 넘볼 수 없는 아름다움.

피오나는 정말이지 아름다웠다.

인사, 댄스, 인사, 댄스…… 끝없이 이어지는 윤무곡에 피오나도 상냥함을 유지하는 데에 한계에 다다르기 직전이었다. 하지만 어떻게든 버텼다.

왜냐하면 이날 탄생 연회의 절정은 인사도 춤도 아닌, 아버지인 황제 루퍼트 6세에게 받을 생일 선물에 있었기 때문이다.

"이 보검 레이븐을 사랑하는 딸 피오나에게 내리겠다."

그런 말과 함께 루퍼트의 손에서 건네진 칠흑 같은 보검 레이븐. 루퍼트를 비롯한 역대 황제들의 허리에 차왔던, 황실에 전해지는 두 개의 전설의 검 중 하나인 레이븐.

예전에 어린 피오나가 루퍼트에게 말한 적이 있었다. "그 검을 갖고 싶어요"라고.

그때 루퍼트는 확연히 놀란 표정을 짓고 있었다. 불과 네 살밖에 안 된 소녀가 루퍼트가 허리에 찬 검을 갖고 싶다고 말한 것이다.

놀랐지만 루퍼트는 곧바로 주지 않았다.

사랑하는 딸에게, 아니 사랑하기 때문에 더더욱 쉽게 줄 수 있는 것이 아니었기 때문이다.

"이 레이븐 말이냐? 피오나가 열심히 검을 연습해서 제대로 휘두를 수 있게 되면 빌려주마."

루퍼트는 그렇게 말했다. 반은 농담으로, 반은 진심으로.

그로부터 6년. 사랑하는 딸은 소꿉놀이보다 검을 휘두르는 쪽을 택해 왔다.

황제의 딸로서 꽤나 바쁜 생활을 하면서도 단 하루도 검을 휘두르지 않은 날이 없었다. 그리고 루퍼트는 아버지로서, 또 황제로서 그 모습을 보아왔다.

그렇게 오늘을 맞이한 것이다.

레이븐을 건네줄 만하다는 확신을 갖고 피오나에게 건네주었다.

피오나는 몇 번이고 말을 더듬으면서도 감사의 말을 했다. 하지만 그 의식은 완전히 레이븐에 쏠려 있었고, 감사의 말을 마치자마자 꽉 끌어안았다.

6년 동안 계속 갖고 싶었던 물건을 겨우 손에 넣은 것이다. 그 기쁨은 이루 말할 수 없었다.

◆

황제 루퍼트가 대대로 황제에게 전해 내려오는 보검 레이븐을 피오나에게 주었다……. 그 이야기는 궁정 전체를 휩쓸었다.

그것은 하나의 거대한 억측을 낳았다.

"혹시 폐하께서는 제위를 피오나 님께 물려주실 생각인 게 아닐까?"

실로 그럴싸한 소문이 돌기 시작했다.

루퍼트에겐 현재 22세가 되는 황태자가 있다.

죽은 왕비 프레데리카의 첫 번째 아이로, 루퍼트와 마찬가지로 화속성 마법을 다루며 식견, 행동, 성격 모두 나무랄 데 없는 인물로 알려져 있다.

하지만 소문은 제멋대로 돌아다니는 법.

"그런 소문이 돌고 있습니다."

한스는 어느 날 루퍼트에게 그 소문을 알렸다.

"아아…… 뭐, 그런 자들도 있겠지. 하기야 제국이 아직 왕국이었던 시절에는 여왕도 몇 명 있었으니까. 하지만 피오나에게 이런 짐을 지울 생각은 없다."

크게 한숨을 내쉰 루퍼트가 피오나에게 제위를 물려줄 생각이 없다는 것을 한스에게 말했다.

"레이븐을 준 건 레이븐이 피오나와 더 잘 어울렸기 때문이지."

"어울린다?"

"그래, 나도 쓸 수는 있다. 쓸 수는 있지만…… 완전히 한 몸이 된 적은 없어. 레이븐에는 전설이 있다. 검이 인정한 주인이라면 검 실력뿐만 아니라 몸의 속도 전부가 올라간다는군."

"확실히 레이븐은 화속성과 풍속성 모두를 지닌……."

"그래. 두 속성을 그 검신에 품고 있는 아주 희귀한 마검이지. 거기서 풍속성 쪽이다. 그런데 나는 인정을 못 받은 건지 속도가 올라간 적은 없어. 피오나가 능숙하게 다룰 수 있을지는 모르겠지만, 나와는 달리 마법의 재능은 있으니까."

그렇게 말한 루퍼트는 어딘가 그리운 과거를 떠올리는 듯했다. 머릿속에 떠올린 것은 죽은 아내 프레데리카였을까…….

"프레데리카 님과 마찬가지로 광속성 마법도 사용하시지요."

"그래. 뭐, 검과 달리 마법에 관해서는 수행을 하지 않았으니 어느 정도 수준인지는 모르겠지만 말야."

◆

제국 북부의 의뢰를 무사히 마친 오스카는 제도를 향해 이동하고 있었다. 임시로 짠 파티 멤버들과.

"역시 오스카가 있으면 전투가 안정적이라니까."

"우리도 제도로 옮겨오길 잘했네."

리더 검사 엘머가 오스카를 칭찬했고 쌍검사 자샤가 거점을 이동한 것을 칭찬했다.

그랬다. 임시로 짠 파티라는 것은 6인 파티 『난사난격』을 말했다.

과거 오스카가 제국 남동부 헴레벤을 거점으로 활동하던 시절 여러 차례 임시 파티를 꾸린 적이 있던 C급 모험자들. 이들 7명이서 지상의 악몽이라 할 수 있는 엠퍼러 타이거를 토벌하기도 했다.

『난사난격』 멤버들은 오스카를 꺼리지 않았고, 오히려 확실하게 좋아하는 편이었다. 오스카로서도 팀을 짜는 상대로서 우선순

위가 높은 멤버였음에는 분명했다. 하지만 오스카가 '흉터 난 사내'의 추가적인 정보 수집을 위해 제도로 이동하면서 더는 파티를 짤 일이 없어졌다.

그러나 9개월 전 『난사난격』이 제도로 거점을 옮겼다. 그것은 연합과 왕국 사이에 벌어진 『대전』 때문이었다.

제국 자체에 『대전』의 전화는 미치지 못했지만, 강대국 간의 전면전이 끼친 영향은 지대했다.

왕국과 연합, 양국의 생산 능력이 손상된 덕분에 많은 물자가 제국에서 수출되었다.

그 결과 제국 안은 예상 이상의 경기 상승이 일어났다. 동시에 양국에서 도피해 온 난민들이 제국으로 유입되면서 국경 부근 거리의 치안은 악화됐다.

『난사난격』이 거점을 두고 있던 헴레벤은 제국의 남동부인 데다 연합에서도 왕국에서도 가까운 거리였기에 난민이 상당히 유입되었다.

치안은 악화되었고 상류층의 상당수는 제국 중심부 쪽으로 거점을 옮겼으며 그곳에 있던 모험자들도 거리를 떠났다. 『난사난격』도 그중 하나였지만 기본적으로 실력자인만큼 수입은 넉넉했기에 가장 먼저 거리를 나왔고, 이제 거리에 남은 모험자는 D급 이하가 대부분인 상태가 돼 버렸다.

『난사난격』의 멤버들은 9개월 전 제도로 이동해 왔는데, 그때만 해도 오스카는 크루코바 후작 부인 마리아 밑에서 거처하며 호위 의뢰를 수행한 덕분에 제도의 모험자 길드에는 전혀 얼굴을 비추지 않았다.

물론 그 호위 의뢰는 제도 모험자이자 길드 마스터인 모리츠 바하만의 중개였으므로 꼬박 반년간 길드에 얼굴을 내밀지 않았다고 해서 그 누구도 나무랄 일은 없었지만 말이다.

하지만 그런 사정 때문에 『난사난격』의 멤버들이 오스카와 재회한 것은 마리아가 영지로 돌아가며 오스카의 호위 의뢰가 종료된 반년 전이었다.

이후 이번이 세 번째 임시 파티다.

"보수가 높은 건 좋지만 제도까지 돌아가는 길이 머네."

"제도 주변과 달리 북부는 이동 중에도 마물이 습격하곤 하니까."

쌍둥이 궁사 유시와 라시가 북부의 명산 린드를 깎아내리며 그런 대화를 나눴다.

"그러자 마, 둘 다. 그런 말을 했다가 실제로 일어나기라도 하면……."

검사 엘머가 말한 순간이었다.

"으아아아!"

멀리서 남자의 비명소리가 들렸다.

"진짜냐."

쌍검사 자샤가 쌍둥이와 엘머를 번갈아 쳐다보았다.

"우, 우리 때문 아니야!"

"우, 우린 잘못 없어!"

쌍둥이의 변명에 작게 고개를 흔드는 검사 엘머.

여기서 결정적인 한마디를 한 것은 오스카였다.

"아까 와이번 같은 것이 하늘을 날고 있는 걸 봤어요."

"진짜냐……."

쌍검사 자샤…… 두 번째로 같은 말을 반복한다.

"물론 지금의 비명과 관계가 있는지는 모르겠지만……."

"정말로 와이번이었다면 관계가 있겠지……. 난처하게 됐네."

리더인 엘머는 미간에 깊은 주름을 만들며 고민했다. 고민했지만 속시원한 결론은 나오지 않았다.

"젠장, 이대로 떠나면 꿈자리가 사나울 것 같아. 하지만 와이번 상대로는 승산이 없는데. 잘 들어, 멀리서 관찰한다. 만약 살아있는 녀석이 있다면 도와줄 거야……. 와이번이 없어졌다는 가정하에 말이지."

엘머의 결정에 나머지 6명은 고개를 끄덕였다.

겨우 일곱 명으로 와이번에 도전하는 것은 단순히 무모한 짓이었다. 그렇다고 해서 완전히 외면하기에도 괴로웠다.

뭔가 유품이 있으면 그거라도 가져가자……. 현실적으로는 그 정도가 타당한 선일 것이라고 엘머는 생각했다.

일행은 비명이 난 쪽으로 다가가 관목에 숨은 채 상황을 살폈다.

"저기다!"

척후 안이 작게 소리 내 가리켰다.

그곳에는 마차 두 대가 옆으로 넘어져 있었고 한쪽은 말이 없었다. 상인으로 보이는 자들이 셋, 모험자 호위로 보이는 자들이 여섯 명, 쓰러진 마차 근처에 있다.

모두 하늘을 올려다보고 있다.

올려다본 하늘에는 유유히 선회하며 말을 먹고 있는 거대한 생물이 있었다.

"그래, 확실히 와이번이네."

어두운 표정에 어두운 목소리로 검사 엘머가 말했다.

어쩌면 오스카가 잘못 본 것이고 다른 무언가이길 바라며 쳐다보았지만, 틀림없는 와이번이었다.

"와이번에겐 활이 안 들어."

"와이번에겐 마법도 잘 안 들어."

쌍둥이 유시와 라시가 말했다.

"모험자 쪽은 이미 다친 것 같아요."

치유사 미사르트가 말했다.

"와이번의 〈에어 슬래시〉겠지. 일격이 인간과는 비교할 수 없을 정도로 무거우니까……."

엘머가 씁쓸하게 말했다.

말하는 순간 와이번이 급강하해 마차 근처로 돌진했다. 그리고 순식간에 다시 한번 뛰어올랐다. 발에 말을 잡아채고.

공중으로 올라가더니 발에 잡아챈 말을 내던져 능숙하게 입까지 가져간다. 그리고 씹어먹었다.

그동안 일행은 아무도, 아무 말도 하지 못했다.

7명 모두 와이번을 실제로 보는 것은 이번이 처음이다. 그 박력에 압도당했던 것이다, 단 한 명을 빼고.

"머리를 부수면……."

그중 한 명이 작은 소리로 중얼거렸고, 그 옆에서 쌍검사 자샤가 말을 쥐어짜냈다.

"다음은…… 저들 중 누군가를……."

씁쓸하게 말했지만 어쩔 수 없는 상황이었다.

그 광경을 여기서 보고 있을 수밖에 없는 자신들에게 씁쓸함을 느낀 것이다.

"큭……."

엘머도 분한 듯 잇새로 말이 새어 나왔다.

그 와중에…….

"저, 시도해보고 싶은 게 있습니다."

"응?"

오스카가 제안하고 엘머가 고개를 기울였다.

"성공하면 와이번의 위협에서 벗어날 수 있습니다. 다만 실패하면 다친 와이번이 이쪽으로 올 수도 있습니다."

오스카가 그렇게 말하자 『난사난격』의 6명은 서로를 마주보았다.

확실히 오스카는 대단하다.

검사로서도 이미 전업 검사인 엘머를 앞섰고, 마법사로서도 비범하다는 것은 6명 모두 알고 있다.

하지만 그럼에도…… 그래, 그럼에도.

와이번을 혼자서 어떻게든 할 수 있다고는 도저히 생각되지 않았다.

와이번이란 그런 존재다. 인간 몇 명이서 어떻게 해볼 수 있는 상대가 아니다. ……하지만…… 어디선가 기대하는 마음이 싹트고 있었다. 6명 모두의 마음 속에.

그러고 보니 그때도…… 지상의 악몽이라고 불리는 엠퍼러 타이거의 숨통을 끊은 것은 눈앞의 마법사였다.

와이번은 하늘의 악몽이라 알려져 있다. 어쩌면…….

6명은 다시 시선으로 대화를 나눴고, 모두 고개를 끄덕였다.

"오스카, 부탁한다."

엘머가 대표로 나서서 그렇게 말했다.

"네."

오스카는 고개를 끄덕이며 답했다.

그것은 와이번이 다시 하강했을 때 일어났다. 아마도 그 목적은 인간 중 누군가였을 것이다.

그래, '였을' 것이다……. 그 목적은 영원히 알 수 없게 되었다.

왜냐하면…….

퍼억.

오스카가 뻗은 오른손에서 나온 초고속의 작은 불길이 정확하게 노린 와이번의 머리에 착탄하였고…… 터졌다.

터진 순간 와이번의 머리도 터졌다.

내부로 파고들어 지연신관식 탄두가 터지듯, 와이번의 머리가 안쪽부터 터져 나왔다. 와이번은 잠시 그대로 공중을 활공하다 지상에 격돌했다.

습격당한 마차 일행은 누구 하나 움직이지 못했다.

영락없이 자신들 중 한 명이 희생될 거라 생각하고 죽음을 각오했는데, 갑자기 와이번이 바로 코앞으로 떨어졌다. 심지어 머리가 날아간 와이번이.

전혀 이해할 수 없는 상황이었다.

전혀 이해할 수 없는 상황인 것은 『난사난격』의 6명도 마찬가지였다.

"……허?"

엘머의 입에서 무심코 새어나온 말이 6명 모두의 소감을 대변해 주었다.

무슨 일이 일어났나?

일어난 일은 알고 있다……. 와이번의 머리가 터졌다.

왜 그런 일이 일어났나?

일어난 이유도 알고 있다……. 오스카의 마법에 의해서다.

어떻게 일어난 건가?

일어난 방법도 알고 있다……. 오스카가 그런 마법을 썼기 때문이다.

그럼 문제없네.

"그럴 리가 없잖아!"

누구를 향한 반론이었는지 알 수 없지만 검사 엘머는 그렇게 외쳤다.

와이번의 몸은 바람의 방어막이라 불리는 것이 상시 발생하고 있어 모든 마법 공격과 물리 공격을 튕겨낸다.

머리만 바람의 방어막이 없나?

그럴 리가 없다. 머리는 누구라도 먼저 노릴 테니…… 약하면 안 되는 곳이다.

지금까지도 수많은 마법사들이 와이번의 머리를 향해 무수한 공격 마법을 쏟아부었을 것이다.

하지만 일격에 쓰러뜨렸다는 얘기는 들어본 적이 없다. 들어본 적 없는 일이…… 지금 눈앞에서 벌어졌다.

그럴 때 사람들은 어떤 반응을 하는가?

대개 현실 도피다.

"오늘도 날씨가 좋구나~."

"그, 그렇지. 햇살이 따뜻해서 기분이 좋네."

검사 엘머가 현실을 도피했고 쌍검사 자샤도 현실을 도피했다.

그러나 사실을 정면으로 받아들인 사람도 있었다.

척후 안이 몇 번 작게 고개를 흔들더니 엘머와 자샤의 머리를 툭툭 때렸다.

"아얏."

"아파."

"포기하고 현실을 직시해."

안이 조용히 그렇게 말하자 엘머와 자샤는 서로를 마주보았다. 그리고 둘 다 고개를 끄덕이며 오스카를 보고 말했다.

"오스카 잘했어."

"마차로 가자."

"네!"

◆

"마리아 님, 이번에는 다시 지명해 주셔서……."

"되었다, 딱딱한 인사는 생략해도 돼."

오스카가 제도로 돌아오자 크루코바 후작 부인 마리아의 호위 지명 의뢰가 와 있었다. 계약 기간은 지난번과 같이 약 반년.

물론 오스카에게 거절이란 선택지는 없었다.

뒤풀이를 권유한 『난사난격』 멤버들에게 사과한 뒤 오스카는 곧바로 크루코바 후작 저택으로 왔다.

이후 『난사난격』 6명뿐인 뒤풀이에서, 쌍둥이 유시와 라시가 완전히 술에 취해 애정하는 오스카가 돌아가 버렸다는 이유로 난동을 부렸다는 것은 비밀이다.

오스카는 제도의 모험자 길드에 도착하자마자 크루코바 후작 저택으로 왔는데, 마리아는 이미 오스카 일행의 활약 정보를 알고 있었다.

"오스카, 와이번을 단독으로 격파했다는 게 사실인가?"

"단독이라기보단 C급 파티 『난사난격』 멤버들과 함께였습니다."

"허나 오스카의 화속성 마법 일격에 머리통이 날아갔다고 들었다만?"

역시 정보통이다. 그 말엔 오스카 역시 쓴웃음을 지을 수밖에 없었다.

그 표정을 보고 마리아는 기뻤다.

활약한 것도 기뻤지만 그 이상으로, '쓴웃음'을 지었다는 것이 기뻤다.

1년 전의 오스카라면 상상도 못했을 온화함이었다. 얼어 있던 오스카의 마음 깊은 곳이 조금씩 녹아가는 것이 느껴졌다.

마리아는 사람이 성장하는 모습을 보는 것을 더없이 좋아했다. 그것은 지난해 반년 동안 오스카의 성장을 보면서 더욱 깊어졌다.

그런 자신의 특성을 마리아는 물론 잘 알고 있었다.

애초에 살롱을 연 것도 그곳에서의 교류를 통해 사람이 성장해 가는 모습을 볼 수 있어 기쁘기 때문이기도 했다.

"그렇지. 오스카, 널 소개해주고 싶은 사람이 있단다. 내일모레 함께 와주렴."

"네, 알겠습니다."

황성.

오스카는 급히 다시 만든 정장을 입고 마리아의 뒤를 따랐다.

1년 만에 175센티미터로 훌쩍 자라 마리아의 키를 넘어선 덕에 1년 전 옷을 입을 수 없게 된 것이다.

하지만 크루코바 후작가가 누군가.

아무런 지장 없이 제도 제일의 재단사를 초청하여 바로 옷을 맞췄다. 황성에 방문하기에는 적당한 옷이 아니었기 때문이었다.

"오랜만이구나, 오스카."

"황제 폐하께서도 그동안 무탈하셨……."

"됐다, 모르는 사이도 아니거늘."

마리아도 그렇고 황제도 그렇고 제국의 대귀족은 정식 인사를 생략하는 문화라도 있는 걸까……. 오스카는 조금 의아했다.

물론 황제나 마리아가 평범하지 않은 것뿐이지만.

"와이번을 화속성 마법 일격에 떨어뜨렸다고."

"변변치 않은 일을……."

"아니, 아니다, 아주 듬직해. 아직 열여섯 살이지? 그 젊은 나이에 그런 활약이라니, 아주 훌륭하다!"

황제 루퍼트는 칭찬을 아끼지 않았다.

루퍼트는 역대 황제들과 비교해도 실력주의자라는 평을 듣는다. 기본적으로 제국의 기풍 자체가 실력주의였는데, 그와 비교해도 루퍼트는 비정상적일 정도로 실력을 중시했다.

일반적으로 실력주의라고 하면 울림은 좋지만 현실적으로 실행하기는 매우 어렵다. 특히 거대한 조직에서는 더더욱 어렵다.

무엇이 어려운가?

바로 평가다.

무슨 일이든 대개 그렇지만, 측정을 받는 쪽보다 측정을 하는 쪽이 어렵다……. 그래서 문제가 자주 발생하는 것도 측정하는 쪽, 다시 말해 평가하는 쪽이다.

가장 흔히 일어나는 것은 평가 기준의 흔들림. 누가 평가하느냐에 따라 결과가 달라진다.

항상 같은 인물이 계속 평가하는 것은 아니다. 그런 조직은 존재하지 않는다. 사람의 교체는 반드시 있고, 평가하는 인물도 바뀐다.

그런 일이 발생했을 때 특히 문제가 드러난다.

전임자와 비슷한 평가…… 그런 것은 인간인 이상 불가능하다.

하지만 그렇게 되면 평가받는 쪽에 불만이 생긴다.

"예전에는 좋은 평가를 받았다."

"시키는 대로 했다."

"이번 상사는 대체 뭘 기준으로 평가하는 거냐?"

누구나 만족하는 실력주의란 거의 존재하기 힘들었다.

하지만 제국에서는 황제가 '평가하는 자'였다. 황제의 평가가 무조건. 역설적으로 보면 오히려 더 나을지도 모른다.

"황제에게 좋은 평가를 받을 수 있도록 일하면 된다."

그것이 일정한 지침이 되기 때문이다.

하지만 황제에게 너무 의지하는 것이 아닌가? 맞는 말이지만 황제의 제국이니 그것으로 된 것이다.

어쨌든 실력주의자인 루퍼트는 현재 오스카를 높이 평가하고 있었다.

마리아는 그것을 기꺼이 여겼다.

"마리아, 이번에는 오스카를 피오나에게 소개하려고 데려온 거군."

"예. 살롱에는 오스카도 나오니 전하께 먼저 소개를 해두고 싶어서요."

"피오나는 지금…… 아마도 검을 휘두르고 있을 거다, 별채에서 말이야. 내가 안내하지."

그렇게 말한 황제 루퍼트가 몸을 일으켰다.

"폐, 폐하, 아무리 그래도 직접 움직이시다니……."

루퍼트가 직접 안내할 것이라고는 마리아조차 예상하지 못한 듯했다. 드물게 마리아가 당황한 기색을 내비치며 만류하려 했다.

"됐다. 나도 피오나를 만나고 싶은 것뿐이니까."

그렇게 말한 루퍼트가 시원스레 웃으며 먼저 걷기 시작했다.

마리아와 오스카는 얼굴을 마주보고는 황급히 루퍼트를 뒤쫓았다.

◆

피오나의 별채로 들어서자 오스카의 목 언저리가 오싹해졌다.

'뭔가 이상해.'

뭐가 이상한지는 모르겠지만 뭔가 심상치 않은 일이 벌어지고 있다는 것을 느낀 것이다.

"뭔가 이상하군. 둘 다 달려라."

루퍼트도 뭔가를 느낀 듯 그렇게 말하더니 가장 먼저 달리기 시작했다.

수십 번의 전장을 겪어온 황제다. 이른바 공기의 차이를 날카롭게 감지한 것이다.

별채 중심에는 정원이 있다. 피오나는 항상 그곳에서 검을 휘두르고 있었기에 세 사람은 그곳을 목표로 달렸다.

가장 먼저 뛰어든 루퍼트는 말을 잃고 말았다.

보검 레이븐을 오른손에 든 피오나의 몸 전체에서 옅은 불길이 일렁이고 있었기 때문이다.

"이게 대체……."

따라잡은 마리아도 거기까지 말하고는 말을 잇지 못했다.

오스카는 미간을 좁힌 채 무언가를 탐색했다. 그리고 작게 고개를 끄덕이더니 말했다.

"저 칼에 정신을 지배당한 것 같습니다."

"뭐라고?!"

오스카가 탐색한 것은 마력의 흐름. 그 원천은 피오나가 오른손에 든 검이었다.

세 사람 이외에 본래 피오나에게 딸린 사람들도 그곳에 있었지만 아무도 움직이지 못했다.

그러던 중 피오나가 검을 휘두르기 시작했다.

그것은 광기에 찬, 혹은 광희에 찬 검. 평범한 검이 아니다……. 몸이 채 단련되지 않은 10살짜리 소녀가 다뤘다간 돌이킬 수 없게 될 만한 움직임.

"저건 말려야 해."

루퍼트는 그렇게 중얼거렸지만, 뛰어들 타이밍을 잡지 못했다.

검의 궤도도 그렇지만 검을 통해 화속성 공격 마법이 휘날리고 있었다. 섣불리 뛰어들면 그 불에 타오른다.

"그렇다면 제가."

오스카는 그렇게 말하고는 아무런 주저 없이 피오나를 향해 단숨에 발을 내디뎠다.

당연히 레이븐에게 사로잡힌 피오나는 자신을 향해 오는 오스카를 향해 칼을 휘두르며 화속성 공격 마법을 펼쳤다.

오스카는 〈장벽〉으로 마법을 튕겨내고는 지척까지 파고들어 피오나가 휘두르는 검을 피해 그 명치에 주먹을 날렸다.

"쿨럭."

피오나가 숨을 토해내며 그대로 정신을 잃었고, 레이븐은 손에서 떨어져 땅바닥을 나뒹굴었다.

"피오나!"

황급히 달려가는 루퍼트.

"조절을 하긴 했지만…… 죄송합니다."

오스카는 루퍼트에게 사과했다. 어쩔 수 없다고는 해도 눈앞에서 딸이 맞는데 냉정할 부모는 없다.

그렇게 생각하고 한 말이었지만…… 루퍼트는 아버지이자 황제였다.

"아니, 나 대신 오스카가 해준 것이지. 피오나를 도와줘서 고맙다."

루퍼트는 피오나를 안은 채 그렇게 말하고는 고개를 숙였다.

그때 오스카는 진심으로 눈앞의 황제에게 감복했다.

지존의 자리에 오른 자가 쉽게 할 수 있는 일이 아니었다. 그걸 쉽게 해버린다……. 사람으로서 가진 그릇의 크기를 오스카는 보았다.

곧이어 불려온 궁정의가 달려와 피오나를 치료했다.

기절했을 뿐 별다른 문제가 없다는 말을 듣자 루퍼트는 물론이고 오스카도 마리아도 가슴을 쓸어내렸다.

"하지만…… 설마 레이븐에게 사로잡힐 줄은……. 상성이 좋다고 생각했는데 피오나에게 건넨 건 실수였을까."

루퍼트의 그 중얼거림을 들은 오스카는 작게 고개를 흔들며 말했다.

　"송구하게도 폐하, 반대인 것 같습니다."

　"음?"

　"그 레이븐과 피오나 전하는 놀라울 정도로 상성이 잘 맞고, 믿을 수 없을 만큼 파장이 맞아 떨어졌기에 조금 전과 같은 일이 일어난 것이 아닐까 싶습니다. 아마 전하께서는 레이븐의 모든 능력을 끌어내고자 시도하셨던 것 같고요. 그리고 상성이 잘 맞는 레이븐도 거기에 화답했지만, 전하께서는 아직 레이븐의 전력을 다 다룰 정도로는 마법에 익숙하지 않으셔서……."

　"그런 거였군. 피오나는 검 수련을 무척 좋아해서 주위에서 말릴 때까지 계속하지만, 마법 수행을 하고 있다는 말은 들어본 적이 없다. 이 녀석은 거의 태어날 때부터 화속성과 광속성을 다룰 수 있었으니까……."

　오스카의 설명을 들은 루퍼트가 수긍한 얼굴로 그런 말을 했다.

　그 말을 듣고 놀란 것은 오스카였다.

　"폐하, 혹시나 전하께서는 영창 없이……."

　"그래, 오스카, 너처럼 영창하지 않고 마법을 부리지."

　"그렇군요……."

　오스카는 무슨 일인지 납득하며 몇 번이고 작게 고개를 끄덕였다.

　그리고 말을 이었다.

　"폐하, 마법에서 영창이라는 행위는 발현되는 마법을 완전히 다스립니다. 그렇기 때문에 영창을 통해 발현된 마법은 폭주하지 않습니다. 하지만 영창하지 않고 마법을 발현시키면, 시술자가 통제할 수 없을 정도의 수준이 될 경우 폭주할 수도 있습니다."

"흐음."

"아마 이번에 일어난 일도 그와 비슷한 일이 아니었을까 싶습니다."

"즉, 피오나는 마법 연습을 더 하지 않으면 레이븐의 전력을 끌어낼 수 없다는 뜻이겠구나."

"네. 반대로 말하면 마법을 다루는 데 익숙해지시기 하면, 그리고 조금씩 레이븐의 힘을 끌어낼 수 있도록 연습만 하신다면 언젠가는 대단한 검사이자 마법사가 되실 수 있을 겁니다."

오스카는 그렇게 마무리했다.

"오스카, 잘 알았다. 그나저나 상성이 잘 맞는다는 것도 그렇고, 그런 걸 용케 알았구나."

"옛날에 그런 사례가 있었다는 말을 제 양부모님께서 알려주신 적이 있습니다."

루퍼트의 물음에 오스카는 그렇게 대답했다. 정말로, 영감님에게서 다양한 지식을 물려받은 것이다.

"영감님이라 불렸다지. 마리아한테 들었다. 필시 고명한 학자이지 않았을까 싶은데."

"영감님은 은거하신 전 남작이라고 말씀하셨습니다."

"호오. 그것은 제국 쪽인가?"

"아뇨, 지금은 연합령이 되었습니다. 전 마슈 영주인 루크 로슈코 남작이라고 하셨습니다."

오스카의 그 대답에 루퍼트가 굳었다.

하지만 곧 원래대로 돌아왔다. 그 표정은 그리운 것을 떠올린 표정이었다.

"그래……. 루크 공이 오스카의 양부모였군."

"폐하께서는 영감님을 아십니까……?"

"아아, 옛날에…… 정말 아주 옛날에 신세진 적이 있지. 루크 공은 분명 남작이긴 하지만, 그 이상으로 북방 제일의 '전승사(傳承師)'로도 유명한 분이었다."

"전승사…… 역사나 전승을 전문으로 연구한다고 하는……."

"그래, 루크 공의 연구는 넓고 깊었지. 나오는 논문은 하나같이 흥미로운 것들뿐이었다. 루크 공 밑에서 배웠다면 오스카의 그 지식도 납득이 가는군."

그렇게 말한 루퍼트는 웃었다. 그 웃음에 아주 약간의 쓸쓸함이 섞여 있음을 깨달은 것은 마리아뿐이었다.

"그러고 보니 루크 공은 분명 강도에게 습격당해 돌아가셨다고 했던가."

"네……."

오스카는 거기서 잠시 말을 멈췄다.

그리고 짧게 눈을 감고 뜬 뒤 말했다.

"제 눈앞에서 살해당하셨습니다."

"그런……."

과연 거기까진 루퍼트의 예상 밖이었던 것인지, 그가 놀란 표정으로 오스카를 보았다.

"원수는 반드시 갚을 겁니다."

오스카의 결의는 조용했다.

하지만 그것은 목소리만 조용했을 뿐, 그 눈 속에 흔들리는 결의는 누구의 눈에도 또렷했다.

◆

"마리아…… 꼭 좀 들어줬으면 하는 부탁이 있다……."

마리아 쪽을 돌아본 루퍼트가 갑자기 그런 소리를 했다.

마리아는 미소를 짓더니 고개를 끄덕이며 말했다.

"폐하, 저는 신경 쓰지 마시지요."

"미안하군."

루퍼트는 그렇게 말하고는 오스카를 향해 말했다.

"오스카, 피오나에게 마법 지도를 해주지 않겠나?"

"……네?"

오스카의 목소리가 뒤집힌 것은 어쩔 수 없는 일이었다.

황제가 일개 모험자에게 황녀의 마법 지도를 부탁한 것이다. 그가 아니더라도 황성에는 많은 마법사들이 있을 텐데.

"방금 그 오스카의 식견, 루크 공에게서 물려받은 그 박식함, 나아가 자신의 경험을 통해 피오나의 현재 상황을 가장 이해할 수 있는 건 오스카라고 나는 생각했다. 그러니 부디 피오나가 마법을 다루고 나아가 레이븐을 완전히 다룰 수 있도록 지도해주길 바란다. 부탁하지."

그렇게 말하고 루퍼트는 고개를 숙였다.

두 번이나 황제가 고개를 숙이는 것을 보니 놀라움을 넘어 무서울 지경이다.

"폐하, 고개를 들어주십시오. 물론 제가 할 수 있는 거라면 전력으로 도와드릴 테니 부디……."

"그런가! 부탁하지. 마리아도 피오나에게 언제든지 찾아와다오. 녀석이 또래 친구가 없어서…… 마리아가 좋은 상담 상대가 되어준다면 나도 기쁠 거다."

"네. 물론입니다."

오스카가 말했고 마리아도 웃는 얼굴로 그렇게 답했다.

그리하여 오스카는 피오나 황녀의 전속 모험자가 된 것이다.

오스카 16살, 피오나 10살의 일이다.

움직이는 숙명

"폐하, 피오나 님과 오스카 일로 의논하고 싶은 것이 있는데……."

집정 한스 키르히호프 백작이 황제 루퍼트 집무실에서 그렇게 말문을 열었다.

"오, 피오나가 레이븐을 꽤 잘 다룰 수 있게 되었더구나. 저번에 오랜만에 모의전을 봤는데 검속뿐만 아니라 몸동작까지 빨라졌더군. 레이븐에게 인정받은 주인은 바람과 같은 움직임을 손에 넣는다는 전승을 듣긴 했지만, 정말 그렇게 될 줄이야……. 나 같은 건 한 번도 경험하지 못했는데. 뭐, 어쨌든 역시 오스카가 단련해주고 있는 만큼 확실히 성장하고 있다는 거겠지."

루퍼트가 기쁜 얼굴로 그렇게 말했다.

그러면서도 손은 움직임을 멈추지 않은 채 차례차례 서명을 해 나간다. 물론 적당히 서명하는 것은 아니다. 의문점이 있거나 확인하고 싶은 것은 옆에 두고 나중에 담당자를 불러 자문을 받는다.

"네, 실로 그렇습니다만…… 귀족들 사이에서 불만이 터져 나오고 있습니다."

"불만?"

그때 처음으로 루퍼트가 손을 멈추고 한스를 보았다.

한스는 산더미 같은 서류를 안은 채 그런 말을 했다. 물론 이후에 루퍼트가 서명을 해야 할 서류였다.

그 서류 더미까지 더해진 탓일까, 루퍼트가 확실하게 언짢은 모습으로 말했다.

"어떤 불만이지?"

"네. 간단히 말씀드리면 황녀 전하 곁에 미천한 신분을 가진 자가 붙어 있는 것은 어울리지 않는다거나……."

"미천하다고 하는데…… 오스카는 어지간한 또래 귀족 꼬마들보다 훨씬 귀공자스럽지 않나?"

"네. 그 루크 로슈코 남작의 가르침, 게다가 마리아 공 밑에서 갈고 닦은 교양, 그리고 키도 185센티미터에 달해 미장부라고 해도 좋을 외모입니다."

한스가 그렇게 말하는 것에 맞춰 루퍼트는 흡족스러운듯 몇 번이나 고개를 끄덕이며 동조했다.

"뭐, 귀족들이 하는 말의 절반은 피오나 님의 사위로 자신들의 아이를 들여보내고 싶다는 말이긴 합니다만……."

"피오나의 사위라고? 그런 놈이 나타난다면 내가 손수 검의 맛을 보여주겠다!"

한스의 설명에 루퍼트가 분노의 형상을 띠며 그렇게 말했다.

반 이상은 진심이라는 것을 한스는 오랜 친분을 통해 알고 있었다.

"응? 지금 절반이라고 했나? 나머지 반은?"

"오스카를 사위 또는 정부로 만들고 싶어 하는 귀족 여성들이……."

"아아……."

그 설명에는 역시 루퍼트도 이마에 손을 얹으며 한숨을 내쉴 수밖에 없었다.

"확실히 오스카는 겉보기에 최상급이라고 할 수 있는 귀공자이지만…… 평소에는 몰라도 공개 석상에서는 전혀 말하지 않고 표정도 무뚝뚝하잖나. 아무리 봐도 흔히 말하는 매력적인 남자는 아니라고 생각하는데…… 여자의 마음은 알다가도 모르겠군."

"묘하게 가녀린 분위기가 여자들의 마음을 사로잡는 것 같습니다."

"그런 건가……."

한스도 루퍼트도 작게 고개를 흔들었다.

"그러나…… 미천하고 신분에 맞지 않는다고 해도…… 단독으로 와이번을, 아니지, 일격에 와이번을 처치하는 마법사를 황녀의 마법 선생으로 삼고 있는 거다. 어울리지 않을 리가 없지 않나."

"맞는 말씀이십니다……."

거기서 루퍼트는 잠시 생각하더니 한스에게 말을 꺼냈다.

"오스카에겐 머지않아 작위를 내릴 생각이다."

"역시 그렇습니까."

"뭐야, 알고 있었나?"

"폐하께서 생각하시는 일이니까요. 성인이 될 때까지 기다리고 계셨던 것이 아닙니까?"

"그래, 그러고 보니 오스카가 얼마 전에 18살이 되었지."

"네, 남은 건 뭔가 큰 공적을 세우면……."

"음. 적당한 걸 생각해 둬야겠군……."

그런 이야기가 황제 집무실에서 펼쳐지고 있다는 것은 물론 오스카는 몰랐다.

오늘도 오후엔 피오나 황녀의 마법과 검 훈련 담당이다.

"스승님, 어제 말씀하신 숙제, 할 수 있게 됐습니다."

그렇게 말한 피오나가 〈피어싱 파이어〉를 두 개 오른손에 띄워 보였다.

"전하…… 몇 번이나 말씀드렸지만 그 스승님이라는 호칭은 그만해 주십시오. 오스카라고 불러주세요."

"아뇨, 스승님은 스승님입니다. 이름을 편히 부르는 상대의 말은 자칫 자만하여 듣지 않게 될 가능성이 있습니다. 제대로 스승님이라고 부르며 항상 경의를 표하는 게 좋다고 생각합니다."

오스카가 피오나의 마법 선생이 된 지 2년, 매일같이 오가는 대화였다.

다른 것에 관해서는 순순히 오스카의 말을 듣는 피오나였지만, 호칭에 관해서만은 완강하게 스승님 호칭을 고수했다.

"전하, 저녁에는 마리아 님께 가시는 거죠?"

"네, 베르타 님과 엘라 님만 계신 작은 살롱이에요. 저녁 식사를 함께 하기로 약속했어요. 스승님도 함께 가시는 거고요."

"네. 다만 최근 제도 분위기가 어수선하니 호위는 넉넉히 붙여 주시길 부탁드립니다."

"거리 살인마 말이죠……."

오스카의 말에 피오나가 눈살을 찌푸리며 그렇게 중얼거렸다.

최근 한 달 동안 밤의 제도를 떠들썩하게 하는 자가 있다.

거리 살인마.

습격당하는 것은 혼자 걷고 있는 자들이었기에 호위를 대동한 피오나 일행이 습격당할 가능성은 거의 없었지만 그래도 호위는 많은 편이 좋았다.

저녁 식사를 함께 하는 숀드라 자작 부인 베르타 이르크나와 로이터 남작 부인 엘라 케텔라는 그대로 마리아의 게스트룸에 머물 예정이었지만, 황녀 피오나는 그럴 수가 없는 것이다.

외박을 한 순간 엉뚱한 소문이 나고 만다……. 애초에 아버지인 황제 루퍼트가 외박은 허락하지 않을 것이다. 그것이 비록 마리아 곁이라고 해도.

"준비할 것도 있을 테니 오후 훈련은 조금 일찍 끝내죠."

"네, 스승님."

◆

살롱은 화기애애하게 마무리되었고, 오스카와 피오나는 마차를 타고 황성으로 돌아가는 길에 올랐다.

"그건 그렇고 놀랐어요. 마리아 님이 학교 창설을 생각하고 계셨다니."

살롱에서 들은 화제 중 피오나가 가장 놀란 이야기였다.

"그러게요. 귀족뿐만 아니라 상인이나 시정 백성들도 받아들이고 싶다고……. 크루코바령에 만들게 될 것 같아요."

"제도에서는 여러모로 어려울 테니까요."

살롱 안에서 전해진 마리아의 학교 창설 이야기가 화제의 중심이었다.

"우리를 보면서 사람이 성장하는 모습을 보는 것이 즐겁다고……."

"네. 전하의 성장은 눈에 띄시니까요."

존경하는 스승인 오스카에게 그런 말을 들은 피오나는 얼굴을 붉히며 수줍어했다.

그때였다.

"으아아악!"

"비명?"

마차를 향해 그리 멀지 않은 위치에서 비명 소리가 들려왔다.

오스카도 피오나도 마차 창문으로 밖을 내다보았다.

먼 곳에 사람이 쓰러져 있고 그 옆에 한 명이 홀로 서 있다. 서 있던 자는 마차와 기마 한 무리가 다가오는 것을 보자마자 달려서 달아나기 시작했다.

"추격하겠습니다. 오스카 공은 피오나 님의 보호를 부탁드립니다."

"알았다."

호위대장 게레온이 그렇게 말했고 오스카가 답했다.

여섯 명의 기마병 중 게레온을 포함한 넷이 남자를 뒤쫓았다. 그러는 사이 마차가 쓰러진 자 곁에 도착했다.

오스카가 마차에서 뛰쳐나와 쓰러진 자 곁으로 갔다. 검으로 인한 상처가 깊어 뼈까지 닿은 정도의 중상이다.

그것을 본 피오나도 마차에서 내려 오스카 옆에 와서는 곧바로 외쳤다.

"〈힐〉〈힐〉〈힐〉."

〈엑스트라 힐〉을 사용하면 한번에 낫지만 소비되는 마력이 너무 많았다. 그렇기에 부위 결손의 치유 이외에는 〈힐〉을 여러 번 쓰는 것이 일반적이다.

순식간에 상처가 아물어갔다.

상처가 치유되면서 호흡도 안정됐다.

그렇지만 흘러내린 피는 돌아오지 않는다. 꽤 깊은 상처였기 때문에 빠르게 치료했음에도 상당량의 출혈이 있는 것으로 보였다.

잠시 후 칼에 베였던 남자가 눈을 떴다.

그것을 보고 오스카가 물었다.

"이봐, 들리나? 상처를 치료했다. 마차로 데려다 줄 테니 어느 집 사람인지 대답해."

이 근처는 귀족가다. 황성과 크루코바 후작 저택 사이의 길이다 보니 나름대로 고위 귀족 저택이 즐비했다.

칼에 베인 남자는 옷차림으로 봤을 때 귀족은 아니었지만 어느 저택의 하인으로 보였다.

"뮤, 뮤젤 후작 저택의……."

"알았어. 더는 말하지 않아도 돼."

오스카는 필요한 정보만 듣고 남자의 말을 멈추게 하고는 안아 올려 마차에 태웠다.

다친 하인이나 시종 등을 보통 마차에 태우지는 않는다……. 하물며 황녀 전용 마차에 태우는 것은 경우에 따라서는 엄벌을 받는다.

하지만 오스카는 주저 없이 태웠고 피오나도 그것을 당연하게 받아들였으며 남은 호위 기사들조차 아무 말도 하지 않았다.

피오나 주변 사람들은 그것을 '당연한 것'으로 인식하고 있는 것이다.

그런 인물들만이 피오나의 주위에는 모였고, 나아가 피오나의 평소 언행으로 인해 이 열두 살짜리 황녀의 영향을 다들 강하게 받고 있었다.

하지만 그와는 별개로 오스카의 마음에 걸리는 일이 있었다.

그것은 살인마가 들고 있던 검.

살인마 자체는 오스카와 비슷한 키를 가진 체격 좋은 인물이라는 것밖에 알 수 없었다. 머리끝부터 발끝까지 가려진 로브를 입고 얼굴도 천에 가려져 있었으니까.

하지만 그 뽑아든 검이 약간 보였다.

달빛에 번쩍 빛난 것뿐이라서 확신은 서지 않지만…… 스승인 라산이 만들고, 아버지 스나가 휘두른 검. 오스카에겐 그 검으로 보였다.

"설마……."

그 의심을 애써 지워내듯 오스카는 작게 소리내어 중얼거렸다.

뮤젤 후작 저택은 현장에서 바로 떨어진 곳에 있었다. 황녀 피오나가 손수 다친 하인을 옮겨왔다는 소식에 저택이 발칵 뒤집혔다.

뮤젤 후작이 직접 현관까지 나와 인사를 하고 부디 안에서 대접하고 싶다는 것을 훗날 황성 쪽으로 용태를 알려달라는 말로 간신히 거절했다.

오스카와 피오나 모두 황성에 도착했을 땐 피로감에 지친 모습이었노라고 시녀들은 증언했다. 어쩌면 거리 살인마를 쫓아간 호위대장 게레온 일행과 떨어졌던 것도 이유 중 하나였을지도 모른다.

◆

"한스, 결정했다."

"네?"

아무리 유능한 한스라도 황제 루퍼트의 이 말만으로는 무엇을 결정했는지 가늠하기 어려웠다. 이 둘 사이에는 결정해야 할 것들이 너무 많았다.

"오스카 건에 대해서 말야."

"그렇군요."

루퍼트도 역시나 "결정했다"만으로는 전해지지 않을 것이라는 사실을 알고 있었는지 "왜 못 알아듣나!" 같은 식으로 불합리하게 화를 내진 않았다.

"곧 격투 대회가 열리지? 거기에 참여시키자."

"그러고 보니 5년에 한 번 있는 격투 대회가 다음 달에 열리지요. 물론 마법을 써도 되긴 하지만 그건 압도적으로 몸을 쓰는 쪽이 유리하지 않습니까? 근접전뿐이니까요. 오스카는 마법사 아닌가요?"

"괜찮지 않나? 피오나와의 모의전을 몇 번 본 적이 있는데 레이븐으로 속도가 오른 피오나의 검을 여유롭게 받아내더군. 평소 그가 쓰는 조금 짧은 검으로. 뭐, 우승은 어렵겠지만 톱4 정도에 들면 충분히 명분은 세울 수 있을 거다. 그 정도면 귀족들의 불평도 억누를 수 있을 테니 지금까지의 공적을 합해 준남작 정도로 해도 문제없겠지?"

루퍼트가 그렇게 말했다.

한스가 잠시 생각에 잠기더니 의견을 냈다.

"평소 같으면 그렇겠지만…… 알고 계십니까? 이번에는 50회 기념 대회라고 해서 중앙 연방 전역에서 실력자들이 모여들고 있답니다."

"음……?"

유례없는 지략가로도 유명한 황제 루퍼트 6세. 하지만 격투 대회 개최 상황에 대해선 그리 잘 알지 못했다.

◆

"예. 폐하의 분부라면."

"그래, 나가주겠나?"

황제 집무실.

황제 루퍼트와 한스, 그리고 오스카와 피오나 네 사람이 소파에 앉아 있다.

거기서 루퍼트가 오스카에게 격투 대회 참가를 권유했다. 오스카로서는 특별히 그것을 거절할 이유도 없었기에 받아들인 것인데…….

"아버지, 저는 불만스럽습니다."

"피, 피오나?"

황녀 피오나가 뚜렷한 불만을 표시했다.

그 모습에 아버지이자 황제인 루퍼트도 절로 목소리가 높아졌다.

"귀족들의 불만 때문에 스승니…… 오스카를 격투 대회에 내보내서 명분을 세우는 거라고 들었습니다. 그러지 않아도 오스카는 훌륭한 선생님입니다. 제 성장이 그것을 증명하고 있죠. 귀족들의 말이 논리적으로 맞는 거라면 몰라도 단순한 불평불만일 뿐입니다. 그런 것들에 어울리느라 저와 오스카의 시간이 빼앗기는 것은 납득할 수 없습니다."

"아, 아니, 그건 맞지만……."

열두 살 소녀에게 말로 져버린 황제.

중앙 연방에서도 그 지략을 칭송받는 황제 루퍼트 6세도 속수무책이다.

그렇지만 어느 시대, 어떤 세계에서도 남자 부모는 딸에게 약한 법이니 어쩔 수 없는 일인지도 모른다.

"물론 저는 오스카의 승리를 믿어 의심치 않습니다. 하지만 오스카 역시 인간입니다. 컨디션이 좋을 때도 있고 나쁠 때도 있지요. 만약 대회 때 컨디션이 나빠서 자칫 실수라도 했다가 상위 성적을 남기지 못하면 어떻게 하실 생각이십니까. 그거야말로 귀족들이 바라던 바일 겁니다. 그런 일로 선생님을 잃을지도 모르는 제 입장도 좀 생각해 주세요!"

"으, 음……."

"한스도 마찬가지입니다. 아버님은 이런 사소한 일에 관여하실 정도로 한가하지 않으실 텐데요. 그런 사소한 일을 처리하고 황제이신 아버님께서 나랏일의 중추에 임하실 수 있도록 한다……. 그것이 집정된 자로서 당신이 해야 할 몫이라고 저는 생각하고 있습니다. 제가 잘못 알고 있는 겁니까?"

"아니요, 황녀 전하의 말씀이 전부 맞습니다."

열두 살 소녀의 탄핵은 집정 한스에게도 미쳤다.

한스 자신도 격투 대회로 명분을 세운다는 것의 위험성을 알고 있었기에 전적으로 피오나의 의견에 동참했다.

평소의 대회라면 몰라도 이번에는 기념 대회다. 여느 때와는 규모가 다르다.

그렇게 되면 우선 참가 인원도 현저히 많아질 것이고, 그 말은 곧 상위 진출 난이도가 치솟는다는 뜻이 된다.

아무리 강한 사람이라도 연전의 피로에 발목을 잡힐 위험이 있다.

오스카는 이미 초일류 마법사에 검 솜씨도 상당하다는 것은 알고 있다.

하지만 아직 18살. 아무래도 경험이라는 점에서는 다른 참가자들보다 뒤떨어질 수밖에 없다. 그리고 연전으로 인한 피로는 경험이 많을수록 줄이기 쉽고 경험이 없을수록 쌓이기 쉽다.

이는 동서고금을 막론하고 변함없는 진실.

황제 루퍼트가 제압당했고, 집정 한스도 나서지 않는 상황이 되고 말았다.

그것을 본 오스카는 속으로 조금 쓴웃음을 지었다. 일단은 제국 중추에서 쉽게 볼 수 없는 광경이었기 때문이다.

"전하, 걱정해 주셔서 감사합니다. 하지만 저는 사실 격투 대회에 나가보고 싶습니다."

"오스카?"

"5년에 한 번 있는 격투 대회. 게다가 이번은 그 50번째를 맞이한 기념 대회죠. 기념 대회에 나갈 수 있는 건 50년에 한 번. 그 타이밍에 참여할 수 있는 나이라는 건 행운입니다. 제 자신의 힘을 시험한다는 의미에서도 가능하다면 나가보고 싶습니다. 물론 전하께서 허락해 주셨을 때의 이야기지만요."

오스카는 그렇게 말하고 피오나를 향해 고개를 숙였다.

"스승니…… 오스카, 물론 난 오스카가 원한다면 말리진 않겠다. 전력을 다하도록 해."

"감사합니다, 전하."

피오나는 조금 당황하며 오스카의 참가를 허락했고 오스카는 다시 고개를 숙여 감사를 전했다.

"그, 그렇군. 참가해주는 건가. 응, 다행이군, 다행이야."

루퍼트는 오스카가 보낸 신호를 재빨리 알아차리고 그에 응하기로 했다. 그것을 곁눈질하던 한스는 작게 고개를 흔들었다.

"우승하라는 말은 안 해, 톱8 안에만 들면 문제없다."

"폐하…… 기념 대회에서 톱8이라는 건 황제 12기사 수준입니다."

처음에는 톱4라고 생각했던 것을 8로 줄인 것인데, 그조차 높은 레벨이라는 한스의 지적에 루퍼트가 놀란다.

"그, 그 정도…… 인가?"

"네. 그 정도입니다."

루퍼트의 말에 한스가 무겁게 고개를 끄덕이며 답했다.

황제 12기사란 제국 전역에서 선발된 황제 직속 12명의 기사. 그것은 최고의 영예이자 최강이라는 증명이나 다름없었다. 검과 마법에 사는 모든 제국민이 꿈꾸는 최상의 지위.

"아버지, 만약…… 오스카가 실수를 해서 상위에 진출하지 못하더라도 제 마법 선생님은 계속하게 해주셔야 해요. 그건 확실하게 약속해 주실 거죠?"

"무, 물론이지! 무조건 약속하마."

피오나의 보이지 않는 압박에 짓눌러 연신 고개를 끄덕이는 루퍼트. 그것을 곁눈질하며 살짝 쓴웃음을 짓는 오스카와 한스.

역시 남자 부모는 딸에게 압도적으로 약했다.

◆

그날 오스카는 오랜만에 제도 모험자 길드에 와 있었다.

아마 2년 만에…… 적어도 황녀 피오나의 교사가 된 이후로는 한 번도 오지 않았다.

물론 황성에서 직접 오스카를 황녀 피오나의 마법 선생으로 고용했다. 다시 말해 고용 의뢰가 이미 전해졌기에 별 문제는 없었다.

오스카의 기억에 있는 2년 전 길드와 비교하면 꽤 모험자의 수가 많아진 듯했다.

하지만 오늘 볼일이 있는 곳은 평소의 창구가 아니다. 임시로 개설된 창구 쪽이다.

『제50회 격투 대회 참가 신청 창구』.

격투 대회 창구에서는 젊은 남성 한 명이 신청 수속을 밟고…… 있었는데, 무슨 일인지 실랑이가 벌어지고 있었다.

"그러니까 대회 첫날에 18살이 된다니까요! 대회 규정에서 그러면 문제없다고 적혀 있는 걸 전에 봤어요!"

"그렇게 말씀하셔도……. 지금 찾아보고 있는데, 혹시 몇 항이 었는지는……."

"으윽…… 그건…… 오래 전에 봐서 기억은 안 나지만……."

격투 대회는 직업 불문, 종족 불문이지만 유일하게 제한 규정이 있다.

그것은 성인일 것.

중앙 연방에서 인간의 경우 성인은 18살이다. 그러므로 18세 이상이어야지만 격투 대회에 참가할 수 있다. 아무래도 오스카 눈앞의 남성과 접수 창구 직원은 그것으로 실랑이를 벌이고 있는 듯했다.

남의 일이라고는 생각하면서도 오래 기다리는 것도 싫었기에 오스카가 입을 열었다.

"그 규정은 제76항이다."

"어?"

남성도 접수 직원도 동시에 놀라 소리를 냈다.

"놀라게 해서 미안하군. 대화 내용이 들려서 말야. 대회 1일차 에 18세가 되면 문제가 없다는 규정은 제30회 대회 때 추가된 항 목이다. 그래서 꽤 뒤쪽인 제76항에 있다. 세칙 포함으로."

"잠시만 기다려주세요……. 아, 확실히 있네요. 확인되셨고, 신청 접수 도와드리겠습니다. 수고를 끼쳐드려 죄송합니다."

접수처 직원이 그렇게 말하고는 젊은이를 향해 고개를 숙였다.

"아, 아뇨, 신청할 수만 있으면 문제없으니까요……."

청년도 얼굴을 붉히며 황급히 고개를 흔들었다. 청년은 문제없 이 참가 신청을 할 수 있었다.

"덕분에 살았습니다. 저는 에밀이라고 합니다. 감사합니다."

"난 오스카다. 별일 아니니 신경 쓰지 마."

두 사람은 가볍게 인사를 나누고 헤어졌다.

오스카는 에밀과 교대로 접수처 앞에 섰다.

"어서 오십시오. 아까는 감사했습니다."

"아니, 신경 쓰지 마. 나도 격투 대회 참가 수속을 밟고 싶어."

"알겠습니다. 실례지만 어느 모험자 길드에 소속되어 있으시죠?"

"아아, 일단 이 제도 소속이다."

오스카가 그렇게 말하자 접수대의 남성이 살짝 고개를 기울였다.

"왜 그러지?"

"아뇨, 실례했습니다……. 제가 최근 2년 정도 길드 창구에서 접수를 맡고 있는데…… 뵌 적이 없는 것 같아서…….."

"아아…… 여기 얼굴을 내미는 건 거의 2년 만이니까."

오스카는 그렇게 말하자 어깨를 으쓱했다.

"그렇군요. 그럼 길드 카드를 주세요."

"아…… ."

예전 같으면 몸에 늘 지니고 다니던, 신분증을 대신하는 길드 카드. 하지만 의도치 않게 지난 2년간 몸에 지니고 다닐 필요가 없어 가져오지 않았다.

격투 대회 등록은 모험자가 아니더라도 할 수 있기 때문에 길드 카드가 필요하다는 생각은 전혀 하지 못했던 것이다. 오스카의 실수였다.

"미안…… 너무 오랜만에 와서 잊어버린 것 같군."

"네……?"

"그…… 격투 대회 참가는 모험자가 아니더라도 할 수 있다고…… 대회 규정에도 길드 카드 제시는 없었던 것 같은데?"

"확실히 격투 대회 참가는 모험자가 아니더라도 가능합니다.

하지만 만일의 일이 생겼을 때의 보상이나 별도의 연락 사항이 있는 경우도 있어 모험자 분들은 길드 카드를 따로 확인하고 있습니다. 대회 규정에는 적혀 있지 않은 길드 내부 규정 같은 것인데……."

"이거 난감하군……."

오스카는 머리를 긁적였다.

어쩐지 황성에서는 완벽한 인간처럼 여겨지는 오스카지만, 이렇게 어이없는 실수를 하는 경우가 종종 있다. 어려서부터 종종 있던 일이라 오스카 본인은 체념의 경지에 이르렀지만.

"찾으러 가는 수밖에 없나……."

그런 생각을 하고 있는데, 뒤에서 누군가가 말을 걸어왔다.

"혹시 오스카?"

오스카가 돌아보니 그곳에는 그리운 얼굴이 두 명 있었다.

『난사난격』의 리더인 검사 엘머와 쌍검사 자샤였다.

"엘머랑 자샤?"

"오, 역시 오스카구나. 키가 많이 컸네."

"2년 만이지? 그리고 보니 지체 높으신 분이 계신 곳에서 선생님을 하고 있다고?"

엘머와 자샤는 그렇게 말하며 오스카의 팔을 탁 쳤다.

예상치 못한 인물을 예상치 못한 곳에서 오랜만에 만나 들뜬 것이다.

"아니, 아프잖아, 두 사람 다."

"오? 오스카, 뭔가 좀 부드러워졌는데?"

"그렇지? 성격이 둥글둥글해졌네."

엘머와 자샤는 지난 2년 새 오스카에게 생긴 변화를 금세 알아차렸다. 2년 만에 만났으니 당연하다면 당연할지도 모르겠지만.

"그런…… 가?"

"아니, 좋은 것 같아, 이쪽이."

"맞아. 성격도 부드러워지고, 단정한 얼굴에, 키도 크고, 마법도 사용할 수 있고, 검 솜씨도 굉장하고…… 말하면서도 뭔가 슬프지만, 뭐, 어쨌든 좋아."

엘머는 순순히 기뻐했지만, 자샤 쪽은 말하는 사이에 목소리 톤이 약간 떨어졌다. 여러 의미로 어쩔 수 없는 일이었다.

"그런데 오스카, 여기 있다는 건 혹시 격투 대회에 나가는 거야?"

"네, 나갑니다. 그런데 길드 카드를 두고 와서…… ."

엘머가 묻고 오스카가 멋쩍게 자신의 실책을 고했다.

"아…… 뭐, 계속 그쪽에서 일했잖아. 길드 카드를 들고 다닐일이 없었겠지. 그건 그렇고 그쪽에서 참가 신청 같은 거 안 해줘? 군이나 기사 쪽은 여기에 안 오고 한꺼번에 신청을 받는 식으로 한다던데?"

"좀 더 빠른 시일 안에 참가가 결정됐다면 그렇게 할 수도 있었겠지만, 가보니 신청이 이미 마감됐더군요. 무리를 하면 받아줄수는 있다고 했지만, 가끔은 여기도 얼굴을 비추는 게 좋을 것 같아서 직접 신청하겠다고 했습니다. 그렇게 하자마자 바로 이 꼴이지만요."

그렇게 말한 오스카가 쓴웃음을 지었다.

그 모습을 보고 엘머도 자샤도 미소 지었다. 오스카의 마음이 예전에 비해 많이 녹은 느낌이 들었기 때문이다. 뚜렷한 변화였다.

"그렇구나. 저기, 창구의…… 포트였나?"

"네! B급 모험자 엘머 씨와 자샤 씨."

"B급?"

마지막 물음은 오스카의 중얼거림이다.

하지만 자샤가 그것을 재주 좋게 캐치했다.

"후후후, 우리도 드디어 B급으로 올라갔어. 반년 전이지만."

"정말 축하드려요."

"고마워."

오스카가 기쁜 얼굴로 축하의 말을 전했고, 엘머가 그것을 받아쳤다.

"그래, 그보다 포트. 여기 있는 오스카는 확실히 이 제도의 C급 모험자야. 너와는 마침 엇갈려서 길드에 오지 않게 됐지만…… 지금은 지체 높으신 분 밑에서 선생님을 하고 있지."

"지체 높으신 분?"

포트가 고개를 갸우뚱하며 그렇게 물었다.

"이 제국에서 가장 지체 높은 곳이라고 하면, 어디를 말하는 건지 알겠지?"

"헉…… 설마 황성……."

"쉿! 그건 입 밖에 내지마!"

자샤가 오버스럽게 작은 소리를 내며 날카롭게 쏘아붙였다. 황급히 입에 손을 올리는 포트. 솔직한 성격인 듯했다.

"그럼 오스카 소속은 명단에서 알아볼 수 있겠지?"

"네, 할 수 있습니다만……."

"그리고 너도 길드 접수 직원이라면 들어봤겠지? 와이번을 단독 격파한……."

"헉! 그 '오스카' 씨?"

자샤가 지적했고 포트도 곧바로 떠오른 것인지 크게 외쳤다. 그 외침에 반응한 몇몇 모험자들이 이쪽을 보았다.

그걸 둘러보던 자샤가 또 다시 오버스러운 어조로 포트에게 말했다.

"포트, 목소리가 크잖아."

"시, 실례했습니다……. 아아, 네, 그 오스카 씨라면 확실히 들어봤습니다. 그러고 보니 두 분이 계신 『난사난격』과 함께 격파하셨다고 했죠."

"우리는 보고 있었을 뿐이야."

엘머는 그렇게 말하고 쓴웃음을 지었다.

결국 길드의 두툼한 명단에서 오스카의 소속이 확인되었고, 무사히 격투 대회 참가 접수를 마칠 수 있었다.

"두 분 다 감사합니다."

"에이, 별거 아냐."

"사실 우리 둘도 기념으로 참가했어. 오스카가 당첨되지 않도록 기도해줘."

자샤도 엘머도 그렇게 말하고는 크게 웃었다.

"참가 인원에 따라 다르지만 예선은 몇 번의 배틀 로열이야."

"배틀 로열?"

"열 사람이 한 스테이지에 서서 둘이 남을 때까지 서로 싸운다. 주변이 다 적이라고 생각하고 싸워야 해. 누가 어디서 덮칠지 모르니까."

"강해 보이는 놈 한 명에게 나머지 전원이 덤벼드는 일도 있다나 봐."

오스카의 물음에 엘머도 자샤도 조언을 덧붙여 설명했다. 둘 다 5년 전 대회에 나갔지만 예선인 배틀 로열에서 탈락한 듯했다.

"알겠습니다. 열심히 해보겠습니다."

"톱 64명으로 살아남으면 결승 토너먼트다. 서로 거기까지만 올라가자."

"혹시 걸리면 살살 부탁해."

자샤와 엘머는 그렇게 말하고 오스카와 힘찬 악수를 나누고 숙소로 돌아갔다.

드디어 오스카가 그의 숙명과 재회하는 격투 대회의 막이 올랐다.

◆

격투 대회장은 제도 중앙에 있는 콜로세움.

지하 5층, 지상 9층의 거대한 건축물로 상공에서 보면 타원형의 모양이었다.

긴지름 600미터, 짧은지름 400미터, 수용 인원 10만 명. 제국

건축 기술의 모든 것이 총집약된 거대 건조물.

더구나 건축 기술뿐만 아니라 연금술의 결정체이기도 했다.

관중석과 아레나 사이에는 상시 발생형 〈물리 장벽〉과 〈마법 장벽〉이 쳐져 있다.

그 구조 자체는 흔했지만 놀라운 것은 그 강도. 지금까지 시합에서 장벽이 깨진 적은 단 한 번도 없었다. 특히 경도를 유지하기 어렵다는 〈물리 장벽〉은 투기: 완전 관통을 연타해도 깰 수 없다는 검증 결과도 있을 정도다.

예선 배틀 로열, 결승 토너먼트인 16라운드까지는 이 안에 반경 200미터의 무대가 2곳 만들어지고 거기서 모의전이 열린다.

이후 베스트8이 나온 뒤에는 한 면으로 줄어들게 되고 모든 시선이 그 전투에만 쏠리게 된다.

상대를 죽이면 이유 여하를 막론하고 즉시 실격. 그것이 아니라면 뭐든 가능하다.

그것이 제국 격투 대회의 전통이다.

제국의 격투 대회는 무려 250년의 역사를 자랑하며 나가는 것만으로도 명예로운 일이었다. 예선을 통과해 결승 토너먼트 진출인 톱 64명에 들면 평생 먹고 살 걱정할 일은 없다고 하여 실제로 귀족들이 가신에게 권유하는 경우도 있다.

일확천금, 벼락출세를 노린 자들이 제국 전역에서 모여드는 것이 바로 이 격투 대회인 것이다.

게다가 이번에는 10번 중 한 번 있는 기념 대회.

기념 대회가 되면 상금은 다섯 배가 되기 때문에 제국 안은 물론이고 중앙 연방 전역에서 모험자 기사 혹은 실력을 자랑하는 맹자들이 모여든다.

물론 행사장 밖에도 수많은 가게와 임시 점포가 즐비해 대회가 개최되는 한 달 동안…… 뿐만 아니라 그 2주 전부터 제도 전체가 활기차게 들썩인다.

대회 5일째.

그날은 아침부터 회장 안이 술렁거렸다.

"황제 폐하께서 보러 오신다는 게 진짜야?"

"첫날 개회 선언 이외에는 베스트8 이후에 오잖아, 보통……."

"그렇다는 건 오늘은 황제 폐하도 보러 올 정도로 대단한 놈이 나온다는 뜻인가?!"

"젠장, 암표상 녀석, 어제보다 두 배가 넘는 가격으로 팔다니……."

"어쩔래? 죽여서 티켓 뺏을까?"

일부에선 뒤숭숭한 대화도 들려왔지만, 황제의 임행설이 나돌았다.

일반 시민들은 당연히 모르지만 이날은 황녀 전하에 소속된 인물이 나오는 예선전이 열릴 예정이었다.

◆

"상황은 어떻지?"

"네. 직원에게 돈을 쥐어줘서 거의 예상대로입니다."

"좋아. 그놈도 1차 예선에서 탈락하면 황녀 전하 소속에서 제외될 거다."

그 말에 모인 귀족들이 히죽 웃었다.

유력 선수를 예선인 배틀 로열 단계에서 무너뜨리려는 공작은 딱히 드문 일이 아니라 흔한 일이었다. 다만 대회 직원들에게까지 손을 뻗어 조 편성에 개입하는 것은 흔치 않은 일이었지만…….

◆

"스승님, 무운을 빕니다."

"네, 전하, 다녀오겠습니다."

황실 전용 관람석 입구에서 오간 대화다.

오스카는 전혀 개의치 않는 모습이었지만 피오나는 상당히 긴장하고 있었다.

상대를 죽게 하면 바로 실격이라고는 하지만 평소 사용하는 무기로 싸우기 때문에 불행한 사고가 날 수 있었다.

〈엑스트라 힐〉로 손발 재생까지 가능한 치유사가 즐비하다고는 해도 무슨 일이 일어날지 알 수 없다……. 격투 대회란 그런 것이었다.

더구나 기념 대회가 되면 여기에 걸린 부, 위상, 명성은 헤아릴 수 없다. 누구나 전력으로 싸운다.

그 모든 것을 생각한 피오나는 긴장하고 있었다.

그리고 그런 피오나의 마음의 동요를 오스카는 훤히 꿰고 있었다.

그래서 빙긋 웃으며 말했다.

"약속할게요. 반드시 돌아오겠습니다."

2년 전 오스카였다면 있을 수 없는 일이었다.

오스카가 대기실로 이동하자 그와 교대하듯 황실 전용 관람석에 황제 루퍼트가 들어왔다.

"아버지, 늦었어요!"

"음……? 아니, 아직 오스카 시합까지 시간은 남았는데?"

"지금 오스카는 대기실에 갔어요. 적어도 한마디 말은 해주실 수 있잖아요……."

피오나는 원망스러운 시선으로 아버지인 황제 루퍼트를 바라보았다.

"아…… 오, 오해다. 난 좀 더 일찍 오려고 했는데, 나가는 길에 한스가 일을 더 가져와서……."

"그건 거짓말입니다."

간신히 쥐어짜낸 거짓말을 한스에게 정면으로 부정당하자 더욱 당황하는 루퍼트. 딸을 가진 부모라는 것이 패배의 이유였다…….

겨우겨우 피오나를 달래준 루퍼트가 황제석에 앉았다.

물론 그곳은 관객들에게서도 보이는 위치였다. 그 어느 때보다 뜨거운 열기가 콜로세움 속에서 피어올랐다.

강력하고 막강한 황제 루퍼트 6세는 제국 신민들에게 받는 인기도 절대적이었다. 조금 전까지 딸에게 혼나 한껏 쭈그러든 인물과 동일 인물이라고는 도저히 생각할 수 없을 정도의 모습이었다.

"오스카가 나오는 건 다음 경기인데…… 폐하, 그 경기에서 불온한 움직임이……."

"됐다. 오스카라면 어떻게든 하겠지."

한스의 진언에 루퍼트는 손을 흔들어 대수롭지 않게 넘겼다.

"어차피 귀족들이 떠올릴 만한 건…… 말 안해도 알아."

루퍼트는 그렇게 말하고는 히죽 웃었다.

선수 대기실.

콜로세움 내에는 많은 대기실이 있다.

싸우는 상대와는 무대에서 마주치기 전까지 얼굴을 마주치지 않는 것이 기본이었으므로.

오스카가 있는 대기실로 아는 사람이 들어왔다.

"오, 오스카."

"어서 와, 자샤."

『난사난격』의 쌍검사 자샤였다.

"오스카는 다음 경기인가. 나는 네 경기 후야."

"그럼 자샤의 시합은 관중석에서 천천히 구경해야겠네."

거기까지 말했을 때 호출이 왔다.

"다음 경기를 치르겠습니다. 오스카 씨, 이쪽으로 오세요."

"알았다. 그럼 다녀올게."

"오, 힘내."

오스카와 자샤는 힘차게 악수를 나눴다.

반경 200미터의 원형 무대. 그 무대의 끝인 둘레 부근으로 10명이 같은 간격으로 서 있었다.

그 상태에서 배틀 로열…… 2명을 제외한 나머지가 전투 불능이 될 때까지, 즉 8명이 탈락할 때까지 싸움이 벌어진다.

오스카는 둘러보다가 아는 사람의 얼굴을 발견했다.

아는 사람이라고는 해도 한 번 이야기를 나눴을 뿐이지만……오스카의 바로 왼쪽에 서 있었기에 일단 인사를 전해 두었다.

"에밀, 이었나."

"아, 오스카 씨. 저번엔 감사했습니다."

오스카 왼쪽에는 대회 창구에서 실랑이를 벌이던 에밀이었다. 에밀이 정중하게 고개를 숙였다.

"그래, 나올 수 있어서 다행이긴 한데, 이렇게 같은 조가 될 줄이야."

"그러게요……."

둘 다 쓴웃음을 짓는다.

"뭐, 잘 부탁해."

"네, 저야말로."

에밀은 시종일관 공손한 말투지만 둘 다 같은 18살이다.

오스카가 185센티미터가 넘는 키인 데 반해 에밀이 175센티미터 정도라는 차이는 있지만…….

"그럼 예선 제89조 경기를 시작하겠습니다."

오스카가 있는 조의 경기가 시작을 알리고 있었다.

"시합, 시작!"

경기 시작을 알리는 호령과 함께 기묘한 일이 일어났다.

무대 위에 있던 자들이 일제히 한 사람을 향해 달려들기 시작한 것이다. 그 상대는 오스카였다.

"그런 건가."

오스카는 그렇게 작게 중얼거리더니 희미하게 웃었다.

오스카 왼쪽에 있던 에밀만은 상황을 이해하지 못한 것인지 검을 들고 방어를 굳힌 채 움직이지 않고 있다.

하지만 그 외 8명이 가장 먼저 오스카를 무너뜨리러 돌격했다.

상황은 이렇게 됐지만 오스카는 당황하지 않았다. 오히려 수고를 덜 수 있어서 다행이라는 생각까지 들었다.

확실하게 자신을 적으로 두고 공격하는 상대라면 반격하는 데 주저할 필요가 없다. 덮치지 않는 상대를 이쪽이 먼저 공격하는 것은, 아무리 모의전이라는 것을 알고 있어도 괴로운 일인 것이다.

하지만 덮쳐온다면…… 그리고 전원이 일제히 덮쳐온다면 해야 할 일은 한가지뿐이다. 해야 할 순서도 한 가지뿐.

오스카는 바로 오른쪽에서 덮쳐온 남자의 양손을 베어냈다.

"끄아아악!"

비명을 지른 남자가 고꾸라졌다.

"일단 한 명."

오스카는 그렇게 말하고는 다시 오른쪽 남자를 향해 내려치는 검을 피해 그 남자의 양손을 베어냈다.

"끄아아아아아!"

그 남자도 비명을 지르며 두 무릎을 꿇었다.

"그리고 두 명."

오스카는 그렇게 중얼거리더니 다시 오른쪽 남자, 또 오른쪽 남자…… 그런 식으로 두 손을 베어내면서 시계 반대 방향으로 움직였다.

마지막 두 사람은 서로 합류하여 오스카를 향해 2대1 대치 상황을 만들었지만 결과는 달라지지 않았다.

둘 다 양손이 잘려나갔고…… 심판에게 전투불능을 통보받았다.

"승자, 오스카, 에밀."

"오오오오오오!"

승자가 정해지자 관중석에서 폭발할 듯한 환호성이 터져 나왔다.

사람은 시대를 불문하고 남이 싸우는 모습을 보면 흥분하는 법이다.

그것이 상당히 처참한 광경일지라도. 혹은 처참한 광경이기 때문에 더욱 그러한 것인지도 모른다.

"저건 보기가 괴롭군……."

황제 루퍼트는 두 손이 잘려나간 자들을 보고, 그리고 자신의 오른손을 보고 인상을 찌푸리며 그렇게 중얼거렸다.

"그리고 보니 옛날 폐하께서도 오른팔을……."

"아아…… 잘리면 아프지."

"예, 예에…… 그럴 것 같습니다."

루퍼트가 진지한 얼굴로 그런 말을 했기에 한스도 동의할 수밖에 없었다.

참고로 피오나의 귀에는 두 사람의 목소리가 닿지 않았다. 아레나에서 함성에 화답하는 오스카의 모습만 보였기 때문이었다.

오스카가 있는 조, 양손을 베인 8명은 곧바로 〈엑스트라 힐〉로 치료를 받았고 오스카와 에밀은 함성에 응하고 있었다.

그 와중에 에밀은 부끄러운 듯했다.

"아무것도 안 했는데……."

그런 중얼거림은 아무에게도 들리지 않았다.

그런 오스카 쪽의 옆 무대에서는 새로운 경기가 시작되고 있었다.

그리고 놀랍게도 그곳에서도 한 사람을 향해 많은 참가자들이 달려들었다.

하지만 그 대상이 된 인물은 당황하지 않고 한 사람 한 사람을 확실하게 전투 불능으로 만들어 나갔다. 어떤 자는 팔을 베고, 어떤 자는 다리를 베고, 어떤 자는 급소를 피해 배를 베고…… 다른 자는 기절시켰다.

"굉장하네, 저건……."

옆 무대에서 보고 있던 오스카도 그 시원스런 검 솜씨에 저도 모르게 눈을 크게 떴다.

그리고 어떤 것을 깨달았다.

"저건…… 엘프인가?"

그 무시무시한 검사는 아름다운 엘프 여검사였다.

"역시 엘프…… 활뿐만이 아니야, 저건 진짜다. 무서운 검 실력이야."

관람석에 있던 황제 루퍼트도 그 광경을 칭찬했다.

하지만 표정은 밝지 않았다.

"폐하, 엘프라 하더라도 대회 기간 동안엔 붙잡을 수 없습니다."

한스가 작은 소리로 사실을 전했다.

"아니, 잡을 생각 없어. 딱히 난 엘프를 미워하지 않는다만?"

"그렇습니까? 하지만 그 오른팔은……."

"그래, 내 오른팔을 벤 건 분명 엘프였지…… 엄청난 검과 마법을 쓰는. 그러니 더더욱, 엘프라는 생물이 무시무시한 전력이라는 걸 알고 있으니 전쟁터에는 나오지 않길 바랄 뿐이야……. 전쟁 포로가 되면 뭐, 포로로 취급하겠지만…… 그 이외엔 제국에서도 엘프를 노예로 삼고 있지 않잖아? 유명무실해진 법만 있을 뿐이지."

제국에서 엘프 등의 아인을 노예로 취급할 수 있다는 법이 존재한다는 것은 사실이다. 하지만 최근 수십 년간 엘프가 노예로 취급된 기록은 없다.

범죄 노예도 다른 중앙 연방과 달리 제국에는 존재했지만, 그것은 범죄자이기 때문에 어쩔 수 없는 일이었다.

"저 무대에 있는 엘프는 왕국의 B급 모험자라는군요."

한스가 수중의 자료를 넘기며 정보를 보충했다.

"호오. 왕국은 분명히 엘프의 마을을 끼고 있었지?"

"네, 통칭 『서쪽 숲』이죠. 왕국 부흥의 조상 리처드 왕 시대 이후 생긴 곳입니다."

"리처드 왕이라…… 그래서 저 엘프 모험자 이름은?"

"별명은 『풍』. 『풍의 세라』라고 불린답니다."

무대 위의 남자들은 세라의 무시무시한 실력에 마지막에는 나서기를 주저했다. 그리고 자신들과 세라 외에 전혀 움직이지 않는 남자가 한 명 있다는 것을 깨닫는다.

그 남자는 세라의 맞은편에 위치하여, 가면 위로 후드까지 푹 눌러쓰고 있어서 표정도 상태도 전혀 알 수 없었다.

하지만 무시무시한 검기를 보여준 세라보다는 나을 것이라고 생각했는지, 남은 두 사람은 동시에 가면 남자를 베러 갔다.

한순간이었다.

두 사람의 양손과 두 다리…… 합쳐서 여덟 개가 잘려나갔다.

검을 뽑지도 않은 가면의 사나이는 양손과 두 다리를 베어낸 뒤 검을 흔들어 피를 털어내고는 이내 검을 집어넣었다. 그리고 아무 일도 없었다는 듯이 돌아간다.

이미 무대를 내려가 남자의 검을 보지 못한 오스카…… 만약 그가 봤다면 놀랐을 것이다.

그 검기가 아니라 그 검에.

달빛 아래서는 확신할 수 없었지만, 햇빛 아래서라면 몰라볼 리가 없었기 때문이다.

스승 라산이 만들고 아버지 스나가 휘두른 검이라는 것을.

후기

오랜만입니다. 쿠보 타다시입니다.

《수속성 마법사 제1부 중앙 연방편 IV》을 읽어주셔서 감사합니다.

이 작품은 1년 전, 2011년 3월 10일에 제1권이 간행되었습니다. 그리고 정확히 1년 후에 이 4권을 세상에 내놓을 수 있다는 것은 작가로서 무척 기쁜 일이 아닐 수 없습니다.

이번 권에는 『왕도 소동』과 『룬으로 돌아가는 길』이라는 두 가지 에피소드가 담겨 있습니다. 이 왕도 소동은 제1부 중앙 연방편 안에서도 가장 긴 에피소드입니다. 게다가 본권 수록 당시 상당한 가필을 더한 덕분에 상당한, 네, 꽤 긴 에피소드가 되었습니다……. 애초에 그런 게 하늘에서 왕성으로 떨어진 거니까요. 메바루 선생님이 그려주신 그림에서 아벨이 그런 표정을 지은 것도 이해가 갑니다.

자세한 내용은 본편에 있으니 이 후기부터 읽고 아직 본편을 읽지 않으신 분이라면 꼭 본편을 읽어주세요.

이 《수속성 마법사》라는 작품은 본래 『소설가 되자』라는 사이트에서 공개된 것을 서적화한 것입니다. 서적화 당시 『소설가 되자』에서 이미 한 번 읽은 독자 여러분도 즐기실 수 있도록 매 권 수만 자에서 십수만 자의 가필을 진행했습니다(앞으로도 가필량은 늘어날 것 같습니다……).

『소설가 되자』에 공개할 때는 '좋아, 이걸로 완벽해!'라는 생각으로 공개하지만 몇 주, 몇 달 지나면 새로운 아이디어나 덧붙이고 싶어지는 에피소드 같은 것이 떠오릅니다. 이미 이런 건 작자의 천성인 듯해서 포기했습니다만……. 서적화는 그것을 형태화하여 더욱 재미있는 작품으로 만들어 주니 무척 기쁩니다. 이미 한 번 쓴 것에 십만 자의 가필을 하다 보니 확실히 힘든 부분도 있지만, 더 좋은 작품이 되는 것이 눈에 보이기 때문에 그만둘 수가 없네요.

그런 작가이기에 작품 스케줄을 관리하는 담당 편집자님께 많은 부담을 드리고 있습니다. 알고 있습니다. 알고 있지만 그만둘 수가 없습니다, 죄송합니다.

그런 편집부를 포함한 출판사 님, 일러스트레이터 메바루 선생님, 장정의 베이브리지 스튜디오 님, 인쇄소 여러분 등 많은 분들의 도움을 받아 4권을 간행할 수 있었습니다. 이 자리를 빌어 감사를 전합니다.

그리고 독자 여러분, 여러분의 응원이 가장 큰 버팀목이 되고 있다는 것은 두말할 필요도 없을 정도입니다. 앞으로도 많은 응원 부탁드립니다.

만화판 2화 미리보기

수속성밖에
쓸 수 없다.
그리고
마법은
이미지가
중요해.

이세계
『파이』

물

물

물

물

검과
마법의
세계에
왔으니
꼭 해보고
싶은 것이
있었다.

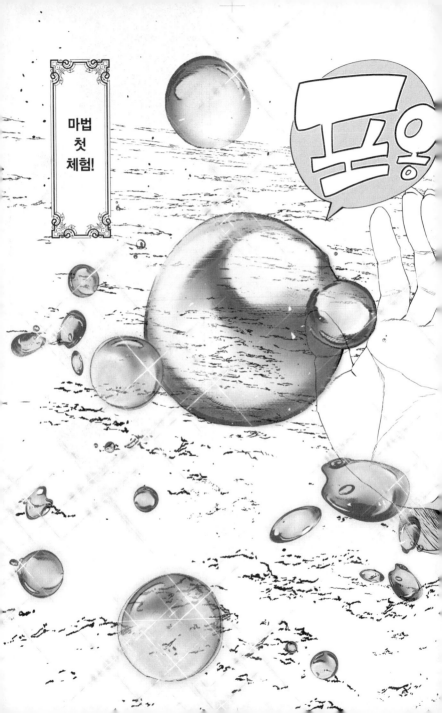

그러니 지구에서 유효한 물리 공식이라면 『파이』에서도 유효하지 않을까 료는 생각했다.

멋진 주문 같은 거 해보고 싶었는데…

굳이 말로 할 필요가 없구나.

미카엘(가명) 지구와 『파이』 기본적인 물리 법칙은 거의 같다고 했

찰박

집 주위 반경 100미터 이내로는 마물이 들어오지 않는다고 미카엘(가명) 은 말했었다.

그 너머에는 마물이 있다는 뜻일 테니까 나름의 준비를 갖춘 뒤에 결계(가칭) 밖으로 나가야 했다.

조금이라도 싸울 수 있는 여력이 생기지 않는다면 밖으로 나갈 수 없다.

저장고의
식량이
떨어지기
까지
두 달.

무기는
아직까지
미카엘(가명)이
놔둔
나이프밖에
없다.

애초에
지구에서도
평범한
멧돼지조차
나이프
한 자루로
쓰러뜨리는
것은 현실적으로
불가능…

마물까지
있는 이
『파이』의 숲을
나이프
한 자루로
나서는 건
미친 짓이다.

마법의 핵심은 이미지.

사람의 시각으로는 원자나 분자를 볼 수 없다.

수속성 **마법**만 남게 된다.

콸

콸 콸 콸

후우——!

내용은 생략하겠지만 흔히 말하는 수소 결합이라 불리는 현상을 이미지화한다.

……하지만 이미지화 하는 것은 가능하다. 그 지식만 있다면!

얼리기,
끓이기,
해동···
할 수
있는 건
전부
해나가자···

렌즈

우선 수소 결합을
이용해 물 분자를
깨끗한 격자
모양으로 결합···

동시에
분자의
진동을
정지시킨다.

소진···

마력···

아······
그렇구나···

아침에는
토끼의
다리 살을
구워 먹었다.

『파이』o
온 지
5일째

어……

식재료
자체엔
미카엘이
걸어둔
(것으로 보이는)
냉동 마법이
걸려 있다.

미카엘(가명
준비해 둔
저장고에는
3개월치
식재료.
조미료라
부를 만한
소금뿐.

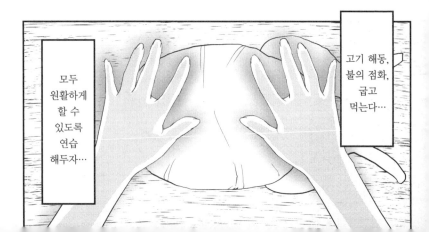

모두
원활하게
할 수
있도록
연습
해두자…

고기 해동,
불의 점화,
굽고
먹는다…

당한
이다.

마물 대전
초급편
식물 대전
초급편.
밖에 나가려면
예습도 필요해…

그런데…
초급편
이라고는
해도

불을 만들기
위해 매번
렌즈를 만드는
것보다
부싯돌을
찾는 편이
낫겠어…

남은 건…
회복
수단
이네…

일단
포션
같은 게
있는 것
같은데
만드는 건
어려워
보이고…

그리고
해독초도.
그러면
이건가…
상처풀.
아, 이거
밖에서
봤다.

점심엔 결계 내에서 얻을 수 있는 걸 조사하거나 채집.

...사를 위한 마법 ...련이나 ...력도 ...요하니 ...리기.

밤엔 일련의 얼음 생성, 해동, 용해, 증발, 계속 내보내는 훈련…

그 외의 시간에도 매일 모든 것의 숙련도를 올려간다.

매일

그리고 …

지금
감촉이
결계의
외연…

후욱

후우

밖

후우
…

목표 방
남서 방

500미터
정도 앞에
해안가가
있다고
미카엘이
그랬었지…

뚝

왁!

석영
획득!

의외로 쉽게
찾았네.
이걸로
불 피우기가
편해지겠어.

좋아. 오래 있을
필욘 없지.
강은 마물이
물을 마시는 곳.
뭐가 올지
몰라.

움직임이 느린 슬라임이라면 분명 쓰러뜨릴 수 있어…… 그렇게 생각은 하지만 꼭 슬라임이 나온다고는 할 수 없지.

애초에 이 『파이』의 마물이 얼마나 강한지도 모르니까

리고 │이라면 뜨릴 수 생각하는 내 추측일 │니까.

아니 그래도 그러면 습격 당했을 때 잃어버릴 수도 있으니까…

음~…. 이 느낌이라면 책을 가져왔어도 됐겠다…

그보다 해독초를 못 찾겠네. 마물 대전에 뭔가 힌트 없었나…

바스락

레서 보어

마물 대전 초급편에
의하면 최약 랭크
슬라임이나 레서 래빗에 비하면 난이
도가 있는 편이며 그 흉악한 돌진력
으로 인해 일반적인 농민이나 수렵민
정도로는 홀로 쓰러뜨리는 것이
불가능하다.

위험해…
몸이 안 움직…

슬라임이
아니라

레서 보어!

움직여!

움직여

움직여

움직여

아이서클 랜스 16!

수속성의 마법사

Mizu zokusei no mahotsukai Daiichibu Chuoshokoku hen 4
by Tadashi Kubou

Copyright © 2022 by Tadashi Kubou
Original Japanese edition published by TO Books, Inc.
Korean translation rights arranged with TO Books, Inc.
Korean translation rights © 2024 by Somy Media, Inc.

[수속성의 마법사 4 -중앙 연방편-]

2024년 1월 15일 1판 1쇄 발행

저　　　자 쿠보 타다시
일 러 스 트 메바루
옮 긴 이 이소정
발 행 인 유재옥
이　　　사 조병권
출판본부장 박광운
담 당 편 집 정영길
편 집 1 팀 박광운
편 집 2 팀 정영길 조찬희 박치우 정지원
편 집 3 팀 오준영 이해빈 이소의
디자인랩팀 김보라 박민솔
디지털사업팀 박상섭 김지연 윤희진
라이츠사업팀 김정미 맹미영 이윤서
영업마케팅팀 최원석 박수진 박소연
물 류 팀 허석용 백철기
경영지원팀 최정연
인쇄제작처 ㈜코리아피엔피
발 행 처 ㈜소미미디어
등　　　록 제2015-000008호
주　　　소 서울시 마포구 토정로222, 403호 (신수동, 한국출판콘텐츠센터)
판매 및 마케팅 (070) 8822-2301

ISBN 979-11-384-2420-2
ISBN 979-11-384-1601-6 (세트)